Obwohl im alten Orient die Erzählungen der Zunfterzähler vornehmlich mündlich überliefert wurden, kam es bisweilen vor, daß das Repertoire an Erzählungen, gewissermaßen als Gedächtnisstütze, aufgezeichnet wurde. So ist im Jahre 1764 die »Ägyptische Handschrift« entstanden, eine Vorstufe zu den großen jüngeren Märchensammlungen, auf denen alle Übersetzungen der *Tausendundein Nächte* basieren. Felix Tauer hat aus dieser ägyptischen Handschrift 27 Geschichten übertragen, von denen 21 bisher noch in keine europäische Sprache übersetzt worden sind. So sind aus dem Schatz orientalischer Märchen und Geschichten hier wieder einige zum Leben erweckt:

Wundersame Begebenheiten, humorvolle und phantastische Erzählungen, derbe und handfeste Schwänke. Dazwischen fesselnde Erzählungen aus dem Reichtum orientalischer Erotik. Neben den *Geschichten der Liebe aus den Tausendundein Nächten* (it 38) sind die »Erotischen Geschichten aus den Tausendundein Nächten«, die zum ersten Male aus dem arabischen Urtext der Wortley Montague-Handschrift übertragen wurden, eine faszinierende Lektüre, die in des Lesers Ohr den Reichtum orientalischer Erzählkunst erklingen lassen.

insel taschenbuch 704

Erotische Geschichten aus den Tausendundein Nächten

Erotische Geschichten aus den Tausendundein Nächten

AUS DEM ARABISCHEN URTEXT
DER WORTLEY
MONTAGUE-HANDSCHRIFT
ÜBERTRAGEN
UND HERAUSGEGEBEN
VON FELIX TAUER

INSEL VERLAG

Umschlagabbildung: ›Liebespaar auf der Haremsterrasse‹
Indische Miniatur. Detail. Mitte 18. Jahrhundert, späte Moghulschule
Staatliche Museen Berlin, Islamisches Museum

insel taschenbuch 704
Erste Auflage 1983

Vertrieb durch den Suhrkamp Taschenbuch Verlag
Umschlag nach Entwürfen von Willy Fleckhaus
Druck: Nomos Verlagsgesellschaft, Baden-Baden
Printed in Germany

6 7 8 9 10 - 03 02 01

EROTISCHE GESCHICHTEN AUS DEN TAUSENDUNDEIN NÄCHTEN

DIE GESCHICHTE VOM SCHEICH NAKKĪT

Man erzählt unter anderem die Geschichte eines Mannes, der Scheich Nakkīt hieß. Und der Grund, daß er den Namen Scheich Nakkīt führte, war der, daß er ein Witzbold und Spaßmacher war. Er war Fischer. Jeden Tag nahm er sein Netz und ging zum Meer, um zu fischen. Was er an jedem Tage an Fischen fing, damit kam er zum Markt, teilte es in zehn Häuflein und setzte sich nieder. Jedem nun, der zu ihm trat, um zu kaufen, und ihn frug: »Was kostet das Häuflein, o Scheich Nakkīt?« sagte er: »Zehn.« Da bezahlte ihm jeder zehn Neue und nahm ein Häuflein, bis er die zehn Häuflein für hundert Neue verkauft hatte.[1] Dann besorgte er dafür, was er an Brot und Käse brauchte, und von dem, was übrigblieb, kaufte er Wachskerzen und Kaffeebohnen; denn er war unverheiratet und bewohnte eine Stube in einer Herberge.

Bei diesem Tun und Treiben blieb er viele Tage, bis eines Tages die Seele des Sultans Sehnsucht nach Fischen empfand. Und wie die Vorbestimmung es erheischte, war in der Stadt niemand, der an jenem Tage gefischt hatte, außer Scheich Nakkīt; als dieser Fische gefangen und sie zum Markt ge-

1. Der *Neue* war im späteren Ägypten eine kupferne Scheidemünze, ein Zwanzigstel des silbernen *Dirhams* [2.97 g Silber]. In unserer Handschrift, je nach dem Alter der Erzählung, werden verschiedene Münzen erwähnt: der goldene *Dīnār* [4.25 g Gold], am häufigsten jedoch der goldene *Scharīfī*, wohl eine neuere Bezeichnung für *Dīnār Aschrafī* [3.47 g Gold], womit aber in den meisten Geschichten bereits der türkische *Altun* gemeint werden dürfte. Ich gebrauche für ihn in der Übersetzung einfach Goldstück. Auch kommen in der Handschrift die türkischen Münzen: *Piaster* [kirsch] und *Para* [fadda] vor.

bracht hatte, teilte er sie in zehn Häuflein. Zu gleicher Zeit verlangte der Sultan Fische. Da gingen einige von den Dienern des Königs, um ihm Fische zu kaufen. Sie lenkten ihre Schritte dem Markte zu und zerstreuten sich in seinen Gäßchen. Und siehe, einer von ihnen stieß auf Scheich Nakkīt, wie er bei den Fischen saß. Da sprach er: »He, du Mann, was kostet das Häuflein?« Er entgegnete: »Mein Herr, zehn.« Da meinte der Diener, er sagte: »Zehn Golddinare.« Er gab ihm deshalb zehn Dinare, nahm eins der zehn Häuflein und ging fort. Und siehe, ein zweiter von den Höflingen des Königs kam zum Scheich Nakkīt und fragte ihn: »Was kostet das Häuflein, du Mann?« Er entgegnete ihm: »Mein Herr, zehn.« Auch dieser meinte, er sage: »Zehn Dinare«, gab ihm deshalb zehn Dinare und nahm ein Häuflein Fische, ohne zu wissen, daß sein Gefährte vor ihm gekauft hatte. Und siehe, ein dritter kam zu Scheich Nakkīt und nahm von ihm dasselbe wie seine Gefährten, bis die Leute des Königs ihm die zehn Häuflein abgekauft hatten, und jeder, der von ihm ein Häuflein genommen hatte, gab ihm zehn Dinare, so daß er die zehn Häuflein Fische für hundert Dinare verkaufte.

Da wurde Scheich Nakkīt vergnügt und sprach bei sich: ›Wenn du ein Goldstück von den hundert ausgibst, bleiben dir neunundneunzig übrig. Du wirst jedoch kein einziges ausgeben. Heb dir die Dinare für den Notfall auf und bleib bis morgen ohne Essen und Trinken! Sobald du Fische gefangen und sie verkauft hast, kauf für ihren Erlös Brot und Fleisch und iß zu Mittag!‹ Diese Worte sprach er bei sich.

Und er hatte einen zerfetzten Kittel, der aussah wie ein Mantel. Den ergriff er, nähte die hundert Dinare in ihn ein und blieb an jenem Tage ohne Speise. Es fiel ihm schwer, einen einzigen Dinar auszugeben.

Als nun das erste Drittel der Nacht angebrochen war, nahm er sein Netz, verließ die Herberge und ging geradewegs zum Meer, faltete sein Netz auseinander und warf es im Meer aus. Danach zog er seinen Kittel aus, legte ihn auf den Strand und setzte sich hin. Sogleich überfiel ihn der Schlaf. Da kam ein Mann zu ihm, ein Dieb, und nahm seinen Kittel mit den darin eingenähten hundert Dinaren. Als er nun aus dem Schlaf erwachte, fand er seinen Kittel nicht mehr. Da schlug er sich ins Angesicht. So war es ihm ergangen.

Was nun den Sultan betrifft, als seine Seele nach Fischen Sehnsucht empfunden und man sie ihm gebracht hatte, teils gebacken, teils gebraten und teils gekocht, so aß er davon, was ihm zusagte, bis er seinen Bauch vollgestopft hatte; darauf trank er verschiedene Arten von Sorbett. Da bekam er Bauchschmerzen und sein Leib wurde schwer. So fühlte er sich die ganze Zeit über bis zum ersten Drittel der Nacht und hielt den Wesir bei sich zurück.

Als dieser schmerzhafte Zustand dem Sultan zu lange dauerte, sprach er zum Wesir: »Laß uns am Meeresstrand auf- und abgehen! Vielleicht wird Gott, der Erhabene, mir diese Schwere, die ich empfinde, erleichtern.« Hierauf erhob er sich mit ihm, beide zogen ihre Gewänder aus, legten Kleider persischer Derwische an und gingen durch die Geheimtür zum Meeresstrand hinaus.

Dann schritten sie einher. Auf einmal sagte der Wesir zum Sultan: »Geh mir voran, damit ich mein Bedürfnis verrichte! Ich werde dich einholen.« Der Sultan schritt also allein am Meeresstrande dahin. Da traf er Scheich Nakkīt, wie er herumlief, besorgt um seinen Kittel. Als er nun den Sultan erblickte, sprach er bei sich: ›Bei Gott, dies ist der Mann, der meinen Kittel genommen hat. Er ist der Dieb!‹ Dann trat er nahe an ihn heran und sagte: »He! Du!« Der Sultan antwortete ihm, und der Fischer sprach: »Wer bist du?« Er sagte: »Ein Mann, ein Geschöpf Gottes.« Da schrie ihn Scheich Nakkīt an: »Du bist ein Dieb! Du hast meinen Kittel gestohlen.« »Bei Gott«, entgegnete der Sultan, »ich habe ihn nicht gestohlen.« Aber Scheich Nakkīt schrie: »Nein. Niemand anderer als du hat ihn gestohlen.« Da gab es zwischen ihnen Zetergeschrei und Rauferei, und sie gerieten aneinander. Aber Scheich Nakkīt gewann die Oberhand über den Sultan, streckte ihn zu Boden und fing an, ihn zu prügeln, wobei er sprach: »Ich lasse dich nicht frei, bis du mir meinen Kittel zurückgibst.« Und er prügelte ihn noch mehr, während der Sultan schrie. Da hörte der Wesir ihn schreien und holte ihn ein. Als nun der Scheich diesen sah, sprach er bei sich: ›Jetzt sind es zwei. Die werden dich ergreifen und töten.‹ Sogleich ließ er den Sultan frei, wandte sich landeinwärts und entfloh. Der Wesir kam zum Sultan und fragte ihn: »Was ist denn geschehen?« Da erzählte er ihm, was ihm mit dem Fischer zugestoßen war. Dann gingen sie vom Strand in die Stadt zurück. Der Sultan hatte jedoch Scheich Nakkīt genau angesehen und erkannt, denn es war eine mondhelle Nacht und ihr Licht war klar.

Als sie fortgegangen waren, kehrte Scheich Nakkīt zu seinem Netz zurück, ergriff den Strick und sprach: »Sicher sind Fische drin.« Also zog er ohne Unterlaß den Strick, bis das Netz aus dem Meere auftauchte und er es schwer fand. Darauf bot er seine ganze Kraft auf und zog es aus dem Meere heraus. Da fand er darin eine Kiste. Als er die sah, freute er sich über alle Maßen und sprach bei sich: ›Du bist um hundert Dinare gekommen. Dafür ist diese Kiste ein Vermögen, das dir der Herr beschert hat.‹ Dann trat er an sie heran und mühte sich mit ihr ab, bis er sie auf seinen Rücken geladen hatte, und trug sie, bis er zur Herberge kam und dem Pförtner pochte. Dieser hieß Scheich ʿAlī. Er fragte: »Wer ist da?« Er entgegnete: »Ich, Scheich Nakkīt.« Scheich ʿAlī tat ihm die Tür auf mit den Worten: »Tritt ein!« Doch Scheich Nakkīt sagte: »Du leg dich nieder! Ich komme hinein und werde die Tür schließen.« Er fürchtete nämlich, daß der Pförtner die Kiste sehen könnte. Scheich ʿAlī ging also hinein und legte sich nieder. Sodann kam Scheich Nakkīt mit der Kiste, betrat die Stube und stellte die Kiste ab.

Hierauf ging er zum Pförtner und setzte sich mit ihm zum Gespräch nieder. Da sagte Scheich Nakkīt: »Scheich ʿAlī, hast du etwas für mich zu essen?« Da ging der Pförtner und brachte ihm etwas Brot. Er aß es und fragte ihn zum zweiten Male: »Hast du Feuer, damit du eine Tasse Kaffee bereitest?« Da bereitete ihm der Pförtner eine ganze Kanne Kaffee. Da sagte Scheich Nakkīt: »O Scheich ʿAlī, so Gott will, nehme ich dich mit auf die Pilgerfahrt.« »Wieso«, frug er ihn, »hast du einen Schatz gefunden?« Er sprach: »Nein. Nichts habe ich gefunden, aber unser Herr wird spenden.« Scheich Nakkīt meinte nämlich, in der Kiste sei Geld. Darauf schwieg er eine Weile und sprach dann zum Pförtner: »Scheich ʿAlī, bis wir von der Pilgerfahrt zurückkommen, beschaffe ich mir einen Palast und werde die Tochter eines großen Kaufherrn, eines Vorstehers der Kaufmannsgilde, heiraten.« »Wie stellst du dich, und was ist das für ein Geschwätz«, entgegnete ihm der Pförtner, »bei Gott, wenn du ernst sprichst, so hast du Geld gefunden, sonst könntest du dich nicht derart brüsten.« Doch Scheich Nakkīt sprach zu ihm: »Ich sage bloß: ›Unser Herr wird spenden.‹«

Dann verließ er ihn, trat in seine Stube ein und mühte sich

mit der Kiste ab, bis er sie geöffnet hatte. Darin fand er eine schlafende Frau, die sich nicht im geringsten regte. Er legte seine Hand auf sie, weil er meinte, daß sie tot sei. Dann berührte er ihren Körper und nahm wahr, daß ihre Adern pulsierten.

Hierauf ließ er sie liegen, ging zum Markt, kam zu einem Spezereihändler, mit dem er bekannt war, und sprach zu ihm: »Bruder, ich fand im Meere eine Frau in einer Kiste. Sie sieht wie eine Tote aus, doch ihre Adern pulsieren.« Da erwiderte ihm der Mann: »Die ist durch Bandsch betäubt.«[1] »Was ist denn Bandsch«, fragte ihn Scheich Nakkīt, »und was gibt es dagegen?« Der Spezereihändler ging, öffnete eine Schachtel, nahm daraus einige Drogen für ihn und sprach: »Laß sie daran riechen!« Er nahm die Drogen, kehrte in die Stube zurück, kam zur Kiste und hielt sie der Frau unter die Nase. Sobald sie nun daran roch, fing sie an zu husten und sprach: »Lob sei Gott! Wo bin ich?« Da sagte Scheich Nakkīt: »Meine Herrin, du bist bei deinem Sklaven Nakkīt.« Er sah sie an und war erstaunt: Sie glich der dürstenden Gazelle, an Wuchs dem schlanken Bambussproß, an Haltung dem ranken Weidenschoß.

Als er sie nun so sah, bewunderte er Gottes Schöpfung in ihr, ihre Schönheit und Lieblichkeit, ihren Reiz und ihrer Gestalt Ebenmäßigkeit. Da erkannte die Frau den Streich, den ihr ihre Nebenbuhlerinnen gespielt hatten, und sie sagte: »O Scheich Nakkīt, geh, bring ein Tintenfaß, ein Stück Papier und ein Schreibrohr!« Er ging also und kehrte mit dem Tintenfaß, dem Schreibrohr und einem Blatt Papier zurück. Sie schrieb ihm dann einen Zettel, faltete und versiegelte ihn und reichte ihn dem Scheich mit den Worten: »Nimm

1. *Bandsch* ist das Bilsenkraut [Hyoscyamus] und dann daraus verfertigtes Betäubungsmittel.

diesen Zettel, geh zum Markt, wo Sklavinnen und Sklaven verkauft werden, und gib ihn dem Vorsteher der Kaufmannsgilde!«

Er nahm also den Zettel und begab sich, wie sie es ihm gesagt hatte, auf den Markt. Da fand er einen Kaufherrn und vor ihm zehn Mamluken, zehn schwarze Sklaven, Satteljungen und Verschnittene. Da blieb Scheich Nakkīt wortlos stehen. Der Kaufherr fragte ihn: »Was wünschst du?« Er trat näher und reichte ihm den Zettel. Als er ihn geöffnet und gelesen hatte, erhob er sich und befahl den Mamluken und Sklaven, Scheich Nakkīt ins Bad zu führen. Sie wollten ihn mit sich nehmen, doch er entglitt ihnen mit den Worten: »Ihr wollt mich töten!« Denn er dachte bei sich, daß die Frau so etwas geschrieben haben könnte. Da trat der Kaufherr zu ihm und sagte: »O Scheich Nakkīt, es ist uns befohlen worden, dich ins Bad zu führen.« Und er hörte nicht auf, ihn freundlich mit Sanftmut und Zartgefühl zu behandeln, bis er dem Besuch des Bades zustimmte.

Sofort brachten sie ihn ins Bad, rieben ihm den Körper ab, seiften ihn ein und wuschen seinen Leib, da er ein unbeholfener Mensch war. Als er hinaustrat, legten sie ihm ein königliches Gewand an, setzten ihn auf eine Mauleselin und zogen mit ihm dahin, bis sie zu einem Palast von hohem Bau und ausgedehnten Räumlichkeiten kamen. An dessen Tor ließen sie ihn absteigen. Und siehe, Diener und Verschnittene öffneten ihm das Tor und stützten ihn unter den Armen, bis sie ihn in das oberste Stockwerk brachten. Da fand er Hallen und Erker, und das alles war mit Teppichen und grüner Seide ausgestattet. Und siehe, er erblickte jene Frau, wie sie dort auf einem mit Perlen und Edelsteinen besetzten Lager aus Ebenholz saß. Sobald er sie erblickte, sagte er: »Du, wer hat dich hierher gebracht? Und du hast die Stube offen gelassen?« Wie sie nun diese Worte hörte, brach sie in Gelächter aus, daß sie auf den Rücken fiel, und sprach: »O Scheich Nakkīt, ich habe sie verschlossen und den Schlüssel mitgebracht. Da hängt er!« Er erwiderte: »Bei Gott, so ist es recht, meine Herrin!« Sie gab ihm fortan jeden Tag fünf Dinare, um dafür Essen und Trinken zu kaufen, ergötzte sich an ihm und tröstete sich mit ihm über ihren Gram. Und sie lebten auf diese Weise zwanzig Tage lang. So war es Scheich Nakkīt ergangen.

Die Frau nun war die Favoritin des Sultans, und sie war es, an die man sich in allen den Sultan betreffenden Sachen wandte. Er hatte nämlich außer ihr fünf Kebsweiber, Favoritinnen. Und diese fünf waren eifersüchtig auf sie, weil sie vor ihnen den Vorrang hatte und ihnen vorangestellt war. Sie hatten sich deshalb gegen sie vereinigt und ihr Bandsch in die Speise gemischt. Als sie etwas davon zu sich genommen hatte, brach sie zusammen. Sie legten sie dann in eine Kiste und warfen sie ins Meer, während der Sultan auf Jagd und Hetze abwesend war.

Als er von seiner Ausfahrt zurückkam, erkundigte er sich nach ihr. Da sagte man ihm, sie sei weggegangen und nicht in ihre Wohnung zurückgekehrt. Dies betrübte ihn und drückte ihn nieder. Durch die Vorbestimmung geschah es dann, daß die Kiste unaufhörlich im Meer schwamm, indem sie sich bald erhob und bald senkte, bis zu jener Nacht, in der Scheich Nakkīt den Sultan verprügelte. Da geriet ihm die Kiste ins Netz, er nahm sie, und es geschah, was uns bereits bekannt ist.

Danach verbrachten Scheich Nakkīt und die Frau in jenem Palaste zwanzig Tage, bis eines Tages Freitag war. Da sprach die Frau zu ihm: »O Scheich Nakkīt, kannst du den Sultan einladen?« Da erhob er sich erschrocken und sagte: »Bei Gott, meine Herrin, er läßt mir den Kopf abschlagen.« Sie sprach aber: »Nein, es geschieht dir nichts Böses und du brauchst dich nicht im geringsten zu fürchten, er ist nachsichtig.« »Nun gut, meine Herrin«, entgegnete er ihr, »möge er mir auch den Kopf abschlagen lassen!« Sie sprach dann zu ihm: »Er wird zum Freitagsgebet ausreiten, und nach verrichtetem Gebet wird er mit seinem Gefolge am Tor des Palastes vorbeireiten.« Er sprach zu ihr: »Und wenn ich ihm die Einladung vorbringen werde, was soll ich ihm sagen?« »Bleib artig vor ihm stehen«, erwiderte sie, »wenn er vorbeireitet und sage ihm: ›Ich beschwöre dich bei deinen Vorvätern und deinen Ahnen, mein Gast zu sein und Kaffee bei mir zu trinken.‹« Er sprach: »Nun gut.« Sie befahl dann einem der schwarzen Sklaven: »Trag ihm einen Schemel zum Tor des Palastes hinab!«

Nachdem Scheich Nakkīt das Freitagsgebet verrichtet hatte, kam er also und setzte sich in Erwartung des Sultans auf den Schemel. Und siehe, dieser ritt an ihm vorbei. Da erhob sich Scheich Nakkīt ihm zu Ehren und ging ihm entgegen. Der Sultan drehte sich plötzlich um, erblickte ihn und erkannte ihn. Da wandte er sich zum Wesir und sagte: »Dies ist der Mann, der mir Prügel versetzt hat.« Scheich Nakkīt kam auf ihn zu, trat mit festem Herzen näher, ergriff den Zaum des Hengstes und sprach: »Ich beschwöre dich, o größter König dieser Zeit, bei deinen Vorvätern und deinen Ahnen, mich sogleich als Gast zu besuchen und bei mir Kaffee zu trinken.« Da hielt der Sultan an und sprach zu ihm: »Ich und mein Heer und mein Gefolge oder ich allein?« Er erwiderte ihm: »Du allein.« Da stieg der Sultan ab und betrat mit ihm das Schloß. Und der Wesir zog mit dem Gefolge des Sultans weiter.

Der Sultan stieg dann hinter Scheich Nakkīt im Palaste hinauf, die mit prunkvollen Teppichen ausgestatteten Gemächer musternd und sich wundernd, da dieser Mann ein bloßer Fischer war und doch in solchem Wohlstand lebte. Und immer wenn der Sultan sagte: »O Scheich, laß uns hier Platz nehmen!« antwortete dieser ihm: »Nein, steig nur hinauf!« bis er das höchste Stockwerk erreicht hatte. Da fand er ein besonders für ihn bereitetes Lager. Sie ließen sich beide darauf nieder, und der Sultan wandte sich nach rechts und nach links und wunderte sich. Dann sprach er zum Scheich Nakkīt: »Woher hast du dies alles?« »O größter König dieser Zeit«, entgegnete ihm dieser, »bist du denn gekommen, einen Bissen einzunehmen, oder mich zu beneiden?« Der Sultan sprach zu ihm: »Keineswegs, o Scheich, es ist bloß mein Wunsch, daß du mir Kunde davon gibst.« Da stand Scheich Nakkīt auf und lüftete den Vorhang, hinter dem die Frau saß. Und siehe, der Sultan erblickte sie, erhob sich seufzend zu ihr, indem sein Verstand davonflog, und umarmte sie. Und beide fingen an zu weinen. Da sagte der Scheich zum Sultan: »Du hast dich in meine Sklavin verliebt, und sie hat sich in dich verliebt.« Der Sultan erwiderte ihm jedoch: »Nein, o Scheich! Dies ist meine Gemahlin und meine Base.« Und er nahm etwas, das Zuckerwerk ähnlich sah, gab es ihm, und er aß es auf. Sobald es in seinen Bauch geriet, fiel er um und wußte nicht, wo oben und unten war. Als er nun niedergefallen war, stieg der Sultan hinab und befahl, alles, was sich in dem Palast befand, in sein Schloß zu schaffen, auch die Frau, so daß darin nichts von den Teppichen, nicht einmal von den Matten zurückblieb.

Und Scheich Nakkīt schlief in seiner Betäubung in einem fort bis zur Zeit des Sonnenuntergangs. Dann erwachte er, sah sich in dem Palaste rechts und links um, fand darin jedoch nichts, außer dem Schlüssel der Stube. Den nahm er zu sich, stieg hinab, ging zu seiner Stube, schloß sie auf und sprach bei sich: ›Man hat mir einen Streich gespielt!‹ Dann ging er zum Markt, holte sich etwas Brot, kehrte zurück und aß, bis er satt wurde. Danach legte er sich nieder, verstimmt, bekümmert, mit den Worten: ›Zuerst ist dein Kittel verlorengegangen, in dem hundert Dinare waren, und nun ist deine Bekanntschaft mit jener Frau mißlungen. Bei Gott, die Einladung des Sultans war die Fortsetzung des Unglücks! Aber des Lebens guter Stand kommt nur aus des Schöpfers Hand.‹ Und er streckte seine Hand nach dem Netz aus, um es zu nehmen und nach seiner Gewohnheit fischen zu gehen.

Und siehe, einige Leute des Sultans kamen heran, packten ihn und gingen mit ihm ohne Unterlaß, bis sie ihn vor den Sultan stellten. Der Fischer begrüßte ihn, er erwiderte seinen Gruß und befahl ihm, sich niederzulassen. Er setzte sich, und der Sultan plauderte mit ihm, bis er zu ihm sagte: »O Scheich Nakkīt, du hast uns eine Wohltat erwiesen, weil du meine Base brachtest und ihr Zusammentreffen mit mir herbeiführtest. Und ich verlange, daß du vor mir einen Wunsch aussprichst, den will ich dir als Belohnung für die Freundlichkeit, die du mir erwiesen hast, erfüllen.« Da sagte Scheich Nakkīt: »Kannst du meinen Wunsch erfüllen?« »Wie könnte ich es nicht«, erwiderte ihm jener, »da ich der Sultan bin? Mensch, du bist ein Narr! Bei Gott, würdest du die Hälfte des Reiches verlangen, wahrlich, ich würde sie dir geben.« »O größter König dieser Zeit«, sagte Scheich Nakkīt, »mein Wunsch ist ungeheuer groß, und ich glaube, daß du ihn nicht wirst erfüllen können.« Da sprach der Sultan bei sich: ›Ich fürchte, daß sein Wunsch lauten wird: „Gib mir deine Base!“‹ Und er sagte zu ihm: »Du Mann, was ist es? Beeile dich, es auszusprechen!« Hierauf sprach Scheich Nakkīt: »Ich verlange von Gott und von dir, unserem hohen Herrn, dem Sultan, niederschreiben zu lassen, daß ich zum Scheich der Affentreiber in der Stadt Hīra werden soll.«[1] Als nun der König diese Worte vernommen hatte, brach er über ihn in Gelächter aus und erkannte und war sicher, daß Scheich Nakkīt ein alberner Mann sei. Dann befahl der Sultan: »Schreibt es für ihn nieder!« Sie taten es und schrieben für ihn nieder, er sei der Scheich der Affentreiber in der Stadt Hīra geworden. Und er ließ ihn mit dem Gewand des Scheichs der Affentreiber bekleiden.

Hierauf ging Scheich Nakkīt hinaus, und man verkündete in der Stadt: »Scheich Nakkīt ist zum Scheich der Affentreiber geworden!« Dann ging er zum Wohnort der Affentreiber und errichtete für sich eine Behausung aus Holz, setzte sich darin nieder und fing an, Entscheidungen über das zu treffen, was zwischen den Affentreibern vorfiel. Und jeder von ihnen, der mit seinem Gefährten handgemein wurde oder sich einen Übergriff gegen jemanden zuschulden kommen ließ, ging zu Scheich Nakkīt, damit er ein Urteil fälle, danach, was er für Recht hielt. So ging ihm ein außerordentlicher Ruf unter den Affentreibern voran.

Da geschah es eines Tages, daß ein lärmender Menschenhaufen zu ihm kam. Er fragte sie: »Was gibt es denn?« Sie sprachen zu ihm: »Der Affe von dem und dem, einem Affentreiber, hat einem Knaben das Bein gebrochen.« Und siehe, der Vater des Knaben brachte ihn und legte ihn vor dem Scheich der Affentreiber nieder. Der sah nun, daß das Bein

1. *Hīra* war eine alte Stadt im Irak, berühmt in vorislamischer Zeit der Araber als Residenz der Lachmiden.

gebrochen war. Und der Besitzer des Affen war ein alter Mann und sein Affe ein Affenmännchen. Sooft ihn sein Herr packte und sprach: »Man hört Brummen auf dem Brunnen«, damit er spiele – er gedachte durch die Vorstellung einige Dirhams zu erbetteln –, wollte der Affe nicht und leistete Widerstand, indem er sich an seinen Herrn klammerte und ihn zu Boden streckte; denn der Mann war alt, und der Affe hatte keine Furcht vor ihm. Da sandte Scheich Nakkīt nach jenem Mann, ließ ihn holen und sagte zu ihm: »Du Mann, warum hast du es zugelassen, daß dein Affe jenem Knaben das Bein gebrochen hat?« Er erwiderte ihm: »Mein Herr, ich bin ein alter und kränklicher Mann und kann ihn nicht bewältigen. Und zu alldem, was er an mir verübt, gehört auch, daß er, sooft ich etwas durch ihn erbetteln will, womit ich mich selbst und meine Familie ernähren könnte, sich an mich klammert, mich zu Boden streckt und nicht spielen will. Und er bringt mich in meinem Geschäft zur Verzweiflung.« Da sagte Scheich Nakkīt zu ihm: »Wenn du ihn nicht zu bewältigen vermagst, warum behältst du ihn bei dir? Verkauf ihn!« Der Mann sprach: »Niemand will ihn kaufen.« Da nahm ihn Scheich Nakkīt, bezahlte ihm seinen Preis, legte dem Affen zwei Eisenketten an und band ihn an einen Pfeiler seines Gemachs. Und er fütterte ihn, wobei der Affe sich vor ihm fürchtete.

So lebte Scheich Nakkīt eine Zeitlang, indem er das Amt des Scheichs der Affentreiber bekleidete, bis er eines Tages in seinem Gemach saß und hörte, wie jemand sprach: »Es gibt weder Macht noch Stärke, außer bei Gott, dem Erhabenen, dem Allmächtigen! Bei Gott, unser Sultan ist von einer bösen Krankheit erschöpft und liegt eben in den letzten Zügen. Wenn er stirbt, wird bei uns kein solcher Sultan, wie er es ist, mehr herrschen, denn er war voll Teilnahme gegen die Untertanen und liebte Arme und Bedürftige.« Als Scheich Nakkīt ihn hörte, sagte er zu ihm: »Du Mann, dem Sultan geht es gut.« Der Mann sprach jedoch: »Bei Gott, mein Herr, er liegt in den letzten Zügen und ringt mit dem Entweichen der Seele.« Da sprach Scheich Nakkīt bei sich: ›Bei Gott, wir halten es für geboten, ihn zu besuchen, da wir ihm für eine Wohltat verpflichtet sind.‹ Augenblicklich erhob er sich und begab sich zum Palast des Königs.

Als er dort angelangt war, fand er Leute, Würdenträger und Diener des Sultans, an der Tür stehen. Und alle waren wegen der Erkrankung des Sultans betrübt. Er trat an sie heran und fragte sie, wie es mit dem Sultan stehe. Sie gaben ihm zur Antwort, er sei nicht wohl. Da bat er sie, ihm die Erlaubnis zum Eintritt zu erwirken. Es trat nun ein Verschnittener zum König hinein und bat ihn, er möge Scheich Nakkīt Eintritt gewähren. Als der Sultan von ihm hörte, öffnete er die Augen und befahl: »Führt ihn her! Vielleicht schenkt mir unser Herr Genesung durch den Segen dieses Mannes.« Der Verschnittene ging also hinaus zu Scheich Nakkīt und führte ihn zum Sultan. Als er nun bei ihm eingetreten war, entbot er seinen Gruß, den der Sultan erwiderte. Der Scheich setzte sich nieder, befühlte ihm den Puls und den Vorderarm und sagte zu ihm: »Dir, o König, geht es gut. Sei unbesorgt! Dich überkam nur eine Schwäche. Ich werde dir jedoch etwas vorschreiben: Wenn du mir einundzwanzig Tage folgst, wirst du mit Erlaubnis Gottes, des Erhabenen, genesen. Wenn sich die Genesung nicht einstellt, laß mir den Kopf abschlagen!« Da staunte der König und freute sich, setzte sich aufrecht und öffnete die Augen. Sobald sein Gefolge dies sah, geriet es darüber in Freude. Dann sagte der König: »Und was ist es, das du mir rätst, o Scheich Nakkīt? Wodurch wird sich die Genesung einstellen, und wie hast du erkannt, was du mit mir machen wirst? Ich werde dir keinen Widerstand leisten.« »O größter König dieser Zeit«, erwiderte er ihm, »dieser Raum, in dem du liegst, sagt der Krankheit, die in dir ist, nicht zu.« Da fragte er ihn: »Was soll ich machen?« Er antwortete: »Wenn du gesund werden willst, laß den Baumeister holen, damit er dir ein hübsches Gemach oberhalb meines Gemachs errichte, und verweile darin einundzwanzig Tage lang! Und wenn du nicht gesund wirst, laß mir den Kopf abschlagen.« Da sprach der Sultan bei sich: ›Bei Gott, das ist merkwürdig! Ich bin ein König und Sultan, und ich soll einem Manne, dem Scheich der Affentreiber, nach seinem Verstande folgen.‹ Dann schwieg er ein wenig und dachte über diesen Umstand nach.

Und siehe, der Wesir trat herein, wollte sich aufstellen und die Ehrenbezeigung leisten. Da winkte ihm der König; er kam also und trat näher an ihn heran. Der Sultan sagte zu ihm: »O Wesir, gib mir einen Rat in folgender Sache! Dieser Mann sagt mir: ›Laß dir ein hübsches Gemach oberhalb meines Gemachs bauen, bleibe darin einundzwanzig Tage lang, und du wirst genesen.‹ Was sagst du, o Wesir, zu diesen Worten?« Da erwiderte ihm der Wesir: »O größter König dieser Zeit, ein Sprichwort, das große Leute anzuführen pflegen, sagt: ›Falls drohende Gefahr sich dir entgegenstellt, dann ziemt sich, was auch nicht gefällt.‹ Und möglich ist es, daß dies deine Genesung enthält.«

Da befahl der König dem Wesir, ihm ein hübsches Gemach oberhalb des Gemachs des Scheich Nakkīt auf dem Platz, der inmitten der Stadt war, bauen zu lassen. Es vergingen nicht einmal drei Tage, und das Gemach wurde fertiggestellt. Man stattete es mit prunkvoller Einrichtung aus und brachte auf allen Seiten von außen Vorhänge an. Dann wurde es dem Sultan gemeldet, man setzte ihn auf ein Reittier und stützte ihn, bis er zu jenem Gemach gelangte, führte ihn hinauf und brachte ihn darin unter. Und der Sultan befahl, daß sich bei ihm nur drei Mamluken und ein schwarzer Sklave aufhalten sollten. Und alle übrigen kehrten zurück.

Als sich nun der Sultan in jenem Gemach eingerichtet hatte, pflegte er den Rand des Vorhanges zu lüften und hinauszuschauen. Und er sah viele Leute, Affentreiber, Tataren und Zigeuner, und sah, wie einige Affen einander zuzwinkerten und spielten. Daran vergnügte er sich.

Er war fünfzehn Tage lang dort und wurde jeden Tag gesünder, bis man ihm am sechzehnten Tage am Vormittag das Mittagessen brachte. Es waren dabei unter anderem feine Brotfladen und kleine Haustauben. Er nahm zwei Brotfladen, wickelte in jeden Brotfladen eine Taube und warf sie hinab, Scheich Nakkīt zu, der sich in seinem Gemach befand. Dieser nahm sie, aß davon einen Brotfladen und eine Taube; wogegen er die zweite in den Brotfladen eingewickelte Taube nahm, seine Satteltasche aufmachte, sie hineinlegte und bei sich sprach: ›Wenn du am Mittag ausgeschlafen hast und kurz vor der Zeit des Nachmittagsgebetes aufwachst, iß sie auf, bevor du den Kaffee trinkst!‹ Als er jedoch die Taube in die Satteltasche steckte, beobachtete ihn der Affe. Sobald nun die Mittagszeit anbrach, schlief Scheich Nakkīt nach seiner Gewohnheit ein.

Nachdem er nun eingenickt und in Schlaf versunken war, wandte sich der Affe nach rechts und nach links und erblickte niemanden. Und durch die Vorbestimmung geschah es, daß der Sultan in diesem Augenblick den Rand des Vorhangs lüftete und den Affen beobachtete, wie er an dem Pfeiler angebunden war und Scheich Nakkīt betrachtete. Da trat der Affe an die Satteltasche heran, öffnete sie, zog aus ihr den Brotfladen, in dem sich die Taube befand, trennte den Brotfladen ab, nahm die Taube in die Hand und wollte sie auffressen. Und siehe, ein großer Vogel, eine Gabelweihe, flog zu ihm herab, entriß ihm die Taube und flog davon. Da sprach der Affe bei sich: ›Du hast die Taube genommen, um sie aufzufressen. Doch die Gabelweihe hat sie gepackt, und du wirst Prügel bekommen. Aber die Gabelweihe wird sicher zum zweitem Mal wiederkommen.‹ Da ergriff der Affe den Brotfladen und fing an, ihn in den Händen umzuwenden. Und siehe, die Gabelweihe hatte bereits die Taube aufgefressen und kehrte von neuem zurück. Sie bemerkte den Affen, wie er den Brotfladen umwendete. Dies Herumwenden war jedoch eine List, die der Affe, der die Gabelweihe verstohlen beobachtete, ihr bereitete. Die Gabelweihe ließ sich nun herunter mit der Absicht, auch diese vermeintliche Taube zu ergreifen. Als der Affe nun sah, wie sie sich aus der Luft herabließ, bis sie sich ihm genähert hatte, und ergreifen wollte, was er in den Händen hielt, da stürzte er sich hurtig auf sie, ergriff sie, brach ihr das Genick und fing an, ihr Gefieder zu rupfen.

Dies alles geschah, während der Sultan zuschaute und sah, was die Gabelweihe und der Affe angestellt hatten, und er lachte. Der Affe hörte nicht auf, die Federn der Gabelweihe zu rupfen, als Scheich Nakkīt plötzlich aus dem Schlaf erwachte. Sobald nun der Affe bemerkt hatte, daß er erwacht war, wickelte er die Gabelweihe, ohne sie sauber gerupft zu haben, in den Brotfladen ein, steckte sie in die Satteltasche, lehnte sich an den Pfeiler und blieb still stehen.

Was nun Scheich Nakkīt betrifft, er stand auf, setzte sich nieder, nahm den Krug und spülte mit ein wenig Wasser den

Mund, trat an die Satteltasche heran und wollte die Taube herausnehmen, um sie zu verspeisen. Sodann öffnete er die Tasche, nahm aus ihr den Brotfladen heraus, trennte ihn ab, nahm, was darin war, in die Hand, und da er wegen des Schlafes seine Augen noch nicht recht aufgetan hatte, biß er hinein. Es gelang ihm jedoch nicht. Er ließ nicht ab, mit den Zähnen kräftig in das Fleisch zu beißen, es kam ihm aber wie ein Stück Leder vor. Hierauf öffnete er die Augen vollends und erblickte einige Federkiele. Da erhob er seinen Kopf und sah, wie der Sultan ihn beobachtete. Er sprach zu ihm: »O größter König dieser Zeit, in deinen Tagen verwahren wir gebratene Tauben, wenn wir uns niederlegen, erwachen wir aber, finden wir sie ohne Gewürz, von Kielfedern bedeckt.« Scheich Nakkīt nämlich hatte geschlafen und wußte nicht, was geschehen war, aber dem Sultan war die Begebenheit bekannt, und so lachte er noch mehr. In diesem Augenblick, wegen des vielen Lachens, verließ den Sultan das Leiden, das sein Herz befallen hatte, und er atmete auf.

Sofort sandte er um den Arzt, ließ ihn holen, und dieser bereitete ihm eine Arznei gegen sein Leiden. Darauf vergingen keine drei Tage, und der Sultan fühlte sich wieder wie früher und wurde noch kräftiger. Dessen freute er sich über alle Maßen und zog wieder in seinen Palast ein. Und das Volk im Reiche des Königs und die Würdenträger fingen an, Scheich Nakkīt zu beschenken, weil er den König von seiner Krankheit geheilt hatte.

Als nun der Arzt fortgegangen war, schickte der Sultan nach Scheich Nakkīt, ließ ihn vor sich kommen und sagte zu ihm: »Bei Jenem, der mich mit dem, worin ich bin, betraut hat, wenn du dir von mir nicht etwas wünschst, wovon dein Heil abhängt, oder etwas, was von den vergänglichen Dingen für dich von Wert wäre, wahrlich, dann laß ich dir den Kopf mit dem Schwert abschlagen.« Da erwiderte ihm Scheich Nakkīt: »O größter König dieser Zeit, ich will mir etwas Besonderes wünschen, was mir von Nutzen und von deiner Seite eine Belohnung wäre.« »Sprich deinen Wunsch aus«, befahl ihm der Sultan, »und stelle deine Bitte, sie wird dir gewährt.« Da sagte Scheich Nakkīt: »Ich wünsche von Gott und von unserem hohen Herrn, dem Sultan, den Rest meines Lebens hindurch an seinem Tisch speisen zu dürfen.« »Sei willkommen«, entgegnete ihm der Sultan, »und wie zu Haus geehrt und geachtet!«

Hierauf wies er ihm allmonatlich einen gewissen Betrag Geldes zu und auch Speise und Trank. Dann sprach der Sultan zu ihm: »O Scheich Nakkīt, auch ich habe einen Wunsch an dich in dieser Nacht, und zwar, daß du uns eine Geschichte vorträgst, die du aus den Erzählungen der Vorfahren gehört hast und aus dem, was du in jener Zeit gesehen hast. Und es soll eine Geschichte sein, die die Herzen erquickt!« »Ich höre und gehorche«, erwiderte ihm Scheich Nakkīt.

Als nun die Zeit des Nachtmahls gekommen war, nachdem das Gefolge des Königs sich zerstreut und jeder von ihnen sich in sein Haus begeben hatte, sandte der Sultan nach Scheich Nakkīt und ließ ihn vor sich bringen, befahl ihm, sich niederzusetzen und verlangte von ihm eine Erzählung. Scheich Nakkīt sprach: »O größter König dieser Zeit, schenke meinen Worten Gehör, was ich erzähle, wird wunderbar genannt und ist seltsam und amüsant.

DIE GESCHICHTE VON DER TOCHTER DES WESIRS DES KÖNIGS VON ANDALUSIEN UND DEM IRAKISCHEN PRINZEN

Es war einmal ein König im Lande Andalusien, der glorreich war an Macht, erhaben an Würde in seinem Reich; sein Stolz war übergroß, sein Wort in allen Ländern einflußreich. Und sämtliche Könige empfanden Furcht vor seiner Gewalt.

Er hatte ein Kind männlichen Geschlechts, das zehn Jahre alt war und das er im Schreiben und Rechnen und sämtlichen Zweigen der Wissenschaft unterrichten ließ.

Und er hatte einen Wesir, einen aufrichtigen Ratgeber in seinen Entscheidungen. Und jener Wesir besaß eine Tochter, die unendlich vollkommen und liebreizend war und das Alter von vierzehn Jahren erreicht hatte. Sie konnte lesen und verstand sämtliche Schriftarten mit der Rohrfeder zu schreiben, sie erlernte sogar geomantische Figuren und das Stellen von Horoskopen. Und sie verstand es, sich selbst aus Vorzeichen zu wahrsagen.

Nun sah sie an den Vorzeichen, daß es ihr vorbestimmt war, in unrechtmäßiger Weise schwanger zu werden. Da wurde ihre Brust beklommen, ihr Schicksal traf sie schwer, und sie wußte nicht, was sie anfangen sollte, bis eines Tages ein altes Weib zu ihr kam, das war die Amme des Königssohnes gewesen. So sprach das Mädchen zu ihr – es hieß Sittalbanāt –: ›Leiste mir Beistand, Mütterchen, denn meine Angelegenheit ist so wunderbar und sonderbar, daß es nichts Ähnliches auf der Welt gibt.[4] Ich bin ratlos, was ich in dieser Sache anfangen soll. Mein Herz erbebt, und ich weiß nicht, was mit mir geschehen wird.‹ Da fragte die Alte sie: ›Liebe Tochter, warum

4. *Sitt-al-banāt* heißt »die Herrin der Mädchen«.

sprichst du so?‹ Nun erzählte ihr das Mädchen, was ihm am Herzen lag und sagte zuletzt: ›Liebe Amme, du wirst mein Geheimnis verschweigen, es verborgen halten und es nicht preisgeben.‹ Da entgegnete die Alte: ›Jeder Sterndeuter ist ein Lügner, darum nimm dir dies alles nicht so zu Herzen! Diese Versuchung entspringt deinem Gemüt. Du bist doch im Schlosse deines Vaters, und niemand kann zu dir gelangen. Sei deshalb ruhigen Herzens!‹ Und die Alte verließ sie und zog ihres Weges.

Weil aber der Wesirstochter beklommen zumute war, erhob sie sich augenblicklich, legte das Kleid armer Leute an und verließ das Schloß ihres Vaters durch die geheime Tür, ohne zu wissen, wohin sie sich wenden sollte. Sie befahl jedoch vor ihrem Aufbruch den Sklavinnen, denen sie vertraute, ihr Geheimnis zu verschweigen und sagte zu ihnen: ›Jedem, der nach mir fragt, wäre es auch mein Vater oder meine Mutter, sagt: „Sittalbanāt schläft."‹

Dann stieg sie hinab und ging ohne Unterlaß, wie die Kinder armer Leute, von der Vorbestimmung geleitet, die an ihrer Stirn geschrieben stand. Und siehe, sie fand einen Garten mit vielen Bäumen, Blumen und Bächen auf den Wiesen, und Vögeln, die Gott, den Einzigen, den Bezwinger, priesen. Da trat sie in jenen Garten ein und sie fand darin einen alten Mann, einen Gärtner, mit langem, reinem grauen Haar. Er stand dort und trieb das Gespann des Wasserschöpfwerkes an. Und es war niemand bei ihm. Da trat die Wesirstochter zur Wasserrinne und beschmierte ihre Hände und Füße mit Kot und Mist, so daß ihre Hautfarbe verändert wurde. Dann näherte sie sich dem Gärtner. Als er sie nun erblickte, dachte er, sie sei ein Knabe. Da sprach er zu ihr: ›Mein Junge, willst du an diesem Schöpfwerk als Treiber arbeiten? Ich könnte mich dann vorne beim Wasser hinstellen, um es in die Behälter und auf die Saat fließen zu lassen, weil ich keinen Burschen zu dieser Arbeit habe.‹ Da sagte das Mädchen: ›Nun gut, Gevatter!‹ Dann stellte sich das Mädchen, das wie ein Knabe aussah, dorthin und fing an, den Ochsen am Schöpfwerk anzutreiben.

In jenem Garten stand eine Wohnhütte; der Gärtner pflegte jedoch nachts in sein Haus zu gehen, das Mädchen hingegen die Hütte zu betreten und drinnen zu graben, mit der Absicht, eine Grube auszuheben, um sich darin verbergen zu können. So grub es jede Nacht ein wenig und grub fünfzehn Tage, bis es eines Nachts, während es grub, eine Falltür fand, vier Ellen lang und ebenso breit. Als diese Falltür zum Vorschein kam, gab die Wesirstochter das Graben auf. Sie sprach: „Unter dieser Platte muß etwas sein, aber was für eine Bewandtnis hat es damit?" Und sie fing an, zu sich selbst zu sprechen, denn sie hatte Angst. In der zweiten Nacht faßte sie Mut, stärkte ihr Herz, trat zu der Falltür und grub ringsherum. Dann raffte sie sich auf, hob die Platte zur Seite und lehnte sie an. Und siehe, unter der Platte erschien eine Treppe, die in die Tiefe führte. Da geriet sie in Versuchung hinabzusteigen, um zu sehen, was dies für ein Ort sei und wohin die Treppe führe. Bald stieg sie fünf Stufen hinab, kehrte aber zurück, bald sprach sie zu sich: „Steig hinab! Und wenn du auch sterben solltest, so wirst du von dem befreit, was dir auf der Geomantentafel und im Horoskop erschien." Darauf stieg sie zwanzig Stufen tief hinab, ohne irgendwohin zu gelangen, und nichts kam zum Vorschein, was sich in jenem unterirdischen Gange befand. Hierauf stieg sie abermals hinauf. Als es dann tagte, spannte sie den Ochsen in das Schöpfwerk und fing an, ihn zu treiben.

Und siehe, der Gärtner kam aus seinem Hause und fand die Wesirstochter, wie sie den Ochsen am Schöpfwerk trieb, jedoch ermattet vom vielen Wachen und vieler Mühe. Da wandte er sich zu ihr und sprach: ›Du Bursche!‹ Sie erwiderte ihm: ›Jawohl, Meister!‹ Er sagte: ›Warum siehst du ermattet aus?‹ Sie sprach: ›Das kommt vom vielen Schlaf. Ich habe viel geschlafen und bin erst eben aufgewacht. Da spannte ich den Ochsen an, damit du die Saat bewässern kannst.‹ Diese Worte waren für den Gärtner rätselhaft, er dachte jedoch, sie seien wahr, denn er wußte nichts von dem nächtlichen Graben.

Sobald nun die Nacht anbrach, trat sie, nachdem der Gärtner in sein Haus gegangen war, in jenen unterirdischen Gang und hörte nicht auf hinabzusteigen, erfüllt von Angst, bebenden Herzens und mit sich selbst redend. Da sprach sie folgende Verse:

„Will Gott den Diener hin zum Guten führen,
Ist der Erfolg gewiß, der Knecht hat keine Wahl.
Nur Gottes Macht kann die Gefahr verscheuchen,
Denn selbst am Tor des Heiles lauert Todesqual."

Als sie nun das Gedicht gesprochen hatte, stieg sie hinab, flößte ihrer Seele Mut ein und hörte nicht auf hinabzusteigen, bis sie in eine überaus weite Halle kam mit vier Erkern, von denen jeder voll kostbarer Schätze war. Und zwischen den Erkern fand sie ein Gemach, dessen Tür hatte kein Schloß, war jedoch zu. Da sprach jemand hinter ihrem Rücken: ›Kehr um, sonst stirbst du!‹ Als sie diese Stimme hörte, drehte sie sich um, fand jedoch den nicht, der diese Worte gesagt hatte. Da befiel sie noch größere Angst, sie wunderte sich und sprach: „Ich will einmal nachsehen, ob mir jemand nachgegangen ist, oder ob der, der sprach, sich an diesem Orte aufhält?" Dann blieb sie verwirrt in diesem Zustande stehen, bis der Morgen nahe war. Da ging sie fort, spannte wie gewohnt den Ochsen an, und begann ihn zu treiben. Dabei dachte sie bis zum Abend darüber nach, daß sie jemanden gehört hatte, ohne ihn gesehen zu haben.

Als nun die Nacht anbrach, stieg sie in den unterirdischen Gang hinab, kam zu jenem Gemach und stürzte darauf zu, da sie eintreten wollte. Sie legte ihre Hand an die Tür, wollte sie öffnen und hineingehen, doch sie hatte keinen Mut, sie zu öffnen. Und siehe, jener Geheimnisvolle sprach zu ihr folgende Worte:

›O du, dem vor dem Schicksal bangt, sei unverzagt,
Befiehl Dem, der die Welt geschaffen, deine Pein!
Was das Geschick bestimmt, das hat allein Bestand,
Vor dem, was nicht bestimmt ist, kannst du sicher sein.‹

Als nun das Mädchen diesen letzten Vers vernahm und daß die Stimme gesagt hatte: ›Vor dem, was nicht bestimmt ist, kannst du sicher sein‹, da sprach es: ›Lob sei Gott! Bei Gott, dieser Vers ist eine frohe Botschaft, er vertreibt meine Furcht.‹ Dann öffnete die Wesirstochter die Tür und trat ein. Und siehe, sie fand dort ein Lager aufgestellt und darüber einen herabgelassenen Vorhang aus grüner Seide. Erschrocken trat sie näher heran und lüftete den Rand des Vorhangs. Da fand sie darunter einen Jüngling von hübscher Gestalt und ungewöhnlichem Reiz, der wie der Mond in seiner Fülle war. Sie erblickte ihn und ein einziger Blick in ihrem Herzen ward gefolgt von tausend Schmerzen, und die Liebe zu ihm bemächtigte sich ihres Gemüts. Und wegen der Vorbestimmung, die aus der Welt der Geheimnisse her an ihrer Stirn geschrieben stand, vergaß sie, was ihr auf der Geomantentafel und im Horoskop erschienen war. Dann legte sie ihre Hand auf den

Jüngling, er erwachte aus dem Schlaf und fand die Tochter des Wesirs neben sich stehen. Da erhob er seinen Blick zu ihr und sagte: ›Wer bist du? Gehörst du zu den Menschen oder zu den Dämonen?‹ ›Aber nein‹, entgegnete sie ihm, ›zu den Menschen.‹ Da sprach er: ›Wie kamst du an diesen Ort?‹ ›Mein Herr‹, erwiderte sie, ›durch das Schicksal.‹ Der Jüngling redete mit ihr, während sein Herz in Liebe zu ihr entbrannte. Und er bewunderte ihre Schönheit, obwohl sie kein prachtvolles Kleid trug. Dann fragte er sie: ›Meine Herrin, in welchem Zustand bist du?‹ Und er stand sogleich auf, nachdem er ihr seine Hand gereicht hatte. Sie gingen, bis sie zu einem Becken voll Rosenwasser kamen, und er ließ sie in das Becken hinabsteigen. Sie badete, und er holte für sie ein Gewand, das er ihr anlegte. Da sah sie aus wie der strahlende Mond.

Darauf kehrte er mit ihr zum Lager zurück, auf das sie sich niederließen; sie unterhielten sich und lachten und scherzten bis zur Mitternacht. Da regte sich in ihnen, weil sie sich sehr liebten, die Leidenschaft, sie umarmte ihn und er umarmte sie, dann warf er sie um und sie warf ihn um, und beide überwältigte die Begierde. Da brachte er sie um ihre Jungfräulichkeit, nachdem sie sich vergnügt hatten. Und der Jüngling schlief sofort ein.

Das Mädchen aber zog, sobald es tagte, die Gewänder aus. Es legte die schmutzigen Kleider an, ging hinaus und spannte den Ochsen an das Schöpfwerk. Da kam der Gärtner und bewässerte die Schößlinge der Bäume, bis der Tag verging. Jedoch das Herz des Mädchens dachte an den Jüngling.

Als nun dieser Tag vorübergegangen, die Nacht angebrochen und der Gärtner in sein Haus gegangen war, stieg die Wesirstochter in den unterirdischen Gang hinab und ging in einem fort, bis sie zu dem Gemach kam und die Tür öffnete, um den Jüngling zu suchen. Als sie das Gemach betreten hatte, fand sie weder das Lager noch den Jüngling. Da schlug sie sich ins Angesicht, lief in den Ecken des Gemachs umher, sie fand jedoch nichts, weder Habe noch Gut. Da vergrößerte sich ihr Gram, und ihre Sorge wuchs. In diesem Augenblick erinnerte sie sich an das, was sie in der Geomantenfigur und im Horoskop gesehen hatte, und sie sagte: „Wahr sprach der, der sagte: ‚Was das Geschick bestimmt, das hat allein Bestand.‘“

Dann brach sie heimlich auf und ging ohne Unterlaß, bis sie zum Schlosse ihres Vaters kam und ihr Zimmer betrat. Da fand sie die Sklavinnen auf der Wache, wie sie befohlen hatte. Sie war jedoch wegen des Jünglings in Gedanken versunken. So war es ihr ergangen.

Was nun die Geschichte des Jünglings betrifft, die ist wunderbar und sonderbar. Denn er war Sohn eines Königs im Lande Irak und erlernte sämtliche Arten des Schreibens und der Schriftkunst. Es blieb ihm unter allen Wissenschaften nichts verborgen, bis er eines Tages in Gedanken versank und sprach: „Man muß eine Geomantenfigur und ein Horoskop aufstellen und etwas durch die Wissenschaft der Zeitbestimmung und der Sterndeuterei zutage bringen.“ Dann zeichnete er eine geomantische Figur und das, was er im Sinn hatte. Und es erschien ihm, als sei an seiner Stirn geschrieben, daß er sich an einem Mädchen im Lande des fernen Westens versündigen werde, und er wurde darüber betrübt. Sooft er dies tat, erschien ihm stets dasselbe. Und da er die Dämonenbeschwörung gut beherrschte, zeichnete er einen Kreis und sprach darin die Beschwörungsformel. Und siehe, es erschien einer von den Dämonenhelfern, der die Erde west- und ostwärts, so lang und breit sie ist, zu durchfliegen vermag, und sagte zu ihm: ›Was verlangst du?‹ Er erwiderte: ›Wie heißt du?‹ Er sprach: ›Ich heiße Dahnasch.‹ ›O Dahnasch‹, entgegnete er ihm, ›ich habe dies und das gesehen. Wie kann ich mich davon befreien?‹ Dahnasch antwortete ihm: ›Ich kenne im Lande Andalusien eine Höhle, in der vier Erker voll kostbarer Schätze sind. Und darin ist ein Gemach, in das ich dich bringen und niederlegen werde. Dort liegt, was du zur Zerstreuung und zur Ernährung brauchst, solange Gott nicht das vollbringt, was geschehen muß.‹

Da einigten sie sich. Der Dämon riß ihn vom Boden empor und flog mit ihm, bis er zu jenem Gemach kam. Und durch die Vorbestimmung geschah es, daß die Tochter des Wesirs ausging, in jenen Garten kam, und die Allmacht zog sie zu dem Ort hin, und es ereignete sich das, was sich von dem, was an der Stirn des Mädchens und des Jünglings geschrieben stand, ereignen sollte. Als nun Gott das, was ihnen beschieden war, vollbracht hatte, kam der Dämonenhelfer, riß den Jüngling empor und brachte ihn in seine Heimat ins Land Irak zurück. Und beiden, dem Jüngling und dem Mädchen, entflammte das Herz, als sie voneinander getrennt wurden.

Was das Mädchen betrifft, dem mundete kein Gericht, und der Schlaf labte es nicht. Da sprach es bei sich: „Wenn dieser Zustand andauern und die Schwangerschaft in meinem Leibe zum Vorschein kommen wird, was soll ich dann meinem Vater und meiner Mutter sagen? Doch der Gescheite spricht: ‚Das Land Gottes gehört den Geschöpfen Gottes.‘ Und man muß Geduld haben mit dem Walten der Tage.“ Fortwährend war sie dann in nachdenklichem und besorgtem Zustand, indem sie bald an ihre Liebe zu dem Jüngling, bald an ihr eigenes Geschick dachte, vier Monate hindurch. Danach kamen an ihr die Zeichen der Schwangerschaft zum Vorschein, jedoch nur gering. Da sprach sie bei sich: „Wenn ich dableibe, wird die Frucht größer werden, und man wird mich töten. Und wenn ich fortgehe, bin ich des Weges nicht kundig."

Hierauf erhob sie sich um Mitternacht, zog ihre Gewänder aus, legte das Kleid der Männer an und machte sich den Leuten des Schmiedehandwerks ähnlich. Sie ging in die Küche und schwärzte ihre Hände und Füße sowie ihr Antlitz mit Ruß, in den sie das Fett von einer Wachskerze mischte, damit er ihr an der Haut hafte. Dann zog sie hin, indem sie Gott mit den Worten anrief: ›O Führer der Irrenden!‹ bis sie außerhalb der Stadt gelangte, kaum nach der Richtung fragend, die sie während ihrer Reise einschlagen sollte, und nicht wissend, was sie anfangen sollte, in Gedanken vertieft und die Liebe zu dem Jüngling in ihrem Herzen tragend.

Und siehe, sie gelangte zu einer Karawane, die im Begriffe war, die Stadt zu verlassen, um nach dem Lande Irak zu reisen. Und das Mädchen nahm, bevor es aufbrach, einen Schmelztiegel mit, füllte ihn mit Gold und steckte ihn hinter den Gürtel unter die Kleider. Dann gab es sich einem Manne, einem Treiber in jener Karawane, in Obhut. Und der hatte drei freie Maultiere ohne Ladung und wollte sie vermieten. Da sprach die Wesirstochter, die wie ein Knabe aussah, zu ihm: ›Um wieviel wirst du das Maultier vermieten?‹ ›Junge‹, erwiderte er ihr, ›ich vermiete es für zehn Goldstücke.‹ Sie bezahlte ihm, was er verlangt hatte, nahm das Maultier, bestieg es und ritt mit der Karawane. Sie hatte jedoch nichts zu Essen mit. Sie ritt nun unentwegt mit der Karawane bis zur Zeit des Nachmittagsgebetes, ohne etwas gegessen zu haben.

Und siehe, sie näherten sich einer Stadt; in ihrer Nähe lagerten sie sich zum Übernachten. Da rief sie den Maultiertreiber, gab ihm ein Goldstück und sagte: ›Geh in die Stadt, kauf für uns etwas Fleisch, etwas Butter und Reis und was noch nötig ist!‹ Der Mann nahm das Goldstück, begab sich in die Stadt, verschwand auf eine Zeitlang und brachte alles, was sie befohlen hatte. Sie nahm es und kochte ein Gericht wie für einen König, schöpfte daraus für den Maultiertreiber und gab es ihm. Sobald er den Wohlgeruch wahrnahm, schwanden ihm fast die Sinne, und er sprach: ›Bei Gott, dieses Gericht ist ein königliches Gericht!‹ Dann aß er davon und fand Wohlgefallen daran und sprach bei sich: „Bei Gott, meine Reise ist wegen dieses Jungen erfreulich!“

Als nun der Morgen anbrach, erhob sich die Karawane und zog den ganzen Tag ihres Weges. Und sie lagerte sich in einer wüsten Gegend, wo keine Ansiedlungen waren. Aber der Wesirstochter blieb in der Satteltasche noch die Hälfte von dem übrig, was man am ersten Abend gekauft hatte. Als nun die Karawane gelagert war, stellte sie, was sie an Fleisch, Reis und Gemüse bei sich hatte, ans Feuer und kochte.

Und der Scheich der Karawane hatte kein Fleisch zum Kochen mit, und niemand in der ganzen Karawane machte Feuer an, außer dem Mädchen. Da fragte der Scheich der Karawane: ›Zu wessen Gefolge gehört dieser Junge, der kocht?‹ Man sagte ihm: ›Dieser hat das Maultier, das er reitet, von dem Manne, dem Treiber, gemietet.‹ Er ließ also den Treiber holen, fragte ihn aus, und der bestätigte, was man ihm gesagt hatte. Da sprach er zu ihm: ›Wenn bei diesem Jungen etwas Gekochtes übrigbleibt, bring es uns!‹ Da kehrte der Mann, der Treiber, zu dem angeblichen Jungen zurück und sagte: ›Mein Herr, der Scheich der Karawane hat kein Fleisch zum Kochen und hat nur Brot und Käse, Honig und Oliven. Du wirst ihm also einen Teller Essen schicken.‹ Die

Wesirstochter entgegnete: ›Herzlich gern.‹ Als nun das Gericht gut und gar gekocht war, schöpfte sie drei Teller für den Scheich der Karawane und sandte sie ihm durch den Treiber. Als er die drei Teller vor sich stellte und der Wohlgeruch in seine Nase stieg, wunderte er sich und sprach: ›Bei Gott, diese Kochkunst findet man nicht bei den Frauen der Großen, man findet sie nur bei Königen.‹ Dann aß er und fand Wohlgefallen daran, und das Übriggebliebene gab er den Dienern. Und ebenso schöpfte sie einen Teller für den Treiber, und er nahm sein Nachtmahl ein. Und sie verbrachten die Nacht in der Wüste bis zum Morgen. Dann luden sie auf und machten sich auf den Weg.

Und sie reisten immerfort, Tag und Nacht, bis sie die Hauptstadt von Irak betraten, in der jener Jüngling, der Königssohn, lebte. Und jeder der Kaufleute mietete eine Stube in der Herberge, um dort seine Ware und sein Gepäck zu lagern. Da sagte die Wesirstochter zum Treiber: ›Du Treiber, kannst du mir eine Stube besorgen in einer Herberge, die am Rande der Stadt liegt, verborgen vor den Kaufleuten?‹ Er gab ihr zur Antwort: ›Herzlich gern!‹ Also besorgte er für sie eine Stube, kaufte ihr eine Matte und eine Decke, verließ sie und ging seines Weges.

Und ihre Schwangerschaft erreichte schon den siebenten Monat, und es war ihr derart bange, daß sie die Stube nicht mehr verließ. Als dann der neunte Monat kam, bezwang sie die schwere Frucht. Da wurde sie verwirrt, und sie rief den Pförtner. Der kam zu ihr und sprach: ›Was wünschst du, mein Herr?‹ Und der Pförtner war ein guter, vertrauenswürdiger Mann, und alle Leute waren mit ihm zufrieden. ›Gevatter‹, sagte sie zu ihm, ›ich will dir ein Geheimnis anvertrauen. Wenn du zu den vertrauenswürdigen Leuten gehörst und Geheimnisse bewahren kannst, werde ich dir mein Geheimnis anvertrauen, und du wirst es nicht verraten.‹ Er entgegnete: ›Mein Junge, jemand wie ich, bewahrt ein Geheimnis.‹ Sie sprach: ›Gevatter, ich bin die Tochter eines Wesirs. Es wurde mir vom Schicksal vorgeschrieben, daß ich empfing, und die Frucht bedrückt mich. Und ich verlange von dir, mich in dein Haus zu deiner Gattin zu nehmen, damit ich bei ihr gebäre.‹ ›Meine Herrin‹, gab er ihr zur Antwort, ›sei willkommen und unbesorgt!‹ Als dann die Nacht nahe war, nahm er sie in sein Haus und vertraute sie seiner Frau an.

Es vergingen dann kaum drei Tage, und sie gebar einen Knaben, der schön wie ein Mondsplitter war. Es sei Der gepriesen, der ihn schuf und ihm die Gestalt gab!

Nachdem das Mädchen niedergekommen war und seine Schmerzen in der achten Nacht nachließen, nahm es aus dem Schmelztiegel, den es mitgenommen hatte, hundert Dinare, gab sie dem Pförtner, und sagte zu ihm: ›Bessere die Lage deiner Kinder und deiner Familie und auch die meinige auf!‹ Und seiner Gattin gab sie fünfzig Dinare dafür, daß die Frau sie bedient hatte.

Und sie sorgten für das Mädchen und bedienten sie, bis ihr Knabe das Alter des Säugens, zwei Jahre, vollendet hatte. Und es floß ihm ein Tag wie zwei Tage dahin, bis er deutlich sprach, und man ihn in die Schule schickte. Er las dann bald, begriff leicht und erlernte auch die Schriftkunst. Und seine Mutter schickte dem Lehrer durch ihn jede Woche einen Dinar, so daß der Lehrer sich darüber freute und sich ihm gewissenhaft widmete.

Die Schönheit und Anmut der Wesirstochter kehrte während des Aufenthaltes bei der Frau des Pförtners zurück, doch sie dachte immer an den Jüngling, den Prinzen. Und sie hörte nicht auf, an ihn zu denken, solange sie bei dem Pförtner war.

Was nun den Prinzen betrifft: seit der Zeit, in der er vom Lande Andalusien zurückgekehrt war, wo er die Wesirstochter um ihre Jungfräulichkeit gebracht hatte, mundete ihm kein Gericht, der Schlaf labte ihn nicht, und sein Leib siechte dahin. Und er ging jeden Tag in die Gärten, um sich dort zu trösten und kehrte am Abend zurück, doch er dachte jeden Augenblick an den Zustand des Mädchens, bis er eines Tages, als er wie gewohnt aus den Gärten kam, Knaben traf, die auf der Gasse spielten. Und siehe, er bemerkte unter ihnen einen anmutigen Knaben, der dem Vollmond glich. Da blieb er stehen und beobachtete den Knaben eine volle Stunde lang. Und sooft er den Knaben bat, zu ihm zu kommen, floh dieser und fürchtete sich vor ihm. Er blieb dort auf seinem Hengste sitzen bis zur Zeit des Sonnenuntergangs, und sein Herz fühlte sich zu dem Knaben hingezogen. Und die Knaben gingen heim. Da ritt der Prinz davon, nachdem er sich an dem Knaben sattgesehen hatte. Als er dann bei seinem Vater eintrat, sah der ihn an und fand, daß sein Antlitz rot geworden und die Blässe von ihm gewichen war. Da sprach sein Vater bei sich: „Gelobt sei Gott, daß die Krankheit meines Sohnes vorüber ist!“ Als dies geschah, kannte er noch nicht den Kummer seines Sohnes, noch wußte er, was sich mit ihm zugetragen hatte.

Da ritt an einem Morgen der Prinz nach seiner Gewohnheit in die Gärten und kam in die Gasse, in der die Knaben gespielt hatten. Er dachte, sie würden auch in der Frühe spielen, fand sie jedoch nicht. Da erkundigte er sich nach ihnen, und man sagte ihm, daß alle Knaben zu dieser Zeit in der Schule seien und beim Lehrer läsen. Er ritt also weiter bis zum Garten und schickte zum Koch, gab ihm viele Dinge, um daraus ein Mittagmahl zu bereiten, ließ dann den Lehrer der Knaben holen und sagte zu ihm: ›Lieber Herr, du mußt alle Knaben mitnehmen und mit ihnen in den Garten kommen, damit sie heute guter Dinge sind, denn ich habe ihretwegen ein Gelübde getan.‹

Hierauf nahm der Lehrer sämtliche Knaben der Schule, darunter auch jenen Knaben, und ging ohne Aufenthalt, bis er in den Garten kam, wo der Prinz auf einem Stuhl neben dem Wasserbecken saß. Und siehe, die Knaben traten an ihn heran und jener Knabe in ihrer Mitte. Er winkte dann den Knaben zu, sie kamen zu ihm, und er gab jedem Knaben fünf Dinare, und dem Lehrer gab er zehn. Und jenen Knaben nahm er und setzte ihn auf sein Knie, fing an, ihn an seine Brust zu ziehen, und sein Herz verlangte nach ihm. Und der Knabe fühlte sich auch zu ihm hingezogen, während der Lehrer sich wunderte und wiederholt sagte: „Preis sei Dem, der in dem Prinzen die Liebe zu jenem Knaben erweckt hat! Bei Gott, dies hat gewiß irgendeinen Grund; denn der Prinz benimmt sich wie ein Vater zu seinem Sohne. Und Preis sei Dem, der auf das, was im Innersten der Herzen ist, hinabblickt!"

Dann ließ der Prinz den Lehrer zu sich kommen und fragte ihn: ›Wer ist der Vater dieses Knaben und wie heißt er?‹ Da sagte ihm der Lehrer, daß der Knabe der Sohn von dem und dem, eines Pförtners sei. Der Prinz wunderte sich und sprach: ›Ein Pförtner hat von seiner Gattin einen Knaben wie diesen?‹ ›Hoher Herr‹, sagte der Lehrer, ›er ist es, der ihn zu mir brachte.‹ Er sprach: ›Preis sei Gott! Gott schafft, was Er will, und zeichnet aus, womit Er will, denjenigen, den Er will.‹ Da sagte der Lehrer: ›Hoher Herr, deine Frage hat sicher einen Grund.‹ ›O Scheich‹, entgegnete ihm der Prinz, ›mein Herz hegt Liebe zu diesem Knaben. Und ich weiß nicht, wie ich mich benehmen soll. Ich will die Verhältnisse dieses Knaben ausforschen und erfahren, woher er stammt.‹ ›Hoher Herr‹, sprach der Lehrer zu ihm, ›wenn dies unbedingt dein Wunsch ist, so schicke nach dem Pförtner! Laß ihn vor dich kommen! Er ist es, der dir über diese Sache Bescheid geben wird, weil er darüber alles am besten weiß. Und Leute, die die Wahrheit lieben, sagen: „Kann dir jemand bessere Auskunft geben, als der Kundige?" Und er weiß über jenen Knaben am besten Bescheid. Wenn er wirklich sein Sohn ist, wird er es dir sagen, und wenn er nicht sein Sohn ist, werden sich Wahrheit und Unwahrheit vor dir offenbaren.‹ Da sagte der Prinz: ›Bei Gott, du hast recht, o Scheich!‹ Sofort ließ er dann den Pförtner holen.

Der war in jenem Augenblick zu Hause. Als man ihm die Nachricht brachte, erfaßte ihn Angst und Schrecken, und er sprach bei sich: „Sieh mal an, warum läßt der Prinz mich holen? Bei Gott, das hat sicher einen Grund." Da wandte sich die Mutter des Knaben, die Tochter des Wesirs des Königs von Andalusien, zum Pförtner und sah, daß er sich verändert hatte, seine Gesichtsfarbe erblaßt war und seine Zunge schwer wurde. Sie sprach zu ihm: ›Warum bist du auf einmal so bekümmert?‹ ›Meine Herrin‹, erwiderte er ihr, ›der Prinz schickte nach mir und läßt mich rufen. Ich weiß nicht, warum er mich ruft.‹

Als sie nun die Worte des Pförtners gehört hatte, fing sie aus übergroßer Freude zu weinen an und sagte: ›Väterchen, sobald du zu ihm kommst, dich vor ihn stellst, und er zu dir etwas über die Zustände dieser Welt spricht, dann küsse den Boden vor ihm und sage zu ihm: „Das weiß nur der, der damals auf dem Lager weilte.“ Und außer diesen Worten verrate nichts!‹

Hierauf machte sich der Pförtner mit dem Boten auf den Weg und ging zum Prinzen in den Garten. Als er zu ihm gelangte und sich vor ihn stellte, befragte der ihn und sprach: ›O Scheich, ist dieser Knabe dein Sohn?‹ Als er diese Worte an den Pförtner richtete, küßte dieser sofort den Boden vor ihm und sagte: ›O größter König dieser Zeit, diese Sache weiß nur der, der damals auf dem Lager weilte.‹ Als der Prinz diese Worte des Pförtners vernommen hatte, erhob er sich und sagte zu ihm: ›Was hast du gesagt, du Mann?‹ ›Ich sagte‹, erwiderte er, ›es wisse nur der, der auf dem Lager weilte.‹ ›Ist es wahr‹, rief er aus, ›was du sagst, du Mann?‹ Der Pförtner sagte: ›Ich kann dir nichts anderes sagen, mehr ist mir nicht bekannt.‹ Hierauf schickte der Prinz alle, die vor ihm standen, fort, blieb mit dem Pförtner allein, wobei niemand außer dem Knaben bei ihnen war. Dann fragte ihn der Prinz: ›O Scheich, die Mutter dieses Knaben ist bei dir in deinem Hause?‹ ›Jawohl‹, antwortete er, ›sie ist bei mir in Ehren und Ansehen.‹ Und er erzählte ihm alles, was ihr zugestoßen war. Da erkannte der Prinz, daß sie nur seinetwegen in dieses Land gekommen war.

Und seit dem Augenblick, in dem der Pförtner von der Mutter des Knaben fortgegangen war, stand sie und wartete auf Antwort. Als nun der Prinz alle diese Dinge erfahren hatte, gab er dem Pförtner tausend Dinare und ein königliches Ehrengewand, schickte ihn fort und sprach zu ihm: ›Du mußt jeden Tag diesen Knaben hierher bringen und für seine Mutter Sorge tragen, ihr von mir Grüße bestellen, von meinem beklagenswerten Zustand erzählen und ihr ausrichten, daß seit dem Augenblick, in dem ich mich von ihr trennte, meine

Seele jeden Tag in den Gärten Trost sucht, weil meine Sehnsucht nach ihr wächst. Und so Gott will, kommen wir demnächst zusammen.‹ Danach verließ der Pförtner den Prinzen, erfreut über die reichlichen Gaben.

Als er dann zu Hause ankam und eintrat, fand er die Mutter des Knaben voller Erwartung. Er grüßte sie, worauf er näher trat, den Boden vor ihr küßte und Segen auf sie herabflehte. Als sie nun sah, wie er sich benahm, schalt sie ihn aus, und er fing an, sich zu entschuldigen und sagte zu ihr: ›Meine Herrin, ich habe erfahren, wie würdig du bist.‹ Und er erzählte seiner Frau, daß sie Tochter eines Wesirs und Gemahlin des Prinzen sei. Dann gab er ihr die tausend Dinare, und alle standen dem Mädchen zu Diensten. So war es ihr ergangen.

Was jedoch ihren Vater, den Wesir des Königs von Andalusien betrifft, dem war es so ergangen: Als er am Morgen aufstand und nach seiner Tochter fragte, da sah man keine Spur von ihr, und ihr Geschick war ihm verborgen. Er grämte sich darüber, verschwieg jedoch sein Geheimnis und befahl ihrer Mutter und sämtlichen Sklavinnen, die in seinem Hause waren, nichts laut werden zu lassen. Und er verließ sie, um alles Nötige zu tun, und sich auf den Weg zu begeben, damit er das enthülle, was mit seiner Tochter geschehen sei. Dann saß er auf und ritt so lange, bis er zum König gelangte und ihm sagte: ›Ich will, o größter König dieser Zeit, auf die Jagd ausreiten, da mein Herz beklommen ist.‹ Der König gab ihm die Erlaubnis und der Wesir verließ ihn, verwirrt in seinen Gedanken und nicht wissend, wohin er sich wenden sollte. Einige wollten mit ihm auf die Jagd ausreiten, doch er verwehrte es ihnen und nahm lediglich zwei Mamluken und einige Diener mit, sonst niemand. Und er nahm ein Kamel, belud es mit Wasser und Wegzehrung und ritt aus der Stadt hinaus, er und die zwei Mamluken. Und die Leute dachten, sie zögen auf die Jagd.

Danach ritten sie mitten durch Wüsten und Einöden den ersten und den zweiten Tag. Und siehe, es holte sie unterwegs eine Karawane ein, die der Hauptstadt von Andalusien zustrebte. Als sie nun ihre Tiere abgeladen hatten, setzten sie sich nieder, um auszuruhen, und wollten an jenem Orte, weil es dort Wasser und Gras gab, übernachten. Als der Wesir sie erblickte, trat er nahe an sie heran, seine Leute ließen sich neben ihnen nieder und schlugen ein hübsches Zelt auf, in dem sich der Wesir niedersetzte. Und die Mamluken und Diener zündeten Feuer an und stellten Geräte auf, um etwas zum Abendessen zuzubereiten.

Und siehe, der Scheich der Karawane kam zum Wesir, wußte aber nicht, ob er Wesir oder Kaufmann sei. Er begrüßte ihn, und sein Gruß wurde erwidert. Der Wesir hieß ihn willkommen, forderte ihn auf, sich niederzusetzen, und unterhielt sich mit ihm über die Dinge dieser Welt und über ihre Angelegenheiten. Hierauf wollte sich der Kaufmann erheben, doch der Wesir beschwor ihn, nicht fortzugehen, bevor sie nicht zu Abend gegessen hätten. Er blieb also sitzen und unterhielt sich mit ihm, bis das Gericht gut zubereitet und gargekocht war. Dann stellte man den Tisch vor sie, und sie aßen. Da sagte der Kaufmann zum Wesir: ›Bei Gott, mein Herr, ich aß ein Gericht von dem und dem Tische. Mein Leben lang habe ich kein köstlicheres, kein wohlriechenderes und kein vorzüglicheres als jenes Gericht gegessen.‹ Da sagte der Wesir: ›Und wer hat das Gericht, von dem du sprichst, zubereitet?‹ Er erwiderte ihm: ›Es war bei mir ein Mann, ein Treiber, der drei Maultiere besaß, und mit ihm war ein Junge, der sein Maultier, das er von ihm gemietet hatte, ritt.

Aber meine Augen sahen keinen anmutigeren Jungen als ihn, und ich hörte keine schönere Sprache als seine und keine süßere Zunge, als es seine war. Ich bedauere es bis zum heutigen Tage, daß ich ihn nicht gefragt habe, aus welchem Lande er stammt, und wer seine Leute sind.‹ Sobald der Wesir dies gehört hatte, sagte er zu ihm: ›Und nach welcher Stadt ging er?‹ ›Nach der Hauptstadt von Irak‹, erwiderte ihm der Scheich, ›ich weiß jedoch nicht, wo er einkehrte, weil die Kaufleute, wenn sie eine Stadt betreten, sich nur um sich selbst und um ihr Gepäck kümmern und von den anderen nichts wissen.‹ Da sagte der Wesir: ›Da hast du recht.‹ Als sie dann satt waren, ging der Kaufmann zu seinem Gefolge, der Wesir jedoch blieb sitzen, heimlich zu sich selbst redend, und er sagte: „Wenn mich die Ahnung nicht trügt, ist jener Junge, den mir der Kaufmann beschrieb, meine Tochter, die sich als Knabe verkleidet hat. Aber wir wollen uns nach der Hauptstadt von Irak begeben. Unser Herr wird uns schon den Weg zu ihr zeigen und uns mit ihr zusammenbringen."

Als nun der Morgen anbrach, erhob sich die Karawane und machte sich auf den Weg nach der Hauptstadt von Andalusien.

Auch der Wesir ließ aufladen und ritt in Richtung nach der Hauptstadt von Irak, indem er sagte: ›O Führer der Irrenden, führe mich zu der, die ich suche!‹ Und er zog weiter, Tag und Nacht, bis er die Stadt betrat, zu der er wanderte. Und um der Vorbestimmung willen – die muß sich stets erfüllen – geschah es, daß ihn das Schicksal ungeahnt in jene Herberge führte, in der seine Tochter eingekehrt war. Und siehe, er traf hier einen alten Mann, ernst und ehrwürdig, der in der Pforte der Herberge auf einem Teppich saß mit dem Rosenkranz in der Hand. Als er ihn gegrüßt hatte, stand er ihm zu Ehren auf, erwiderte seinen Gruß und sprach: ›Was wünschst du, mein Herr?‹ Er entgegnete: ›Ich suche ein Zimmer in der Herberge, das geräumig ist.‹ Der alte Mann sagte: ›Ich höre und gehorche.‹ Darauf machte er ihm drei nebeneinander liegende Zimmer frei. Der Wesir legte seine Sachen hinein, er, seine Mamluken und Diener, und schlug dort seine Wohnstätte auf. Preis sei Dem, der erhöht und erniedrigt, und der den Wesir an jenem Orte einkehren ließ! Und er fing an, den Pförtner mit Speisen und anderen Sachen zu beschenken.

Er hielt sich dort kaum zwei oder drei Tage auf, dann blieb er mit dem Pförtner zur Nachtzeit allein und sagte zu ihm: ›Du Pförtner, wenn du mir etwas mitteilst und das, was ich dir sage, für wahr hältst, bei Gott, wenn du mir Bescheid gibst, und ich durch dich finde, was ich suche, dann wird dir von Gott und von mir alles Gute beschert werden.‹ Da sprach der Pförtner zu ihm: ›Mein Herr, und was ist dein Begehren?‹ Er sagte zu ihm: ›Wenn du das Geheimnis bewahrst – und du vermagst es geheim zu halten – dann verrate ich dir mein Geheimnis. Wenn du jedoch mein Geheimnis nicht bewahrst und es verrätst, dann wäre mein Schweigen passender und besser.‹ Da sprach der Pförtner zu ihm: ›Mein Herr, wie könnte ich es nicht bewahren? Bei Gott, mein Herr, wenn du mir ein Geheimnis anvertraust, verläßt es mich nicht, und ich verrate es nicht einmal dem, der meinen Geist nehmen würde, weil ich weiß, daß man ein Geheimnis bewahren muß.‹

Darauf sagte der Wesir: ›Du Pförtner, ich habe eine Tochter, die fortgegangen ist. Und man berichtete mir und deutete mir an, daß sie diese Stadt betreten hätte. Wenn du von ihr eine Nachricht hast, oder dir jemand von ihr etwas erzählt hat, sage es mir!‹ Als nun der Pförtner die Worte des Wesirs hörte, sagte er: ›Mein Herr, wovon du sprichst, habe ich gehört, und die Vereinigung geschieht durch meine Hände.‹ ›Wie kann das sein?‹ sprach der Wesir zu ihm. Er sagte: ›Wenn du willst, kann ich euch in dieser Nacht zusammenkommen lassen.‹

Als der Wesir dies hörte, fing er aus übergroßer Freude zu weinen an und sprach: ›Lob sei Gott, der dem Schweren das Leichte folgen und uns nicht irren läßt, weder rechts noch links!‹ Dann sagte er: ›Du Pförtner, wie hast du sie gesehen und sie kennengelernt und wo ist sie? Und sieh nach, ob sie bei Leuten ist, die sie verehren oder erniedrigen? Ob sie verhüllt ist und niemand sie sieht, oder ob sie ausgeht und zurückkommt?‹ ›Hoher Herr‹, entgegnete ihm der Pförtner, ›sie ist verhüllt, Frauen und Mädchen sind ihr zu Diensten, sie wird wertgehalten, verehrt und geachtet, erteilt Ratschläge, befiehlt und verbietet an dem Ort, an dem sie ist.‹ Da sprach der Wesir zu ihm: ›O Scheich, diese Nacht ist vergangen, aber, so Gott will, in der nächsten Nacht wirst du uns zusammenbringen.‹ Der Pförtner antwortete ihm: ›Ich höre und gehorche.‹

Als dann der Morgen anbrach, ging der Pförtner nach Hause und erzählte dem Mädchen von seinem Vater. Wie sie nun hörte, daß ihr Vater gekommen sei, sie zu suchen, befiel sie Niederschlagenheit und Scham vor ihm, weil er den Knaben bei ihr sehen und sagen werde, sie sei entehrt worden. Da ließ sie im selben Augenblick den Prinzen holen und teilte es ihm mit. Der schickte unverzüglich zu ihrem Vater, ließ ihn holen, begrüßte ihn, erwies ihm seine Ehrfurcht und brachte ihn in seinem Schlosse unter.

Als nun alles in Ordnung war und die Sonne unterging, trat der Prinz bei seinem Vater ein und sagte: ›Der Wesir des

Königs von Andalusien kam hierher. Er wohnt bei mir und hat eine anmutige Tochter. Und ich wünsche, du mögest ihn holen lassen, ihm deine Ehrfurcht erweisen, ihm ein Ehrengewand anlegen und für mich um sie bei ihm werben, weil das Leiden, das mich vordem befallen hatte, nur ihretwegen war. Und wäre sie nicht hierher gekommen, würde sich mein Leiden verschlechtert haben.‹

Da ließ der König den Wesir holen, erwies ihm seine Ehrfurcht, legte ihm ein Ehrengewand an, ließ ihn näher treten und bat ihn um seine Tochter für seinen Sohn. Er gewährte es. Sofort ließ der König seine Richter kommen, und sie schlossen den Ehevertrag des Mädchens mit seinem Sohne. Dann sandten sie nach dem Pförtner, er stattete sie aus, und in derselben Nacht brachte man sie in das Schloß des Prinzen, und er trat zu ihr ein. Und sie war für ihn wie ein Weltreiche, und er für sie.

Am Morgen besuchte der Wesir seine Tochter und begrüßte sie. So wurde seine Sehnsucht nach ihr gestillt. Jeden Morgen pflegte er dann zu ihr zu kommen, ihr guten Morgen zu wünschen, bei ihr eine Weile zu sitzen und sie zu trösten über all das, was ihr zugestoßen war, und auch sie beschwichtigte ihn.

Und er wohnte ein halbes Jahr lang in ihrer Nähe. Dies alles geschah, ohne daß er von ihrem Sohne wußte, den der Prinz gezeugt hatte, als er sie in dem unterirdischen Raum im Lande Andalusien um ihre Jungfräulichkeit gebracht hatte.

Als nun seine Sehnsucht nach seiner Tochter gestillt war, wollte er in sein Land und seine Heimat ziehen. Man beschenkte ihn, wie es sich ziemt, mit Kostbarkeiten und prachtvollen Gewändern. Dann nahm er Abschied von ihnen und von seiner Tochter und reiste, bis er in sein Land und seine Heimat kam.«

Da sagte der König zum Scheich Nakkīt: »Möge dich Gott lange am Leben erhalten, o Scheich! Bei Gott, diese Erzählung gehört zu denen, die den Menschen vergnügen. Aber ich verlange, daß du mir eine Geschichte erzählst, die sich im Lande Ägypten zugetragen hat.« Scheich Nakkīt sprach zu ihm: »Hoher Herr, ich werde dir von der Freigebigkeit und von der Geschichte des Sultans Tailūn erzählen, der in Ägypten herrschte.« »Bei Gott, o Scheich Nakkīt«, entgegnete ihm der König, »wenn sich darin die Freigebigkeit offenbart, dann erzähle es uns!«

DIE GESCHICHTE VOM SULTAN TAILŪN UND DEM FREIGEBIGEN LANDMANN

Er sprach zu ihm: »O größter König dieser Zeit, Sultan Tailūn saß eines Tages im Thronsaal und siehe, ein Mann, ein Derwisch, trat an ihn heran, blieb vor ihm stehen und flehte Segen auf ihn herab. Da befahl der Sultan, ihm fünfzig Dinare zu geben. Man gab sie ihm. Und siehe, der Wesir trat zum Sultan und sagte zu ihm: ›O größter König dieser Zeit, dieses Spenden ziemt sich nicht, denn man gibt jedem, der zu dir kommt, fünfzig Dinare. Es wird nur eine geringe Zeit vergehen, und alles, was du hast, wird entschwinden und verloren sein. Denn der, der ein Almosen geben will, gibt einen oder zwei oder zehn Dinare. Wenn du aber jedem fünzig Dinare gibst, dann wird all dein Vermögen zunichte werden.‹

Aber dort stand noch der Derwisch, verstohlen lauschend. Als er nun diese Worte hörte, kehrte er zurück, blieb stehen und sprach zum Wesir: ›Du leistest dem Herrn der Glückseligkeit Widerstand, der mir fünfzig Dinare gab? Bei Gott, diese fünfzig sind kein königliches Geschenk, denn es gibt in seinem Lande einen Mann, einen Landmann, der jedem, der als Gast zu ihm kommt und die Nacht bei ihm verbringt, bevor er sich früh auf den Weg begeben will, fünfhundert Dinare gibt. Und er gehört zu den Landleuten des Königs.‹ Sobald nun Sultan Tailūn diese Worte des Derwisch gehört hatte, sagte er zu ihm: ›Du Derwisch, sprichst du die Wahrheit?‹ ›Beim Leben deines Hauptes und bei dem Herrn deines Hauptes und Dem, der dich in diesen Wohlstand versetzt hat‹, erwiderte der Derwisch, ›es gibt einen Mann unter deinen Landleuten, der jedem, der seine Schritte zu ihm lenkt und zu ihm geht, fünfhundert Dinare schenkt und keinen einzigen Neuen davon abzieht.‹ Da sagte der König zu ihm: ›Bei Dem, der mich in dieses Königtum eingesetzt hat, du mußt mich und den Wesir mit jenem Manne zusammenbringen.‹ Da erwiderte ihm der Derwisch: ›Ich höre und gehorche.‹

Hierauf betrat Sultan Tailūn die Kleiderkammer. Er und sein Wesir legten alle prachtvollen Gewänder ab, zogen das Kleid der Derwische an und gingen zu dem Derwisch hinaus. Der erkannte sie jedoch nicht und meinte, sie seien in der Tat Derwische. Sie sagten zu ihm: ›Komm mit uns, du Derwisch!‹ Dann gaben sie ihm zu erkennen, daß dieser der König und jener der Wesir sei. Und die drei gingen miteinander, indem sie einer wie der andere aussahen, und jeder, der sie ansah, würde gesagt haben: ›Dies sind ohne Zweifel Derwische.‹

Danach schritten sie ohne Unterlaß, bis sie das Dorf des Landmannes erreichten, von dem der Derwisch erzählt hatte. Und sie betraten es zur Zeit des Nachmittagsgebetes. Sie gingen geradewegs zum Gebäude, das er für Gäste bereithielt. Da fanden sie ihn auf einer Steinbank sitzen. Als sie näher traten, und er sie bemerkte, stand er ihnen zu Ehren auf, hieß sie willkommen und behandelte sie bis zur Zeit des Sonnenunterganges äußerst ehrenvoll.

Dann brachte er ihnen ein auserlesenes Abendessen, benahm sich liebenswürdig, unterhielt sich mit ihnen und sagte wiederholt: ›Bei Gott, meine Herrn Derwische, ihr habt uns Freude gemacht. Bei Gott, unsere Nacht mit euch wird angenehm sein über alle Wünsche hinaus.‹ Und er hörte nicht auf, sie mit großer Höflichkeit zu behandeln bis zur Schlafenszeit. Sie schliefen dann bis zum Morgen.

Sodann standen sie auf und verrichteten das Morgengebet. Und siehe, der Landmann kam aus dem Harem, gefolgt von einem Mamluken, der ein Tablett trug und darauf fünf Teller Frühstück. Die stellte er vor die drei Derwische, und sie nahmen das Frühstück zu sich. Und siehe, ein kleiner Mamluk brachte Kaffee und Süßigkeiten. Er setzte es ihnen vor, sie aßen von den Süßigkeiten und tranken Kaffee, bis der Vormittag anbrach. Da zog der Landmann einen Beutel heraus und zählte jedem der drei Derwische fünfhundert Dinare auf.

Als Sultan Tailūn dies sah, wunderte er sich und sprach: „Preis sei Gott! In einem Manne wie diesem Landmann ist all diese Freigebigkeit! Bei Gott, wir müssen ihm zur Last fallen und bei ihm bleiben, bis er unser überdrüssig wird." Hierauf sagte er zum Wesir und zu dem Derwisch: ›Ich will da bleiben einen oder zwei Monate lang.‹ Und seine Absicht war, die Verhältnisse dieses Landmanns zu erforschen, ob er ihrer überdrüssig und müde werde, oder nicht. Da sprachen sie zu ihm: ›Wir werden tun, was du uns befiehlst.‹

So blieben der Sultan, der Wesir und der Derwisch. Und je mehr Tage sie dort waren, desto mehr verehrte sie der Landmann, zwei Monate hindurch, bis eines Tages der Sultan auf einer mitten vor dem Gebäude stehenden Steinbank saß. Und siehe, er wandte sich zufällig zum Fenster um, da sah er ein Mädchen, das dem Mond in seiner Fülle glich. Als er es erblickte, geriet er ganz außer sich, sein Verstand war dahin und gänzlich verwirrt. Er betrat das Gemach, das ihm zugewiesen war, legte sich nieder und aß nicht und trank nicht.

So verstrichen zehn Tage. Als nun der elfte Tag anbrach, fragte der Landmann die zwei Derwische und sagte zu ihnen: ›Wohin ist euer Gefährte, jener Derwisch, gegangen?‹ ›Mein Herr‹, erwiderten sie ihm, ›er ist unpäßlich.‹ Da sprach er zu ihnen: ›Warum habt ihr mich nicht benachrichtigt? Ich hätte zu ihm gehen und ihn fragen können, was er essen will und was er wünscht.‹

Und er stand sogleich auf, trat bei ihm ein und sprach: ›Es möge dir nichts Böses geschehen, du Derwisch! Bei Gott, ich habe es erst in diesem Augenblick erfahren.‹ Und er näherte sich ihm, fühlte ihm den Puls, fand jedoch bei ihm weder Krankheit noch Schmerz. Dann legte er seine Hand auf des Sultans Herz und nahm wahr, daß es bebte und zuckte. Da sprach er zu ihm: ›Mein Bruder, in dir ist weder eine Unpäßlichkeit noch ein Leiden, denn dein Empfinden ist frei von Schmerzen, nur dein Herz bebt und zuckt. Du mußt mir sagen, was mit dir ist, und mir dein Geheimnis offenbaren und vor mir nichts von dem verheimlichen, was dich heimgesucht hat.‹ Da sagte der Sultan, der sich schämte, zu ihm: ›Mein Herr, mir ist etwas Seltsames geschehen. Mein Herz hat das Mädchen liebgewonnen, das ich an dem Fenster sah gegenüber der Steinbank vor diesem Gebäude.‹ Da sagte der Landmann: ›Bei Gott, o Derwisch, das ist meine Gattin und meine Base. Aber sie ist deinetwegen geschieden. Du wirst sogleich aufstehen, und ich werde sie für dich ausstatten. Nimm sie, habe jedoch Geduld mit ihr, bis ihre Wartezeit zu Ende ist, dann heirate sie gemäß dem Koran und der Sunna!‹

Da stand der Sultan erfreut auf und war über die unendliche Freigebigkeit des Mannes erstaunt. Hierauf nahm der Sultan die Gattin des Landmanns und ging mit ihr in Begleitung des Derwischs und des Wesirs davon.

Sie reisten ohne Unterlaß, bis sie Kairo, das Wohlbeschützte, betraten. Der Sultan ging verkleidet in seinen Palast, und der Wesir begab sich in seine Wohnung. Den Derwisch nahm der Sultan mit sich und befahl, ihn im Hause der Gastfreundschaft zu bewirten. Dann ließ der König ein hübsches Schloß freimachen, es mit wertvollen Teppichen ausstatten und brachte darin die Gattin des Landmanns unter. Er wies ihr Sklavinnen, Dienerschaft und Verschnittene zu und sah der Vollendung ihrer bestimmten Wartezeit entgegen. So war es ihm ergangen.

Der Landmann nun, der sich von seiner Gattin geschieden und sie dem Derwisch gegeben hatte, der hatte noch eine zweite Frau. Doch es war in der Welt der Geheimnisse bestimmt, daß all das Vermögen, das ihm beschieden war, nur unter der Bedingung, daß jene Frau das Haus nicht verließ, bei ihm bleiben sollte. Da stand es bald in jedem Jahre schlimmer mit ihm, sein Hab und Gut nahm im Laufe einiger Jahre ab, so daß dem Landmann von den Dingen dieser Welt nichts übrig blieb.

Als nun seine Verhältnisse offenkundig wurden, schickte der Statthalter und rechnete mit ihm wegen der Steuer des Sultans ab. Da fand er, daß er zweihundert Geldbeutel schuldig sei und sagte zu ihm: ›Begleiche die Sultanssteuer!‹ Der Landmann gab ihm zur Antwort: ›Ich habe kein Vermögen mehr.‹ Da nahm der Statthalter ihn fest, sperrte ihn ein und sandte nach Kairo zum Steuerpächter, teilte es ihm mit und schrieb ihm, daß der Landmann zweihundert Beutel schuldig sei. Und der Steuerpächter sandte zum Statthalter und befahl ihm, den Landmann zu ihm zu bringen. Der schickte ihn mit einigen Wachleuten, weil er fürchtete, er könnte ihm fortlaufen.

Als der Landmann nach Kairo kam und vor dem Steuerpächter erschien, befahl dieser, ihn in eisernen Ketten in Haft zu setzen. Man sperrte ihn also ein, und niemand erfuhr etwas von ihm. So blieb er drei Jahre lang im Gefängnis, bis er ganz herunterkam und sein Körper abmagerte.

Als nun das vierte Jahr angebrochen war, sagte seine Gattin: „Preis sei Gott! Während dieser ganzen Zeit hat niemand nach meinem Manne gefragt, und niemand entsann sich seiner.“ Dann fing sie an, bitterlich zu weinen, und sprach bei sich: „Das Sprichwort sagt: ‚Wenn der Beistand dem Manne nicht von seiner Rechten kommt, dann ist es zwei Händen nicht verboten, ihm zu helfen‘.“ Da stand sie sogleich auf und reiste nach Kairo ihrem Gatten nach, um zu sehen, was aus ihm geworden sei, ob er tot sei, oder ob es ihm gut gehe? Und sie wanderte ohne Unterlaß, bis sie nach Kairo kam, ohne zu wissen, wohin sie sich wenden sollte, weil Kairo weit und breit ist. Da kam sie zur Schwelle eines verschlossenen Hauses und setzte sich dort nieder.

Nun ging ein Mann an ihr vorüber, ein Eseltreiber, einmal, zweimal und ein drittes Mal. Da sagte er bei sich: „Diese Frau sitzt hier, und sie sitzt sehr lange da.“ Darauf trat er an sie heran und fragte sie: ›Meine Herrin, warum sitzt du hier? Der Tag ist bereits vergangen, und die Nacht ist nahe.‹ ›Junger Mann‹, erwiderte sie ihm, ›ich bin unerfahren und will ins Haus des Soundso, des Kaufherrn, gehen. Kannst du mich zu ihm führen?‹ Jener Kaufherr nämlich pflegte ihren

Mann zu besuchen, jedes Jahr oder alle zwei Jahre stieg er in seinem Haus ab, um ihm allen Zucker, den er aus Rohr gewonnen hatte, abzukaufen. Darauf nahm sie der Eseltreiber und führte sie zum Hause dieses Kaufherrn. Und sein Haus war in der Sykomorengasse.

Als sie nun bei ihm anlangte und an die Tür klopfte, da kam er hinaus und sagte zu ihr: ›Meine Herrin, wer bist du?‹ Sie antwortete ihm: ›Ich bin die Gattin des Soundso, deines Gefährten.‹ Als er diese Worte hörte, wäre er ihr beinahe vor Freude um den Hals gefallen. Er führte sie in den Harem und begrüßte sie. Als sie den Harem betreten und sich niedergesetzt hatte, dachte man, sie sei seine Geliebte. Doch er sagte: ›Dies ist die Gattin des Soundso.‹ Als die Frauen dies erfuhren, fingen sie an, sie zu begrüßen und ihr die Hände zu küssen. Sobald sie sich dann beruhigt und Platz genommen hatte, fragte er sie: ›Meine Herrin, warum bist du hierher gekommen?‹ Da begann sie zu weinen und sprach zu ihm: ›Du behauptest, ein Freund meines Gatten zu sein. Aber die Leute dieser Zeit halten es mit dem Stehenden, den Liegenden jedoch meiden sie und überlassen ihn seinem Schicksal, ohne danach zu fragen, ob es ihm gut geht, oder ob ihm Unrecht geschieht, ob er verschuldet oder ruiniert ist. Und du fragst nicht und schreibst uns nicht.‹ Und sie schalt ihn mit ihren Worten, während er das Haupt zu Boden senkte.

Als sie nun mit ihren Vorwürfen zu Ende war, sagte er zu ihr: ›Meine Herrin, du hast mein Herz zerrissen. Sage mir, was euch widerfahren, und was euch von den Vorfällen dieser Welt zugestoßen ist!‹ Sie fragte ihn: ›Du hast es nicht gewußt?‹ Er sagte zu ihr: ›Nein, bei Gott!‹ Nun sprach sie nach einigen Worten, die wie die Koloquinthe bitter waren: ›Mein Gatte ist schon vier Jahre lang in Eisenketten beim Steuerpächter eingekerkert, und es kommt gar keine Kunde von ihm zu mir‹.[1]

Ehe sie diese Worte beendet hatte, erhob sich der Kaufherr eilig, ging sofort hinaus und begab sich ins Haus des Steuerpächters, trat bei ihm ein und fragte ihn nach dem eingekerkerten Mann. Der Pächter sagte, daß er wegen der Sultanssteuer eingesperrt und daß er zweihundert Beutel schuldig sei. Da eilte der Kaufherr hinaus, verschwand, kehrte mit zweihundert Beuteln zurück und zahlte sie ihm aus. Und sogleich nahm er den Landmann mit ins Bad, ließ ihn abreiben und einseifen, und als er aus dem Bad kam, legte er ihm ein königliches Gewand an, da sein Freund zu den berühmten Scheichen der Landleute gehörte. Und er setzte ihn auf eine Mauleselin, brachte ihn nach Hause, machte ein abgesondertes Zimmer für ihn allein frei und führte seine Gattin zu ihm, damit sie ihn begrüße. Als er sie sah, umarmten sie sich und fielen auf eine Weile ohnmächtig zu Boden. Dann wachten sie auf. Ihr Mann fragte sie, warum sie gekommen sei, da antwortete sie ihm, sie sei nur seinetwegen gekommen, und wenn sie nicht auf ihn aufmerksam gemacht hätte, wäre er im Gefängnis gestorben, ohne daß es jemand geahnt hätte. Als sie die Ruhe des Gemüts erlangten und sich über ihr Wiedersehen zu freuen anfingen, klagte sie ihm, was ihr während seiner Abwesenheit widerfahren war.

Der Kaufherr, der ehrte beide noch mehr und beschenkte sie mit Kleidern und anderen Sachen, zu deren Schilderung die Zunge zu schwach ist, und beschwor sie, ein ganzes Jahr

1. *Koloquinthe* [arab. hanzal, Citrullus colocynthidis] ist ein Wüstenstrauch, dessen wie kleine Melonen aussehende Früchte ein sehr bitteres Inneres haben. Sie wird deshalb metonymisch zur Bezeichnung alles Bitteren und Unangenehmen gebraucht.

bei ihm zu bleiben, um ein vergnügtes und gemütliches Leben zu führen.

Und neben dem Hause des Kaufherrn lag der Laden eines Seidenwebers. Sooft nun der Landmann verdrossen war, ging er hinaus und ließ sich bei dem Seidenweber nieder, um bei ihm Trost zu suchen. Sonst ging er in die Gärten, um sich am Anblick der Bäume und der Bäche zu ergötzen und am Ende des Tages zurückzukehren.

Als nun einer der Tage kam, die durch die Vorbestimmung und das Schicksal, das jeden treffen muß, gelenkt sind, ging er in der Absicht hinaus, sich beim Seidenweber nach seiner Gewohnheit ein wenig zu vergnügen. So trat er bei ihm ein, setzte sich nieder und unterhielt sich mit ihm.

Und siehe, Sultan Tailūn ritt mit seinem Gefolge vorbei. Da wandte er sich plötzlich um, und siehe, er erblickte den Landmann. Er sah ihn fest an, heftete den Blick auf ihn und erkannte ihn. Sogleich befahl er einigen von seinen Leuten, ihn zu ihm zu führen. Und der König ritt weiter, seine Leute gingen jedoch beiseite und nahmen ihn mit, bis sie ihn zum Sultan in die Kal'at al-Kabsch[1] brachten. Dabei sprach er bei sich: „Mein Herrgott, ich habe mir nichts zuschulden kommen lassen, daß der Sultan mich deswegen verhaften lassen könnte." So sprach er wiederholt bei sich, bis sie ihn vor den Sultan stellten. Er befahl ihm, sich niederzusetzen, und er setzte sich. Der Sultan wandte sich dann vertraulich ihm zu und plauderte mit ihm. Zuletzt sagte der Sultan zum Landmann: ›Du erkennst mich nicht?‹ Er erwiderte ihm: ›Nein, o größter König dieser Zeit!‹ Er sprach zu ihm: ›Ich bin der

1. *Kal'at al-Kabsch*, »Widderburg«, war eine Burg im Süden Kairos, an die heute nur noch der Name einer Gasse in der Nähe der Ibn Tūlūn-Moschee erinnert.

Derwisch, der zu dir kam, und mit mir noch zwei andere, in dem und dem Jahre. Und unter allen außerordentlichen Ehrenbezeigungen, die du mir erwiesen hast, hast du mir auch deine Gattin, deine Base, geschenkt und hast dich meinetwegen von ihr geschieden.‹

Und der Sultan hatte sich ihr nicht genähert, als er sie seinerzeit mitnahm; er hielt sich fern von ihr und sprach: ›Bei Gott, es gibt keinen freigebigeren als diesen Mann.‹

Und danach fragte ihn der Sultan, aus welchem Grund er in Kairo sei. Da sagte er zu ihm: ›O größter König dieser Zeit, ich wurde beim Statthalter vier Jahre lang in Eisenketten festgehalten wegen zweihundert Beuteln.‹ Sobald der Sultan diese Worte hörte, geriet er in Zorn, und die Adern im Angesicht schwollen ihm. Er schrie die Kämmerer, die Statthalter und die Großen des Reiches an und sprach: ›Holt mir den und den, den Steuerpächter, schleppt ihn auf dem Angesicht herbei und bringt ihn im schlimmsten Zustand hierher, diesen verfluchten Hund, der einen solchen Mann derart behandelt. Seine Almosen haben den Wert einer Menge solcher Steuerpächter, wie er einer ist!‹

Als nun der Landmann den Zorn des Sultans sah und ihm klar wurde, daß er den Steuerpächter würde köpfen lassen, sobald er vor ihn käme, erhob er sich, küßte den Boden vor dem König und sagte zu ihm: ›O größter König dieser Zeit, man sagt von den Dummen: „Wer den Falken nicht kennt, brät ihn“. Und dieser Mann wußte nicht, wer ich bin. Er hat sich nicht an mir vergangen. Die Vorbestimmung, die sich an mir zeigte, war richtig, aber sie war nicht gut. Und ich beschwöre dich bei Gott, o größter König dieser Zeit, daß du ihm verzeihst und ihm kein Leid antust.‹ Da sprach der König zu ihm: ›Ich nehme deine Fürsprache für ihn an und werde ihm kein

Leid antun, aber deinetwegen werde ich ihn verbannen.‹ Da blieb der Landmann still und gab dem König keine Antwort.

Sogleich sandte er einen Ferman, der den Steuerpächter und seine Kinder verbannte. Als nun die Leute des Königs zu ihm kamen und bei ihm eintraten, nahmen sie ihn, führten ihn hinaus hinter die Stadt und befahlen ihm, sich auf die Reise nach Syrien zu begeben. Da fragte er sie: ›Aus welchem Grund verbannt der Sultan mich und meine Kinder?‹ Da erzählten sie ihm, was jenem Landmann geschehen war, und er bereute es, als ihm die Reue nicht mehr von Nutzen war.

Und was den König betrifft, der sprach zu dem Landmann: ›O Scheich, du hast uns einmal Ehre und Wohltaten erwiesen. Und du hast mir deine Gattin gegeben. Doch bei Dem, der mich mit der Herrschergewalt betraute, ich sah sie nicht an und nahte mich ihr nicht seit dem Augenblick, da ich sie von dir gebracht habe. Und sie wohnt in ihrem Schlosse und hat in ihrem Dienst Sklavinnen, Favoritinnen und Verschnittene. Und in ihrem Schlosse gibt es so viele Teppiche, Kostbarkeiten und Gefäße, daß es den Wert zweier Schatzkammern voll Geld übersteigt. Und alles, was sich in jenem Schlosse befindet, gehört nun dir.‹ Und er ließ Richter und Zeugen holen und gab ihm seine Gattin zurück, so wie sie vordem in seinen Schutz gekommen war, und wies ihm zwanzig Kamele an, damit sie das, was im Schlosse war, wegschaffen konnten. Und er ließ eine Tragsänfte hinausbringen, gab ihm zehn Pferde samt ihrem Geschirr, wies ihm fünftausend Dinare an, ließ fünf Prunkzelte vor die Stadt tragen und sie dort aufschlagen. Und dazu gab er ihm den Ertrag des Heimatdorfes und ließ es ihm als Eigentum zuschreiben und spendete ihm reiche Gaben.

Der Landmann nahm dann Abschied von ihm und verließ ihn. Mit den vielen Geschenken des Sultans sah er aus wie ein König.

Was nun den Landmann betrifft, der schickte nach seiner Frau, ließ sie, die im Hause des Kaufherrn war, holen und machte sich mit allem auf die Reise nach seinem Dorf. Als er dort ankam, liefen sämtliche Einwohner heraus, hießen ihn willkommen und begrüßten ihn. Danach ließ er Gefangene frei, und das Dorf wurde sein Eigentum, und er schaltete und waltete darin, wie er wollte.«

Als der Sultan diese Erzählung gehört hatte, vergnügte er sich daran und sprach: »Bei Gott, o Scheich Nakkīt, du taugst dazu, an der Tafel der Könige zu speisen.« Da sagte Scheich Nakkīt zu ihm: »O größter König dieser Zeit, dies alles ist dem nicht gleich, was ich selbst Sonderbares im Leben gesehen habe.« »Und was ist es denn«, frug ihn der König, »was du erlebt hast, o Scheich Nakkīt?«

DIE GESCHICHTE VOM WAHRSAGER UND SEINEM LEHRLING

Er sprach zu ihm: »Hoher Herr, es lebte einst ein Mann in dieser Stadt, der immer in seinem Hause blieb und nicht hinausging, außer einmal in drei Tagen. Er verließ es für kurze Zeit und kehrte dann zu seiner Beschäftigung zurück.

So ging er eines Tages nach seiner Gewohnheit hinaus. Da traf er eine Greisin, die einen kleinen Knaben mit breiten Handflächen und rüstigen Schultern bei sich hatte. Als nun der Mann den Knaben mit der Greisin sah, sagte er zu ihr: ›Liebe Frau, ist dieser Knabe dein Sohn?‹ ›Mein Herr‹, erwiderte sie ihm, ›er ist der Sohn meiner Tochter. Doch seine Mutter und sein Vater sind gestorben und ließen ihn mir zurück. Und ich bin ein armes Weib.‹ Da sagte der Mann zu ihr: ›Du wirst ihn schon entbehren können. Er wird bei mir dienen, und ich gebe ihm jeden Tag drei Para.‹ Die Greisin antwortete ihm: ›Einverstanden, mein Herr!‹ Hierauf übergab sie ihm den Knaben. Darüber erfreut, nahm ihn der Mann zu sich und ging mit ihm in seine Wohnung.

Er war seines Zeichens Wahrsager und hatte nur eine kleine vier Jahre alte Tochter. Der Knabe diente nun dem Manne eine Zeitlang, und seine Großmutter kam an jedem Freitag zu ihm, um nach ihm zu sehen und seinen Lohn in Empfang zu nehmen, bis er zwölf Jahre alt war und die Tochter des Mannes neun Jahre. Und das Mädchen war anmutig und gewann den Knaben lieb.

Als der Knabe nun dieses Alter erreicht hatte, wurde er der Sterndeuterei und der Horoskope kundig und erfahren, und er lernte die glücklichen sowie die unglücklichen Stunden kennen. Und der Knabe hatte einen wunderbaren Scharfsinn, er merkte sich alles, was er vom Papier las oder hörte, und behielt es, weil er scharfsinnig war, im Gedächtnis, bis er in allen Wissensgebieten Bescheid wußte.

Da blieb eines Tages das Mädchen mit dem Knaben allein und fragte ihn: ›Wie lange wird dieser Zustand dauern, wenn der Reis gar ist und die Früchte reif sind?‹ Da begriff der Knabe den Sinn ihrer Worte, und daß sie von ihm das verlangte, was die Weiber von den Männern verlangen. So sprach er zu ihr: ›Meine Herrin, alles hat seine Zeit. Frage jedoch deine Mutter und versuche von ihr die Einwilligung zu bekommen und sage ihr: „ʿAli will wegen mir mit dir sprechen, damit er mich heiraten kann.“ Da stand das Mädchen auf, sprach darüber mit seiner Mutter, und die Mutter sprach mit dem Vater. Als der Vater davon hörte, war sein Verstand dahin, es wurde schwarz vor seinem Angesicht und er sprach: ›Wie könnte ein Knabe, ein Diener, meine Tochter heiraten? Bei Gott, er wird nicht mehr bei mir bleiben.‹ Und in demselben Augenblick ging er zu ihm hinaus, gab ihm seine Sachen und den Rest seines Lohnes und jagte ihn davon.

Der Knabe verließ ihn und sah aus wie einer, der um ein Mädchen trauert. So ging er zu seiner Großmutter. Sobald er nun bei ihr eingetreten war und sie ihn in einem solchen Zustand sah, fragte sie ihn: ›Wieso kommst du mit deinen Sachen hierher, und was hast du bei deinem Meister angestellt?‹ Da erzählte er ihr alles, was ihm widerfahren war, und verschwieg ihr nichts. Da sagte die Großmutter: ›Mein Junge, unser Lebensunterhalt ist bei Gott. Und wenn das Herz des Mädchens dich liebt und du das Mädchen, dann wird es nur dir gehören und du ihm. Und alles kommt zu seiner Zeit.‹

Hierauf blieb er einen Monat lang bei seiner Großmutter. Dann schmolz sein Geld dahin. Da sagte sie zu ihm: ›Mein Junge, mach dich auf und geh hinaus an den und den Ort, nimm das Tintenfaß, das Schreibrohr und einen Block Papier mit und bleib dort sitzen! Wenn dann jemand verlangt, daß du ihm einen Zettel schreibst, so schreib ihn, und dem, der von dir verlangt, daß du sein Horoskop in den Sternen betrachtest, dem stelle es! Du weißt doch und verstehst diese Dinge. Fürchte Gott und kümmere dich nicht um das Mädchen, schlag es dir aus dem Sinne und befaß dich nicht mit ihm, sonst wirst du dich ins Verderben stürzen und wirst auch mir Ungemach bereiten.‹ Sodann nahm er seine Gerätschaften, wie seine Großmutter ihm geraten hatte, ging hin und setzte sich am Weg nieder, der zum Tor der Burg führte.

Und dort war ein Bad, das sämtliche Einwohner der Stadt zu besuchen pflegten. Und an jedem Freitag und Montag war das Bad den Frauen eingeräumt. Er setzte sich dort nieder, die

Einwohner der Stadt, Frauen und Männer, gingen an ihm vorüber, und jedem, der von ihm verlangte, er möge ihm etwas niederschreiben, schrieb er es auf und traf dabei in allen Angelegenheiten das Richtige.

Nun befahl eines Tages der König, der Besitzer des Bades solle es ausräumen, auswaschen, reinigen und ausräuchern lassen, da die Frau des Sultans zu ihrem Vergnügen ausgehen wolle. Als nun diese Verordnung erlassen wurde, tat der Besitzer des Bades, wie man ihm befahl, räumte das Bad aus, reinigte es, räucherte es aus und ließ frisches Wasser in alle Behälter ein.

Als dann der bestimmte Zeitpunkt da war, kam die Frau des Sultans und ging an dem Jungen vorüber, der am Burgtor saß. Und siehe, die Frau drehte sich zufällig um und bemerkte den Jungen, wie er dort saß und schrieb. Da sprach sie zu einer der Sklavinnen: ›Sklavin, geh zu diesem Schicksalsprüfer, der dort sitzt und schreibt! Sieh mal bei ihm wegen meiner Glücksstunde nach!‹ Und die Frau des Sultans war schwanger. Da kam die Sklavin, trat an ihn heran und sprach zu ihm: ›Meine Herrin läßt dir sagen, du sollst wegen ihrer Glücksstunde nachsehen!‹ ›Gute Sklavin‹, fragte er sie, ›wer ist denn deine Herrin?‹ Sie erwiderte ihm: ›Meine Herrin ist die Frau des Königs.‹ Da freute er sich über ihre Worte, nahm das Buch, tat es auf, zeichnete einen Kreis und sprach darüber eine Beschwörungsformel, wie er es kannte. Und sobald ihm erschien, was in jenem Kreise stand, sagte er zu der Sklavin: ›Deine Herrin ist schwanger. Und sage ihr, sie soll nicht lange im Bade verweilen, hineingehen und hinausgehen und sich in ihr Haus begeben. Denn in dem Augenblick, da sie hineinkommt, wird sie einen Knaben gebären, der ein Mal an der Wange haben, und dessen Handfläche rötlich sein wird. Und er wird nach seinem Vater König werden.‹

Als nun die Sklavin diese Worte hörte, freute sie sich über alle Maßen, ging zu ihrer Herrin und berichtete ihr, was der Junge gesagt hatte. Als die Frau des Sultans dies hörte, eilte sie ins Bad, badete, ging hinaus und sandte dem Jungen hundert Dinare als Belohnung für seine gute Botschaft.

Als sie nun zu ihrem Schloß kam und es betrat, siehe, da kamen, bevor sie sich niedergesetzt hatte, die Geburtswehen über sie. Sogleich brachte man ihr die Hebamme, und sie gebar, so wie sie war, einen Knaben, der einem Mondsplitter glich, ein Mal an der Wange hatte und dessen Handfläche rötlich war. Als dies geschah und alles mit dem übereinstimmte, was der Junge vorhergesagt hatte, und es in Erfüllung gegangen war, wuchs das Vertrauen der Frau zu dem Jungen, und sie fing an, ihm jeden Tag Geschenke und Essen zu senden. Und der Sultan war über den Knaben erfreut.

Nun wurde eines Tages die Schatzkammer des Sultans ausgeraubt. Und der Sultan hatte einen Mann, einen Sterndeuter, der jedoch keine großen Kenntnisse besaß. Den ließ er holen und sagte zu ihm: ›Die Schatzkammer ist ausgeraubt worden, und wir verlangen von dir, nachzusehen, wer sie ausgeraubt hat.‹ Da erhob sich der Sterndeuter, brachte sein Buch, übte seine Kunst aus, wie es seine Gewohnheit war, und fing an zu zeichnen und zu rechnen, konnte jedoch nichts ausfindig machen. Und seine Kunststücke dauerten lange, während der Sultan bei ihm saß. Da sprach der König zu ihm: ›Was ist zum Vorschein gekommen?‹ Er erwiderte: ›Ich habe nichts ausfindig gemacht.‹

Da hörte die Frau des Königs davon, die bat nun den König zu sich. Er erhob sich und trat bei seiner Frau ein. Dann fragte er: ›Was wünschst du?‹ ›Es ist mir berichtet worden‹, antwortete sie ihm, ›daß deine Schatzkammer ausgeraubt wurde und daß der Sterndeuter nichts darüber ausfindig machen kann.‹ Als er es zugestanden hatte, sprach sie zu ihm: ›An dem und dem Orte ist ein Junge von schönem Aussehen. Er sitzt dort. Und ich glaube, daß er es weiß. Laß ihn holen und gib acht darauf, was er dir sagt!‹

Hierauf sandte der König und ließ ihn holen. Als der Junge bei ihm eingetreten war, begrüßte er ihn und flehte über ihn dauernden Ruhm und langes Leben herab. Der Sultan erwiderte seinen Gruß und sagte: ›Junger Mann, ich habe eine Schatzkammer, aus ihr wurde alles, was in ihr an Schätzen lag, geraubt, und ich weiß nicht, wer diesen Anschlag gegen mich begangen und sich der Schätze bemächtigt hat. Und ich will, daß du deine Kunst erprobst und nachsiehst, wer es wagte, jenen Ort zu betreten und zu stehlen, was darin war.‹ Da zog der Junge sein Buch heraus und schickte sich an, seine Kunst auszuüben, indem er in einem Kreis Striche zeichnete und rechnete. Als ihm dann ein Anzeichen an den Tag kam, sagte er zum König: ›O König, diejenigen, die die Schatzkammer ausgeraubt haben, wurden von mir durch meine Kunst erkannt, und ich bitte dich, mir eine Frist von drei Tagen zu gewähren. Dann werde ich dir die gestohlenen Reichtümer bringen.‹

Wie es die Vorbestimmung wollte, stand nun einer von den Höflingen des Königs dort und belauschte, was gesprochen wurde. Und er war einer von den zehn Männern, die die Schatzkammer ausgeraubt hatten. Als er die Worte des Jungen erlauscht hatte, eilte er zu den übrigen neun, erzählte ihnen davon und sagte: ›Trachtet euch zu retten, ehe ihr getötet werdet!‹ Da kamen die zehn zusammen, sammelten alles, was sie aus der Schatzkammer des Königs geraubt hatten, brachten es nachts zu dem Jüngling, dem Schicksalsprüfer, vertrauten sich seinem Edelsinn an und hofften, daß er ihr Vergehen dem König nicht offenbaren werde. Er sagte zu ihnen: ›Mein Scheich hat mir eine Bedingung auferlegt: Wenn mir ein Fall wie dieser vorkomme, die, die gestohlen haben, nicht zu entehren. Wenn jedoch nach drei Tagen der Dieb mich nicht aufgesucht hat, solle ich sein Vergehen preisgeben und ihn entehren. Und da ihr zu mir gekommen seid, wird euch nichts Böses zustoßen.‹ Sie legten nieder, was sie mitgebracht hatten, und zogen ihres Weges.

Am nächsten Morgen ging der Jüngling zum Sultan und sagte ihm, daß die Schätze wieder da seien und daß nichts davon fehle. Da sagte der Sultan zu ihm: ›Wer hat die Schatzkammer ausgeraubt?‹ ›O größter König dieser Zeit‹, antwortete ihm der Junge, ›der Nachsichtige, der Verhüller. Mein Scheich, der mich lehrte, hat mir die Bedingung auferlegt, wenn durch meine Hände etwas Entschwundenes zum Vorschein komme, nichts zu sagen über den, der es entwendet hat, und ihn nicht der Entehrung preiszugeben. Ich kann dieser Bedingung nicht untreu werden, denn ich fürchte meinen Scheich. Und Lob sei Gott, daß der Inhalt der Schatzkammer zum Vorschein kam, da das Sprichwort besagt: „Wer verhüllt, wird verhüllt, und wer Schmach antut, dem wird Gott, der Erhabene, Schmach antun"‹. Als nun der König diese Worte hörte, fügte er sich seinem Gebote und beschenkte ihn reichlich. So war es ihm ergangen.

Was nun die Tochter des Wahrsagers betrifft, der war es so ergangen: Seit der Zeit, als der Junge ihren Vater verlassen mußte, war ihr Herz vom Feuer der Liebe entflammt worden, es mundete ihr kein Gericht, und der Schlaf labte sie nicht, ihr

Zustand war verändert, und es entbrannte in ihr die Liebesleidenschaft.

Als nun die Nacht herabgesunken und ein Drittel von ihr verflossen war, da ging sie hinaus und kam zum Hause des Jünglings. Und er wachte zu dieser Zeit. Dann klopfte sie leise an die Tür, und er hörte sie. Da sagte er bei sich: „Ich will nachsehen, wer in dieser Nacht und zu dieser Stunde an die Tür klopft.“ Er ging hinaus, öffnete die Tür und fand dort das Mädchen. Als er seine Geliebte sah und sie sah ihn, umarmte er sie und sie umarmte ihn, und er führte sie in seine Wohnung und unterhielt sich mit ihr eine Zeitlang, wobei sie sich bis an den Morgen bald gegenseitig das Übermaß ihrer Sehnsucht und ihrer Trennung klagten, bald sich umarmten. Dann verließ sie ihn und ging fort.

Und jede Nacht kam sie zu ihm, um die Nacht bei ihm zu verbringen und zurückzukehren, bis einmal ihr Vater am Ende der Nacht aufstand und sie suchte, damit sie ihm einen Wunsch erfülle, er fand sie jedoch nicht in ihrem Zimmer. Er wurde deshalb bekümmert, kehrte in sein Gemach zurück und war dort bis zum Morgen. Da fand er sie in ihrem Zimmer. Er wunderte sich darüber und fragte sie: ›Wo warst du, Tochter, vor der Dämmerung?‹ Sie antwortete ihm: ›Ich war hier.‹ ›Ich suchte dich‹, entgegnete er, ›fand dich jedoch nicht.‹

Als nun die zweite Nacht angebrochen war, lauerte der Vater ihr auf und versteckte sich. Sobald das erste Drittel der Nacht kam, da ging sie hinaus, ohne ihren Vater zu sehen. Als er merkte, daß sie hinausgegangen war, folgte er ihr, bis sie zur Tür des Jünglings kam und anklopfte. Nun erkannte ihr Vater, daß sie sich in die Liebe zu dem Jüngling, der bei ihnen im Hause gewesen war, verstrickt hatte. Er fürchtete jedoch, sie zur Rede zu stellen, damit ihr Benehmen nicht ruchbar werde, und damit man nicht sage: ›Die Tochter jenes Mannes, des Wahrsagers, ist verdorben.‹ So ging er zurück, ohne sie anzureden. Sie ging dann in das Haus, nachdem ihr der Jüngling die Tür geöffnet hatte. Dann saß er mit ihr zusammen, wobei sie sich unterhielten, spielten, lachten und sich umarmten bis zum Morgen. Da erhob sie sich und ging fort.

Als nun der Tag angebrochen war, berichtete der Vater ihrer Mutter davon und sprach zu ihr: ›Ich will sie totschlagen.‹ Sie flehte jedoch: ›Tu ihr nichts zu Leide! Habe Geduld mit ihr! Wir werden nach einer Hebamme schicken, damit sie sie untersuche. Wenn sie feststellt, daß sie Jungfrau ist, schlag sie nicht tot, und ihre Liebe zu dem Jüngling soll Gott überlassen bleiben. Wenn sie jedoch feststellt, daß ihre Jungfräulichkeit dahin ist, daß sie sich dem Jüngling preisgegeben hat, er sie verdorben und ihre Jungfräulichkeit geraubt hat, dann tu mit ihr, was du willst!‹ Ihr Mann, der Wahrsager, ließ nun die Hebamme holen, wie es ihm seine Gattin geraten hatte. Dann sprach er zu ihr: ›Untersuche dieses Mädchen!‹ Sie untersuchte es und stellte fest, daß es eine unberührte Jungfrau sei. Da geriet er in Freude, und auch ihre Mutter freute sich, daß das Mädchen ihnen keine Schande gemacht hatte.

Als ihre Herzen sich beruhigt hatten, sprach die Mutter des Mädchens zu ihrem Mann: ›Sei vorsichtig und tu nichts, sonst geschieht unserer Tochter etwas Schlimmes, und der Satan wird zwischen sie und den Jüngling treten.‹ Er fragte sie: ›Wie soll ich es machen?‹ Sie erwiderte ihm: ›Schicke heimlich zu einem Gefährten des Jünglings, damit er ihm sage, er solle um sie werben. Wenn er dann zu dir kommt, schließ mit ihm den Heiratsvertrag, denn diesen Jüngling kann man nicht einfach unbeachtet lassen. Und du hast ihn damals davongejagt, obwohl er uns nützlich war. Und es ist sicher, daß er ein ehrbarer Mensch ist, wenn er mit ihr unzählige Male allein war und mit ihr nichts Schlechtes getan hat. Ein anderer hätte sie längst verdorben.‹

Da fügte er sich ihrem Gebot, erkundigte sich über den Jüngling, sandte jemanden zu ihm und forderte ihn auf, um sie zu werben. Und der Bote überbrachte es ihm. Als dies nun geschehen war, freute sich der Jüngling über alle Maßen.

Und er ging jeden Tag zum Sultan und saß an seiner Seite, denn seit der Zeit, da er ihm den Raub aus der Schatzkammer offenbart hatte, stand er bei ihm in hohem Ansehen.

Danach begab sich der Jüngling mit einigen Leute zum Vater des Mädchens, kam mit ihm zusammen und warb bei ihm um die Tochter. Sie schlossen den Heiratsvertrag, und in der gleichen Nacht trat er bei dem Mädchen ein. Und sie wurde für beide eine Festnacht.

Und den Sultan erreichte die Nachricht, daß der Jüngling geheiratet hatte. Da legte er ihm ein Ehrengewand an und sandte ihm Geschenke und Gewänder ins Haus. Und auch seine Frau und sämtliche Würdenträger des Reichs beschenkten ihn dem Sultan zuliebe. Als nun die Mutter des Mädchens diese Gnadenbezeigungen sah, sagte sie zu ihrem Mann: ›Was gefiel dir nicht an diesem Jungen, durch den uns Gott diese Gnaden beschert hat?‹ Er sprach: ›Dies alles geschah auf Grund der Vorbestimmung.‹«

Als die Erzählung zu Ende war, sagte der König zum Scheich Nakkīt: »Bei Gott, diese Geschichte erweitert die Herzen und erheitert das Gemüt.« »O größter König dieser Zeit«, entgegnete er ihm, »es war dein Vater, dem man die Schatzkammer ausraubte und dem der Jüngling die Schätze wiederbeschaffte. Und es war deine Mutter, der von dem Jüngling geweissagt wurde, sie bekäme einen Sohn, der ein Mal an der Wange trüge und eine rötliche Handfläche habe.«

Als der König diese Worte Scheich Nakkīts hörte, nahm er den Spiegel und besah sein Gesicht. Da fand er ein Muttermal an seiner Wange; dann betrachtete er seine Handfläche, da fand er, daß sie rötlich war. Da sagte er: »O Scheich Nakkīt, und du lebst schon so lange, daß du diese Begebenheit erlebt hast?« Er antwortete ihm: »Ich lebe schon einhundertundneun Jahre.« Und der Sultan erreichte in jenen Tagen sein vierzigstes Lebensjahr.

Da legte er ihm ein prachtvolles Ehrengewand an und sagte zu ihm: »O Scheich Nakkīt, bei Gott, wir empfanden viel Vergnügen an deiner Erzählung.« »Aber noch wundersamer als diese«, versetzte der, »ist die Geschichte von der Tochter des Kaufherrn, die in der Hauptstadt von China lebte und die bewirkte, daß die Gemahlin des Königs von China erschlagen wurde und zuletzt der König sie heiratete.« Da frug ihn der König: »Und wie geschah das, o Scheich Nakkīt?«

DIE GESCHICHTE VON DER KAUFHERRNTOCHTER, DIE DER KÖNIG VON CHINA HEIRATETE

Er sprach zu ihm: »O größter König dieser Zeit, man berichtet – und Gott weiß am besten, was Er verborgen hält, und waltet am gerechtesten über diese Welt – davon, was in alter Zeit und in der Völker Vergangenheit geschehen ist, daß es in der Hauptstadt von China einen König gab, der einen Garten am Rande der Stadt besaß. Und neben seinem Haus lag das Haus eines Kaufherrn.

Und der Kaufherr hatte eine Tochter, die einzigartig war zu ihrer Zeit an Schönheit und Lieblichkeit, an hübscher Gestalt und Ebenmäßigkeit. Und ihr Großvater ließ ihrer Mutter einen unterirdischen Gang herstellen, der in den Garten des Königs führte. Und das Mädchen pflegte, sooft es ihm in den Sinn kam, sich zu ergötzen, seine Sklavin zu nehmen und mit ihr in den unterirdischen Gang hinabzusteigen und in einem fort zu gehen, bis es in den Garten kam, um sich darin einen Teil der Nacht hindurch zu ergötzen, um dann zurückzukehren. Von dem unterirdischen Gang wußte niemand außer dem Gesinde des Hauses.

Eines Nachts ging die Kaufherrntochter wie gewöhnlich in den Garten und wanderte in ihm umher und schaute sich ihn an, während ihr ihre Sklavin mit der Wachskerze in der Hand voranging. Da drehte sie sich zufällig um, und siehe, sie erblickte ein hübsches Lager. Sie kam näher heran und fand die Gemahlin des Sultans, die mit einem seiner Höflinge schlief. Da nahm sie eine Zitrone vom Baum, zielte auf ihr Auge, warf nach ihr und schlug ihr das Auge aus. Die Gemahlin des Sultans fuhr empor und schrie. Da erwachte der Höfling, der mit ihr schlief. Die Gemahlin des Königs erkannte jedoch das Mädchen.

Als der Mann erwachte, beeilte sich die Tochter des Kaufherrn schneller als ein Blick des Auges, nahm sogleich ihre Sklavin und stieg mit ihr in den unterirdischen Gang hinab. Dann legten sie die Platte auf die Öffnung. Die Gemahlin des Königs und der, der mit ihr war, erhoben sich, um nach dem Mädchen und der Sklavin zu suchen, doch sie fanden keine Spur, und sie wußten nicht, wo sie geblieben waren. So verließen sie den Garten und gingen fort.

Und der Grund dafür, daß die Gemahlin des Königs jede

Nacht in den Garten kommen konnte, war der, daß sie zur Zeit des Nachtgebetes ein wenig Bandsch in etwas Zuckerwerk gab und es dem König vorsetzte. Sobald er es gegessen hatte, sank er nieder, blieb bewegungslos liegen und wußte weder wer wegging noch wer kam. Dann erhob sie sich, verkleidete sich und ging durch die Geheimtür hinaus. Ihr Liebhaber wartete auf sie, sie ging mit ihm, und sie verbrachten die Nacht im Garten, worauf sie am Morgen zurückkehrten. So trieben sie es jede Nacht.

Als ihr nun die Kaufherrntochter das Auge ausgeschlagen hatte, lebte sie zurückgezogen, bis sich eines Tages der König zu seiner Frau wandte; da fand er, daß sie ein Auge verbunden hatte. Er trat heran, lüftete den Rand des Verbandes und bemerkte, daß ihr Auge blind war.

Sie ließ sich aber nicht warnen, noch schämte sie sich, hielt es kaum zwei Nächte aus, nicht in den Garten zu gehen, und gab sich dann mit ihrem Liebhaber wieder ihrer Gewohnheit hin. Sie betäubte den Sultan mit Bandsch und entfernte sich, bis ihr Gemahl endlich ihr Auge sah und sie fragte: ›Was ist mit deinem Auge geschehen, daß es so aussieht?‹ Da sprach sie zu ihm, weil es ihr an Verstand fehlte, ihr Glück geringfügig und ihre Lebensdauer kurz war: ›Die Tochter von dem und dem Kaufherrn, unserem Nachbar, schleuderte etwas nach mir und schlug mir das Auge aus.‹

Als das der Sultan hörte, bemächtigte sich seiner ein übermäßiger Gram und er sprach: ›Bei Gott, ich muß eine List ausfindig machen und zu jenem Mädchen gehen, um es zu töten.‹ Sogleich erhob er sich, zog seine Gewänder aus, legte ein Frauenkleid an, ließ den Schleier herab, schminkte seine Augen mit Augenschwärze und verhüllte die Haare seines Bartes mit einem Umhangtuch, so daß er aussah wie eine

Frau. Und jeder, der ihn ansah, würde gesagt haben: ›Ohne Zweifel ist dies eine Frau.‹ Dann ging er hinaus, nahm etwas mit, was beim Volk als Geschenk üblich war, und trat zu dem Mädchen ins Haus.

Als nun das Mädchen ihn erblickte, meinte es und war sicher, daß er ohne jeden Zweifel eine Frau sei. Er grüßte es und legte dann das Geschenk, das er bei sich hatte, nieder. Das Mädchen fragte ihn: ›Liebe Muhme, wer bist du?‹ Er erwiderte ihr: ›Ich bin deine Tante, die Schwester deiner Mutter. Und ich kam zu dir, um dich anzusehen, da du nach mir nicht fragtest und mich nicht besuchtest.‹ Als nun das Mädchen ihn hörte, wie er sagte: ›Ich bin deine Tante‹, geriet es über die vermeintliche Tante in Freude, begrüßte sie zum zweiten Male, forderte sie auf, sich niederzusetzen, hieß sie willkommen und sprach: ›Gelobt sei Gott, daß ich eine Tante habe, die kommt, um nach mir zu sehen!‹ Die Mutter des Mädchens war nämlich gestorben, als es noch klein war.

Er verweilte dann bei der Kaufherrntochter den ersten Tag und den zweiten Tag bis zur Mittagszeit. Da sagte er zu ihr: ›Liebe Nichte, ich will einen Kessel Wasser wärmen und dir den Kopf damit waschen und auch mir danach.‹ Sie erwiderte ihm: ›Nun gut, liebe Tante!‹ Und der König hatte vor, das Wasser warm werden zu lassen, um es zum Sieden zu bringen. Dann wollte er es auf das Mädchen ausgießen und es verbrühen. Das hatte er sich vorgenommen.

So erhob er sich, zündete ein Feuer an, stellte den Kessel darauf, füllte ihn mit Wasser und heizte darunter, bis Bläschen aufzusteigen begannen.

Da ihr ein langes Leben beschieden war, kam der Kaufherrntochter in diesem Augenblick in den Sinn, was sie mit der Gemahlin des Sultans erlebt hatte. So sprach sie zum

König: ›Liebe Tante, ich werde dir ein Erlebnis erzählen.‹ Er sagte zu ihr: ›Liebe Nichte, und was ist das für ein Erlebnis?‹ ›Es ist ein Ereignis‹, antwortete sie, ›von den Absonderheiten der Zeit, und ich muß dir zeigen, daß es wahr ist.‹ Er sagte zu ihr: ›Und was geschah?‹ ›Liebe Tante‹, erwiderte sie, ›die Gemahlin des Sultans hat einen Liebhaber und jede Nacht, – wer weiß, was sie mit dem Sultan treibt –, verläßt sie ihn, geht hinaus und begibt sich zu ihrem Liebhaber, um mit ihm zu schlafen. Und sie läßt den König allein, dessen Antlitz anzuschauen ein Gottesdienst ist, und ist nicht dankbar für die Gnade Gottes, der sie zur Gemahlin des Sultans, der herrscht, befiehlt und verbietet, gemacht hat. Sie verläßt ihn und schläft mit einem seiner Höflinge, sozusagen einem Diener. Und dies ist eine merkwürdige Sache, daß die Gemahlin des Sultans sich seinem Diener hingibt und den König, der der Stellvertreter Gottes auf Erden ist, allein läßt.‹

Als nun der Sultan dies hörte, hätte er beinahe den Verstand verloren. Dann sagte er zu ihr: ›Liebe Nichte, und wann können wir sie sehen?‹ Sie antwortete: ›Zur Nachtzeit werde ich dir ein Wunder zeigen.‹ Da hörte er auf, das Feuer zu schüren und sagte bei sich: ›Bei Gott, wenn die Worte dieses Mädchens wahr sind, schlag ich die Frau und den, der mit ihr zusammen ist, tot.‹

Als nun die Nacht anbrach, nahm ihn die Kaufmannstochter und stieg mit ihm in den unterirdischen Gang, wobei die Sklavin ihnen mit einer Wachskerze voranging, bis sie in den Garten und zu dem Lager kamen. Da fanden sie die zwei schlafend, wie sie sich gegenseitig umarmten. Der Sultan zückte sogleich das Schwert, hieb beide mit einem Streich nieder und schlug ihnen das Haupt vom Leibe. Da sagte sie: ›Warum, liebe Tante, schlägst du sie tot?‹ Er sprach zu ihr:

›Sie verdienen es, weil sie Verräter sind, die man totschlagen muß.‹ Dann kehrten sie durch den unterirdischen Gang, durch den sie gekommen waren, zurück. Und das Mädchen wunderte sich.

Als sie nun nach Hause kamen, sagte er zu dem Mädchen: ›Liebe Nichte, ich will fromme Leute besuchen gehen und zu dir zurückkommen.‹ Das Mädchen erwiderte ihm: ›Nun gut!‹ Darauf verließ der König das Mädchen und ging fort, bis er zu seinem Palast gelangte, trat hinein, legte den Schmuck der Weiber ab, sandte heimlich zehn Leute und befahl ihnen, in den Garten zu gehen, dort eine Grube zu graben, die zwei Erschlagenen hineinzuwerfen und sie mit Erde zuzuschütten. Sie taten, wie er es ihnen befohlen hatte, und kehrten zurück.

Hierauf sandte der König zu dem Kaufherrn, ließ ihn holen, warb bei ihm um seine Tochter und ließ mit ihr seinen Ehevertrag niederschreiben. Man stattete sie aus, brachte sie zu ihm, und er betrat ihr Gemach, doch er verschwieg sein Geheimnis in der ersten und in der zweiten Nacht.

In der dritten Nacht sprach er dann zu ihr: ›Kennst du nicht eine Geschichte, die du uns erzählen könntest?‹ ›O größter König dieser Zeit‹, antwortete sie, ›ich kenne nichts.‹ Er sagte zu ihr: ›Ich weiß etwas zu erzählen.‹ Sie sprach zu ihm: ›Schön.‹ ›Man berichtet‹, fing er an, ›– und Gott weiß es am besten – von einem König, der eine Gemahlin hatte; doch ihr Auge wandte sich von ihm ab, und sie knüpfte eine Bekanntschaft mit einem Manne an, verließ den Sultan jede Nacht und ging zu dem Mann.‹ Und er erzählte ihr weiter, während sie aufhorchte. Da sagte sie zu ihm: ›O König, diese Geschichte ist mir widerfahren, und ich war es, die es durch meine Tante verriet.‹ Da fragte sie der Sultan: ›Wer ist mit dem Geschenk zu dir gekommen?‹ Sie erwiderte: ›Meine

Tante.‹ Er sprach zu ihr: ›Das war ich, ich habe mich als deine Tante ausgegeben. Als ich sah, daß meine Gemahlin ein Auge verloren hatte, nahm ich mir vor, dich zu töten. Doch das Sprichwort besagt: „Die Aufrichtigkeit ist das Schiff der Rettung." Gott hat dich wegen deiner Aufrichtigkeit gerettet.‹

Es verging dann nicht einmal die Hälfte des Jahres, und sie empfing vom Sultan. Und er hatte bisher kein Kind. Nun gestattete Gott, der Erhabene, daß er die Tochter des Kaufherrn nahm und sie von ihm empfing.

Und der Sultan zahlte jedes Jahr einem anderen Sultan Tribut, der ihm im Range gleich war, doch es fiel ihm schwer, ihm Tribut zahlen zu müssen, und er ärgerte sich darüber, daß er kein selbständiger König war. Kurzum, eines Nachts vernahm er die Stimme eines unsichtbaren Sprechers, der zu ihm sagte: ›Die Zeit des Sieges ist dir nahe gekommen.‹ Da erwachte der König aus dem Schlafe, um zu sehen, wer mit ihm redete, doch er sah niemanden. Er hörte nur eine Stimme, sah aber nicht den, der sprach.

Als nun die Schwangerschaft seiner Gemahlin vorüber war, gebar sie einen Knaben. Da ließ er in der Stadt verkünden, die Stadt solle wegen der Geburt des Königssohnes geschmückt werden. Die Stadt war nun einen ganzen Monat hindurch geschmückt. Und der König freute sich über den Sohn und beschaffte ihm eine Amme, die säugte ihn, bis die Tage des Säugens zu Ende waren. Und er wuchs auf und wurde sechs Jahre alt. Dann berief der Sultan einen Erzieher, und der unterrichtete ihn im Lesen, brachte ihm Umgangsformen bei, die Schönschreibekunst und sämtliche Zweige der Wissenschaft. So wurde jener Knabe zum gewandten Schreiber, doch er fand die größte Freude am Reiten, am

Schießen mit Pfeilen und Bleikugeln und am Erlernen von Reiterspielen, bis er zwölf Jahre alt wurde.

Als er nun im dreizehnten Jahre war, da erschienen die, die jedes Jahr kamen, um den Tribut zu empfangen, auch diesmal beim König, traten ein und sprachen zu ihm: ›Trachte die Sache mit uns schnell zu erledigen, da unser König uns drängt, nicht lange abwesend zu sein.‹

Und siehe, der Sohn des Sultans trat zu ihnen und fragte, was dies bedeuten solle. Man erklärte ihm, wie es sich mit dem Tribut, den sein Vater jedes Jahr zahlte, verhalte. Da wurde der Sohn des Sultans bekümmert und sprach: ›Wie kommt es, daß mein Vater, der ein Sultan ist, einem anderen König, der den gleichen Rang hat, Tribut zahlt? Das ist doch etwas, was der nicht verträgt, der Mut und Fähigkeit hat; nur die Juden können sich gegen den Tribut nicht wehren. Bei Gott, wenn mein Vater einen Tribut zahlt, dann ist er kein Sultan.‹

Und er ging im gleichen Augenblick hinaus, ließ eine Abteilung von zwanzig Reitern holen und ritt mit ihnen zwei Meilen vor die Stadt.

Sein Vater stellte den Tribut und die Geschenke bereit und übergab sie denen, die deswegen gekommen waren. Und es waren ihrer sechzig an der Zahl. Sie luden alles auf und ritten fort.

Als sie sich dem Prinzen näherten, da stürmte er mit den zwanzig Reitern auf sie los, tötete zehn von ihnen, nahm ihren Anführer und ihre Vornehmen gefangen, schnitt ihnen Ohren und Nasen ab, hängte sie an ihre Nacken und befahl ihnen: ›Geht zu euerem König und sagt ihm: „Alles, was du an Tribut von dem König jener Stadt genommen hast, wirst du sammeln und zurückschicken. Und wenn nicht, kommt er zu dir mit einem zahllosen Heer, wogend wie das Meer, plündert dein Land ringsherum, raubt all dein Eigentum und deine Männer bringt er um."‹ Und der Rest der sechzig Reiter entfloh.

Der Sohn des Sultans kehrte mit dem Geld zu seinem Vater zurück. Als dieser ihn sah, fragte er ihn: ›Was ist das da?‹ Er sprach: ›Das Geld, das sie von dir als Tribut genommen hatten.‹ Da grämte sich sein Vater. Es packte ihn der Zorn, und er sagte zu ihm: ›Warum tatest du das?‹ ›Bei Gott‹, erwiderte sein Sohn, ›wenn er all das Geld, das er von dir genommen hat, nicht zurückschickt, werde ich auf ihn losstürzen, sein Land plündern, sein Hab und Gut rauben und seinen Harem gefangennehmen.‹ Als nun sein Sohn so sprach, entsann sich der Sultan der Worte der geheimnisvollen Stimme, die ihm geweissagt hatte: ›Der Sieg ist dir nahe gekommen.‹ So war es ihm ergangen.

Was die Entflohenen betrifft, die trabten nun ohne Unterlaß, und sie glaubten nicht an Rettung, bis sie bei ihrem König eintraten. Der fragte sie, was ihnen zugestoßen sei, und sie berichteten ihm, was mit ihnen geschehen war. Und siehe, ihr Anführer und seine Leute kamen und traten in einem kläglichen Zustand beim Sultan ein, ihre Ohren und Nasen am Nacken zur Warnung aufgehängt. Dann erzählten sie ihm, was geschehen war. Da sprach er zu ihnen: ›Wer ist denn der, der dies mit euch gemacht hat?‹ Sie antworteten ihm: ›Als wir das Geld und die Geschenke genommen und die Stadt verlassen hatten, da stürzte irgendein Junge, ein Knabe, der keinen Flaum an der Wange hatte, auf uns los, zwanzig Reiter mit sich führend. Dann tat er mit uns, was du an uns siehst. Und er sprach zu uns: „Sagt euerem König, er solle alles, was er vom König jener Stadt genommen hat, zurücksenden. Und wenn nicht, kommt er zu dir mit einem Heer, wogend wie das Meer, plündert dein Land ringsherum, entführt deinen Harem, raubt all dein Eigentum und deine Männer bringt er um."‹ Da sagte der König: ›Ein kleiner Knabe?‹ Sie entgegneten: ›Jawohl.‹ Nun geriet der Sultan in Zorn, setzte sich nieder, dann fuhr er in die Höhe wieder, wurde voll Unmut, und schäumig ward sein Mund vor Wut.

Sofort ließ er im Heere ausrufen, daß es sich sammeln solle. Es vergingen dann kaum zwei Tage, und das ganze Heer sammelte sich, erfüllte die Länder und kam zusammen, gerüstet zum Kampf und Ringen. So war es ihnen ergangen.

Der Königssohn aber, als er einen Teil von ihnen totgeschlagen, den übrigen Nasen und Ohren abgeschnitten und das Geld zurückgebracht hatte, sagte bei sich: „Jener König wird zu diesen Ereignissen nicht schweigen und wird auf uns losbrechen müssen." Da sandte er sogleich zu den Einwohnern der Städte seines Vaters und forderte sie auf, sich einzufinden und mit ihren Waffen zu ihm zu kommen; und er tat ihnen kund, sie möchten zum Kampf und Ringen bereit sein. Es vergingen dann keine zehn Tage, und schon kamen sämtliche Truppen zu ihm, er brach mit ihnen sofort auf und durchzog Wüsten und Einöden.

Da erhob sich vor ihnen eine von Pferden herrührende Staubwolke. Der Prinz teilte seine Truppen in vier Abteilungen, nachdem er sich niedergelassen und die Zelte hatte aufschlagen lassen und forderte sie auf, nicht nachlässig zu sein. Und die feindlichen Truppen blieben in Reiterscharen zerstreut und waren infolge des Marsches ermüdet.

Als nun die Nacht anbrach, stürzte der Knabe mit den vier Abteilungen, die er nach seiner Sachkenntnis geordnet hatte, auf sie los. Als sie nun auf sie losstürzten, fanden sie die feindlichen Truppen im Schlaf und ließen unter ihnen das Schwert kreisen. Die erhoben sich alsbald ohnmächtig und niedergeschlagen. Der, der sein Pferd fangen konnte und auf ihm entfloh, rettete sich, und die, denen es nicht gelungen war, zerstampften die Hufe der Reiterscharen des Prinzen, der mit gezücktem Schwerte dahintrabte.

Und siehe, er entdeckte den König, der von seinem Vater den Tribut aushob, kam nahe an ihn heran, steckte sein Schwert in die Scheide, zog den Streitkolben und schwang ihn, stieß auf ihn zu und schlug ihn mit dem Streitkolben auf die Schultern, daß er ihm fast die Rippen zermalmte. Da fiel er vom Rücken seines Hengstes. Und siehe, die Sklaven des Königssohnes erreichten ihn, fesselten ihn an Füßen und Händen, daß er sich nicht drehen konnte noch wenden. Darauf ließ er im Heere ausrufen, sie möchten den Kampf abbrechen.

Da kam schon der Morgen, sie sammelten die Beute von den Gefallenen und die durchgegangenen Pferde, nahmen den König und die Gefangenen mit, brachen auf und ritten in ihr Land und ihre Heimat. Und das Herz des Königs, des Vaters des Knaben, war bei seinem Sohne, und er pflegte zu ihm zu schicken und sich nach ihm zu erkundigen, da er um ihn besorgt war. Nun gelangten zu ihm Nachrichten von allem, was sein Sohn getan, und daß er den Sultan gefangengenommen hatte. Da eilte er ihm entgegen und hieß ihn willkommen und ritt mit ihm in die Stadt ein. Und die war an jenem Tage bereits geschmückt.

Als nun die Verhältnisse in die gewohnte Ordnung kamen, veranstaltete der Knabe eine Staatsversammlung, ließ den gefangenen König herbeibringen und sprach: ›Dein Anliegen kann nur auf zweifache Art gelöst werden. Entweder rechnest du alles zusammen, was du von meinem Vater an Tribut genommen hast, gibst es zurück und wirst dich selbst zu Tribut verpflichten, den du jedes Jahr zahlen wirst, oder ich schlage dir den Kopf ab und befördere dich schleunig in die Hölle hinab. Und wenn du mit der Zahlung des jährlichen Tributes im Rückstand bleibst, stürze ich mich auf dich, plündere dein Eigentum, verwüste dein Land ringsherum, nehme deinen Harem gefangen und bringe deine Männer um.‹ Er stellte ihm diese Bedingungen, und jener erkaufte sich das Leben mit dem, was der Knabe gefordert hatte. Der Prinz ließ dann darüber Verträge niederschreiben. Dann ließ er ihn frei, ihn und die Gefangenen, legte ihm ein Ehrengewand an und stattete ihn auf den Weg in sein Land aus, nachdem er mit ihm den Vertrag und das Abkommen geschlossen hatte.

Und was den Knaben und seinen Vater betrifft, die schickten jedes Jahr zu jenem König, um von ihm den Tribut zu empfangen. Und nachdem sein Vater erniedrigt gewesen war, war er jetzt erhöht. Und der König und sein Sohn lebten auf diese Weise eine Zeitlang, indem sie größte Glückseligkeit und schönste Annehmlichkeit genossen, bis der zu ihnen kam, der die Freuden schweigen heißt und die Freundesbande zerreißt.«

DIE GESCHICHTE VON DER TUGENDHAFTEN GEMAHLIN DES RICHTERS VON BAGDAD

Man erzählt neben anderen seltsamen Geschichten dieser Zeit, daß es in der Stadt Bagdad einen Richter gab, der gerecht in seinen Urteilen war. Und er hatte eine anmutige

Gemahlin, die gehörte zu den frommen, wohlwollenden Frauen. Und ferner hatte er einen neidischen Bruder.

Der Richter faßte nun eines Tages den Entschluß, sich auf die Pilgerfahrt zum heiligen Haus Gottes zu begeben. Da rief er seinen Bruder, setzte ihn statt seiner ein, gab ihm sein Haus in Obhut und betraute ihn mit allem, was die Umstände erforderten. Dann machte sich der Richter auf den Weg zum Lande Hidschaz, auf daß er der Pflicht genüge, an die er sich gebunden fühlte, damit die fünf Pfeiler, auf denen der Islam aufgebaut ist, für ihn vollzählig seien. Und er nahm sich vor, in Mekka ein volles Jahr zu verweilen, um dort zweimal an den Wallfahrtsbräuchen teilzunehmen.

Als er nun aus Bagdad aufgebrochen war und einige Tage seit seiner Abreise vergangen waren, kam der Bruder zur Gemahlin des Richters und wollte sie verführen. Aber sie weigerte sich und sprach: »Behüte Gott, daß ich Ehebrecherin werde und meinen Gemahl hintergehe! Bei Gott, wenn man mich auch in Stücke haute, dies wird nicht geschehen!«

Da ließ er sie eine kurze Zeit in Ruhe und versuchte sie zum zweiten und zum dritten Male zu verführen, doch sie weigerte sich. Da sagte er zu ihr: »Bei Gott, wenn du nicht zustimmst, stelle ich Zeugen gegen dich, daß du die Ehe gebrochen hast.« Sie erwiderte jedoch: »Lieber den Tod, aber dies nicht!«

Als er sich nun von ihr abgewiesen sah und das Ziel nicht erreichen konnte, ging er hinaus, holte einige treulose Leute, und die legten Zeugnis ab, daß sie die Ehe gebrochen hätte. Dann packte sie der Bruder ihres Gemahls und ließ ihr hundert Peitschenhiebe geben, zog ihr die Kleider aus und jagte sie aus dem Hause. Sie ging nun fort, rang der Peitschenhiebe wegen mit dem Tode und sagte wiederholt: ›Nun ist es an

Gott, die Wahrheit an den Tag zu bringen, denn er schaut von oben auf mich und auf das, was ich tat, herab.‹

Dann ging sie in einem fort in der Stadt umher, bis sie zum Hause eines Kameltreibers kam. Da trat sie ein, bekümmert und erschöpft von den Peitschenhieben. Als sie nun der Kameltreiber, der Hausherr, erblickte, empfing er sie höflich, bewirtete und bekleidete sie so gut er konnte, und vertraute sie den Leuten seines Hauses an. Und die ehrten sie und umsorgten sie eine Zeitlang.

Und siehe, eines Tages kam ein anderer Kameltreiber, einer der Bekannten des Hausherrn, zu ihm als Gast, und er ehrte ihn außerordentlich.

Und der Hausherr hatte einen Sohn, der war zwölf Jahre alt. Der Kameltreiber blieb dann bei dem Hausherrn zehn Tage. Am elften Tage, als er eben das Haus betrat, siehe, da erblickte er die Gemahlin des Richters. Da neigte sich seine Seele zu ihr, er trat näher und suchte sie zu verführen, doch sie weigerte sich und wies ihn ab. Da versuchte er sie zum zweiten und zum dritten Male zu verführen, aber sie sagte: »Gott bewahre, daß ich Schamlosigkeiten und Abscheuliches verübe! Dies ist ein häßliches Ding!« Da drohte er ihr mit Totschlag, doch sie sagte zu ihm: »Wenn ich auch wüßte, daß mein Geist in deiner Hand wäre, könnte ich dir nicht zu Willen sein, du Schwein, du Unreiner!« Und sie schrie ihn an.

Als es nun Mitternacht war, kam er zum Gemach, in dem sie, die Frau des Hausherrn und ihr Sohn schliefen und trat mit der Absicht ein, ihr den Hals durchzuschneiden. Es geschah nun nach der Vorbestimmung, daß er an den Knaben herantrat in der Überzeugung, er sei jene Frau; er schnitt ihm den Hals durch, ohne daß es jemand bemerkte, ging hinaus und zog seines Weges.

Als dann der Morgen angebrochen war, erwachte die Mutter des Knaben und sah ihn neben sich mit durchschnittenem Hals. Da erhob sie sich, schlug sich ins Angesicht, brach nieder und schrie. Ihr Mann hörte ihr Geschrei, kam und sprach: »Was ist geschehen?« Und er trat ein, da erblickte er seinen Sohn mit durchschnittenem Hals, und er sagte: »Wer hat das getan?« »Dies hat der Kameltreiber, dein Gefährte, getan«, erwiderte ihm die Gemahlin des Richters, »denn er drohte mir, daß er mir den Hals durchschneiden werde, weil ich ihn abgewiesen habe.« Da sagte er: »Es gibt weder Macht noch Stärke, außer bei Gott, dem Erhabenen, den Allmächtigen! Dies ist, was Gott vorbestimmt hat.« Dann machte er den Leichnam seines Jungen zurecht und begrub ihn.

Und er hatte einen Betrag von hundert Golddinaren, die gab er der Gemahlin des Richters und sagte zu ihr: »Verehrte, nimm diese hundert Dinare und zieh deines Weges, denn ich fürchte das, was das Schicksal uns deinetwegen auferlegt hat.«

Sie nahm also die hundert Dinare und verließ den Kameltreiber, ohne zu wissen, wohin sie sich wenden sollte, indem sie sagte: »Mein Gott, zeige mir den Weg zum Guten!« Dann ging sie fort. Ihr Herz bebte, und sie hatte Angst, denn seit der Zeit, in der ihr Gemahl, der Richter, abgereist war und sie verlassen hatte, konnte sie nicht aufatmen und genoß keinen einzigen Ruhetag, bis sie hinaus hinter die Stadt gelangte.

Und siehe, sie erblickte in der Ferne eine große Menschenmenge am Rande eines kleinen Dorfes. Sie schritt darauf zu, bis sie in ihrer Nähe war. Da sah sie, daß sie einen Jungen von geringem Alter festhielten und ihn aufhängen wollten. Man hatte ihm bereits den Strick um den Hals gelegt. Da trat sie heran und sagte zu ihnen: »Was hat dieser Junge begangen, daß ihr ihn aufhängen wollt?« »Nichts hat er begangen«, erwiderten sie ihr, »er ist nur hundert Dinare schuldig und besitzt nichts. Wir wollen ihn nun aufhängen, damit ein anderer sich gebührend benimmt, wenn er von jemandem Geld leiht, und sich dabei in acht nimmt.« Da empfand ihr Herz Mitleid, und sie sprach zu ihnen: »Nehmt diese hundert Dinare und laßt ihn frei um Gottes, des Erhabenen, willen!« Sie nahmen die hundert Dinare von ihr und ließen ihn frei. Da sprach die Frau bei sich: ›Bei Gott, dieser Junge wird mich beschützen.‹ Dann nahm sie ihn mit und schritt weiter durch das Land eine Woche lang.

Da schaute sie der Junge mit Begierde an und verlangte von ihr den Ehebruch. Sie weigerte sich jedoch, seinem Wunsche nachzugeben und sagte zu ihm: »Du Ungezogener! Ich erlöse dich vom Tode, erlege für dich hundert Dinare, befreie dich, und du verlangst jetzt von mir etwas Schamloses.« Da schämte er sich und gab ihr keine Antwort, doch er verbarg einen bösen Gedanken in seinem Innern.

Dann ging er mit ihr in einem fort, bis sie an den Meeresstrand kamen. Und siehe, er erblickte ein Schiff. Da gab er den Leuten auf dem Schiff ein Zeichen, sie stiegen dann zu ihm hinunter und nahmen ihn mit. Er bestieg das Schiff, und die Frau ließ er am Festlande. Danach trat er zum Kapitän und sagte ihm: »Ich habe eine Sklavin und will sie verkaufen.« Da fragte ihn der Kapitän des Schiffes: »Was kostet die Sklavin, du Junge?« Er entgegnete: »Tausend Dinare.« Da gab er ihm die tausend Dinare. Und der Kapitän stieg aufs Festland hinab, nahm die Gemahlin des Richters und bestieg mit ihr das Schiff, während die Frau nicht wußte, was der Junge getan hatte. Als sie nun mitten im Schiff stand, sagte der

Kapitän zu ihr: »Ich kaufte dich von dem Jungen für tausend Dinare.« »Wieso«, antwortete sie ihm, »kannst du mich gekauft haben, da ich doch frei bin und aus guter Familie stamme?« Aber er sprach zu ihr: »Ich habe dich gekauft.« Und ging weg. Da sprach sie: »Bei Gott ist die Geduld zum Ertragen dessen, was die Tage bescheiden.«

Als nun die Nachtzeit angebrochen war, wollte der Kapitän mit ihr schlafen, doch sie weigerte sich und sagte: »Keineswegs, bei Gott! Dies wird niemals geschehen.« Er ließ sie nun in Ruhe bis zur zweiten Nacht und suchte sie zu verführen zum ersten und zum zweiten Male, doch sie willigte nicht ein, und der Kapitän konnte sie nicht überwinden. Er wurde zornig und schlug sie mit der Peitsche auf den Rücken und die Lenden. Da flehte sie: »Mein Gott und mein Herr und mein Gebieter, ich bitte dich, mir in all der Bedrängnis Erlösung zu schicken und in jedem Drangsal einen glücklichen Ausgang zu spenden!«

Ehe sie ihre Bitte ausgesprochen hatte, siehe, da ging hoch das Meer, warf Wellen hin und her, und fing an zu brausen und zu schäumen. Es dauerte kaum einen Augenblick und das Schiff scheiterte, so daß von ihm allein Bretter zurückblieben. Alle, die auf dem Schiff waren, gelangten ans Festland auf irgendeinem Brett. Und ebenso rettete sich die Frau auf einem Brett und sprach: »Preis sei Dem, der mir Mühe bereitet, mich in Angst gestürzt und mir die Trennung von meinem Gemahl, meiner Heimat und meinen Leuten beschieden hat!«

Als sie nun ans Festland kam, nahm sie etwas von dem Zwieback, der aus dem Schiff angeschwemmt wurde, um davon zu essen, und machte sich damit in die Wüsten und Einöden auf den Weg. Dann wanderte sie in einem fort, den ganzen Tag hindurch, bis über sie die Nacht einbrach. Da verbarg sie sich in einer Höhle aus Angst vor wilden Tieren. Als dann der zweite Tag anbrach, stand sie auf und ging weiter bis zur Zeit des Nachmittagsgebetes. Und siehe, sie gelangte zu einer Stadt und in jener Stadt herrschte ein König. Da fragte sie nach ihm, und man zeigte ihr seinen Palast. Sie ging nun weiter, bis sie dort ankam, trat zu ihm, küßte den Boden, flehte Segen auf ihn herab und sagte zu ihm: »Ich verlange von Gott und von unserem hohen Herrn, dem Sultan, daß er mir ein Schloß außerhalb der Stadt baue.«

Sofort erteilte der König dazu den Befehl, nahm gleich den Bau des Schlosses in Angriff und befahl den Meistern, es in kürzester Zeit zu vollenden. Es verging dann nur kurze Zeit und siehe, das Schloß war fertiggebaut und vollendet. Dann sandte der Sultan, ließ es ausstatten, Gefäße hineinstellen und alles besorgen, was man an Vorräten und anderen Sachen braucht. Und er wies ihr zehn Sklavinnen und zehn schwarze Sklaven zu, die sie bedienen sollten, weil der Sultan hoffte, ihretwegen Erfolg zu haben, denn er hatte einige Städte und Länder, die gegen ihn im Aufruhr standen und ihm keinen Tribut zahlten. In den Tagen jedoch, in denen er das Schloß erbaute, bekam er den Tribut aus den Ländern, die gegen ihn fünf Jahre hindurch in Aufruhr waren, sie schickten nun fünf Truhen Geld. Darüber freute er sich und begann an jene Frau zu glauben, und jeden Freitag pilgerte er zu ihr in ihr Schloß.

Als nun die Einwohner der Stadt sahen, daß der Sultan zu der Frau pilgerte, glaubten auch sie an sie, pilgerten zu ihr, ließen sich von ihr segnen, und ihre Fürbitte wurde erhört. Sie betete für jeden, der zu ihr kam und Fürbitte von ihr erheischte; ihre Bitte fand Erhörung, so daß jeder, dem etwas verlorengegangen oder dem Geld oder irgendetwas gestohlen worden war, zu ihr kam, sie entdeckte es dann und brachte das Verlorene zutage. So wuchsen ihr Ruhm und Ansehen, und es geschahen durch sie Gnadenbeweise, Wunder und Enthüllungen, wie vordem durch keinen anderen. Und dies war die Gnade, die ihr von Gott zuteil wurde, weil sie alles, was ihr an Kummer, Gewalttaten und Unrecht widerfahren war, geduldig ausgehalten hatte, gewaltsam verkauft wurde und doch auf nichts Schändliches und Übles eingegangen war. So belohnte sie Gott für alles, bis sie so berühmt war, wie die Männer es kaum werden; und es hörten von ihr Reisende, Pilger und Bewohner von Städten und Ländern. Sie eilten mit milden Gaben und Geschenken zu ihr, bis bei ihr soviel dieser Dinge war, daß ihre Menge nur Gott allein kannte.

Da geschah es nach der Vorbestimmung, daß ihr Gemahl, der Richter, in jenem Jahre den Hidschaz verließ. Als er nun in seiner Stadt ankam und sein Haus betrat, fragte er nach seiner Gemahlin. Da sagte ihm sein Bruder, sie sei gestorben. Doch aus Beschämung verließ sein Bruder die Stadt und wohnte in einer anderen.

Nun breitete sich die Nachricht von jener Frau von einem Lande ins andere aus, bis sie zu der Stadt gelangte, in der ihr Gemahl wohnte.

Als er nun von ihr gehört hatte, sprach er: »Bei Gott, ich muß zu dieser Frau pilgern und mir Segen von ihr erbitten.« Hierauf rüstete er sich zur Reise zu ihrem Schlosse.

Und siehe, nachdem er seine Stadt verlassen hatte, stieß er unterwegs auf seinen Bruder, der daran Schuld war, daß seine Frau die Stadt verlassen mußte, doch keiner erkannte den anderen. Er grüßte ihn und jener erwiderte seinen Gruß. Dann sagte er zu ihm: »Wohin gehst du?« »Ich habe vor, die Frau zu besuchen«, erwiderte sein Bruder, »die durch Heiligkeit und Frömmigkeit berühmt geworden ist.« Da sagte der andere Bruder: »Und ich gehe auch, sie aufzusuchen.« Der Richter sprach dann: »Es sei gesegnet!« Er gesellte sich zu ihm, und beide reisten zusammen.

Und siehe, nach zwei Tagen traf der Kameltreiber, bei dem die Gemahlin des Richters gewesen war, sie unterwegs und fragte sie aus. Sie berichteten ihm, daß sie zu jener Frau pilgern wollten. Und er sagte zu ihnen: »Auch ich werde mit euch gehen, damit sie mir Segen spendet, da ich von ihr gehört habe.« So gingen die drei zusammen ihres Weges.

Als sie sich so zusammengefunden hatten, siehe, da traf sie der Kameltreiber, der dem Knaben den Hals durchschnitten hatte, unterwegs, doch sein Gefährte, der erste Kameltreiber, erkannte ihn nicht. Er fragte sie: »Wohin wandert ihr?« Sie erzählten ihm, daß sie beabsichtigten, zu der Dienerin Gottes zu pilgern. »Nehmt mich auch mit«, bat er, »damit ich sie besuche und von ihr Fürbitte für mich erheische.« Sie nahmen ihn also mit und gingen weiter.

Als nun der siebente Tag angebrochen war, siehe, da begegnete ihnen der Junge, der die Gemahlin des Richters verkauft hatte und sagte zu ihnen: »Und wohin begebt ihr euch?« »Wir wollen«, entgegneten sie, »die Dienerin Gottes besuchen.« Da sagte er zu ihnen: »Bei Gott, ich habe gehört, daß ihre Bitte erhört wird. Nehmt mich mit, vielleicht wird mir Gott das, was ich getan habe, verzeihen.«

Dann wanderte er mit ihnen den ganzen Tag lang und siehe, der Kapitän des Schiffes begegnete ihnen unterwegs und fragte sie: »Wohin geht ihr?« Da berichteten sie ihm, daß sie vorhätten, jene Dienerin Gottes zu besuchen. »Bei Gott«, sagte der Kapitän, »ich suchte nach jemandem, mit dem ich gehen könnte, damit wir sie besuchen und Segen von ihr erhalten, denn ihr Ruf verbreitet sich, und wurde in allen Ländern bekannt, so daß ihre Wundertaten offenkundig sind. Und ich habe vor, sie zu treffen, damit sie für mich bete. Vielleicht wird mir Gott, unser Herr, irgendein Schiff als Ersatz für mein Schiff, das im Meere gescheitert ist, geben.« So gingen sie alle miteinander.

Dann zogen sie in einem fort, bis sie zu ihrem Schlosse kamen, näherten sich ihm und erreichten sein Tor. Da sahen sie Leute, Diener und Sklaven und eine große Menschenschar, alle kamen, sie zu besuchen. Als sie nun am Tore des Schlosses stehen blieben, erbaten sie von den Dienern die Erlaubnis, eintreten zu dürfen. Da sagte man ihnen: »Habt ein wenig Geduld, bis sich dieses Gedränge zerstreut! Und dann betretet den Saal!« Sie setzten sich also nieder, da sie eine Weile ausruhen wollten.

Und siehe, die Diener traten bei ihr ein und berichteten ihr, daß einige Fremdlinge sie besuchen wollten. Da erlaubte sie ihnen einzutreten. Nun erhoben sich die sechs Männer, betraten das Schloß und benahmen sich wohlerzogen, bis sie vor der Dienerin Gottes standen.

Und siehe, sie erkannte sie alle, nachdem sie sie angeblickt hatte, und befahl ihnen, sich niederzusetzen. Sie setzten sich also und sie fragte, aus welchem Land sie kämen. Da berichtete jeder von seiner Stadt. Doch sie kannte sie, sie aber erkannten sie nicht und sogar der Richter, ihr Gemahl, erkannte sie nicht und keiner von den sechs Männern erkannte seinen Gefährten; der Richter erkannte seinen Bruder nicht und dieser erkannte ihn nicht und ebenso erkannten die zwei Kameltreiber einander nicht und auch der Junge erkannte den Kapitän nicht, noch erkannte jener ihn. Dann baten sie die Frau um

Fürbitte. Sie antwortete ihnen: »Ihr seid fremde Leute und von der Reise ermüdet. Ihr werdet bei uns in dieser Nacht ausruhen und am Morgen werde ich für euch beten und ihr werdet in eure Länder zurückkehren!«

Und sofort bat sie heimlich um einige Höflinge des Königs, hieß sie kommen und verbarg sie in einer Kammer, damit sie hörten, was diese sechs Männer sagen würden, um dem König darüber zu berichten.

Als die nächste Nacht anbrach, ließ sie die sechs Männer holen und sagte zu ihnen: »Meine Brust ist beklommen, und ich werde für euch keine einzige Bitte aussprechen, solange mir nicht jeder von euch berichtet, was ihm in dieser Zeit zugestoßen, und nichts von dem verschweigt, was ihm widerfahren ist, damit seine Schuld verziehen werde. Und er soll seine Geschichte wahrheitsgetreu erzählen, ohne zu lügen, da dem Mann, der lügt, das Gebet keinen Nutzen bringt.« Sie antworteten ihr: »Bei Gott, o Herrin, wir werden dir nur das erzählen, was geschehen ist, wir werden nichts vor dir verheimlichen und du wirst das, was du hören wirst, verzeihen, da wir es aus Mangel an Verstand und Anstand in dieser Zeit begangen haben.« Sie sagte darauf: »Gott der Erhabene, sieht herab und unterscheidet die Wahrheit von der Lüge und nichts Geheimes kann Ihm verborgen bleiben.«

Der erste nun, der zum Erzählen vortrat, war der Bruder des Richters. Er sagte zu ihr: »Meine Herrin, du erlaubst mir, als erster zu erzählen.« Sie sprach zu ihm: »Ich erlaube es dir.« Da sagte er: »Hohe Herrin, meine Geschichte ist wunderbar und meine Sache sonderbar, nämlich das, womit ich mich gegen mich selbst vergangen habe aus Mangel an Verstand und Anstand und deswegen, weil es an meiner Stirn von der Ewigkeit her geschrieben stand.« »Und was war das«, erwiderte sie, »rede nicht lange! Erzähle, was dir zugestoßen ist, verschweige nichts und beeile dich mit deiner Geschichte!«

Da sprach er zu ihr: »Meine Herrin, ich hatte einen Bruder, einen Richter, der gerecht war in seinen Urteilen, rechtschaffen in seinen Sprüchen, großmütig in seiner Gastfreundlichkeit, freigebig in seinen Geschenken. Eines Jahres empfand seine Seele Sehnsucht danach, zum heiligen Haus Gottes zu pilgern. Als er es sich vorgenommen hatte, schrieb er sein Vermächtnis nieder, rüstete sich zur Reise und begab sich auf die Pilgerfahrt. Als nach seiner Abreise zwanzig Tage vergangen waren, sah ich seine Gemahlin an, sie erweckte mein Verlangen und der Satan verleitete mich. Ich versuchte, sie zu verführen, doch sie weigerte sich und sprach: ›Behüte Gott, daß ich eine Schamlosigkeit begehe! Gott sieht auf uns herab und betrachtet uns. Dies wird nicht geschehen.‹ Ich versuchte, sie zum zweiten und zum dritten Male zu verführen, es gelang jedoch nicht. Da ging ich hinaus, brachte einige treulose Männer herbei, die über sie falsch aussagten, daß sie Ehebrecherin sei. Darauf ließ ich ihr hundert Peitschenhiebe geben und jagte sie aus dem Hause nur, weil sie mir nicht zu Willen war.«

Dies alles erzählte er, während das Gefolge des Königs in jener Kammer verborgen zuhörte. Als der Richter diese Erzählung hörte, erkannte er, daß der Mann sein Bruder war, geriet außer sich und sagte zu sich im geheimen: ›Du mußt erfahren, ob sie danach gestorben ist, oder ob sie noch lebt?‹ Da sprach die Dienerin Gottes: »Du hast die Wahrheit in deiner Erzählung gesagt, und ich glaube, daß du nichts davon verschwiegen hast.« Dann sagte sie: »Tritt ab!«

Und sie zeigte auf den zweiten Kameltreiber und sagte zu ihm: »Und du, erzähle mir als zweiter die Geschichte, die dir in dieser Zeit zugestoßen ist, und verschweige nichts davon, sondern offenbare sie von außen und von innen her!« »Bei Gott, hohe Herrin«, entgegnete er, »meine Geschichte ist sonderbar und meine Sache wunderbar, keinem anderen ist sie in dieser Zeit widerfahren außer mir, denn ich habe mich gegen mich selbst versündigt, weil mich der Satan dazu verführt hat. Und ich beging eine häßliche Tat, weil sie mir von der Ewigkeit beschieden war und an meiner Stirn geschrieben stand. Und es geschah so: Ich kam eines Tages in die und die Stadt. Und ich hatte dort einen Bekannten, einen Kameltreiber, wie ich es bin. Ich lenkte also meine Schritte zu ihm. Als ich ihn nun traf, hieß er mich willkommen und lud mich in sein Haus ein. Und er hatte einen Sohn, und der war sein einziges Kind. Ich blieb bei ihm zehn Tage lang. Und siehe, ich fand bei ihm eine anmutige Frau von gerader Gestalt, voll verführerischen Reizes. Da neigte sich meine Seele ihr zu, ich blieb mit ihr allein und suchte, sie zu verführen, doch sie wies mich ab, weigerte sich und sprach: ›Schämst du dich nicht, als Gast etwas zu tun und zu verüben, was sich nicht ziemt? Und du hast den Mut, jemand wie mir, solche Worte zu sagen? Ich bin eine tugendhafte Frau und du bist ein Fremder und ein Zankstifter.‹ Bei Gott, meine Herrin, sie sprach diese Worte zu mir nur mit dem Erfolg, daß ich noch eine größere Begierde nach ihr bekam und nichts auf ihre Warnung gab. Da kam ich zum zweiten Male zu ihr und suchte, sie abermals zu verführen, doch sie wies mich ab und sprach: ›Behüte Gott, daß jemand wie ich etwas Abscheuliches verübt!‹ Da suchte ich sie zum dritten und zum vierten Male zu verführen, während sie mich abwies und mich schalt. Aber ich ließ mich nicht durch ihre Worte abweisen, bekam nur noch eine größere Begierde nach ihr, da der Satan mich verführt hatte.

Zuletzt wurde ich wütend auf sie und bedrohte sie mit dem Tode. Doch sie sagte zu mir: ›Bei Gott, wenn du es fertigbringst, tu es!‹ Als nun die Zeit der Mitternacht anbrach, nahm ich ein scharfes Messer und betrat das Gemach, in dem sie schlief. Durch die Vorbestimmung schliefen sie, die Gattin meines Gefährten, des Kameltreibers, und ihr Sohn, alle drei beieinander. Da trat ich hinzu, schnitt dem Knaben den Hals durch und meinte, er sei jene Frau. Dann ergriff ich die Flucht. Dies ist, meine Herrin, meine Geschichte und was mir in dieser Zeit zugestoßen ist.«

Dies alles erzählte der Kameltreiber, während die Höflinge es belauschten, die in der Kammer verborgen waren. Und der Kameltreiber, bei dem die Frau damals war, wunderte sich, wie er mit diesem Manne hatte zusammentreffen und ihn nicht erkennen können. Da sagte die Dienerin Gottes: »Wir haben deine Erzählung gehört. Tritt ab!« Er trat also ab.

Dann zeigte sie auf den Jungen und sagte zu ihm: »Deine Gefährten erzählten mir davon, was ihnen in dieser Zeit zugestoßen ist, und ich glaube, daß sie nicht gelogen haben. Erzähle also auch du, was dir widerfahren ist, und verschweige nichts davon um der Anmut der Rede willen!« Da antwortete er ihr und sprach: »Bei Gott, meine Herrin, meine Geschichte gehört zu den Sonderbarkeiten und Wunderbarkeiten, und ich glaube nicht, daß jemandem anderen so etwas zugestoßen ist, wie mir, in dieser Zeit und auch nicht in einer anderen. Und ein Spruch besagt: ›Wer eine Maßregel trifft, der erkennt ihr Ergebnis, und wer Staub aufwirbelt, dem setzt er sich auf den Kopf.‹ Nun zu der Geschichte! Ich war einigen Leuten hundert Dinare schuldig und hatte davon nicht einmal einen Vierteldinar. Da mahnten sie mich zum ersten und zum zweiten Male, ich konnte jedoch nichts bei mir finden. Da ergriffen sie mich, nahmen mich fest und schleiften mich in der Stadt umher, während ich wiederholt rief: ›Ihr guten Leute! Ihr Wohltäter!‹ Doch niemand kam mir zu Hilfe, noch bezahlte er statt meiner einen einzigen Dirham. Als sie dann endlich über mich in Wut gerieten, kamen sie überein, mich aufzuhängen. Und siehe, eine Frau drängte sich durch die Menge, trieb sie von mir nach rechts und links auseinander, bis sie neben mir stand, während ich den Strick am Halse hatte. Dann fragte sie: ›Was hat dieser Junge begangen, daß er aufgehängt werden solle?‹ Da sagten die Gläubigen und die Zuschauer: ›Der Junge ist hundert Dinare schuldig und wir wollen ihn aufhängen.‹ ›Und wenn jemand die hundert Dinare bezahlt‹, erwiderte sie, ›was werdet ihr mit ihm machen?‹ Sie sagten: ›Wir werden ihn frei lassen.‹ Da bekam ihr Herz Mitleid mit mir, und sie befreite mich aus ihren Händen. Dann nahm sie mich und ging mit mir fort. Und ich war ihr Gefährte zwei Tage hindurch, dann brachte mich der Satan zum Sieden, und ich suchte sie zu verführen, doch sie wies mich ab und sagte zu mir: ›Schämst du dich nicht? Ich bezahlte für dich hundert Dinare, und du verlangst von mir Schamlosigkeit?‹ Und wir waren zu jener Zeit am Strande des Meeres. Und siehe, ich bemerkte ein Schiff. Da gab ich den Leuten des Schiffes ein Zeichen, sie steuerten darauf in einem Boote zu mir und nahmen mich mit. Ich bestieg das Schiff, kam zum Kapitän und sagte zu ihm: ›Ich habe eine Sklavin. Kaufst du sie von mir?‹ Er fragte: ›Was kostet sie?‹ Ich sagte: ›Tausend Dinare.‹ Er gab mir die tausend Dinare, und ich stieg aufs Festland hinab und mit mir der Kapitän. Dann übergab ich ihm die Frau. Die meinte nun, daß sie auf dem Schiffe reisen werde, ich stieg jedoch hinab aufs Festland. Und bis jetzt, meine Herrin, weiß ich nicht, was ferner geschehen ist.«

Als nun der Kapitän diese Erzählung gehört hatte, sagte er: »Bei Gott, diese Geschichte handelt von mir selbst, sie ist mir widerfahren.«

Und die Leute des Königs, die in der Kammer waren, belauschten es. Da sagte sie zu dem Jungen: »Wir haben deine Geschichte gehört. Tritt ab!« Und er trat ab.

Und sie zeigte auf den Kapitän und sagte: »Und auch du, du Schalk, erzähle uns gerade so, wie uns die, mit denen du gekommen bist, erzählt haben, darüber, was dir zu dieser Zeit zugestoßen ist, und verschweige vor uns nichts von der Wahrheit!«

Da sagte er: »Bei Gott, meine Herrin, ich habe eine wunderbare Geschichte, würde man sie mit Nadeln in die Augenwinkel schreiben, so würde sie allen, die sich belehren lassen, ein lehrreiches Beispiel bleiben. Und ich bin nicht der Meinung, daß sie einem anderen, als mir, weder in dieser Zeit, noch in einer anderen, zugestoßen wäre.« Darauf sagte sie: »Und was für eine Geschichte ist das?«

Er sprach zu ihr: »Ich war Kapitän auf einem Schiffe. Ich segelte mit der Ware von Kaufleuten in sämtliche Häfen, die in verschiedenen Städten sind. Da geschah es eines Tages, daß ich in der Nähe des Festlandes war. Und siehe, ich erblickte einen Menschen, der uns Zeichen gab. Und mit ihm war ein anmutiges Mädchen. Ich dachte nun, er sei auf der Reise. So schickte ich ein Boot, man brachte ihn dann. Und er sagte mir: ›Ich habe eine Sklavin. Kauf sie von mir!‹ Da kaufte ich sie von ihm für tausend Dinare. Dann stieg ich mit ihm hinunter, nahm sie und brachte sie auf das Schiff. Und jener Junge ging seines Weges. Als nun die Nacht angebrochen war, suchte ich die Sklavin zu verführen, doch sie behauptete, daß sie frei und aus guter Familie sei. Da schlug ich sie. Ehe ich noch mit dem Schlagen fertig war, da ging hoch das Meer, warf Wellen auf uns hin und her. Und sofort scheiterte das Schiff und alle, die darauf waren, trennten sich von ihren Gefährten. Jeder nun, dem langes Leben beschieden war, bestieg ein Brett vom Holz des Schiffes. Und gegenwärtig weiß ich nicht, ob sie ans Festland kam, oder ob sie ertrank und starb. Dies ist meine Geschichte und das, was mir in dieser Zeit widerfahren ist.«

Sobald er seine Rede beendet hatte, siehe, da erhob sich die Dienerin Gottes und rief die, die in der Kammer waren. Als sie ihre Stimme hörten, kamen sie eilig zu ihr hinaus und gehorchten ihrem Befehl und Gebot. Sie winkte ihnen und sagte: »Bringt diese sechs Männer vor den König und laßt sie dem König das erzählen, was ihr von ihnen erlauscht habt!«

Hierauf nahmen sie die Männer, gingen mit ihnen zum König und sagten zu ihm: »Hoher Herr, o Sultan, unsere Herrin, die Dienerin Gottes, grüßt dich und läßt dir sagen, du mögest diese sechs Männer nach ihren Geschichten fragen. Und sie werden vor dir von ihrer Erzählung nichts verschweigen.«

Dann erzählte ihm ein jeder von ihnen das, was vorausgegangen war. Als er ihre Geschichten gehört hatte, befahl er, den Bruder des Richters, den zweiten Kameltreiber und den Jungen zu verbrennen.

Und siehe, die Frau, die Dienerin Gottes, zog ihren Überwurf an und trat zum Sultan hinein, da fand sie ihn, wie er in Zorn geriet über die Erzählung des Bruders des Richters, des Kameltreibers, der jenem Knaben den Hals durchschnitten hatte, und des Jungen, den die Frau befreit, und sie verkauft hatte, und befahl, die drei zu verbrennen. Da näherte sie sich ihm, er stand ihr zu Ehren auf und hieß sie willkommen. Sie sagte zu ihm: »O größter König dieser Zeit, was willst du mit diesen Männern machen?« »Ich will diese drei verbrennen lassen«, erwiderte er, »die solche Taten begangen haben.« Sie sagte jedoch: »O größter König dieser Zeit, wenn aber ihr Gegner ihnen verzeiht, was wirst du mit ihnen machen?« Darauf sagte der Sultan zu ihr: »O Herrin, wo ist denn der Gegner jetzt? Und diese drei Männer verdienen es, getötet zu werden ihrer eignen Aussage wegen, und es bedarf weder einer Anklage, noch eines Beweises. Und es gibt keine Entschuldigung für den, der sich bekennt. Und der Verantwortliche wird nach dem Eingeständnis belangt.« Da sagte sie zu ihm: »O größter König dieser Zeit, der Ankläger ist hier vor dir anwesend.« Er fragte sie: »Und wo ist er?« »Ich bin es«, erwiderte sie, »o größter König dieser Zeit, und dieser Richter ist mein Gemahl. Und es geschah mir, was du von diesen Männern gehört hast. Aber ich habe ihnen schon das verziehen, was sie an mir begangen haben, weil die Verzeihung zu den Eigenschaften der Ehrbaren gehört; denn der Dichter sagt zu einem seiner Zeitgenossen, hierauf anspielend:

›Beim Herrn über unser Tun beschwer dich nicht!
Wer edel ist, dem ist die Nachsicht eigen.‹«

Als nun der König die Gemahlin des Richters diese Worte sprechen hörte, wunderte er sich über die Langmut ihrer Seele und die Reinheit ihres Gemüts. Dann ließ der Sultan die drei Männer frei und beschenkte den Richter zu Ehren seiner Gemahlin. Und ebenfalls beschenkte er den zweiten Kameltreiber und beschenkte auch den Kapitän und wies ihm ein Schiff zu als Ersatz für jenes, das ihm gescheitert war. Und was den Bruder des Richters betrifft und den Kameltreiber und den Jungen, so gab man jedem von ihnen einige Dinare und ließ sie laufen. Sie wollten kaum an ihre Rettung glauben, denn der König hatte bereits befohlen, für sie das Feuer zu bereiten, und er wollte die drei hineinwerfen lassen. Und wäre die Gemahlin des Richters nicht zum König eingetreten, oder hätte sie sich ein wenig mit ihrem Kommen verspätet, so hätte er die drei ins Feuer werfen lassen, doch wem ein langes Leben auf Erden vorbestimmt ist, den überwältigt kein Unglück.

Als dies durch die Gemahlin des Richters geschehen war, und sie denen, die von ihr den Ehebruch verlangten, verziehen hatte, kam dem König in den Sinn, er könnte dem Richter und seiner Gemahlin seine eigene Geschichte erzählen und all das, was ihm selbst an Wunderbarem und Sonderbarem zugestoßen war; denn dieser Sultan hatte eine Geschichte erlebt, eine wunderbare, kurzweilige und sonderbare. Und er hielt es für nötig, diese Geschichte dem Richter zu erzählen, wie der Vorgang Schritt für Schritt voranschreitet und den Zuhörern Vergnügen bereitet.

Als nun die Männer ihn verlassen hatten, wies er dem Richter und seiner Gemahlin eines der geschmückten Sultansgemächer zu, stattete es mit seinen Sachen aus und gab alles hinein, was die Umstände erforderten, nämlich Gefäße und andere Dinge und ließ sie darin wohnen, den ersten, den zweiten und den dritten Tag.

Nachdem dann die vierte Nacht angebrochen war, empfand die Seele des Sultans Sehnsucht danach, die eigene Geschichte dem Richter zu erzählen, da sie zu den Sonderlichkeiten der Zeit gehörte. So ließ er den Richter holen, und sie setzten sich nieder, um zu plaudern. Da sagte der Sultan zum Richter: »Meine Geschichte ist wunderbar, und sie ist wunderbarer als das, was deiner Gemahlin zugestoßen ist, denn ich habe furchtbare Dinge erlebt, so daß ich mich sogar selbst töten wollte, doch es ging alles gut aus, denn der Ausspruch des Dichters besagt:

›Die Folgen der Geduld bereiten letzten Endes Lust,
Sie zeigen dir, was Bitteres du ausgekostet hast.‹«

Da sagte der Richter: »Bei Gott, o größter König dieser Zeit, die Geschichte meiner Gemahlin hat meinen Verstand verblüfft und mein Wesen verwirrt. Und wäre sie nicht so stark wie zehn Männer, so hätte sie dies alles nicht ausgestanden.« Aber der Sultan sprach zu ihm: »Unser Herr Richter, höre meine Geschichte, sie schreckt die Gemüter!

DIE GESCHICHTE VOM KAUFHERRNSOHN, DER KÖNIG WURDE

Und dies geschah so: Ich war ursprünglich ein Kaufherrnsohn, mein Vater besaß ein beträchtliches Vermögen, Waren, Geschirr und Kostbarkeiten und dabei eine Menge Liegenschaften, Felder und unveräußerlicher Güter. Und in jedem Jahr kamen Schiffe aus Indien. Die Schiffer nahmen sich ein Viertel von der indischen und chinesischen Ware, während meinem Vater reine drei Viertel der Ladung und das leere Schiff gehörten. Und man gehorchte seinen Worten und erfüllte seine Befehle unter den Kaufleuten, Großen und Machthabern. Er konnte wegen seiner Kenntnisse Könige beraten, und sein Wort hatte Nachdruck bei sämtlichen Kaufleuten, alle fragten ihn in ihren Angelegenheiten um Rat, bis er eines Jahres erkrankte. Seine Krankheit wurde immer bösartiger und nahm in seinem Leib überhand.

Da ließ er mich holen, indem er sagte: ›Bringt mir meinen Sohn her!‹ Ich kam also zu ihm und trat bei ihm ein, da fand ich ihn in den letzten Zügen. Und sein Zustand war verändert. Er wandte sich dann zu mir und sprach: ›Mein Sohn, ich will dir meine letzte Verfügung mitteilen, übertritt sie nicht und widersetze dich nicht dem, was ich dir sage!‹ Da antwortete ich ihm: ›Und wie heißt sie?‹ ›Mein Sohn‹, erwiderte er, ›ich befehle dir, nicht bei Gott zu schwören, weder falsch noch wahrheitsgetreu, auch wenn das ganze Hab und Gut auf dem Spiele stünde. Und gib acht auf diese Worte, handle ihnen nicht zuwider und höre auf nichts anderes!‹

Als es nun Mitternacht war, verließ ihn der göttliche Odem, und er schied ins Erbarmen Gottes, des Erhabenen. Ich bereitete ihn zum Begräbnis, verwandte Geld darauf und bestattete ihn in einem prachtvollen Grab. Er hinterließ mir ein beträchtliches Vermögen, daß Schreibrohre nicht imstande waren zusammenzurechnen.

Als nun ein Monat nach seinem Tode vergangen war, siehe, da traten bei mir einige Leute ein, und jeder von ihnen behauptete, er habe an meinen Vater die Forderung von fünftausend Dinaren. Ich sagte zu ihnen: ›Wo ist der von meinem Vater gezeichnete Schuldschein?‹ ›Es gibt keinen Schuldschein‹, erwiderten sie mir, ›und wenn du uns nicht Glauben schenken willst, schwöre es uns!‹ Da sprach ich: ›Ich werde keineswegs schwören.‹ Und ich zahlte ihnen alles aus, was sie beanspruchten. Dann kamen die zu mir, die Gott nicht fürchteten, und sagten: ›Wir haben bei deinem Vater soviel und soviel.‹ Und ich zahlte es ihnen aus, bis ich kein Bargeld mehr hatte, weder viel, noch wenig. Danach fing ich an, die Liegenschaften und Felder zu verkaufen und unveräußerliche Güter zu vermieten, bis mir von allem nichts übrig blieb, und ich begann Geschirr und Geräte und Kleider und Teppiche zu verkaufen, bis ich über gar nichts mehr verfügte. So wurde meine Lage niedergedrückt, und dieser Zustand traf mich schwer. Da sagte ich bei mir: „Gottes Länder gehören den

Geschöpfen Gottes." Und ich hatte eine Gemahlin und zwei Söhne. Die verließ ich und ging des Nachts hinaus, um die Länder zu bereisen, ohne zu wissen, wo ich festen Fuß fassen könnte.

Und siehe, ich traf einen Mann, der voll Würde war und die Kleider, die er trug, waren weiß. Und er sah aus wie Heilige aussehen. Da trat ich zu ihm und küßte seine Hände. Wie er mich nun sah, sprach er: ›Mein Sohn, es geschieht dir nichts Böses!‹ Und er fing an vorzutragen:

›Laß außer Acht die Sorgen dein,
Vertrau dem Schicksal deine Pein!
Das Enge wird doch manchmal breit,
Das Breite engt das Schicksal ein.
Manch Ding schaut sich erst mühsam an,
Doch später kann's zur Freude sein.
Dem Willen Gottes beug dich still,
Denn Gottes Wille gilt allein!‹

Als er nun diese Verse vorgetragen hatte, nahm er mich an der Hand und schritt mit mir durch Wüsten und Einöden, bis wir zu einer Stadt gelangten und durch ihre Tore hineingingen. Ich fand jedoch in ihr kein lebendes Wesen, keinen einzigen Menschen.

Als ich dies sah, fühlte ich Angst und Schrecken im Herzen, und es wurde mir sonderbar zumute. Da wandte sich der Mann um und sagte zu mir: ›Fürchte dich nicht und erschrecke nicht! Denn diese Stadt, so Gott will, wird zu deinem Los werden, und du wirst in ihr König und Sultan sein.‹ Da dachte ich bei mir: „Bei Gott, dieser Mensch ist ein Narr, er hat weder Verstand noch Einsicht. Wie könnte ich in dieser wüsten Stadt König und Sultan werden?" Dann wandte er sich zum zweiten Male um und sagte zu mir: ›Vertraue auf Gott und sträube dich nicht! Denn die Hilfe aus Beklemmung und Ermüdung ist da.‹ Ich erwiderte ihm: ›Und wieso eine Hilfe? Diese Stadt ist doch wüst, es gibt in ihr kein lebendes Wesen, noch jemanden, der sie bewohnt, noch jemanden, der die Einheit Gottes bekennen würde.‹ Der Mann hörte nicht auf, mit mir in den Straßen der wüsten Stadt herumzugehen, bis er mit mir zum Sultansschlosse kam und mit mir hineintrat. Wir fanden es mit Teppichen und Gefäßen ausgestattet, und es glich einer geputzten Braut, doch die Spinnen hatten darin ihre Zelte erbaut. Dann fegte er und staubte mit mir drei Tage hindurch ab, bis Spinnengewebe und Staub weggeschafft waren. Dann nahm er mich und trat in eine Kammer ein, da fand ich darin eine Falltür. Ich hob mit ihm die Falltür auf und siehe, wir fanden eine Treppe, die hinunterführte. Da stieg ich mit ihm hinab, bis wir in ein Gemach gelangten, in dem vier Erker waren, und alle waren voller Gold. Und in der Mitte der Erker stand ein Becken zwanzig Ellen lang und fünfzehn Ellen breit, und dieses Becken war gefüllt mit Edelsteinen und wertvollen Metallen. Als ich das sah, zweifelte ich an meinem Verstande und mein Gemüt verwirrte sich. Da sagte der Mann zu mir: ›Mein Sohn, dies alles ist dein Eigentum geworden.‹ Und er ging mit mir aus dem Gemach und machte die Falltür zu, so wie sie war, und nahm mich und trat mit mir in ein anderes, vor den Augen der Leute verborgenes Gemach ein, da fand ich darin kostbarste Waffen und Gewänder. Und er führte mich fortwährend in dem Schlosse herum, bis er in den Thronsaal des Sultans kam. Als ich ihn sah, war ich verblüfft und fiel auf eine Weile in Ohnmacht. Als ich dann erwachte, sagte ich zu dem Mann: ›Mein Herr, was ist denn das?‹ ›Das ist der Sultansthron‹, erwiderte er, ›den dir Gott gegeben hat.‹ Da sagte ich zu ihm: ›Bei Gott, hoher Herr, ich glaube, daß ich weder die Fähigkeit, noch die Ausdauer haben werde, auf diesem Throne zu sitzen.‹«

Dies alles erzählte der Sohn des Kaufherrn dem Richter, bis er zu ihm sagte: »Dann, unser Herr Richter, sagte mir dieser Mann: ›Mein Sohn, jeden, der hierher zu dir kommt, beschenke und spende ihm ein Almosen, denn die Leute, sobald sie dies hören, werden zu dir kommen und sich bei dir versammeln. Und sooft irgendeiner zu dir kommt, wirst du ihn reichlich mit etwas von diesem Reichtum, den du gesehen hast und von dem du weißt, wo er ist, beehren.‹ Als er nun seine Worte beendet hatte, mein Herr Richter, siehe, da verschwand er, so daß ich nicht wußte, ob er sich in die Luft erhob oder ins Innere der Erde versank.

Und ich blieb allein in der Stadt den ersten und den zweiten Tag. Als nun der dritte Tag anbrach, da kamen einige Leute zu mir in die Stadt, um an einem Orte eine Wohnstätte zu suchen. Ich ging ihnen entgegen, hieß sie willkommen und forderte sie auf, sich niederzusetzen. Und ich ging, bereitete ihnen das Essen und aß mit ihnen. Und wir verbrachten miteinander die Nacht.

Als nun der Morgen kam, gab ich jedem von ihnen hundert Dinare. Sie nahmen sie und gingen von mir fort.

Als sie ihre Heimat erreichten, erzählten sie vielen Leuten davon, die kamen zu mir, und ich beschenkte sie ebenfalls. Und siehe, es kamen einige Leute und mit ihnen ihre Kinder und ihre Familien und sagten zu mir: ›Bei Gott, unser Herr, nimm uns bei dir auf, damit wir hier wohnen und unter deiner Obhut sind!‹ Da wies ich ihnen Häuser an. Und es war unter ihnen ein anmutiger Junge, der aussah, als hätte er bessere Zeiten gesehen. Ich machte ihn zu meinem Genossen und plauderte mit ihm. Nun kamen die Leute zuhauf, einer nach dem anderen, bis in der Stadt viele Leute wohnten. Ich befahl dann einigen von ihnen hinauszugehen, um die Gärten zu bebauen und Bäume zu pflanzen. Es verging kaum ein volles Jahr und die Stadt war erneuert und sah so aus wie früher. Und ich wurde in ihr König und Sultan. So ist es mir ergangen.

Und was meine Söhne betrifft, denen hatte ich, als ich sie verließ, nichts zurückgelassen, wovon sie hätten essen können. Als sie nicht aus noch ein wußten, ging jeder der zwei Knaben in eine andere Richtung, sie reisten auf der Erde umher und wurden eine Zeitlang hindurch hin- und hergeworfen, bis sich ihr Aussehen durch viele Mühe, Reisen und Herumirren von einem Lande ins andere verändert hatte. Da geschah es nach der besiegelten Vorbestimmung, daß den älteren Knaben das ewige Schicksal in jene Stadt warf, in der ich, sein Vater, herrschte. Doch der Knabe sagte bei sich: „Ich werde zum König dieser Stadt gehen und werde bei ihm dienen.“«

Und der König fuhr fort: »Dann trat er beim Sultan ein und küßte den Boden. Als ihn nun der König angesehen hatte, neigte sich sein Herz ihm zu, und er sagte: ›Was wünschst du, junger Mann?‹ Er sprach: ›Ich will bei dir dienen.‹ Er sagte ihm: ›Sei willkommen!‹ Dann diente er bei ihm ungefähr vier Monate lang, bis er einem Mamluken ähnlich wurde und sein früheres Aussehen sich veränderte. Der Sultan befreundete sich mit ihm und fragte ihn in einigen Angelegenheiten um Rat, er beriet ihn dann, so daß alles für ihn gut ausfiel. Da sagte der Sultan: ›Bei Gott, dieser Junge sollte Wesir werden.‹ So machte er ihn zum Wesir der Rechten, er erhielt die Würde, und man befolgte sein Wort. Es wurden Länder durch seine Hand erobert, und es begann aus ihnen jedes Jahr Geld und Tribut zuzufließen. Und der Wesir blieb unter der Rechten des Sultans. So war es ihnen ergangen.

Was nun seinen Bruder betrifft, der jünger war als er, der wanderte durch die Länder in einem fort, bis ihn einige Reisende trafen. Die sagten zu ihm: ›Du Junge, der Sultan in der und der Stadt ist freigebig und liebt Arme und Elende. Begib dich zu ihm, er wird dir eine Wohltat erweisen!‹ Er antwortete: ›Ich kenne seine Stadt nicht.‹ ›Wir nehmen dich mit‹, erwiderten sie ihm, ›denn wir gehen an jener Stadt vorbei.‹ Und er reiste mit ihnen, bis sie zu der Stadt kamen. Dort nahm er von ihnen Abschied und trat in jene Stadt hinein, fing an, sie sich anzusehen und verbrachte die Nacht in einer Herberge.

Als dann die Morgenzeit angebrochen war, ging er hinaus, um durch Arbeit etwas zu verdienen, wovon er leben könnte. Da geschah, was ihm zum Geschick und zur vorbestimmten Sache wurde: der Sultan saß auf, sich zum Lustwandeln in die Gärten zu begeben und traf ihn unterwegs. Da wandte sich der Sultan zufällig um, erblickte den Jungen und sah, daß er ein Fremder war und alte Kleider trug. Da steckte er die Hand in die Tasche und gab ihm einige Dinare. Der Junge nahm sie und flehte Segen auf ihn herab, überbot sich in seinen Segenssprüchen mit beredter Zunge und anmutigem Ausdruck. Als ihn der Sultan hörte, befahl er, ihn zu ihm zu führen. Man brachte ihn also, er fragte ihn dann, was mit ihm geschehen sei und der Junge antwortete ihm, er sei ein Fremder und habe niemanden in der Stadt. Da nahm ihn der Sultan zu sich, bekleidete ihn und suchte ihn für sich zu gewinnen. Nun gewöhnte sich das Herz des Wesirs der Rechten an ihn, und er brachte ihn bei sich in seinem Hause unter. Der Junge war gewandt in der Rede, behende in den Antworten und konnte dank seiner Kenntnisse Könige beraten. Da sagte der Wesir zum Sultan: ›O größter König dieser Zeit, dieser junge Mann taugt zu nichts anderem, als Wesir zu sein. Mache ihn zum Wesir der Linken!‹ Er antwortete: ›Dir zuliebe und zu Ehren.‹ Und er machte ihn zum Wesir der Linken. Da verband sich das Herz des Sultans vertraulich mit den Herzen der zwei Wesire, die Zeit wurde hell und angenehm für ihn, seit die zwei Wesire bei ihm waren. Und sie führten ein frohes Leben. So war es ihnen ergangen.

Und was ihre Mutter betrifft, die sprach, als ihr Gemahl und ihre Jungen sie verlassen hatten, und sie allein geblieben war, bei sich: „Wozu soll ich hier sitzen, nachdem mein Gemahl und meine Jungen weggegangen sind?“ Durch diesen Zustand niedergedrückt, ging sie fort, um durch die Länder zu wandern, und sagte oft: „Vielleicht wird Gott, der Erhabene, mir das Zusammentreffen mit meinen Kindern und meinem Gemahl vergönnen!“ Sie wanderte dann in einem fort, von Ort zu Ort, und zog von Ortschaft zu Ortschaft, bis sie in eine Stadt an der Küste des Meeres kam. Da fand sie ein beladenes Schiff. Infolge der Vorbestimmung hatte nun der Kapitän des Schiffes von der Großmut und der Freigebigkeit jenes Sultans gehört. Er nahm also für ihn ein Geschenk und wollte mit dem Geschenk zu ihm fahren. Da sagte die Frau zu ihm: ›Ich beschwöre dich bei Gott, o Kapitän, nimm mich mit!‹ Er nahm sie mit und ließ die Segel hissen. Er hatte dann einen günstigen Wind und steuerte auf hoher See, vierzig Tage lang, bis er die Stadt erreichte.

Und der Kapitän versorgte während der ganzen Reise die Frau auf vollkommenste Weise mit Essen und Trinken, so daß er sie sogar ›liebe Mutter‹ nannte, bis er ankam. Dann stieg er aus und ließ das Geschenk hinaustragen, lud es Lastträgern auf und begab sich damit zum Sultan. Er ging dann in einem fort, bis er mit dem Geschenk beim Sultan eintrat. Dieser nahm es von ihm an und behandelte ihn ehrenvoll.

Als nun die Abendzeit angebrochen war, wollte der Kapitän auf das Schiff gehen, denn er hatte Angst um die Frau. So sagte er zum Sultan: ›O größter König dieser Zeit, auf dem Schiffe ist eine Frau und die gehört zu guten Leuten, und ich fürchte für sie.‹ ›Bleib hier bei uns über Nacht‹, sagte jedoch der Sultan, ›und ich werde meine zwei Wesire schicken, damit sie die Nacht auf dem Schiffe verbringen, und sie bis zum Morgen bewachen.‹ Da sprach der Kapitän: ›Ich höre und gehorche.‹ Dann blieb er beim Sultan sitzen.

Und als die Zeit des Sonnenuntergangs angebrochen war, sandte der König die beiden Wesire, vertraute ihnen das Schiff an und sagte zu ihnen: ›Gebt acht auf euch, denn, wenn etwas vom Schiffe verlorengeht, lasse ich euch den Kopf abschlagen.‹

Die beiden Wesire bestiegen das Schiff, der eine saß vorn und der zweite hinten bis zur Mitternacht. Dann begann der Schlaf jeden von ihnen zu überwältigen. Da sagten sie zueinander: ›Es überwältigt uns der Schlaf, laßt uns beisammen sitzen, damit wir miteinander reden!‹ Da kam der, der vorn wachte, zu dem, der am Heck des Schiffes war, und sie setzten sich zueinander, um sich zu unterhalten, während die Frau in der Kajüte sie belauschte. Da sprach der ältere zu dem jüngeren: ›Ich beschwöre dich bei Gott, o Wesir der Linken, mir davon zu berichten, was dir zugestoßen und was dir zu deiner Zeit widerfahren ist, und warum du in dieses Land gekommen bist. Und verschweige nichts vor mir!‹ Da sagte er zu ihm: ›Bei Gott, o Wesir der Rechten, meine Geschichte ist wunderbar und meine Sache sonderbar, wäre sie auf Papier verzeichnet, würden die Leute sie einander von Geschlecht zu Geschlecht erzählen.‹ Da fragte er ihn: ›Und wie geht die Geschichte?‹ Er sprach: ›Es ist wie folgt: Mein Vater war der Sohn eines großen Kaufherrn und hatte an Geld und Gütern und Feldern und anderem so viel, daß es die Schreibrohre nicht zusammenzählen und die Fassungskräfte nicht begreifen konnten. Und er war ein Mann, dessen Wort Geltung hatte, und er hielt jeden Tag eine Ratsversammlung mit Kaufleuten ab, damit sie sich mit ihm über das Nehmen und das Geben berieten, bis ihn eine Krankheit ereilte. Als nun sein Tod nahe war, da ließ er meinen Vater zu sich bringen, machte ihm seine letzte Verfügung bekannt und schärfte ihm ein, er solle nicht bei Gott schwören, weder wahrheitsgetreu noch falsch.‹ Ehe nun der jüngere Wesir seine Worte beendet hatte, warf sich der ältere Wesir schon auf ihn, umarmte ihn und sagte zu ihm: ›Bei Gott, du bist mein Bruder von meinem Vater und meiner Mutter.‹ Als nun die Frau die Worte der beiden hörte, verwirrte sich ihr Verstand vor Freude, doch sie hielt ihre Sache bis zum Morgen geheim.

Und die beiden Wesire gerieten in Freude, als sie sich gegenseitig erkannt hatten, und der Schlaf mied ihre Augen bis zum Morgen.

Dann sandte die Frau zum Kapitän, ließ ihn kommen und sagte ihm: ›Du hast mir zwei gebracht, damit sie über mich wachen, doch sie wurden mir zur Last.‹ Als er nun ihre Worte gehört hatte, begab er sich sofort zum Sultan und meldete es ihm. Da wurde der Sultan zornig und befahl, die beiden Wesire zu bringen. Man führte sie vor ihn und er sagte ihnen: ›Was habt ihr auf dem Schiffe getrieben?‹ ›Bei Gott, o König‹, erwiderten sie ihm, ›es geschah nur alles Gute, und ich erkannte in diesem meinen Bruder, denn er ist mein Bruder, Sohn meines Vaters und meiner Mutter.‹ Da wunderte sich der Sultan und sprach: ›Preis sei Gott! Diese zwei Wesire haben eine Geschichte.‹ Dann fragte er sie, worüber sie sich auf dem Schiffe unterhalten hatten. Sie erzählten ihm dann die Geschichte vom Ersten bis zum Letzten. Da rief der Sultan aus: ›Bei Gott, ihr seid meine Söhne!‹

Und siehe, die Frau trat bei ihnen ein und erzählte dem Sultan dasselbe, was die zwei Wesire ihm erzählt hatten, da wurde er gewiß, daß sie seine Gemahlin sei.«

Und der Sultan fuhr fort: »Dann führte ich sie in den Harem, und wir alle lebten glücklich.«

Dies alles erzählte der Sultan dem Richter, indem er ihm sagte: »Mein Herr Richter, es geschah mir das und das«, bis er ihm zum Schluß sagte: »Und Gott hat die Vereinigung zwischen mir und meinen Söhnen und meiner Gemahlin herbeigeführt.« Als nun der Richter alle diese Begebenheiten vom Sultan gehört hatte, verwunderte er sich sehr.

Dann sagte der Richter zum Sultan: »Bei Gott, o größter König dieser Zeit, ich hörte eine sonderbare Geschichte und sie ist die wunderbarste, die je einem König in dieser Zeit widerfuhr und über die jeder, der sie hört, an seinem Verstande zweifelt und verwirrt wird.« Da sagte der Sultan zu ihm: »Und wie geht die Geschichte?«

DIE GESCHICHTE VON ZUNNĀR IBN ZUNNĀR UND DER TOCHTER DES KÖNIGS VON IRAK

Er sprach: »O größter König dieser Zeit, im äußersten Irak lebte einmal ein Sultan, und der hatte nur ein einziges Kind, eine Tochter, die er über alle Maßen liebte. Und sooft er ein- oder ausging, freute sich sein Herz nicht, wenn er sie nicht sah. Und der Sultan unternahm sehr oft Kriegszüge und ging auf die Jagd. Und er hatte einige Städte, in denen er gern weilte.

In einem gewissen Jahr erreichten ihn Briefe von einigen seiner Statthalter. Und die beklagten sich über Schädigungen der Feinde. Als nun der König diese Briefe gelesen hatte, rüstete er sich zum Kriegszug. Der Herold verkündete es im Heere, und es verging nur eine kurze Zeit und die Truppen sammelten sich alle draußen vor der Stadt, bis zwanzigtausend Reiter zusammen waren, außer den Gefolgsleuten. Dann zog er mit gewöhnlichen Zelten und Prunkzelten hinaus. Und er hielt eine Staatsversammlung und beriet über den Aufmarsch. So verbrachten sie die Nacht.

Und der König trat zu seiner Tochter und sprach zu ihr: ›Liebe Tochter, wenn wir über unsere Feinde siegen, erbitte dir von mir etwas, was ich dir mitbringen soll!‹ Da sagte sie zu ihm: ›Lieber Vater, ich wünsche dir Gesundheit.‹ Doch er sprach zu ihr: ›Du mußt dir irgend etwas von mir wünschen.‹ Sie erwiderte ihm: ›Ich muß es mir überlegen.‹ Dann ging er fort.

Und siehe, ein altes Weib, eine Hofmeisterin, trat zu ihr ein. Sie fand die Königstochter sitzend, wie sie nachdachte und mit einem Holzstäbchen auf dem Boden zeichnete. Da sagte die Alte zu ihr: ›Ich wünsche dir, liebe Tochter, einen guten Ausgang für das, worüber du nachdenkst und was du zeichnest.‹ ›Liebe alte Tante‹, versetzte ihr das Mädchen, ›mein Vater hat mich gebeten, daß ich mir von ihm etwas wünsche, und sagte zu mir: „Es muß sein!“ Doch ich wußte nichts, was ich von ihm wünschen sollte.‹ Da brach die Alte in Gelächter aus und sprach: ›Das ist leicht, liebe Tochter! Wenn dein Vater wieder zu dir kommt, sage zu ihm: „Ich verlange Zunnār ibn Zunnār".‹ Da freute sich das Mädchen.

Als nun ihr Vater sie wieder besuchte, sagte sie zu ihm: ›Lieber Vater, ich möchte Zunnār ibn Zunnār.‹ Er sprach zu ihr: ›Es wird sehr gerne geschehen!‹ Und er nahm von ihr Abschied und nahm Abschied von den Leuten seines Haushalts, die ihm teuer waren, und ritt hinaus zu seinen Truppen, die draußen außerhalb der Stadt standen, indem er nachdachte und wiederholt zu sich sprach: „Sieh an, was meine Tochter haben möchte. Zunnār ibn Zunnār? Damit muß etwas Außerordentliches gemeint sein". Aber die verfluchte Alte sprach zum Mädchen diese Worte nur, weil sie es vernichten wollte. Das hatte die Alte vor.

Hierauf befahl der Sultan den Truppen aufzubrechen. Sie traten den Marsch an und ritten ihres Weges, während er in der Vorhut war. Und sie ritten fünfundzwanzig Tage lang in einem fort, bis sie zu der Stadt kamen, aus der die Briefe gekommen waren. Da fand er sie von den Feinden belagert. Der Sultan kämpfte mit ihnen und schlug sie von der Stadt. Und er siegte über sie und bemächtigte sich ihres Anführers, ließ ihm den Kopf abschlagen und auf dem Tore der Stadt aufstecken. Und viele erschlug er, viele nahm er gefangen, und die Übriggebliebenen ergriffen im wilden Lauf die Flucht.

Als sich nun nach dem Siege über die Feinde seine Umstände geklärt hatten, siedelte er in eine andere Stadt, Vergnügung suchend, über, dann zog er von einer Stadt zur anderen, bis er am Ende zu einer Stadt gelangte, der unter allen Städten keine ähnlich war. Er betrat sie, ein kleines Gefolge mit sich führend. Hierauf fing er an, ihre Straßen und Märkte anzusehen.

Und siehe, er erinnerte sich des Gebotes seiner Tochter und sprach bei sich: „Frage irgendeinen von den Spezereihändlern, vielleicht wird es dir jemand zeigen, kauf es dann, wenn du dich daran erinnert hast!" Da trat er zu einem Manne, der wohlhabend aussah, und sagte zu ihm: ›Gibt es bei dir Zunnār ibn Zunnār?‹ Kaum hatte der Mann diese Worte gehört, so stand er mit einem Seufzer eilig auf, sperrte seinen Laden zu und ging wie einer, der flieht, zu seiner Wohnung. Als der Sultan dies sah, wunderte er sich und sprach: „Was geschah denn mit diesem Manne?" Dann kam er zu einem anderen, fragte ihn und sprach zu ihm: ›Gibt es bei dir Zunnār ibn Zunnār?‹ Und siehe, der stand ebenfalls auf, sperrte seinen Laden zu und floh, während der Sultan sich wunderte. Und jeder, den er fragte, sperrte seinen Laden zu, bis es auf dem Markte keinen offenen Laden mehr gab. Da sprach der Sultan bei sich: „Was geht denn da vor? Sooft ich jemanden nach Zunnār ibn Zunnār frage, steht er auf, sperrt seinen Laden zu und flieht. Bei Gott, dies muß einen merkwürdigen Grund haben!" Dann zog er einen Greis ins Vertrauen, redete ihn freundlich an und fragte ihn danach. Da sagte der Greis: ›Wieso kommt es, daß du nach diesem Namen fragst?‹ ›Ich habe eine Tochter‹, erwiderte ihm der Sultan, ›die gab mir, bevor ich zum Kriegszug aufgebrochen bin, den Auftrag dies zu bringen. Ich will es ihr also verschaffen.‹ Da sagte der Greis: ›Mein Herr, dieser Name, Zunnār ibn Zunnār, gehört einem König der Könige, der weit und breit herrscht. Und er lebt in seinem Palaste abgetrennt und allein. Wenn du mit ihm zusammenkommen willst, dann wisse, daß er nur einmal in jedem Monat ausgeht. Und bis zu der Zeit, in der er seine Gemächer verläßt, sind es noch drei Tage.‹

Als nun der Sultan von dem Greis diese Worte hörte, sagte

er bei sich: „Bei Gott, meine Tochter ist verliebt, ohne daß ich davon gewußt habe. Doch sie soll mit dem König Zunnār zusammenkommen.“

Er wartete dann bis zum Tage, der dadurch berühmt war, daß an ihm der unter dem Namen Zunnār ibn Zunnār bekannte König seine Gemächer verließ, begab sich zu ihm und trat bei ihm ein. Als ihn der König erblickte, stand er ihm zu Ehren auf, ging ihm entgegen, hieß ihn willkommen und wünschte ihm Gesundheit, – und es war nicht seine Gewohnheit, jemandem zu Ehren aufzustehen; deshalb waren seine Höflinge darüber verwundert –. Dann forderte er ihn auf, sich niederzusetzen und sagte zu ihm: ›Gewiß hast du einen Wunsch?‹ Er sprach: ›Mein Wunsch bist du selbst.‹ Er fragte ihn: ›Wieso?‹ ›Ich habe eine Tochter‹, entgegnete er ihm, ›und sie ist mein einziges Kind. Ich machte mich auf den Kriegszug, da sagte ich zu ihr: ›Wünsche dir etwas, damit ich dirs bringe!‹ Sie sagte darauf: ›Ich wünsche dir Gesundheit.‹ Ich kehrte zum zweiten Male zu ihr zurück, da sagte sie zu mir: ›Ich verlange Zunnār ibn Zunnār.‹ Zunnār antwortete ihm: ›Das ist leicht.‹ Und er nahm ein Blatt Papier und das Schreibgerät und schrieb der Tochter des Sultans und sagte ihr in dem Briefe: ›Ließest du dir ins Herz mit glühendem Nagel einbrennen ein Zeichen, Zunnār ibn Zunnār wirst du nimmer erreichen.‹ Und er faltete den Brief, versiegelte ihn, gab ihn dem Sultan und sprach zu ihm: ›Gib diesen Brief deiner Tochter!‹ Er nahm nun den Brief und verließ ihn beschämt. Er wunderte sich und sagte: „Meine Tochter ist jung, unwissend, hat weder Verstand noch Einsicht, um Zunnār ibn Zunnār zu kennen. Aber ich muß sie danach befragen.“

Und er ritt ohne Unterlaß seines Weges, bis er zu seinem

Heere gelangte und verkünden ließ, daß man aufbrechen solle. Sie brachen dann auf und wendeten sich ihrem Lande zu. Und sie zogen ihres Weges weiter, bis sie in ihre Stadt kamen und auseinandergingen, nachdem die Einwohner der Stadt ihnen entgegengekommen waren und sie begrüßt hatten.

Und der Sultan trat bei seiner Tochter ein. Da erhob sie sich, begrüßte ihn und küßte ihm die Hände. Er reichte ihr dann den Brief und ging.

Hierauf öffnete sie den Brief, las ihn und begriff seine Andeutungen und seinen Inhalt. Und unter anderem, was in dem Briefe stand, schrieb er ihr: ›Nimm einen glühenden Nagel und brenne dir ins Herz ein Zeichen, nie im Leben wirst du den Anblick Zunnār ibn Zunnārs erreichen!‹ Als sie nun diese Worte las, sprach sie bei sich: „Wenn ich ihm nicht zeige, wie grob er handelt, wäre ich nicht ich selbst."

Und sofort stand sie auf, rief ihre Sklavin herbei und sagte ihr: ›Sklavin, halte meine Sache geheim, wahre mein Geheimnis und jedem, der von meinem Vater und meiner Mutter, oder von einem anderen kommt, sage: „Sittalhusn schläft."[1] Und erlaube niemandem, in mein Zimmer einzutreten! Und du wirst dich in acht nehmen vor jedem, der nach mir fragen sollte.‹ Da sagte die Sklavin: ›Ich höre und gehorche.‹

Dann stand Sittalhusn auf, nahm etwas Geld, legte das Kleid der Mamluken an und verließ ihre Wohnung. Und es verhüllte sie der Verhüller.

Sie ging nun in einem fort, Tag und Nacht, von Ortschaft zu Ortschaft, zog von einer Stadt in die andere und fragte, bis man ihr den Weg zur Stadt des Zunnār ibn Zunnār

1. *Sitt-al-husn* heißt »die Herrin der Schönheit, schöne Frau«.

zeigte. Dann fragte sie nach seiner Familie, da sagte man ihr, daß er drei Schwestern habe, drei Jungfrauen, und daß er jedes Jahr eine von ihnen besuche. Und jede von seinen Schwestern, zu der er kommt, kauft ihm eine weiße Sklavin und führt sie ihm vor, wobei die Sklavin in der Hand einen Krug hält. Wenn er den Krug von der Sklavin nimmt und aus ihm trinkt, erkennt man, daß er sie angenommen hat, wenn er jedoch den Krug von der Sklavin nicht nimmt, erkennt man, daß sie ihm nicht gefällt. Dies alles erfuhr Sittalhusn und kam zu einer seiner Schwestern – es war eben das Jahr seines Besuches bei ihr – und trat bei ihr ein. Da erhob sich die Schwester Zunnārs ihr zu Ehren und fand, daß es keine gäbe, die ihr an Schönheit und Anmut ähnlich sei. Sie sagte zu ihr: ›Meine Herrin, wer bist du?‹ ›Ich bitte um Gastfreundschaft‹, erwiderte Sittalhusn ihr, ›bis zur Zeit, in der dein Bruder Zunnār kommt, vielleicht werde ich ihm gefallen. Und du wirst behaupten, daß du mich für dein Geld für ihn gekauft hast.‹

Als nun eines Tages Zunnār zu seiner Schwester kam, setzte er sich bei ihr nieder, und sie stellte ihm Sittalhusn vor, die in der Hand einen Krug hatte. Sobald er sie nun erblickte, empfand er Zuneigung zu ihr, nahm den Krug von ihr und trank, bis er seinen Durst gestillt hatte. Dann sagte er seiner Schwester: ›Liebe Schwester, wer ist diese Sklavin?‹ Sie erwiderte ihm: ›Ich kaufte sie für dich.‹ Da freute er sich darüber.

Als dann die Nacht kam, wollte er mit ihr schlafen, sie sagte jedoch zu ihm: ›Ich bin in Blut. Aber morgen früh werde ich die Waschung verrichten.‹ Da legte er sich nieder und sie in seiner Nähe. Nachdem er dann in Schlaf versunken war, erhob sie sich sofort, schrieb ihm einen Zettel und sagte darin: ›O Zunnār ibn Zunnār, es ist kein Scherz, bohr einen glühenden Nagel in dein Herz, dann fühlst du in dir das Brennen und lernst die Trennungsschmerzen kennen, denn ein Leben lang wirst du bei mir nicht erreichen, wonach du dich sehnst zu deinen Lebzeiten.‹ Und sie faltete den Zettel, legte ihn unter sein Haupt, nahm den Leuchter mit der Wachskerze, stellte ihn oberhalb seines Hauptes hin, nahm seinen Turban, legte ihn unter seine Füße, erhob sich sofort zur selben Stunde, als die Augen nicht acht gaben, und verließ die Stadt. Und es verhüllte sie der Verhüller.

Sie wanderte dann, als Mamluk verkleidet, einige Tage lang, bis sie in die Stadt ihres Vaters kam und heimlich ihr Zimmer betrat. Da fand sie die Sklavin so, wie sie ihr es befohlen hatte. Und sie setzte sich im Zimmer auf ihr Lager nieder. Da verbreitete sich das Gerücht, Gott, der Erhabene, habe die Sultanstochter geheilt. Die Frauen und die Mädchen kamen zu ihr, begrüßten sie und beglückwünschten sie zu ihrer Genesung. So war es ihr ergangen.

Was Zunnār betrifft, der streckte, als er am frühen Morgen aus dem Schlafe aufwachte, die Hand aus, um seinen Turban zu nehmen, da fand er ihn unterhalb seiner Füße, und den Leuchter mit der Wachskerze fand er an Stelle des Turbans. Dann drehte er sich zufällig um und sah den Zettel. Er nahm ihn, öffnete ihn, las und begriff seine Andeutungen und seinen Sinn. Und er fand darin geschrieben: ›O Zunnār ibn Zunnār, es ist kein Scherz, mach glühend einen Nagel und bohr ihn in dein Herz, lebenslang wirst du bei mir nicht erreichen, wonach du dich sehnst zu deinen Lebzeiten.‹ Als er nun diese Worte las, forschte und fragte er nach der Sklavin, doch er fand sie nicht. Da erkannte er, daß es die Sultanstochter war, der er durch ihren Vater den Zettel gesandt hatte. Und Schuld daran war jene Alte.

Da biß er sich in die Finger, daß er das Mädchen nicht genossen hatte, und die Liebe zu ihr bemächtigte sich seines Herzens. Er hatte keine Geduld mehr, bis er sich zur Reise ausgerüstet hatte und zur Stadt jenes Sultans gegangen war, um dessen Tochter zu heiraten. Die hatte durch ihre Schönheit und Anmut Besitz von ihm ergriffen.

Er ritt dann in einem fort, bis er zu jener Stadt kam, traf mit dem König zusammen, erzählte ihm seine Geschichte und entschuldigte sich bei ihm. Der verzieh ihm und erwies ihm große Ehren, er ließ ferner den Heiratsvertrag aufsetzen und führte ihn zu seiner Tochter. Und Zunnār ibn Zunnār war ihr ähnlich an Schönheit und Anmut.

Als sie nun zusammenkamen, brachte er sie um ihre Jungfräulichkeit, schalt sie und sagte wiederholt zu ihr: ›Du, bei Gott, hast mich besiegt und wegen meiner großen Liebe zu dir meinen Geist geraubt.‹

Darauf lebte er mit ihr glücklich.«

DIE GESCHICHTE VON DEM IN EINE GAZELLE VERZAUBERTEN MÄDCHEN

Es lebte einmal ein Fischer, der früher ein Jäger gewesen war. An jedem Tage ging er hinaus, um Vögel und Gazellen zu jagen, damit er selbst und seine Kinder davon leben könnten, bis er eines Tages eine Gazelle erblickte, die so schön war, daß es keine ihresgleichen gab. Er ließ den Falken auf sie los und sandte ihm den Jagdhund nach. Der Vogel stürmte unaufhörlich auf die Gazelle los, bis sie der Hund einholte und packte. Sie wollte ihm entwischen, doch es gelang ihr nicht, bis der Jäger sie einholte und fing.

Als sie nun vor ihm stand, ließ sie ihre Blicke schweifen, schaute nach rechts und links, dabei flossen ihre Tränen, und sie zitterte vor Schrecken. Da sagte er: »Bei Gott, so lange ich Gazellen jage, sah ich keine, die wunderbarer wäre, als diese Gazelle. Aber bei Gott, die paßt nur für den Sultan.«

Dann nahm er sie und ging mit ihr zum Sultan, trat bei ihm ein und führte sie ihm vor. Der König sah sie an, sie gefiel ihm, und er freute sich über sie, kaufte sie und gab ihm noch einen Backschisch darüber hinaus. Und der Jäger verließ ihn.

Und jener Sultan hatte sieben Frauen, weiße Sklavinnen, die wie Monde waren. Als nun die Nachtzeit angebrochen war, schüttelte sich die Gazelle und wurde zum Mädchen, zu einer Jungfrau, wie es sie auf der ganzen Welt nicht wieder gibt. Es gab nicht eine einzige, die ihr an Schönheit und Anmut ähnlich gewesen wäre. Und der König saß allein, und niemand war bei ihm außer der Gazelle. Als er nun sah, wie sie sich in ein Mädchen verwandelte, war er verblüfft, verwirrt und wie von Sinnen, über ihre Schönheit, Lieblichkeit und ihrer Gestalt Ebenmäßigkeit. Sie trat dann nahe an ihn heran und sagte zu ihm: »Was ist dir denn zugestoßen, o größter König dieser Zeit? Wundere dich nicht! Mit mir ist es eine wunderbare Geschichte. Würde man sie mit Nadeln in die Augenwinkel schreiben, so würde sie allen, die sich belehren lassen, ein lehrreiches Beispiel bleiben.«

Und das ist die Geschichte: »Ich war bei meinem Vater als eine Waise ohne Mutter. Er vermählte sich dann nach meiner Mutter mit einer anderen Frau. Als diese sah, daß ich so schön war, wurde sie auf mich eifersüchtig und war nicht imstande, mich anzusehen. Dann nahm sie mit mir etwas vor und verzauberte mich für sechzig Tage in eine Gazelle. Danach sollte sich der Zauber von mir lösen. Als ich nun zu einer Gazelle geworden war, stürzten sich die Hunde der Stadt auf mich und wollten mich zerreißen. Da floh ich vor ihnen ins Freie, aß Gras und trank Wasser. Und sooft Gazellen kamen, wurden sie scheu vor mir und flohen. Und sooft ich Jäger erblickte, verbarg ich mich in irgendeiner Höhle, bis mich jener Jäger aufspürte. Es geschah nun durch die Fügung der Vorbestimmung, daß ich nicht acht gab und in Gedanken versunken war. Und siehe, der Jäger ließ auf mich den Vogel los und fing mich. Ich hatte nun Angst, daß er mich jemandem gäbe, der mich schlachten und aufessen würde, doch er brachte mich zu dir. Und die Zeit der Befreiung von dem Zauber trat in diesem Augenblick ein. Und wäre er von mir nicht gelöst worden und hätte ich mich nicht in menschliche Gestalt verwandelt, wäre ich nicht sicher gewesen, weder vor dem Schlachten, noch vor dem Tode. Und Lob sei Gott, der mich vor dich gebracht hat!« Als der Sultan dies gehört hatte, wunderte er sich und sprach: »Alles kommt vom Schicksal und von der Vorbestimmung.«

Dann stand der Sultan auf und führte sie in den Harem. Als die sieben Sklavinnen sie nun sahen, wurden sie eifersüchtig, da sie anmutiger war als sie. Er ging dann in jener Nacht zu ihr, brachte sie um ihre Jungfräulichkeit und freute sich mit ihr unendlich, gewann sie lieb, verließ die sieben Sklavinnen, beachtete sie nicht mehr, und sie wurden seiner Seele zuwider. Und die sieben waren schwanger, deshalb waren sie ihm noch widerlicher geworden. Er ließ sie dann aus dem Schlosse hinausführen und ließ die sieben in eine Zisterne bringen, die Tür hinter ihnen schließen und beauftragte den Koch, ihnen zu jeder Zeit das zukommen zu lassen, was sie an Speis und Trank brauchten. Er lebte nun mit dem Mädchen und sein Gemüt war erfüllt von ihrer Schönheit und Anmut.

Als nun für die sieben Sklavinnen die Tage der Schwangerschaft sich erfüllt hatten, gebaren sie in einer einzigen Nacht sieben Knaben, ohne daß ihr Vater davon gewußt oder Nachricht erhalten hätte.

Nachdem eine gewisse Zeit vergangen war, wurden die sieben Knaben groß. Da stand die älteste der sieben Sklavinnen auf, schickte nach dem Koch, ließ ihn holen und verlangte von ihm einen Lehrer, der ein guter Mensch wäre. Er ging also, blieb längere Zeit fort und brachte einen Lehrer, der den Koran vortragen und gewandt schreiben konnte. Dann befahl er ihm, die sieben Knaben im Lesen zu unterrichten. Dieser antwortete: »Ich höre und gehorche.« Dann lehrte er die Knaben lesen, indem er ihnen beim Lesen Anweisungen erteilte und lehrte sie schreiben und zeichnen, vier Jahre lang, bis sie den Koran zu Ende gelesen hatten und in jeglicher Wissenschaft Bescheid wußten. Dies alles trug sich zu, während ihr Vater nichts von ihnen wußte und an ihre Mütter nicht dachte. So war es ihnen ergangen.

Und was das Mädchen betrifft, so empfing es vom Sultan und brachte eine Tochter zur Welt und danach noch eine andere. Diese wurden dann sechs Jahre alt. Und der König freute sich über die Töchter, denn sie waren wie Monde und übertrafen ihre Mutter an Reizen und Schönheit.

Eines Tages bekam der Sultan Lust zu einem Spaziergang im Garten. Er ging also hinaus und nahm die zwei Mädchen mit. Und es geschah nach der Vorbestimmung, daß zur gleichen Zeit die sieben Knaben ausgingen, sich unterhaltend und sich wunderbar und reizvoll wiegend, bis sie zur Mitte des Weges kamen. Da traf sie der Sultan, der die beiden Mädchen mithatte. Die sieben Knaben traten nun zu ihm und küßten ihm die Hände. Als er sie anblickte, neigten sich sein Herz und seine Sinne ihnen zu. Und die Mädchen hefteten sich an den Saum ihrer Kleider und ließen ihren Vater allein. Da sagte der Sultan zu ihnen: »Wer seid ihr und wer ist euer Vater und woher kommt ihr?« Die Knaben sagten darauf: »Wir sind Söhne unserer Mütter und unseres Vaters.« »Jawohl«, erwiderte der Sultan, »ihr seid Söhne euerer Mütter und eueres Vaters, doch wer sind die?« Sie sagten zu ihm: »Wir sind fremde Leute.«

Als die sieben Sklavinnen ihre Söhne unterrichten ließen und diese bereits auffassungsfähig waren, erzählten sie ihnen alles, was ihnen widerfahren war, auch, daß der Sultan ihr Vater sei. Als er sie nun traf, erkannten sie ihn und vergewisserten sich, daß sie seine Kinder seien, doch sie verheimlichten es vor ihm und sagten: »Wir sind fremde Leute.«

Dann gingen sie in einem fort weiter, bis sie den Garten betraten. Und der König setzte sich und fing an, sich mit den Knaben zu unterhalten. Und sooft er sie nach etwas fragte, gaben sie ihm Antwort. Da bewunderte der Sultan ihre Beredsamkeit und ihre süßen Ausdrücke bei ihrem geringen Alter und dachte nach und sagte wiederholt: ›Preis sei Gott, diese Knaben beherrschen sämtliche Zweige der Wissenschaft. Und ich bin König und Sultan und kenne nicht einmal die Hälfte dessen, was sie verstehen.‹

Als nun die Mittagszeit angebrochen war, erhoben sich die Knaben, verrichteten die Waschung und das Gebet und verließen den Garten, ohne daß der Sultan über sie etwas erfahren hatte. Dann fragte er nach ihnen, doch er fand sie nicht. So war er verwirrt und wußte nicht, wohin sie gegangen waren.

Und die Mädchen brachen ihretwegen in bitteres Weinen aus und fragten ihren Vater: »Wo sind denn die Knaben? Und wohin sind sie gegangen, damit wir zu ihnen gehen können?« Ihr Vater sagte dann zu ihnen: »Bei Gott, meine lieben Töchter, ich weiß nicht, wohin sie gegangen sind und wohin sie sich begaben.«

Dann kam das Essen und man setzte es dem Sultan vor, doch er nahm nichts davon zu sich. Da sprach der Koch bei sich: ›Diese Speise gefiel dem Sultan nicht.‹ Und er geriet um sich in Angst. Dann trat er heran und trug die Speise weg, indem er ganz außer sich war, weil der Sultan nichts davon gegessen hatte. Als der Koch es nun fortgenommen hatte, kehrte er damit zurück und schickte etwas davon den sieben Sklavinnen und ihren Knaben. Die wunderten sich darüber, da dies nicht seine Gewohnheit war, ihnen so etwas zu schicken, weil er ihnen sonst nur Suppe und nichts anderes brachte. Da sprachen sie zueinander: »Wir müssen nach dem Koch senden und ihn fragen.« Dann schickten sie nach ihm. Er kam herbei, und sie fragten ihn aus. »Der Sultan aß nichts davon«, erwiderte er, »und ich sagte bei mir: ›Anstatt daß das Essen verderbe, werde ich etwas davon dem Harem des Königs schicken‹.« Da sagten sie zu ihm: »Und warum aß der Sultan nichts?« »Bei Gott, meine Herrinnen«, entgegnete er, »ich weiß es nicht.« Dann sagten sie zu ihm: »Finde es heraus und komm damit schnell zu uns!« Er antwortete: »Ich höre und gehorche.«

Und der Koch ging und traf mit einem der Kämmerer zusammen, der mit dem Sultan im Garten war. Dieser erzählte ihm alles und verschwieg nichts vor ihm.

Inzwischen hatten die Knaben schon ihren Müttern berichtet, daß sie den König zur Zeit des Mittagsgebetes verlassen hatten, ohne daß er es bemerkte. Der Koch kehrte dann zu den sieben Sklavinnen zurück und sprach: »Man sagte mir den Grund, warum sich der König des Essens enthielt. Es geschah deshalb, weil er zur Zeit, als er in den Garten ging, unterwegs sieben Knaben begegnete und sein Herz und seine Sinne sich ihnen zuneigten. Auch seine Töchter fühlten Zuneigung zu den Knaben.« Da sagten die Sklavinnen zu ihm: »Du Koch, wenn du dich vor den König niederwirfst und ihm sagst: ›Jene sieben Knaben sind deine Kinder‹, würde dir bei uns eine hohe Stellung zuteil und jede von uns würde dir einen Bakschisch geben.« Er antwortete ihnen: »Ich höre und gehorche.«

Als nun der Abend kam, bereitete der Koch die Tafel und setzte sie dem König vor. Doch er und seine zwei Töchter weigerten sich zu essen. Als nun der Koch ihn so sah, trat er näher heran und sagte zu ihm: »O größter König dieser Zeit, möge Gott unseren hohen Herrn, den Sultan, lang leben und herrschen lassen! Du hast am Mittag weder gegessen noch getrunken und jetzt ebenso. Sei guter Dinge und dein Auge erfreue sich, denn ich habe für dich eine frohe, eine schöne Botschaft, in der Gutes reichlich vorhanden ist. Doch ich sage es dir nicht, bevor du dir es nicht schmecken läßt und das Abendessen ißt.«

Da griff der Sultan zu, aß und trank, bis er genug hatte. Hierauf sagte der Koch: »Hoher Herr, o Sultan, Gott möge dir ein langes Leben verleihen und dein Herrschen verlängern! Die sieben Knaben sind deine Kinder und aus deinen Lenden.« Da fragte ihn der Sultan: »Wieso, du Koch?« »Sie sind von den sieben Sklavinnen«, versetzte der, »die du in die Zisterne verbannt hast.«

Als der Sultan nun seine Worte hörte, ließ er die Knaben und ihre Mütter holen, und setzte sie wieder in ihre Stellung ein. Und ihre Freude war übergroß.

DIE GESCHICHTE VON DER KLUGEN WESIRSTOCHTER

Es war einmal ein König, der einen anmutigen Sohn hatte, einen anmutigeren gab es zu seiner Zeit nicht. Und er hatte einen Wesir, der besaß eine anmutige Tochter. Und die sah einmal den Sohn des Sultans, als er im feierlichen Aufzug seines Vaters ritt; und der einzige Blick in ihrem Herzen ward gefolgt von tausend Schmerzen und sie verliebte sich in ihn, ohne daß der Jüngling davon wußte.

Und der König hatte die Gewohnheit, jede Nacht nach dem Nachtgebet auf das Dach seines Schlosses zu steigen und den Himmel zu betrachten. Da sah er gewöhnlich zwei Sterne, die zusammen aufgingen, zusammen kreisten, zusammen den Höhepunkt erreichten und zusammen untergingen. Und die zwei Sterne heißen al-Farkadān[1].

Er machte das eine Zeitlang so, ging jede Nacht hinaus und sah die Sterne zusammen kreisen. In einer der Nächte nun, ging er wie gewohnt hinaus. Und die Nacht war licht und klar. Da sah er die beiden Sterne an, schärfte seine Gedanken und es fielen ihm zwei Verse ein:

»Al-Farkadān beneidet man ob des Zusammenseins,
Nicht sucht sie heim die Trennung eine ganze Ewigkeit.«

Und er wollte das Gedichtchen ergänzen, wußte jedoch nicht wie. Da wurde er sehr zornig, war verwirrt und er grämte sich bis zum Morgen, ohne zu wissen, wie er die Verse ergänzen sollte.

Da schickte er nach dem Wesir, ließ ihn vor sich kommen und sprach zu ihm: »Gib mir Rat, o Wesir des Königreiches, in einer Sache, die mir in den Sinn kam. Mir fielen dazu zwei

1. *Al-Farkadān* sind zwei helle Sterne [β und γ] im Kleinen Bären.

Verse ein, und es bleibt noch etwas zu sagen übrig, doch ich konnte um keinen Preis daraufkommen. Und du wirst mir darin Rat geben, und du wirst es in gleichem Sinne sagen, wie ich es gesagt hätte. Doch, bei Dem, der mich mit diesem Königtum betraut hat, wenn du es nicht in gleichem Sinne wie ich sagst, lasse ich dir den Kopf abschlagen.« Da sagte der Wesir zu ihm: »Und wie heißen die Verse, o größter König dieser Zeit?« »Ich gehe jede Nacht«, antwortete der König, »auf das Dach des Schlosses hinauf, da sehe ich zwei Sterne, welche al-Farkadān heißen. Ich machte auf sie zwei Verse und wollte sie ergänzen, doch ich war nicht imstande dazu. Und ich verlange von dir, daß du sie im Sinne meiner Worte ergänzt und den Reim wahrst.« Da fragte der Wesir: »Und wie heißen sie, o größter König dieser Zeit?« Der Sultan sprach: »Ich sagte:

›Al-Farkadān beneidet man ob des Zusammenseins,
Nicht sucht sie heim die Trennung eine ganze Ewigkeit‹.«

Als nun der Wesir diese Worte hörte, erfroren ihm die Worte im Munde, und er wußte weder Bescheid noch Kunde. Da sprach der König zu ihm: »Was sagst du, o Wesir? Wenn du mir den Rest der Verse nicht vorträgst, lasse ich dir den Kopf abschlagen.« Da sprach der Wesir: »Gönne mir eine Frist, o König, bis morgen früh!« Der König antwortete ihm: »Ich gebe dir Frist bis morgen.«

Hierauf verließ der Wesir den König, wobei er wie blind und taub war, so daß er nichts von der Welt sah, und keinen, der ein Wort sprach, hörte, bis er in sein Haus kam.

Und sooft er eintrat, und wäre es an jedem Tage zehnmal gewesen, kam ihm gewöhnlich seine Tochter lächelnd aus der zweiten Tür entgegen und geleitete ihn, bis er sich auf sein Lager niedersetzte. Als er nun die zweite Tür betrat, erhob sich das Mädchen, um ihm wie gewöhnlich entgegenzugehen, doch er mied es, schalt es aus und jagte es davon. Und dies geschah aus Gram und Zorn, die ihn überwältigt hatten. Er führte sich so auf, bis er sich auf sein Lager niedergesetzt hatte, und keiner konnte zu ihm herantreten, denn er war sich des Todes sicher. Es verging dann eine Stunde und seine Tochter trat an ihn heran und sagte zu ihm: »Lieber Vater, was ist denn mit dir geschehen und was ist dir zugestoßen? Wenn du Geld willst, dann haben wir Geld.« Doch er sagte: »Liebe Tochter, ich geriet in eine gefährliche Sache und weiß nicht, was mir vom Sultan widerfahren wird, denn er trug mir einen Ausspruch vor und verlangte von mir dessen Ergänzung, doch ich bin nicht imstande, ihn zu ergänzen. Und er drohte, mich töten zu lassen. Und ich habe vor, Sklavinnen, schwarze Sklaven und Mamluken freizulassen. Vielleicht ist schon mein Geschick vom König her nahe.« Da sprach seine Tochter: »Lieber Vater, und was hat der Sultan gesagt, wie heißt der Ausspruch, dessen Fortsetzung du nicht wußtest?« Er fuhr sie an: »Zieh dich zurück und erinnere mich nicht daran! Laß mich in meiner Sorge und meinem Zustande! Der König drohte mir mit dem Tode, und ich bin bestürzt wegen seiner Worte. Und er sagte zu mir: ›Wenn du mir nicht die Ergänzung genau im Sinne und im Versmaße meines Ausspruchs bringst, lasse ich dich töten‹.« Da sprach seine Tochter zu ihm: »Und wie heißt er?« Er erwiderte: »Laß mich in Ruhe!« Doch sie wiederholte die Frage und sprach: »Sage uns den Ausspruch des Sultans! Vielleicht geschieht die Rettung durch unsere Hände.« Aber er antwortete ihr: »Was ich nicht getroffen habe, triffst du es vielleicht?« Da entgegnete sie ihm: »Es ist schon möglich, und es kann sein.« Er sagte: »Liebe Tochter, der König sprach:

›Al-Farkadān beneidet man ob des Zusammenseins,
Nicht sucht sie heim die Trennung eine ganze Ewigkeit‹.«

Als nun das Mädchen den Ausspruch hörte, freute es sich, sein Herz wurde von Glückseligkeit erfüllt, und sie war sicher, daß sie mit dem Sohne des Sultans, dem sich ihr Herz liebevoll zuneigte, zusammenkäme.

Dann sagte sie zu ihm: »Lieber Vater, dieser Ausspruch, den der König vorgetragen hat, der ist leicht zu ergänzen, und es gibt darüber keinen Zweifel, und es ist nichts Schwieriges darin.« Da fragte er sie: »Und du triffst es?« Sie antwortete ihm: »Jawohl.« Er sagte: »Sprich!« Doch sie entgegnete ihm: »Bei Gott, ich sage es nicht früher als vor dem König.« Er jedoch erklärte: »Ich werde es sagen.« »Das geht nicht«, gab sie ihm zur Antwort«, »und darüber hinaus, wenn du es dem König sagst, wird er sagen: ›Wenn seine Tochter den Rest des Ausspruchs kennt, wieso nicht der Wesir selbst? Der muß doch mehr können als seine Tochter‹.«

Als nun der Morgen anbrach, saß der Wesir auf, um sich zum Dienste beim Sultan zu begeben. Als er bei ihm eintrat, grüßte er und flehte Segen herab. Der Sultan erwiderte seinen Gruß. Dann fragte er: »Bringst du mir vielleicht schon den Rest des Ausspruchs?« »O größter König dieser Zeit«, erwiderte er ihm, »den Rest dieses Ausspruchs wird dir kein anderer als meine Tochter sagen.« Da dachte der Sultan bei sich: ›Wenn seine Tochter den Rest des Ausspruchs kennt, wieso nicht der Wesir selbst?‹ Dann sprach er zu ihm: »Wann wird es deine Tochter sagen?« »Hoher Herr«, versetzte der Wesir, »das kommt auf dich an. Das Mädchen kommt hierher, wird sich hinter den Vorhang setzen, du wirst ihr den Ausspruch sagen und es wird dir Antwort geben.« Da sagte der König bei sich: ›Es trügt nicht der Spruch: „Manchmal enthält gemeiner Plunder, was man nicht findet im Schatze voll Wunder." Und ein zweiter Spruch besagt: „Manch Kleiner steigt empor zu Ehren, der Großen Beistand kann er dabei entbehren." Fürwahr, wenn dieses Mädchen befähigt ist, mir meinen Ausspruch zu ergänzen, so gehört es zu den Wortgewandten seiner Zeit und überbietet seine Zeitgenossen weit und breit.‹

Als sie nun zum Sultan gekommen war, sagte er zu ihr: »Wie heißt du, o Tochter des Wesirs?« »Mein Name steht vor deinem Angesicht«, erwiderte sie ihm, »o größter König dieser Zeit!« Da erkannte er, daß ihr Name Sittalhusn war. Dann sagte er zu ihr: »Hast du etwas gelesen?« »Ich habe einen Lehrer«, erwiderte sie, »der mich zu Hause unterrichtet.« Dann fragte er sie: »Welche von den Suren des Korans kannst du vortragen?« »Die«, antwortete sie ihm, »die du in deiner Brust hast, o größter König dieser Zeit!« Da erkannte er, daß sie die Sure »Haben wir nicht deine Brust erweitert?« meinte.[1] Da wunderte sich der König über ihre Kenntnisse und die Süßigkeit ihrer Ausdrücke.

Dann sagte er zu ihr: »Kennst du die Ergänzung der zwei Verse, die ich gedichtet habe?« Sie antwortete ihm: »Möge Gott das Leben unseres hohen Herrn, des Sultans, verlängern! Wie lautet denn das, was du ausgesprochen hast, o größter König dieser Zeit?« Er sagte:

»Al-Farkadān beneidet man ob des Zusammenseins,
Nicht sucht sie heim die Trennung eine ganze Ewigkeit.«

Als nun das Mädchen diese Worte hörte, sprach sie:

»Wie zwischen mir, der Sehnenden, und dem Liebling mein
Ist's zwischen ihnen und der Erde so unendlich weit.«

Sobald der Sultan hörte, wie das Mädchen die Ergänzung

1. Die XCIV. Sure des Korans.

des Ausspruchs vorgetragen hatte, wunderte er sich, war darüber ergötzt und sagte zu ihr: »Du Wesirstochter, ich weiß, daß al-Farkādan von der Erde weit entfernt sind. Wer ist aber dein Liebling, der von dir so entfernt ist wie der Himmel von der Erde?« Da sagte sie zu ihm: »Dein Sohn.« Sogleich befahl der Sultan, den Richter und die Zeugen zu holen, schloß den Ehebund der Wesirstochter mit seinem Sohne und führte ihn zu ihr.

So erreichte sie, was sie begehrte, durch die zwei Verse, mit denen sie den Ausspruch des Königs ergänzt hatte.

DIE GESCHICHTE VOM SULTAN KĀJISCH, SEINEM BRUDER ARDASCHĪR UND DEM EMIR ʿURWA

Man erzählt, daß unter den persischen Königen einmal einer war, der König Kājisch hieß.[1] Und der hatte Macht und Würde und Krieger und Reiter, man kannte nicht den Anfang ihrer Scharen, da ihre Reihen ohne Ende waren. Und er hatte einen Bruder, den er im Gefängnis eingesperrt hielt aus Angst, er könnte zur Macht kommen und ihn um das Königtum bringen. Und dies war der Grund für seine Kerkerhaft.

Nun saß der König eines Tages auf dem Throne seiner Königsherrschaft und siehe, da trat ein Eilbote zu ihm, der auf einem Kamele aus dem Lande Hidschaz geritten kam, mit dem Briefe eines Wüstenarabers. Er nahm den Brief, las ihn und begriff seinen Inhalt. Und als er den Brief gelesen

1. *Kājisch* muß ein entstellter altpersischer Name sein, vielleicht Kāūs, wie auch sein Bruder den bekannten Namen *Ardaschīr* [Artaxerxes] führt. Dagegen ist *ʿUrwa* ein alter arabischer Name.

hatte, strahlte sein Antlitz vor Freude und Frohsinn. Da fragten ihn die Großen des Reiches: »Was steht in diesem Brief?« Er reichte ihnen den Brief, sie lasen ihn und siehe, es stand darin, daß unter den Wüstenarabern ein Mädchen aufgetaucht sei, das nicht seinesgleichen habe an Schönheit, Lieblichkeit und der Gestalt Ebenmäßigkeit, weder unter den Arabern noch unter den Türken noch unter den Persern. Und sie habe einen Vetter, der sie heiraten wolle. Und zu ihr strömten Bewerber, einer nach dem anderen, die um sie freiten. Und jeden, der zu ihr komme, um sie zu freien, von den Emiren, den Königen oder den Großen der Wüstenaraber, hielte ihr Vetter von ihr fern. Er sei ein tapferer Ritter, ein Recke starker Hand, der sämtliche Ritter zu bezwingen wisse und dulde keinen Widerstand. Und man schrieb dem König in dem Briefe: »Schicke jemanden gegen diesen Ritter, der ihn besiegt, denn dieses Mädchen paßt nur für Euere Majestät. Weder ihr Vater, noch ihre Mutter, noch ihr Bruder können ihren Vetter leiden, doch sie fürchten ihn. Es wird ihn nichts von ihnen abhalten außer der Ehrfurcht vor Euch.«

Sogleich rüstete er von seinen Truppen tausend Reiter aus, versorgte sie mit Geld, Rüstung und Pferden, sandte sie ins Land Hidschaz und ließ dem Vater des Mädchens und seinem Bruder einen Brief schreiben, sie sollten es in einer Sänfte auf ein Kamel setzen und dem König zuführen. Und wenn ihr Vetter Widerstand leistete, sollten sie ihn töten, auch jeden anderen, der sich an sie heranwagte.

Doch das Mädchen liebte seinen Vetter unendlich und pflegte ihm Nachricht über jeden zu geben, der zu seinem Vater kam und um es werben wollte. Er stellte sich ihm dann in den Weg, um ihn zu töten und auch den, der mit ihm war.

Als sich nun die tausend Reiter vorbereitet hatten, brachen

sie mit Fahnen nach dem Lande Hidschaz auf. Sie ritten in einem fort, bis sie sich dem Land auf eine Tagreise genähert hatten. Und sie sandten einen Boten voraus.

Als dieser nun zu den Arabern kam, gingen sie den Truppen, die vom König Kājisch gekommen waren, entgegen; dann trafen sie mit ihnen zusammen und begrüßten sie. Und der Anführer jener tausend Reiter war einer von den Kämmerern, ein tapferer Ritter. Sie ritten dann in das Land Hidschaz, schlugen ihre Zelte auf, hißten ihre Fahnen und schickten nach den Großen und den Emiren der Wüstenaraber. Man ließ sie und den Vater des Mädchens kommen und gab ihnen den Brief. Sie lasen ihn laut vor, damit es die Anwesenden hörten. Nun sagten alle: »Wir hören und gehorchen.« Da freuten sich der Vater und der Bruder des Mädchens und sprachen: »Lob sei Gott, dem Herrn der Welten, der König Kājisch veranlaßt hat, unsere Tochter zu nehmen, damit wir durch ihn vor ihrem Vetter Ruhe bekommen.« Da sagte der Anführer zum Vater des Mädchens: »Was meinst du zu deiner Verschwägerung mit König Kājisch?« Er antwortete ihm: »Wir sind alle unter seinem Befehl und gehorchen ihm.« Darauf statteten sie das Mädchen aus, machten es im Laufe dreier Tage reisebereit und setzten es in einer Sänfte auf das Kamel.

In dieser Zeit war ihr Vetter auf einem Raubzug, er und zehn Reiter. Als sie nun das Mädchen auf das Kamel geladen hatten, und es und alle seine Leute mit den Truppen des Königs zogen, fing das Mädchen an zu weinen, zu wehklagen und zu sagen: »Wo bist du, mein Vetter?« Und es lüftete den Zipfel des Sänftenvorhangs und blickte ins Freie. So war es ihnen ergangen.

Und was ihren Vetter betrifft, den Emir ʿUrwa, der kam,

drei Tage nachdem die Truppen mit seiner Base abgereist waren, zurück. Er fragte nach seinem Oheim, seinem Vetter und seiner Base, da berichtete man ihm von all dem, was vorgefallen war, man verschwieg es nicht, und man sprach zu ihm: »O ʿUrwa, gönne deiner Seele Ruhe und ermüde sie nicht! Der, der sie genommen hat, ist ein König, und er schickte wegen ihr tausend Reiter, deren Anführer einer von den Kämmerern des Königs ist.« Wie nun ihr Vetter dies hörte, sagte er: »Nein, bei Dem, der alle Wesen geschaffen und die sieben Himmelssphären erhoben hat, ich lasse von meiner Base nicht ab und verzichte nicht auf sie, wenn man mich auch mit den Spitzen der Lanzen zerfleischte. Und der Spruch besagt: ›Wer durch das Schwert nicht umkommt, stirbt durch etwas anderes. Die Anlässe sind verschieden, doch der Tod ist nur einer‹.«

Hierauf nahm ʿUrwa die zehn Reiter, auf die er zur Zeit des Kampfes und des Ringens vertrauen konnte, und brach ins Freie auf. Und sie ritten ausdauernd, Tag und Nacht, hinter jenen Truppen zehn Tage lang her und holten sie am Mittag ein, als die Sonne im Zenit stand.

Die tausend Reiter sahen sie nun und merkten, daß sie nur zu zehnt waren. Da sagten sie zueinander: »Diese zehn Reiter sind Verräter.« Dann gingen sie zum Anführer der Truppen, meldeten es ihm und sagten: »Es erschienen hinter uns zehn Reiter, und die sind bereit zum Kampfe und zum Ringen.« Da sagte er zu ihnen: »Wenn es keinen Ausweg gibt, werden fünfzig Reiter wider sie aufbrechen.« So brachen fünfzig Reiter wider sie auf, doch sie setzten sich zur Wehr, als sie zu ihnen gekommen waren und sie aufeinander stießen. Der erste nun der zehn Reiter, der vorrückte, war Emir ʿUrwa, und er schrie die fünfzig Reiter so an, daß es in den Bergen widerhallte, und griff sie allein an. Dann versetzte er dem ersten Reiter einen Hieb und stürzte ihn um, tötete den zweiten, den dritten warf er aus dem Sattel und auch den vierten, bis zehn Reiter fielen. Als die übrigen vierzig Reiter dieses furchtbare Wüten eines einzigen Reiters sahen, brachen sie mit abgewandten Rücken auf und ergriffen die Flucht wie einer, der sein Leben zu retten sucht. Sie flohen in einem fort, bis sie die Truppen erreichten und zum Anführer kamen. Er fragte sie und sprach: »Wie habt ihr den Befehl ausgeführt wegen der zehn Reiter?« »Sie erschlugen zehn von uns«, erwiderten sie, »und die übrigen flohen und zerstreuten sich. Und du solltest nicht sagen: ›Nur zehn‹.« Da fragte er sie: »Wieso?« »Bei Gott«, entgegneten sie, »ein jeder von ihnen kommt hundert Reitern gleich.« Da sagte der Anführer: »Es werden gegen sie zweihundert Reiter aufbrechen und sie auf die Spitzen der Lanzen aufspießen!« Da ritten die zweihundert Reiter ihnen entgegen und stürzten sich auf sie wie eine Wasserflut. Doch die zehn nahmen es mit ihnen auf, und der Kampf wogte zwischen ihnen hin und her. Zuletzt siegten die zehn Reiter über die zweihundert, erschlugen sechzig von ihnen, und die übrigen flüchteten, bis sie zum Anführer kamen, bei dem sie sich über das heftige Kämpfen der Reiter beklagten. Da kehrten der Anführer und die, die noch übrig waren von den tausend Reitern um und wollten mit ihnen kämpfen. Wie sie nun vor die zehn Reiter gerieten, stürzten die sich auf sie. Da schrie der Emir ʻUrwa und zielte auf der Walstadt nach dem Anführer, hieb ihn mit dem Schwerte in die Schulter und schlug ihm den Kopf ab. Dann stürzte er sich und die restlichen zehn auf die Kriegerschar und hieben auf sie mit den Schwertern ein, bis sie die Mehrzahl von den zweihundert Reitern niedergemacht hatten. Und es dauerte nur eine Stunde und siehe, das übrige Heer wandte den Rükken, ergriff die Flucht und suchte sich zu drücken.

Während dies alles geschah, sah die Base 'Urwas seinen Taten voller Freude zu. Dann kamen die zehn Reiter zusammen, sammelten die Beute von den Erschlagenen und luden sie auf deren Pferde. 'Urwa nahm seine Base, und sie wandten sich zurück ihrem Lande zu. So war es ihnen ergangen.

Was aber König Kājisch betrifft, der saß jeden Tag in der Staatsversammlung inmitten der Würdenträger des Reichs, unterhielt sich mit ihnen und sagte: »Demnächst wird der Kämmerer zu uns kommen und mit ihm das Mädchen. Und falls sie ihren Vetter getroffen haben, so haben sie ihn totgeschlagen und werden sein Haupt mitbringen.« So hoffnungsvoller Stimmung war er eine Zeitlang, wenn er von dem Mädchen sprach. Und siehe, er saß so, und die Geschlagenen traten bei ihm ein mit gesenkten Häuptern und klagten mit lautem Wehgeschrei über das große Unheil, das geschehen sei. Und sie erzählten ihm davon, was ihnen von den zehn Reitern widerfahren war, und wie sie den Kämmerer erschlagen und das Mädchen genommen hatten und mit ihm zurückgekehrt waren. Als der König dies hörte, setzte er sich nieder, dann fuhr er in die Höhe wieder, wütend ward er ob dieser Kunde und Schaum stand vor seinem Munde. Er war sehr erzürnt und sprach: »Wieso kommt es, daß zehn Reiter vom Volk der arabischen Bettler sich auf tausend Reiter stürzen? Bei Gott, das ist eine furchtbare Sache!« Dann sandte er in die Städte in seinem Königreiche und sammelte zehntausend Reiter, denen fünftausend Fußtruppen folgten, so daß ihrer zusammen fünfzehntausend Streiter waren. Und er stattete sie mit Geld und dem, was sie brauchten, wie Wasser und Wegzehrung, aus, sandte sie ins Land Hidschaz und befahl ihnen, dieses Land zu verwüsten, Hab und Gut der Bewohner zu rauben und ihre Frauen und Kinder gefangen zu nehmen. So ausgestattet ritten sie nun aus. So war es ihnen ergangen.

Was nun die Araber von Hidschaz betrifft, die erfuhren nun von Wandersleuten und Reisenden, daß der König Kājisch fünfzehntausend Krieger gegen den Hidschaz aufgebracht und sie aufgefordert habe, Hab und Gut zu rauben, die Männer zu töten und Frauen und Kinder gefangen zu nehmen. Da sagten sie zueinander: »Wir können nicht in unseren Gegenden sitzen bleiben, bis sie sich auf uns, die wir nicht vorbereitet sind, stürzen, uns totschlagen, unser Hab und Gut rauben und unsere Frauen und Kinder gefangen nehmen. Wir müssen unsere Freunde sammeln und uns ihnen unterwegs entgegenwerfen und unsere Frauen und Kinder auf den Gipfeln der Berge verbergen.« Sie kamen überein, verbargen ihre Frauen und Kinder in den Bergen, ließen einige bei ihnen zur Bewachung, kamen mit ihren Freunden zusammen, hielten untereinander Rat und sprachen: »Zuerst muß Emir ʿUrwa seine Base heiraten.«

Dann kamen sie zu ihrem Vater und Bruder, schlossen seinen Ehevertrag mit ihr und führten ihn zu ihr. Er brachte sie um ihre Jungfräulichkeit, obgleich er früher gar nicht daran glauben wollte, daß er sie heiraten werde. Als er nun zu ihr ging, sagte er: »Bei Dem, der festgeankert hat der Berge Schwellen und der aus der Erde springen ließ frische Wasserquellen, wenn der König Kājisch alle Einwohner seines Königreiches zusammenbrächte, werden sie uns ohne Gottes Willen nichts anhaben können. Dies ist unmöglich.«

Hierauf kamen tausend Reiter zusammen und verabredeten sich, daß sie wie das Herz eines einzigen Mannes sein wollten, und ritten den Truppen des Königs Kājisch sieben Tage lang entgegen. Und siehe, sie erreichten den Vortrab des Heeres, fünfhundert Reiter stark. Sie stürzten sich auf sie wie eine Wasserflut und umzingelten sie, denn von den Hidschazarabern kommt ein einziger hundert anderen gleich. Und Emir 'Urwa kam zweitausend Reitern gleich. Als sie sich nun auf sie stürzten und die fünfhundert Reiter zwischen sie geraten waren, kam nur der davon, dem ein langes Leben beschieden war, die übrigen spießten sie auf die Spitzen ihrer Lanzen und die, die dem Tode entronnen waren, nahmen sie gefangen. Und es entkamen von ihnen nur wenige. Dann sammelten sie die Beute von den Erschlagenen, schickten sie mit zehn Reitern in ihre Heimat und ritten weiter.

Und was die Geschlagenen betrifft, die flohen in einem fort, bis sie auf das Heer trafen. Man fragte sie, was mit ihnen geschehen sei, da berichteten sie, was ihnen zugestoßen war. Und von jenen fünfhundert hatten sich nur zwanzig Reiter gerettet und die übrigen waren tot auf der Erde geblieben. Dies war für sie niederschmetternd und sie sprachen: »Bei Gott, wenn wir nicht etwas unternehmen und nicht etwas zustande bringen, was uns Vorteil bringt, wird uns der König Kājisch gering schätzen, und vielleicht läßt er unseren Sold herabsetzen. Und es wäre richtig, wenn wir uns in zwei Abteilungen aufteilten, jede Abteilung in der Stärke von siebentausend und fünfhundert Mann. Eine Abteilung wird kämpfen und die zweite in jenes Land ziehen, Hab und Gut und Kinder rauben und die Frauen gefangen nehmen. Dann taten sie, wie sie es beschlossen hatten; eine Abteilung blieb zum Kampfe bereit und die zweite zog auf einem anderen Wege ins Gebirge. Dann warfen sie sich auf sie, raubten ihr Hab und Gut und ihre Kinder und nahmen die Frauen gefangen. Unter diesen war auch die Gemahlin des Emirs

ʿUrwa. Sie schlugen einige von den Männern tot, kehrten zurück und zogen nach al-Madāʾin[1] zum König Kājisch.

Und was die zweite Abteilung betrifft, die stieß auf die arabischen Reiter, und es entbrannte der Kampf zwischen ihnen. Und heftig wurde das Hauen und Stoßen vom Morgen bis zum Sonnenuntergang. Dann trennten sich die zwei Gegnerscharen und sie verbrachten die Nacht, sich gegenseitig bewachend, bis zum Morgen. Dann kämpften sie weiter, bis die Hidschazaraber über das Heer die Oberhand gewannen. Und siehe, ein Eilbote kam zu den Hidschazarabern und meldete ihnen, daß Truppen sie überfallen, Hab und Gut geraubt und ihre Frauen gefangen genommen hätten. Als nun der Emir ʿUrwa dies hörte, senkte er sein Haupt zum Kopf seines Sattels nieder, zückte sein Schwert und stürzte sich auf die Truppen wie ein Löwe; seine Gefährten folgten ihm und taten, wie er es getan hatte. Es verging dann kaum eine Stunde, in der der Kampf wogte; die Männer sanken erschlagen nieder und das Feuer des Gefechts loderte. Und siehe, das Bewußtsein einer Schlappe fing an sie niederzudrücken und für das Quentchen bekamen sie den Zentner auf den Rücken. Da brachen sie in umgekehrter Richtung auf und ergriffen die Flucht in wildem Lauf. Dann verfolgte sie der Emir ʿUrwa bis zum Ende des Tages. Es wurden viele von ihnen erschlagen und viele gefangen genommen. Und es waren dreihundert persische Reiter, die gefangengenommen wurden. Und unter ihnen war auch der Vetter des Königs Kājisch. Es starben fünfhundert Reiter und die übrigen flohen. Darauf packten die Wüstenaraber ihre Zelte zusammen und ihre Habe, die sie erbeutet hatten, und schickten es ins Land Hidschaz. Hierauf

1. *Al-Madāʾin* war die arabische Benennung Ktesiphons, der Residenz der Sasaniden.

machten sie sich auf, um nach der Stadt des König Kājisch zu ziehen. So war es ihnen ergangen.

Was nun die zweite Abteilung betrifft, die zog in einem fort mit den Frauen der Wüstenaraber, bis sie zum König Kājisch kamen. Als er sie nun erblickte und die Frauen sah, staunte er, besonders als er die Frau des Emirs ʻUrwa anblickte. Da sagte er zu seinen Höflingen: »Bei Gott, es gibt kein Mädchen, das so aussieht wie dieses, weder unter den Arabern, noch unter den Persern.« Dann stellte er ihnen Fragen, sie berichteten ihm, was sich zugetragen hatte, daß sie sich in zwei Abteilungen aufgeteilt hätten, eine habe die Frauen herbeigeführt, während die zweite zum Kampfe und zum Ringen zurückgeblieben sei. Da sprach der König: »Dieser Rat war richtig und morgen wird die zweite Abteilung kommen und mit ihr die Hidschazaraber, gefangen und mit Stricken gebunden. Dann wies er den Frauen einen abgesonderten Raum an und wollte das Mädchen, die Gattin des Emirs ʻUrwa, für sich nehmen und mit allein bleiben. So schickte er seine Amme zu ihr mit der Bitte, sich vor dem König einzufinden. Da fiel sie das Mädchen an, packte sie am Kragen, zog sie an sich, bis sie über ihrem Arm lag, und warf sie zu Boden, so daß sich ihre Knochen mit ihrem Fleisch vermengten und der Geist sie verließ. Das hörte der König, da sagte er: »Die wird sich schon bald etwas sagen lassen und sich fügen, wenn ihr Gemahl und seine Schar kommen, gefangen und mit Stricken gefesselt.«

Während er so sprach, siehe, da traten die Geschlagenen herein, zu zweit und zu zehnt, indem sie nicht einmal jetzt an ihre Rettung glauben wollten. Er fragte sie, was mit ihnen geschehen sei, und sie sagten ihm: »Unser Äußeres zeigt es besser als Worte, und der rote Tod kommt hinter uns.« Dann fragte er nach seinem Vetter, da sagten sie ihm, er sei gefangengenommen und mit Stricken gebunden worden. Da ist ihm sein gewalttätiges Verhalten zu dem Mädchen vergangen, und er sprach bei sich: ›Wir werden unseren Vetter und die übrigen Männer für jenes Mädchen und die Frauen loskaufen‹.«

Als es nun Abend wurde, dachte der König in seinem Herzen nur an das Mädchen und seine Liebe entbrannte. Da stand er sofort auf, trat zu den Frauen der Hidschazaraber und fand jenes Mädchen unter ihnen, als ob es der Mond am Horizonte des Himmels wäre, und man könnte ihm Rosen von den Wangen pflücken. Da verwirrte sich sein Verstand. Er warf sich auf sie, ohne zu wissen, was ihm von der Ewigkeit her beschieden war, und wollte sie aus der Mitte der Frauen nehmen und mit ihr allein bleiben. Doch sie war flinker als der Blitz, ergriff den Handschar von seinem Gurt und stach ihn so in die Kehle, daß die Spitze des Dolches aus seinem Nacken hervorkam. Da erhoben sich die übrigen Frauen und sagten: »Warum hast Du das getan?« »Wir sterben ehrbar«, entgegnete sie ihnen, »und sterben nicht unter dem Verdacht des Ehebruchs und der Unzucht.«

Als nun der König tot zu Boden gefallen war, brach im Schlosse Bestürzung aus, und man rief: »Man hat den Sultan ermordet!« Nun hörte sein Bruder, der im Kerker war, davon. Seine Parteigänger kamen zu ihm und befreiten ihn. Er kam zum König Kājisch und fand ihn, wie er tot auf dem Boden lag lang hingestreckt, vom eignen Blute ganz befleckt. Da fragte er, wie es geschehen sei und man berichtete ihm, wie es dem König mit dem Mädchen ergangen war, daß es ihn getötet hatte und ihm nicht zu Willen wurde. Und sie fanden es, als es den Handschar noch in der Hand hielt und dort stand.

Als er sich nun davon überzeugt hatte, dankte er dem Mädchen für seine Tat. Darauf verlieh er ihm ein kostbares Ehrengewand, wies ihm und den übrigen Frauen eine Behausung zu und bestimmte für sie ausreichende Zuteilungen an Wasser und Vorräten.

Hierauf setzte er sich an seines Bruders statt auf den Thron und sagte: »Könige sollen keine Treubrecher, sie sollen redliche Männer sein. Bei Gott, wenn dieses Mädchen ein Mann wäre, gäbe es nichts Passenderes für es, als Ratgeber der Könige zu sein.« So war es ihnen ergangen.

Was nun den Emir ʿUrwa und seine Schar betrifft, die wandten sich der Stadt des Königs Kājisch zu, nachdem sie getötet, gefangengenommen und Beute gesammelt hatten. Sie ritten dann ohne Unterlaß, bis sie zur Stadt des Königs kamen, der nach dem Tode seines Bruders die Herrschaft angetreten hatte. Und er hieß Ardaschīr. Als man ihm nun die Ankunft der Reiter aus dem Hidschaz meldete, kamen er und seine Würdenträger im feierlichen Aufzug mit Fahnen, Standarten und Trompeten zu ihnen. Als nun die Hidschazaraber sie erblickten, betrachteten sie den Aufzug und sagten: »Dieser Aufzug sieht nicht kriegerisch aus.« Da blieben sie stehen und ritten nicht weiter. Wie sie nun der König Ardaschīr sah, trennte er sich mit zwei anderen und seinem Wesir von den übrigen und ritt zu den Hidschazarabern, begrüßte sie, wünschte ihnen langes Leben und hieß sie willkommen.

Darauf trat der Wesir zum Emir ʿUrwa und erzählte ihm vom Tode des Königs Kājisch, und wie er sich auf jene Frau geworfen hatte und mit ihr die Ehe brechen wollte, daß sich dann das Mädchen erhoben, den Handschar von seinem Gurte gezogen, ihn erstochen und getötet hätte, und daß der

König Ardaschīr der Frau dafür, was sie getan hatte, dankte, und daß er ihr Ehren erwies. Da stieg der Emir ʿUrwa von seinem Pferde ab, trat artig an den König Ardaschīr heran und küßte ihm den Fuß im Steigbügel. Der Sultan befahl ihm dann aufzusitzen. Er saß also auf und sie ritten zur Stadt. Und der Sultan setzte sich in seiner Würde auf den Thron seiner Königsherrschaft nieder, verlieh dem Emir ʿUrwa ein Ehrengewand, ihm und seiner Schar, und räumte ihnen eine abgesonderte Behausung ein.

Und in der Nacht traf der Emir ʿUrwa mit seiner Frau zusammen, sie grüßten einander, und sie erzählte ihm, was geschehen war, wie sich der König auf sie gestürzt und sie ihn mit dem Handschar getötet hatte. Da freute er sich darüber.

Und am Morgen saßen er und seine Schar auf, um sich zum König Ardaschīr zu begeben. Dann traten sie ein und begrüßten ihn. Er erwiderte ihren Gruß, hieß sie willkommen und befahl ihnen, sich zur Beratung niederzusetzen. Und so war es immer bei Festmählern und Beschenkungen dreißig Tage lang Brauch.

Darauf baten sie ihn um Erlaubnis, in ihr Land und ihre Heimat zurückziehen zu dürfen. Er bewilligte es, nachdem er ihnen etwas Geld und Geschenke gegeben hatte. Sie rüsteten sich dann, bis sie am Morgen aufsaßen, um vom König Abschied zu nehmen. Sie traten bei ihm ein, begrüßten ihn, wollten von ihm Abschied nehmen und sich auf den Weg machen.

Da sahen sie bei ihm einen Gesandten, einen Perser, über den der König voller Sorge und Nachdenken war. Da blieb der Emir ʿUrwa allein mit dem Wesir und sagte zu ihm: »Was gibt es?« Er sprach: »Der König ist verpflichtet, jährlich einem König der Perser eine Truhe Geld zu schicken, weil dieser mächtiger ist als er. Doch unter diesen Umständen hat er kein Geld und auch in den folgenden Jahren nicht.« Da sagte Emir 'Urwa: »Keineswegs! Bei Dem, der den Himmel ohne Säulen in die Höhe erhoben hat, der König Ardaschīr wird von diesem Jahre an weder eine Truhe Geld, noch etwas anderes abführen.« Dann trat er zum König und sagte: »O größter König dieser Zeit, wie kommt es, daß du eine Truhe Geld als Tribut abführen mußt? Bei Gott, das sollte nicht geschehen! Wir sind es, die ihn kennen, und er wird uns kennen lernen. Der Tribut wird nicht gezahlt.« Und er schrie den Gesandten so an, daß er ihn verblüffte und verwirrte und sagte zu ihm: »Packe dich und geh zu deinem Herrn! Er soll machen, was er vermag! Bei Gott, wärst du nicht in der Gegenwart des Königs, würde ich dir mit diesem Schwerte den Hals abschlagen.« Da sagte der König zu ihm: »Warum, o 'Urwa, verhältst du dich so?« »O größter König dieser Zeit«, erwiderte er ihm, »sei frohen Sinnes und dein Auge möge erfreut und dein Herz ruhig sein! Wir werden nicht eher in unser Land ziehen, bevor wir diese Angelegenheit nicht zu eueren Gunsten erledigt haben. Es ist doch unmöglich, daß du den Tribut zahlst. Bleib nur hart, er soll machen, was er vermag! Bei Gott, wäre dieser Gesandte an diesem Orte dreist gewesen, ich hätte ihm gewiß den Kopf abgeschlagen. Doch er wird zu seinem Herrn gehen, um ihm Bericht zu erstatten.« Darauf verließ der Gesandte den König Ardaschīr und brach zu seinem Herrn auf.

Er zog dann ohne Unterlaß, bis er in seine Stadt gelangte und in einem bedauernswerten Zustande bei seinem Herrn eintrat. Der fragte ihn, aus welchem Grund er ohne die Truhe käme. Nun erzählte er ihm, was der Emir 'Urwa gesagt hatte.

Da setzte sich der König nieder, dann fuhr er in die Höhe wieder, wütend ward er ob dieser Kunde und Schaum stand vor seinem Munde. Und er sprach: »Bei Gott, es geht nicht anders, als gegen ihn ein Heer zu schicken, das ihm die Stadt über seinem Haupte verwüsten soll.«

Dann bot er Offiziere und Würdenträger des Reichs und alle, die vom Sultan lebten, auf, und befahl ihnen, sich einzustellen, um dem Könige zu folgen. Es verging dann nur eine geringe Frist, und siehe, es versammelte sich bei ihm ein zahlloses Heer. Und er machte seinen Wesir zum obersten Befehlshaber und beschenkte ihn mit Gut und Habe und dem, woran man sich labe, und mit anderen Dingen, die nötig waren zum Kämpfen und Ringen. Und er rückte aus der Stadt und blieb dort, bis das Heer vollzählig war. Und am vierten Tage ließ er Trompeten blasen, sie luden das Gepäck auf, ritten aus und bewegten sich auf die Stadt des Königs Ardaschīr zu. So war es ihnen ergangen.

Was König Ardaschīr betrifft, der ließ den Emir ʿUrwa zu sich kommen, als der persische Gesandte ihn verlassen hatte, um mit ihm darüber zu beraten, was er anfangen sollte, denn er geriet in große Angst. Emir ʿUrwa sagte zu ihm: »O größter König dieser Zeit, du mußt allein für die Verpflegung des Heeres sorgen.« »Mach, was dir beliebt«, erwiderte er, »Gott möge deinen Taten Erfolg spenden!«

Da sandte der Emir ʿUrwa zu sämtlichen Stämmen der Wüstenaraber, auf die er sich zur Zeit des Kampfes und Ringens verlassen konnte. Nach einiger Zeit dann, siehe, da stellten sich die Reiter der Stämme der Wüstenaraber bei der Stadt des Königs Ardaschīr ein und schlugen draußen vor der Stadt ihre Zelte auf. Und der König und der Emir ʿUrwa ritten zu den Reitern hinaus. Der König begrüßte sie und wies jeder Abteilung zu, was sie an Vorrat und Futter brauchte.

Und siehe, es kamen Nachrichten über das Heer jenes Perserkönigs, daß es in die Nähe der Stadt gekommen und nur eine Tagreise von ihr entfernt wäre. Da rüstete sich Emir ʿUrwa, er und fünfhundert Reiter, und beauftragten den König und den Rest der Truppen, sich selbst zu bewachen.

Dann ritt der Emir ʿUrwa des Nachts, bis er ans Heer der Perser stieß und legte sich im Gebirge in den Hinterhalt. Als sich nun das persische Heer in der Nacht niederließ und ausruhen wollte, erhob sich der Emir, ordnete die fünfhundert Reiter, teilte sie in vier Abteilungen und bestimmte für sie ein Zeichen zum Angriff während des Dunkels der Nacht.

Sobald sich nun das Heer der Perser todmüde niedergelassen hatte, schliefen sie in den Zelten ein. Als es Mitternacht war, da erschienen die Araber von vier Seiten aus dem Hinterhalt, stießen zugleich ein Geschrei aus und stürzten sich auf sie, während sie schliefen, und ließen das Schwert unter ihnen wüten. Ohne daß sie nun etwas geahnt hätten, umzingelten sie die fünfhundert Reiter von allen Seiten. Nur wenige von ihnen erreichten die Rücken ihrer Pferde und strebten dem weiten Lande zu. Und von den übrigen Kriegern starben die einen durch das Schwert und die anderen wurden gefangengenommen. Dann kam der Emir ʿUrwa zum Zelt des Wesirs, da fand er ihn, wie er verwirrt dastand, ohne zu wissen, was er anfangen sollte. Er trat an ihn heran und schrie ihm so ins Angesicht, daß er ihn betäubte. Dann hieb er ihn mit dem flachen Schwerte nieder. Und als er vor Schrecken zu Boden fiel, band er ihn an Armen und Lenden fest und trieb ihn gedemütigt und elend zu seinen Gefährten hin. Bevor nun der Tag angebrochen war, bemächtigte sich der Emir ʿUrwa bereits der von den geschlagenen Truppen hinterlassenen Beute, nahm sowohl sie als auch die Gefangenen und wandte sich zur Rückkehr in die Stadt, bis er dort ankam.

Und der König Ardaschīr stand dort voller Angst um den Emir ʿUrwa. Als er ihn nun erblickte und mit ihm die Beute und die Gefangenen, ging er ihm entgegen, begrüßte ihn und stellte ihm Fragen. Da berichtete er ihm, was geschehen war, übergab ihm die Gefangenen und den Wesir und sprach zu ihm: »O König, bei Dem, der jedem Ding seine Ursache bestimmt hat, dieser Wesir wird nicht eher aus deiner Hand freigelassen werden, bevor er nicht zu seinem Herrn schickt und der sich verpflichtet, dir jedes Jahr eine Truhe Geld als Tribut zu senden. Und wir werden mit ihm alles das abrechnen, was er von dir in der verflossenen Zeit genommen hat.« So war es ihnen ergangen.

Und was den Sultan der Perser betrifft, der setzte sich jeden Tag auf den Thron seiner Königsherrschaft, während die Würdenträger des Reichs ihm zu Diensten standen, und er pflegte sich mit ihnen zu unterhalten und zu sagen: »Noch bis morgen und dann werden uns Nachrichten vom Wesir erreichen, daß er die Stadt des Königs Ardaschīr verwüstet hat und ihn gefangen mit sich bringt. Und wir werden ihn Anstand lehren und ihm drohen und für jedes Jahr zwei Truhen auferlegen.« Und jeden Tag sprach er diese Worte. Während er nun eines Tages so saß, brach ein Lärm und Geschrei in seinem Palaste aus. Da fragte er danach und siehe, die Geschlagenen traten zu ihm, nackt, barfuß, und klagten mit lautem Geschrei über das große Unheil, das geschehen sei. Er fragte sie, was mit ihnen wäre, und sie berichteten ihm, was für ein Überfall im Dunkel der Nacht sich zugetragen hatte, und daß man ihre Leute totgeschlagen, ihr Hab und

Gut geraubt und den Wesir gefangengenommen habe, ihn und eine zahlreiche Schar. Sobald er von der Gefangennahme des Wesirs hörte, tauchte vor seinen Augen der Tag der Auferstehung auf, diese Begebenheit traf ihn schwer, und er blieb in diesem Zustande, ohne zu wissen, was er anfangen sollte. Da sagten die Großen seines Reiches: »Gedulde dich, o größter König dieser Zeit, bis die Nachricht vom Wesir kommt.«

Und der Wesir, als man ihn gefangengenommen hatte, schrieb seinem Herrn einen Brief und sagte ihm darin: »Der Emir der Hidschazaraber hat geschworen und hat in seinem Schwur beteuert, daß er mich totschlägt, wenn du nicht zurückgibst, was du dem König Ardaschīr genommen hast, und dich nicht verpflichtest, eine Truhe von Jahr zu Jahr zu schicken.«

Als diese Nachricht des Wesirs ihn erreicht, und er sich dieser Nachricht vergewissert hatte, bedrückte sie ihn schwer, und er hielt Rat mit seinen Würdenträgern. Sie sagten zu ihm: »Sende ihm das Lösegeld und sende ihm eine Truhe Geld, unterwirf dich ihm im Schreiben! Und was verflossen ist, das kehrt nicht mehr zurück. Und versprich ihm eine Truhe jedes Jahr!« Da tat er, wie sie ihm es geraten hatten, sandte das Lösegeld für den Wesir und eine Truhe Geldes, schrieb dem König Ardaschīr Briefe, unterwarf sich ihm und versprach ihm jedes Jahr eine Truhe. Und er sandte dies alles mit einem seiner Kämmerer.

Der reiste nun, bis er zum König Ardaschīr gelangte, gab ihm sämtliches Geld und überreichte ihm die Briefe. Er las sie in Gegenwart des Emirs ʿUrwa und sagte zu ihm: »Was sagst du dazu?« Er antwortete: »Lasse den Wesir frei!« Er setzte ihn also in Freiheit und ließ ihn vor sich führen. Da sagte der Emir ʿUrwa: »Du wirst zu deinem Herrn gehen und wirst ihm Bericht erstatten. Und wenn er dem König Ardaschīr nicht jedes Jahr eine Truhe schickt, so machen wir uns gegen ihn auf, setzen ihn von seinem Königsthrone ab und verwüsten sein Land.« Und er sandte ihn mit dieser Botschaft ab.

Hierauf bat der Emir ʿUrwa um Erlaubnis, in sein Land ziehen zu dürfen. Der König erlaubte es und gab ihm das ganze Geld, das von Perserkönig gekommen war, und stattete ihn auf den Weg so gut aus, wie es nur möglich war.

DIE GESCHICHTE VON MŪSĀ UND IBRAHĪM

Man erzählt, daß ein Mann in einer Ortschaft wohnte und sein Freund in einer anderen. Der eine hieß Mūsā und der andere Ibrahīm.

Da verließ einmal Mūsā seine Ortschaft und kam, um seinen Gefährten Ibrahīm zu besuchen. Und er ging in einem fort, bis er zu ihm kam und mit ihm zusammentraf. Dieser empfing ihn freundlich, erwies ihm Ehren und zeichnete ihn aus. Und er ließ ihm das Nachtmahl bereiten und lud ihn für den Abend ein.

Und Ibrahīm hatte eine kleine, anmutige Tochter. Als dann Mūsā mit ihm das Haus betrat, bediente sie die Tochter, indem sie ihnen Speisen vorsetzte, ihnen die Hände wusch und das tat, was die Umstände forderten.

Da lenkte der Gast seine Aufmerksamkeit auf die Tochter des Hausherrn und sagte zu ihm: »Möge dir Gott Segen spenden in deiner Tochter! Bei Gott, sie ist anmutig. Und wenn sie etwas älter wäre, möchte ich sie heiraten.« »Ich lasse sie für dich ein oder zwei Jahre«, antwortete er ihm, »bis sie erwachsen ist und vermähle sie mit dir.« Doch er sagte zu ihm: »Wir wollen abwarten, ob wir dann noch leben.« Und sie sprachen nicht mehr davon, sondern sprachen über etwas anderes, bis das Nachtmahl zu Ende war, und der Gast ihn verließ.

Dann trat der Mann, der Hausherr, bei seiner Gattin ein und sagte zu ihr: »Weib, unser Freund Mūsā warb bei mir um die Tochter, um sich mit ihr zu vermählen, und ich gewährte es ihm.« Da sprach seine Gattin zu ihm: »Mann, wie kannst du die Tochter verheiraten wollen, wenn unser Haus verwahrlost und unsere Halle baufällig ist? Nehmen wir an, daß er sie geheiratet hat und sie wird schwanger von ihm und gebiert einen Sohn, und der Knabe wächst und wird drei Jahre alt. Und er kommt, erblickt die Halle, steigt zu ihr empor und die baufällige Halle stürzt mit ihm herunter und der Knabe stirbt. O, weh dem Sohne meiner Tochter!« Und die Frau fing an zu schreien und zu rufen: »Was für ein Unglück für mich! Weh dem Sohne meiner Tochter!«

Als sie nun die Frauen der Nachbarn hörten, kamen sie zu ihr gelaufen, da sie meinten, daß ihr Gatte oder ihre Tochter gestorben seien. Doch sie fanden ihren Gatten und ihre Tochter am Leben. Da sagten sie zu ihr: »Weib, was ist dir denn?« Sie antwortete ihnen: »Der Sohn meiner Tochter ist von der Halle heruntergefallen, und ist tot.« Da sagten sie zu ihr: »Wo ist denn der Sohn?« Sie erwiderte: »Er ist heruntergefallen.« Die Nachbarsfrauen sagten zu ihr: »Hast du noch eine andere Tochter als diese?« Sie antwortete: »Ich habe keine Tochter außer ihr.« Da sprachen sie zu ihr: »Und wessen Sohn ist der Knabe?« Sie versetzte ihnen: »Sohn dieser Tochter.« Sie sagten zu ihr: »Diese deine Tochter kann weder empfangen, noch gebären, sie ist zu jung.« Da sagte sie zu ihnen: »Sie wird heiraten.« »Und du weinst«, fragten sie sie, »und schreist im voraus?« Da lachten die Nachbarinnen sie aus und zweifelten an ihrem Verstand, da ihr Verstand wie der der Berber war; denn einigen von ihnen ist folgendes zugestoßen:

DIE GESCHICHTE VON DEN BERBERN

Es waren einige Berber in einer Ortschaft und dort gab es einen Markt. Da kaufte ein jeder von ihnen rote Schuhe. Dann gingen sie fort.

Als sie nun den Weg zur Hälfte zurückgelegt hatten, setzten sie sich nieder, um auszuruhen. Und jeder von ihnen zog seine Schuhe an und streckte die Füße aus. Und alle saßen in einer Reihe mit ausgestreckten Füßen. Und sie waren schwarz und die Schuhe rot. Da sagten sie zu einander: »Unsere Füße sind alle gleich.« Und sie meinten, daß sie die Füße verwechselt hätten und keiner war imstande, seine Füße zu erkennen. Da sagten sie: »Wer sagt uns jetzt, welche Füße jedem einzelnen gehören, damit jeder seine Schuhe nimmt?«

Und siehe, ein Bursche kam zu ihnen, da hörte er sie sagen: »Wer wird uns sagen, welche Füße wem gehören, damit jeder seine Schuhe nimmt?« Da nahm der Bursche einen Stock aus Granatapfelholz und schlug sie damit, einen nach dem anderen. Jeder dann, den er schlug, fühlte Schmerzen in seinen Füßen, zog sie an sich und sagte zu dem Burschen: »Möge Gott dir Segen spenden, der du uns hast wissen lassen, welche unsere Füße sind!« Dann zog der Bursche ihnen die Schuhe ab, verließ sie und ging fort.

Und siehe, ein anderer Berber kam zu ihnen, als sie dort saßen, der einen Krug voll Honig auf der Schulter trug, und sagte zu ihnen: »Friede sei mit euch, liebe Vettern!« Sie erwiderten seinen Gruß. Dann fragte er sie: »Was ist denn mit euch, daß ihr da sitzt, ihr Verzweifelten, ihr Gescheiterten? Und ihr ruht aus und habt nichts in der Hand vom Markt für euere Frauen, womit ihr nach Hause kommt.« Da erzählten sie ihm die Geschichte mit den Schuhen. Als er nun das hörte, ergriff er den Honigkrug mit beiden Händen, hob ihn auf, warf ihn zu Boden und sprach zu ihnen: »Ich schneide mir den Hals durch und mein Blut wird fließen wie dieser Honig da! In keinem von euch ist ein bißchen Verstand!«

Und ein anderer stand dort, der sie beobachtete. Dieser sagte: »Es ist klar, daß du Verstand hast. Was deine Gefährten betrifft, ist jeder von ihnen um seine Schuhe gekommen, du bist jedoch um den Krug Honig gekommen. Dein Verstand ist ebenso gering, wie ihrer.«

Da taten die Berber sich zusammen und zogen des Weges. Und sie gingen ohne Unterlaß, bis sie in ihre Ortschaft kamen und jeder von ihnen ging in sein Haus.

Und der Besitzer des Honigkruges, der ihn mit eigener Hand zerschlagen hatte, trat in sein Haus ein, da sah er, daß seine Frau ein rotes seidenes Kleid trug, vor dem Ofen saß und Brot backte. Als er nun bei ihr eintrat, wandte sie sich zu ihm und sagte zu ihm: »Du warst auf dem Markt?« Er antwortete ihr: »Ich war auf dem Markt.« Doch er war niedergedrückt und verlegen. Da sagte sie zu ihm: »Und du warst auf dem Markt und trittst mit leeren Händen ein und wie vertrottelt?« Er antwortete ihr: »Ich bin vertrottelt wegen meiner Vettern.« Sie fragte: »Warum?« Er sprach: »Ich kam des Weges mit einem Krug Honig. Da fand ich sie, wie sie saßen und gar nichts bei sich hatten. Ich fragte sie nun, was mit ihnen wäre, sie sagten mir dann, daß jeder von ihnen Schuhe gehabt hätte. Doch ein Bursche habe sie genommen.« Sie fragte ihn: »Und wie hat er sie genommen?« Er sprach: »Sie setzten sich nieder und zogen sie an, dann wurden sie verwirrt und keiner von ihnen konnte sich selbst erkennen. Da kam der Bursche und machte sie mit sich selbst bekannt und nahm alles, was sie hatten. Als sie mir dies sagten, nahm ich den Krug, in dem der Honig war, und warf ihn zu Boden, da zerbrach er und aller Honig ergoß sich aus ihm. Da sagte ich: »Mein Blut wird ebenso fließen wie dieser Honig, wenn mein Hals durchschnitten ist. In euch ist kein bißchen Verstand.« Wie nun seine Frau dies hörte, erhob sie sich eilig, zog das rote Kleid aus, stand da nackt und warf es ins Feuer, so daß es verbrannte. Dann sagte sie zu ihm: »Ich will wie dieses Kleid verbrennen, wenn du und deine Vettern überhaupt Verstand habt!»

Und siehe, eine Frau trat zu ihnen ins Haus, während sie darüber sprachen, und sagte zu ihr: »Hast denn du Verstand, du, die ihr Kleid verbrannt hat? Ihr Berber seid jenen zwei Wesiren, den Brüdern, gleich. Diese Geschichte ist wie ihre Geschichte.

Und es geschah infolge der Vorbestimmung, daß der Emir jener Ortschaft vorbeiritt und hörte, wie sie diese Worte sprach. Da blieb er stehen und sagte: »Holt sie mir!« Seine Wachleute traten also hinein und holten sie. Er fragte sie dann aus und sie sagte ihm, daß sie diese Geschichte von ihrem Gatten gehört habe. Da ließ er sie stehen und schickte nach ihrem Gatten, nachdem er sich in sein Haus begeben hatte und ließ ihn vor sich kommen.

Als nun ihr Gatte bei ihm eintrat, begrüßte er den Emir. Er erwiderte seinen Gruß und befahl ihm, sich niederzusetzen.

Er setzte sich nieder, und er begann sich mit ihm zu unterhalten, bis die Nachtzeit eintrat. Da sagte der Emir jenem Manne: »Ich verlange von dir, mir die Geschichte von den zwei Wesiren, den Brüdern, zu erzählen und über die wunderbaren Dinge, die sich mit ihnen durch die Fügungen des Schicksals zugetragen haben.« Da sagte der Mann: »Bei Gott, hoher Herr, die Geschichte von den zwei Wesiren, den Brüdern, enthält etwas Wunderbares in den Ereignissen, die sich zwischen ihnen zugetragen haben, wie sie sich gestritten und sich wieder versöhnt haben.

DIE GESCHICHTE VON DEN ZWEI WESIREN, AHMAD UND MUHAMMAD, UND IHREN KINDERN

Man erzählt – doch Gott kennt alle Seine Geheimnisse am besten – folgendes von den längst vergangenen Geschichten der früheren Könige: Es war einmal im Lande China ein König, der zwei Wesire hatte, zwei Brüder, die gerecht waren, so daß sich auf der Erdoberfläche kein gerechterer und aufrichtigerer befand, der über die Diener Gottes urteilte. Und sie waren einig bis aufs letzte Wort, und der König erfreute sich ihretwegen der höchsten Ruhe und wußte nichts von sämtlichen Angelegenheiten des Reiches, weil er die beiden Wesire hatte, die das Walten der Regierung kannten und sich nach dem richteten, was sie für lauter hielten. Und alle Einwohner der Städte und Länder und die Würdenträger und Diener waren mit ihnen zufrieden, weil sie bei ihnen Gerechtigkeit und Billigkeit sahen.

Doch das Sprichwort sagt: ›Wenn die Vorbestimmung

fällt, wird blind das Gesicht, und gegen das Beschiedene hilft die Vorsicht nicht.‹

So war es, bis eines Tages der König auf Jagd und Hetze und zu einem Ausflug in die Gärten ausreiten wollte, ohne zu wissen, was ihm Gott, der Erhabene, vorbestimmt hatte. Sein Herz war ruhig, weil die zwei Wesire da waren, und er wußte und war sicher, daß sie nach seiner Abreise, solange er unterwegs war, ihn in den Regierungsgeschäften ersetzen würden. Hierauf ritt der König aus, er und einige seiner Würdenträger, und die zwei Wesire waren an seiner Statt eingesetzt, um Gericht zu sprechen über die Leute.

Die zwei Wesire waren aber Junggesellen und waren weder mit Mädchen aus guten Familien vermählt, noch hatten sie Sklavinnen und Kebsweiber, und ihre Seelen sehnten sich nicht nach Weibern. Und so oft sie der König zum Heiraten zu bewegen suchte, wehrten sie sich gegen ein Ehebündnis, weil es eben so vorbestimmt war.

Sie saßen nun, indem sie an des Königs Statt regierten, bis sie eines Tages miteinander allein blieben und überhaupt niemand bei ihnen war. Da sagten sie: ›Wenn wir uns einander gleich und Brüder sind, bei Gott, so ziemt es uns nicht, daß wir uns vermählen, außer es wäre mit zwei Mädchen, leiblichen Schwestern, mit denselben Ansichten, die sich gegenseitig lieben, die sich in der Liebe ebenso benehmen werden, wie wir uns benehmen, und zwischen denen kein Mißverständnis bestünde.‹ Da sagte der eine von ihnen zu seinem Bruder: ›Lieber Bruder, wir werden zwei Schwestern heiraten. Und deine Gemahlin bringt ein Mädchen und meine Gemahlin einen Knaben zur Welt. Und wenn sie groß werden, nehme ich deine Tochter für meinen Sohn.‹ Da richtete sich sein Bruder auf und sprach: ›Wieso? Du nimmst meine

Tochter für deinen Sohn? Und was wirst du denn geben, um mich für meine Tochter zufriedenzustellen? Bei Gott, du wirst meine Tochter nicht nehmen, und dein Sohn wird sie niemals erblicken.‹ Da stand auch sein Bruder auf und sagte: ›Bei Gott, ich nehme deine Tochter für meinen Sohn gegen deinen Willen.‹ So kam es zwischen ihnen zum heftigen Streit. Dies hörten die Höflinge und Würdenträger, liefen bei ihnen zusammen, nachdem die Wesire in einen so heftigen Streit geraten waren, daß sie gegeneinander die Waffe gezückt hatten. Da stellten sich die Leute zwischen sie, rissen sie auseinander und jeder der Anwesenden wunderte sich und sprach: ›Was geht denn vor? Bei Gott, dies ist eine merkwürdige Sache, denn es gab niemanden, der den zwei Wesiren in Liebe und Eintracht zueinander ähnlich gewesen wäre, und es war kein Unterschied zwischen ihnen. Dies ist eine sonderbare Sache! Und was ist denn die Ursache dieses Streites und der traurigen Vorfälle zwischen ihnen?‹

Und einer von den zwei Wesiren hieß Muhammad und der zweite hieß Ahmad. Und Ahmad war es, der zu seinem Bruder sagte: ›Wir werden uns mit zwei Mädchen, zwei Schwestern, vermählen. Und deine Gemahlin bringt ein Mädchen und meine Gemahlin einen Knaben zur Welt. Und ich nehme deine Tochter, vermähle sie mit meinem Sohn.‹ Und dieses Gespräch hatte den Streit hervorgerufen.

Dann trat einer von den Reichsgroßen zu dem, der Muhammad hieß und sagte zu ihm: ›Hoher Herr, was ist die Ursache eueres Streites und der traurigen Vorfälle, die sich zwischen euch ereigneten?‹ Da erzählte er ihm von dem Gespräch, das vorausging. Er sprach: ›Bei Gott, hoher Herr, wenn ihr euch so benehmt, wie soll der handeln, der tiefer steht als ihr?‹ Da sprach der, dessen Name Muhammad war: ›Warum sagte er: „Ich werde um deine Tochter für meinen Sohn werben und ihn mit ihr vermählen.“ Dies kann doch erst geschehen, wenn die Höhe ihres Brautgeldes ausgemacht ist.‹ Da wandten sich die Anwesenden zueinander und sprachen: ›Es gibt keinen Zweifel, daß der Wesir Muhammad am Verstande irre wurde, wenn er solche Worte sprach, da er unvermählt ist und weder ein Mädchen, noch einen Knaben, noch eine Gemahlin hat. Sie sitzen und führen leere Reden zum Vergnügen. Wären sie jedoch verheiratet und hätten sie eine Nachkommenschaft, dann wäre es angebracht, so zu sprechen.‹ Hierauf gingen sie fort und verließen sie, während sie gegenseitig weiter tobten.

Der Wesir Ahmad, der zum Vergnügen geredet hatte, der blieb still, sagte nichts mehr und gab keine Antwort. Aber sein Bruder, der geduldete sich bis zum Ende der Nacht, nahm unverzüglich alles, was er hatte und worüber seine Hand gebot, damit das, was nach dem Ratschluß Gottes geschehen sollte, geschehe.

Und er hatte zehn schwarze Sklaven, die nahm er alle und ritt, bis er hinter die Stadt gelangte und machte sich auf den Weg, ohne sich einem bestimmten Orte, den er im Sinne gehabt hätte, zuzuwenden. Und er ritt, bis es tagte.

Da sah er, daß er zwischen Berge, Sandflächen und Hügel geraten war. Und er ritt in einem fort weiter, bis zum Ende des Tages, doch es tauchte kein Dorf und keine Stadt auf.

Als ihn dann die Nacht überfiel, legte er sich in einer sandigen, bergigen Gegend nieder, fand aber kein Wasser an dem Rastplatz. Dann saßen er und seine Sklaven dort und er dachte nach, was er anfangen sollte, während seine Sklaven sich miteinander unterhielten und sprachen: ›Bei Gott, unser Herr, der Wesir, ist verrückt, weil er erzürnt von seinem Bruder, dem Wesir Ahmad, fortgegangen ist, der ihm gesagt hat: „Ich nehme deine Tochter für meinen Sohn", dabei haben sie beide weder eine Gemahlin noch ein Kind. Ihr Verstand ist wie der Verstand der Berber. Und er ritt wütend fort, ohne zu wissen, was er anfangen sollte. Und wir Sklaven leiden darunter.‹ So unterhielten sie sich untereinander. Ihr Herr jedoch saß allein abseits bis Mitternacht, in Gedanken versunken. Dann schliefen er und auch die Sklaven ein. Preis sei Dem, den kein Schlaf befällt, und den weder Schlummer noch Schläfrigkeit gefesselt hält!

Und siehe, schon näherte sich ihnen der Morgen, als einige Räuber zu ihnen kamen, die ohne Ziel und ohne Vorsatz vorbeizogen. Als sie sich ihnen genähert hatten, fanden sie sie schlafend, und es wachte kein einziger von ihnen. Da kamen sie heran und nahmen alles, was sie hatten, den Hengst des Wesirs Muhammad, und was er an Geld und Habe und Tieren mit sich hatte. Dann gingen sie fort und ließen sie schlafen.

Als nun der Tag über ihnen angebrochen war, erwachten zuerst die zehn Sklaven aus dem Schlaf. Sie kamen gleichzeitig zu sich und wollten ihren Herrn wecken. Da warfen sie einen Blick auf das Gepäck, fanden es aber nicht mehr. Als sie das sahen, fürchteten sie, daß ihr Herr sie totschlagen werde und verständigten sich untereinander. Sie ließen ihren Herrn schlafen, gingen fort inmitten der Berge und zogen davon, ein anderes Land zu suchen. Sie kannten sich jedoch in den Ländern nicht aus. So war es ihnen ergangen.

Was nun ihren Herrn, den Wesir Muhammad betrifft, der schlief in einem fort, bis die Sonne hochstand und ihn mit ihrer Glut brannte. Da wachte er auf, setzte sich aufrecht und schaute nach rechts und links, er fand jedoch nichts, weder von seiner Habe noch von den Pferden. Da schlug er die

Hände zusammen und sprach: ›Es gibt weder Macht noch Stärke, außer bei Gott, dem Erhabenen, dem Allmächtigen! Dies habe ich mir mit eigener Hand zugefügt.‹ Er saß dann immerfort, bis der Mittag nahe war, und stand auf, um in den Bergen umherzuziehen, doch ohne einen Menschen zu finden, und ohne sich an das Zu-Fuß-Gehen zu gewöhnen.

So schritt er ohne Unterlaß weiter, bis zur Zeit des Nachmittagsgebetes. Da überfiel ihn eine übermäßige Müdigkeit. Er setzte sich nieder und schaute nach rechts und links, da fand er einige Kräuter. Er nahm einige davon und aß sie mit Widerwillen, weil er großen Hunger hatte, und verbrachte an jenem Orte die Nacht bis zum Morgen. Dann stand er auf, um weiter zu gehen. Und siehe, er bemerkte Rauch in der Ferne. So folgte er dem Rauch, bis er zu ihm herankam. Und siehe, er fand ein Lager der Wüstenaraber. Er kam zu ihnen. Da empfingen ihn die Frauen des Stammes, schauten ihn an und fanden, daß er wohlhabend aussähe. Sie gaben ihm also etwas zu essen, und er aß, bis er satt war. Er blieb bei den Wüstenarabern drei Tage lang, ohne daß sie ihm eine Frage gestellt hätten, noch er ihnen. Und nach drei Tagen verließ er sie, nachdem er ausgeruht hatte, und er wanderte in den Wüsten und Einöden zehn Tage lang, wobei er Kräuter der Steppe aß und Regenwasser trank.

Und nach dieser Zeit, siehe, erblickte er eine Stadt in der Ferne. Da wandte er sich ihr zu und ging in einem fort, bis er sie ungefähr zur Zeit des Nachtgebetes erreichte. Doch es war ihm unmöglich hineinzugehen. Er verbrachte also die Nacht draußen vor der Stadt bis zum Morgen.

Dann machte er sich auf und wollte hineingehen, er fand jedoch ihre Tore verschlossen. Und ringsherum waren feste Mauern. Er wanderte dann um die Stadt herum, doch er fand keine Stelle, an der er sie hätte betreten können. Da ward er bestürzt und wußte nicht, aus welchem Grund die Tore der Stadt verschlossen waren. Und er traf niemanden, den er hätte fragen können. Da sprach er bei sich: „Mit dieser Stadt ist sicherlich etwas geschehen." Dann blieb er fünf Tage lang vor der Stadt, doch er fand nicht heraus, was mit ihr war. Da überfiel ihn ungeheure Müdigkeit und Niedergeschlagenheit.

Als nun die sechste Nacht anbrach, kam er zur Mauer, kletterte und kroch hinauf, bis es ihm Gott erleichterte, er gelangte obenauf und wollte wieder von der Höhe der Mauer hinabsteigen. Er schaute nach unten, doch er fand keinen Weg, auf dem er herabsteigen konnte. Er saß also droben auf der Mauer und schaute nach rechts und links, und sprach zu sich: „Vielleicht finde ich jemanden, der mich hinabführt." Er fand jedoch niemanden; er blieb also oben auf der Mauer einen Tag und eine Nacht sitzen.

Als die zweite Nacht kam, siehe, näherten sich ihm Fackeln. Und siehe, es war der Befehlshaber der Wache, der ihn bemerkt hatte, wie er auf der Stadtmauer stand. Da sagte er zu seinen Leuten: ›Steigt auf! Holt diesen Mann, den Dieb!‹ Sie stiegen zu ihm hinauf auf einem Weg, den sie kannten, kamen heran, packten ihn, stiegen mit ihm hinab und brachten ihn vor den Befehlshaber der Wache. Und sowohl die Reise als auch die Müdigkeit hatten bereits sein Äußeres verändert. Der Befehlshaber sagte dann zu seinen Leuten: ›Laßt ihn in der Wachstube bis zum Morgen! Dann bringen wir ihn vor den König.‹ Und die Leute des Befehlshabers nahmen ihn und sperrten ihn in der Wachstube ein. Und die Leute des Befehlshabers der Wache sagten: ›Dies ist ein Dieb!‹

Als nun der Morgen anbrach, nahmen sie ihn, brachten ihn

zum König der Stadt und stellten den Wesir vor ihn. Er begrüßte ihn und flehte auf ihn das Fortbestehen des Ruhmes und langes Leben herab und bezeugte ihm seine Ehre. Als nun der Sultan sah, welches Übermaß von Segen er auf ihn herabflehte und wie höflich er sich benahm, wunderte er sich über ihn und sprach bei sich: „Dies Benehmen ist das Benehmen der Wesire und der Könige." Dann trat der Befehlshaber der Wache an ihn heran, küßte den Boden und sagte: ›O größter König dieser Zeit, dieser Mann ist ein Dieb. Wir fanden ihn oben auf der Mauer.‹ Und die Bewohner der Stadt fürchteten Diebe. Als nun der König vom Befehlshaber der Wache hörte, daß der Wesir ein Dieb sei, sprach er zu ihm: ›Nimm ihn zu dir und sperre ihn in der Wachstube ein! Wir werden schon überlegen, wie wir ihn töten werden!‹ Als er ihn dann abführte, versank der König in Gedanken und sprach: „Bei Gott, dieser Mann sieht nicht wie ein Dieb oder ein Verräter aus." Und er sagte: „Sicher ist ihm irgend etwas widerfahren. Wenn wir ihn ohne Grund und ohne Verhör töten, machen wir uns mitschuldig. Am Morgen aber werden wir ihn fragen, was mit ihm ist." So war es dem Wesir Muhammad ergangen.

Und was seinen Bruder, den Wesir Ahmad betrifft, der kam, als der Morgen anbrach, zum Wohnhaus seines Bruders, fand jedoch weder ihn, noch seine zehn Sklaven und sah, daß er weder Habe, noch das, woran man sich labe, zurückgelassen hatte.

Als er nun das Haus seines Bruders leer sah, und ihn nicht fand, sagte er: ›Es gibt weder Macht noch Stärke, außer bei Gott, dem Erhabenen, dem Allmächtigen! Wir selbst haben ihn, o Herrgott, zugrunde gerichtet. Doch dies kommt von Gott.‹

Und siehe, am zweiten Tag, kam der König von der Jagd zurück. Und es war für die Wesire üblich, wenn der König auf einer Reise oder auf der Jagd war, daß sie bei seiner Ankunft ihm auf eine halbe Tagereise entgegenkamen. Als sich nun der König der Stadt näherte und darauf wartete, daß die Wesire ihm entgegenkämen, sah er keinen von beiden. Da wurde sein Herz beklommen, und er sprach: „Dies ist eine sonderbare Sache und sicher ist in der Stadt etwas geschehen, was die Wesire verhinderte, mir entgegenzukommen."

Als er dann auf die Stadt zu ritt, sie betrat und in seinen Palast kam, sah er nirgendwo einen seiner Wesire. Da wunderte er sich über alle Maßen. Dann fragte er seine Würdenträger, die erzählten ihm nun davon, was sich zwischen den zwei Wesiren, den Brüdern, zugetragen hatte. Aber er wollte es nicht glauben und sagte: ›Dies ist nicht möglich! Und wie kommt es, wenn sie beide unverheiratet sind, daß sie so tun, als ob sie Kinder hätten, obgleich der eine keinen Knaben hat und der andere kein Mädchen. Wie konnte dann zwischen ihnen ein Zwist entstehen?‹

Während er noch sprach, siehe, da trat der Wesir Ahmad bei ihm ein, grüßte ihn und flehte Segen auf ihn herab. Er erwiderte seinen Gruß und sprach zu ihm: ›Und wo ist dein Bruder, der Wesir Muhammad?‹ Ahmad entgegnete ihm, er sei abgereist samt aller seiner Habe und dem, woran man sich labe, und habe nichts zurückgelassen. Da sagte der König: ›Und aus welchem Grund?‹ ›O größter König dieser Zeit‹, erwiderte der Wesir, ›wir saßen zusammen, unterhielten uns und waren bester Dinge. Und siehe, ich sagte: „Bei Gott! Lob sei Gott, der uns zu Brüdern gemacht hat, und daß es zwischen uns zu keinem Zwist gekommen ist! So Gott will, werden wir uns von unserem Herrn zwei Mädchen, zwei Schwestern, erbitten, zwischen denen Einklang, wie zwischen uns, ist, und wir werden uns mit ihnen vermählen, damit wir Ruhe haben. Und niemand wird zwischen uns mit etwas Bösem treten, denn die Ursache des Zwistes zwischen den Männern pflegen die Weiber zu sein. Und ich nehme mir ein Mädchen und du nimmst dir ihre Schwester. Und die, die ich mir nehmen werde, empfängt und bringt einen Knaben zur Welt, und die, die du, mein Bruder, dir nimmst, empfängt und bringt ein Mädchen zur Welt. Und wenn die beiden erwachsen sind, nehme ich deine Tochter für meinen Sohn, damit er sie heirate." Und dies alles, o größter König dieser Zeit, war eine Art Unterhaltung und Vergnügen. Als er nun von mir diese Worte hörte, stand er auf und schrie laut: „Was denn? Wieso, nimmst du meine Tochter für deinen Sohn, damit er sie heirate? Und was für Vermögen hast du, daß es mir für meine Tochter genügte? Bei Gott, meine Tochter gebe ich deinem Sohne nicht, und er wird sie nicht nehmen. Meine Tochter gebe ich nur dem, der ein Königssohn ist!" Und er brüstete sich und beschimpfte mich. Ich hatte jedoch Geduld mit ihm und entgegnete ihm kein einziges Wort. Aber er zückte gegen mich das Schwert und stürzte auf mich los, um mir einen Hieb zu versetzen. Da liefen die, die ihn gehört hatten, bei uns zusammen und jagten ihn von mir fort. Dies ist, o größter König dieser Zeit, unsere Geschichte.‹

Als der König diese Geschichte hörte, wunderte er sich, brach in Gelächter aus, bis er auf den Rücken fiel und sagte: ›Bei Gott, diese Geschichte vom geringen Verstande der beiden Wesire sollte niedergeschrieben und verzeichnet werden, die kein Interesse für Weiber hatten, nicht verheiratet waren und nur im Gespräch heirateten, ihre Gemahlinnen empfingen und gebaren, die Kinder wurden groß, und sie vermählten sie miteinander. Nehmen wir an, daß dies geschehen sei, aber wozu dann diese Feindschaft? Aber, o Wesir Ahmad, wo ist dein Bruder, der Wesir Muhammad?‹ Der Wesir antwortete ihm: ›O größter König dieser Zeit, jetzt weiß ich weder, wo er ist, noch wohin er sich begeben hat. Und er verständigte niemanden von seiner Abreise, ging in der Nacht fort, nahm alles, was er hatte an Habe und das, woran man sich labe, und nahm seine zehn schwarzen Sklaven mit.‹ Da sprach der König zu ihm: ›Ich befehle dir, daß du einige Leute mitnimmst und dich auf die Reise machst, nach ihm zu suchen, und ihn bringst, solltest du auch ein volles Jahr abwesend sein!‹ ›O größter König dieser Zeit‹, antwortete Ahmad ihm, ›ich höre und gehorche.‹

Dann verließ er ihn, ohne zu wissen, wie er es vollbringen sollte und machte sich auf die Reise, um nach seinem Bruder, dem Wesir Muhammad, zu suchen. Als er nun in sein Haus kam, befahl er den Dienern, Wegzehrung zu bereiten. Sie machten für ihn bereit, was nötig war. Er nahm es mit und machte sich mit einigen Leuten auf den Weg, verschiedene Städte aufzusuchen, damit er seinen Bruder zu Gesicht bekomme, bis er inmitten von Wüsten und Einöden geriet. So ritt er den ersten, den zweiten und noch den dritten Tag, siebzehn Tage lang, ohne daß er jemanden auf seiner Reise getroffen hätte, den er hätte fragen und von ihm etwas über verschiedene Städte hätte erfahren können.

Als nun der achtzehnte Tag anbrach, siehe, da sah er am Horizont einen hohen Berg, so hoch, daß ihn eben das Gesicht erreichen konnte. Er wandte sich ihm zu und ritt schnurstracks weiter, bis er dort ankam und ließ sich in seiner Nähe nieder. Und es war die Zeit des Nachmittagsgebetes.

Und siehe, da stiegen von dem Berg mehr als fünfhundert

Affen, und jeder Affe sah einem Esel ähnlich. Und sie stiegen von dem Berg herab und wirbelten Staub auf. Dann umringten sie den Wesir und seine Leute. Als die sie sahen, sagten sie zueinander: ›Wir sind alle des Todes.‹ Dann liefen die Affen zum Gepäck des Wesirs und rafften alles, Speise und Trank, zusammen und nahmen sämtliches Gepäck, Kleider und anderes weg. Und jeder Affe nahm etwas in seine Hände. Da sagte der Wesir Ahmad, als er sah, daß die Affen alles, was er mithatte, weggenommen hatten: ›Es gibt weder Macht noch Stärke, außer bei Gott, dem Erhabenen, dem Allmächtigen! Wir sind hierher gelangt, damit wir ums Leben kommen.‹

Daß er einen schwarzen Sklaven unter seinen Leuten hatte, der einige Schellen bei sich trug, sollte seine Rettung werden. Und dieser Sklave hatte von einigen Leuten gehört, daß die Affen Schellen gerne haben und nach ihrem Klingeln tanzen. Da erhob sich der Sklave, zog die Schellen hervor, hängte sie an seine Mütze, setzte sie auf den Kopf und näherte sich den Affen, bis er zu ihnen unter den Berghang kam. Und er schüttelte den Kopf mit den Schellen, blähte sich auf, wie es die schwarzen Sklaven tun, und tanzte. Sobald ihn die Affen sahen, kamen sie zu ihm, umringten ihn, während er tanzte, jeder, der etwas mithatte, legte es nieder und tanzte nach dem Klingeln der Schellen. Und der schwarze Sklave tanzte ohne Unterlaß, und die Affen tanzten um ihn herum bis zum Sonnenuntergang. Und siehe, ein großer Affe, größer als alle anderen Affen, stieg hinab und winkte dem schwarzen Sklaven zu, damit er sämtliche Sachen, die die Affen fortgetragen hatten, wegnehme. Da hob er sie auf und brachte sie zu seinem Herrn. Als nun sein Herr ihn sah, wunderte er sich und sprach zu ihm: ›Wie hast du das zustande gebracht?‹ ›Mit diesen Schellen‹, entgegnete er ihm, ›die du auf meinem Haupt siehst.‹ Als der Wesir die Sachen sah, raffte sich sein Herz auf und wurde von der Angst, die ihn befallen hatte, befreit. So war es ihm mit dem schwarzen Sklaven ergangen.

Was die Affen betrifft, die verschwanden für kurze Zeit, nachdem der große Affe ihnen zugewinkt hatte, stiegen auf den Berg hinauf und kamen mit fünf lebenden Gazellen zurück. Und sie trugen sie bis vor den Wesir Ahmad und deuteten ihm an, er solle sie schlachten lassen und sie mit seinen Leuten zum Abendessen zubereiten. Hierauf erhob sich der Sklave, nahm die fünf Gazellen, schlachtete sie und häutete sie ab. Dann zündete er ein Feuer an, briet sie, bis sie gar wurden und setzte sie seinem Herrn und dessen Leuten vor. Sie aßen das Abendessen, ließen sich das Fleisch der Gazellen wohl schmecken und sagten: ›Preis sei Gott! Diese Freigebigkeit, die bei den Affen vorkommt, findet man bei keinem anderen.‹

Dann verbrachte der Wesir die Nacht am Fuße des Berges bis zum Morgen. Und siehe, der große Affe stieg zu ihnen herab, zeigte ihnen den Weg, schritt ihnen voran und führte sie auf den Weg ins bewohnte Land. Und es geschah nach der Vorbestimmung, daß dieser Weg der war, der zur Stadt, in der sein Bruder, der Wesir Muhammad, im Kerker saß, führte. So war es ihm ergangen.

Den Wesir Muhammad sperrte der Befehlshaber der Wache in der Wachstube ein, wie der Sultan befohlen hatte. Und er verschwand bei dem Befehlshaber der Wache auf einige Tage, bis sich eines Tages der Sultan seiner erinnerte und befahl, ihn vorzuführen. Man brachte ihn vor den König, und er verhörte ihn und drohte ihm und fragte ihn, wer er sei und aus welchem Land er käme; doch er erhielt von ihm keine Kunde, und keine Antwort kam aus seinem Munde, weil alles nach dem Ratschluß Gottes, des Erhabenen, geschehen sollte. Da befahl der Sultan, ihn hinzurichten.

Der Befehlshaber der Wache nahm ihn also, verließ mit ihm den König und übergab ihn dem Scharfrichter, damit er ihm den Kopf abschlage. Der nahm ihn, stieg mit ihm auf den Richtplatz hinab und fesselte ihn auf Befehl des Königs. Doch der Scharfrichter war leutselig und weitblickend; so oft man ihm befahl, dem Wesir den Kopf abzuschlagen, zögerte er es hinaus und sagte: ›Gott, der Erhabene, ist barmherzig und vertreibt die Trübsale.‹ Das ereignete sich, während er unter dem Schwerte war.

Und was seinen Bruder, den Wesir Ahmad, betrifft, der kam, als der Affe ihm und seinem Gefolge den Weg gezeigt hatte, auf den richtigen Weg. Er ritt dann ohne Unterlaß, Tag und Nacht hindurch, bis zur Morgenzeit.

Und siehe, er erreichte diese Stadt und fand ihre Tore offen. Er betrat sie und sah, wie Leute von rechts und links zusammenliefen. Da fragte er: ›Was gibt es?‹ Man sagte ihm, daß der Sultan dem Befehlshaber der Wache befohlen habe, einen Dieb, den man auf der Mauer gefunden habe, zu ergreifen, und daß der Befehlshaber der Wache ihn dem Scharfrichter übergeben habe, damit er ihm den Kopf abschlage. Da machte sich der Wesir Ahmad auf und folgte den Leuten, bis er zu dem Orte kam, wo Leute hingerichtet wurden, Diebe und andere. Und siehe, er sah seinen Bruder gefesselt unter dem Schwerte, während der Scharfrichter über seinem Kopfe stand und rief: ›Gottes Hilfe ist nahe.‹

Als er sicher war, daß es sein Bruder sei, wurde sein Verstand verwirrt, seine Sinne und seine Bedachtsamkeit schwanden dahin, und er eilte zum Sultan, küßte den Boden, flehte

Segen herab, erwies ihm Ehre und sagte: ›O größter König dieser Zeit, Gott, der Erhabene, ist leutselig, Er überstürzt sich nicht, Er ist freigebig und knausert nicht. Und ich wünsche von Gott und von der Majestät und der Gnade unseres hohen Herrn, des glücklichen Sultans, daß er mir diesen Mann schenke, der unter dem Schwert gefesselt ist.‹ Sogleich befahl der Sultan, seine Fesseln zu lösen und ihn herbeizuführen. So brachte man ihn herbei.

Sobald nun der Wesir Ahmad seinen Bruder, den Wesir Muhammad, in einem solchen Zustand sah, stürzte er auf ihn zu, umarmte ihn und weinte. Und beide fielen zu Boden und blieben eine ganze Stunde lang ohnmächtig liegen. Dann erwachten sie.

Als der Sultan sah, daß sie sich so aufführten, wunderte er sich und sprach: ›Bei Gott, das ist etwas Wunderbares! Und diese zwei sind einander ähnlich, einer dem anderen, und haben sicher ein Erlebnis hinter sich, das ihnen widerfahren ist. Und ich muß sie nach der Ursache dieser ganzen Ereignisse fragen.‹

Hierauf befahl er den beiden Brüdern, den Wesiren, sich niederzusetzen. Sie setzten sich nieder, und er sprach zu ihnen: ›Wie steht es um diese Sache?‹ Da sagte der Wesir Ahmad: ›O größter König dieser Zeit, wie kommt es, daß du einen Wesir unterm Schwert gefesselt hältst?‹ ›Bei Gott‹, erwiderte der Sultan, ›ich weiß nicht, was er ist, und er sprach nicht davon.‹ Und er erzählte ihm von dem Befehlshaber der Wache, daß der ihn auf der Mauer gefunden hätte. ›Und wir dachten, daß er ein Dieb sei. Aber gelobt sei Gott, daß deine Ankunft zu seiner Rettung führte!‹

Und der Sultan erhob sich und legte jedem der beiden ein prachtvolles Gewand an und fragte sie, aus welchem Grunde sie ihr Land verlassen hätten. Da schämten sie sich, ihm die Geschichte zu erzählen, die sich zwischen ihnen zugetragen hatte, und die zum Anlaß ihrer Trennung geworden war. Und es war nur der Wesir Ahmad, der das Wort ergriff und ihm listigerweise erzählte: ›Mein Bruder ging als erster auf die Jagd. Und er ist unerfahren, kannte sich in der Gegend nicht aus, und er verlor, was er an Habe und dem, woran man sich labe, mithatte und dazu noch zehn schwarze Sklaven. Dann warf ihn das Geschick zu euch. Als er nun zur Stadt gekommen war, fand er ihre Tore verschlossen. Deshalb blieb er hier fünf Tage und wartete, bis die Tore der Stadt geöffnet würden, doch es öffnete sich keines ihrer Tore. Aber, o größter König dieser Zeit, warum verschließt man die Tore der Stadt? Du bist doch ein König und hast Würdenträger, Kämmerer und Statthalter.‹ Da sagte der Sultan: ›Bei Gott, ich werde euch nicht sagen, warum man ihre Tore verschließt, solange ihr mir nicht die Wahrheit sagt und vor mir nichts verschweigt von dem, was geschehen ist.‹

Da erhob sich der Wesir Muhammad und sagte zu ihm: ›Bei Gott, o größter König dieser Zeit, wir sind Brüder im Guten und Bösen, und es gibt zwischen uns keinen Unterschied im Bezug auf Habe und das, woran man sich labe.‹ Und er begann ihm zu erzählen, was in dieser Geschichte, die früher erwähnt wurde, sich zugetragen hatte, nämlich von ihrer geplanten Vermählung mit zwei Schwestern, und daß die eine von ihnen einen Knaben zur Welt bringen werde und die zweite ein Mädchen, und daß sie das Mädchen mit dem Knaben vermählen wollten.

Als nun der Sultan die Erzählung von Anfang bis Ende hörte, wunderte er sich, brach in Gelächter aus und sagte: ›Bei Gott, diese Sache ist wunderbar und ihr habt die Wahrheit gesagt! Und ich werde euch jetzt die Geschichte von der Schließung der Stadt erzählen. Und der Grund dafür ist, daß sich vor einiger Zeit bei uns ein Vorfall mit zehn schwarzen Sklaven ereignet hat, die uns überfallen und mehreren reisenden Kaufleuten, die sie am Wege trafen, Waren abgenommen haben. Die beschwerten sich über die Sklaven. Ich sandte gegen sie Truppen aus zum ersten, zum zweiten und zum dritten Male, aber sie besiegten die Truppen und schlugen einige von ihnen tot.‹

Als der Wesir Muhammad die Geschichte von den zehn Sklaven hörte, war er sicher, daß es seine Sklaven seien. Da sagte er zum König: ›O größter König dieser Zeit, was bekommt von dir der, der dir diese schwarzen Sklaven bringt?‹ Er sprach zu ihm: ›Was er verlangt.‹ ›Ich verlange für sie die Verzeihung aller Vergehen‹, sagte der Wesir, ›die durch sie geschehen sind.‹ Da sagte der Sultan: ›Bei Gott, wenn du sie herbringst, und wir bekommen Ruhe vor ihnen, dann verzeihe ich ihnen.‹

Als er die Versicherung gegeben hatte, stand der Wesir Muhammad auf, bestieg sein Reittier und ritt zu den schwarzen Sklaven. Und die Entfernung zwischen ihnen und der Stadt war eine halbe Tagreise. Er nahm einen Führer mit, der ihm den Weg, der zu dem Aufenthaltsorte der zehn schwarzen Sklaven führte, zeigte. Dann ritten sie in einem fort bis zur Mittagszeit.

Und die zehn schwarzen Sklaven saßen zu dieser Zeit beisammen, unterhielten sich über das Schicksal ihres Herrn und sagten: ›O, könnte man wissen, wie es unserem Herrn ergangen ist und was mit ihm jetzt ist, ob es ihm gut geht, oder ob er verstorben oder nach Hause zurückgekehrt ist?‹ Und siehe, sie sahen eine Staubwolke in der Ferne. Da meinten sie, es sei eine Schar, die komme, um sie anzugreifen. Dann ging die Staubwolke auseinander, und es erschienen darunter zwei Männer. Und siehe, sie erkannten ihren Herrn. Da eilten sie auf ihn zu, bis sie mit ihm zusammentrafen, ihm die Füße in den Steigbügeln küßten und ihn begrüßten. Und er fragte sie, wie es mit ihnen stehe; sie berichteten ihm dann über alles, was ihnen an Mühsal und Pein zugestoßen war. Und er sagte zu ihnen: ›Wißt ihr eigentlich, wer uns damals auf dem Lagerplatz unser Gepäck und unsere Habe gestohlen hat?‹ ›Bei Gott, mein Herr‹, entgegneten sie ihm, ›als wir aus dem Schlaf erwachten und nichts mehr fanden, da bekamen wir Angst vor dir und sagten: „Unser Herr wird uns totschlagen." So verließen wir dich an jenem Orte und gingen weg, trafen eine Schar von Kaufleuten, denen wir einige Ware abnahmen. Und der König hat gegen uns Leute ausgeschickt, die uns töten sollten. Doch wir schlugen sie und retteten uns vor ihnen.‹ Da sagte Muhammad zu ihnen: ›Ich verbürge mich für euch beim König.‹

Und er nahm sie und kehrte mit ihnen zurück, während sie über den sprachen, der die Habe des Wesirs, seinen Hengst und den Rest der Pferde und der Tiere genommen hatte. Da sagte der Wesir zu den schwarzen Sklaven: ›Bei Gott, unser Glück wird nicht vollkommen sein, wenn wir nicht unsere Habe und das, woran man sich labe, sowie den Weg zu dem, der es genommen hatte, finden und uns an ihm rächen.‹

Während sie sich darüber unterhielten, siehe, da kamen sie zu fünf Zelten, die inmitten der Wüste aufgeschlagen waren. Und siehe, der Wesir erblickte seinen Hengst, der vor einem der fünf Zelte angebunden war. Er ritt auf ihn zu, bis er dicht bei den Zelten war. Da fand er in ihnen nur einen Reiter, niemanden mehr, und fünf Weiber. Der Wesir ritt dann weiter, bis er vor dem Zelt, vor dem der Hengst stand, anhielt. Da wandte er sich zufällig den übrigen vier Zelten zu, und er fand in ihnen all seine Habe, die ihm verloren gegangen war. Da stieg der Wesir von dem Hengst, den er ritt, ab, trat an den angebundenen Hengst heran und streichelte ihn, während der Hengst erfreut über seinen Herrn den Kopf schüttelte. Dann drehte sich der Wesir ahnungslos um, da sah er sein Geschirr an einer Stange des Zeltes angebunden. Und siehe, eine Beduinin, die Besitzerin des Zeltes, kam zum Wesir heraus und sagte zu ihm: ›Mensch, was fällt dir denn ein, den Hengst zu streicheln!‹ Da gab er einem von den Sklaven einen Augenwink, er möge ins Zelt eintreten und ihm das Geschirr des Hengstes holen. Er trat also ein, brachte es und legte es auf den Rücken des Hengstes, befestigte es gut und zog seinen Gürtel zu. Der Wesir schwang sich hinauf und gleich saß er auf seinem Rücken.

Dies alles geschah, während die Beduinin schrie. Da wachte ihr Mann aus dem Schlafe auf und trat hinaus, einem Ghul ähnlich. Der Wesir winkte einem von den Sklaven, er solle herankommen. Der Sklave trat nun näher herbei, hob die Hand mit der Keule und hieb den Beduinen mit aller Wucht seiner Hand, seiner Achsel und seines Vorderarmes zwischen die Schultern. Da fiel der Beduine zu Boden, die übrigen Sklaven warfen sich auf ihn, fesselten ihn an Füßen und Händen, daß er sich nicht drehen konnte noch wenden, während sein Eheweib schrie und Staub auf sich schüttete.

Es hielten sich nun, wie es vorbestimmt war, in der Nähe der Zelte an irgendeinem Orte die übrigen vier Männer auf. Sie saßen am Scheideweg und warteten auf einen Vorübergehenden, um ihn auszuplündern. Da sah einer von ihnen den Staub und sagte zu ihnen: ›Ihr Leute, vor unseren Zelten ist eine Staubwolke. Und ich glaube, daß ihnen etwas Unangenehmes zugestoßen ist.‹ Da ließen sie den Pferden die Zügel schießen und trabten in einem fort, bis sie den Zelten nahe waren. Da erblickten sie den Wesir, wie er auf dem Hengste saß und ihr Scheich gefesselt dalag. Im Nu zückten sie ihre Waffen und warfen sich auf den Wesir, um ihm einen Hieb zu versetzen und ihn zu töten. Aber die zehn schwarzen Sklaven waren schneller als der Blitz, umringten die vier Reiter, entwaffneten und nahmen sie fest, nachdem sie sie mit Keulen durchgeprügelt hatten und legten ihnen Fesseln an. Und so wurden die fünf Reiter, die Besitzer der fünf Zelte, in Fesseln gelegt. Und es waren eben die, die die Habe des Wesirs Muhammad geraubt hatten, als er und seine schwarzen Sklaven inmitten der Berge und Sandstreifen schliefen, so daß sie ihn überfallen konnten. Wie nun die schwarzen Sklaven die Habe ihres Herrn in den Zelten sahen, holten sie alles heraus. Und einer von den Sklaven ging hin, brachte ihre Kamele vom Felde, wo sie weideten, sie luden ihnen die gesamte Habe auf und ritten fort, bis sie zur Stadt gelangten.

Sein Bruder, der Wesir Ahmad, kam ihm entgegen und begrüßte ihn. Da fand er bei ihm Kamele, beladen mit der Habe und dem, woran man sich labe. Da fragte er danach, und sein Bruder erzählte ihm dann, es sei sein Eigentum, das ihm damals verloren gegangen sei. Und er sah auch, daß er auf seinem eigenen Hengste saß. Da wunderte sich der Wesir Ahmad über den Zufall, daß ihm seine Habe und seine Sklaven damals verloren gegangen, und daß er dann ausgeritten und mit allem zurückgekehrt war.

Als sie nun beim König eintraten, führten sie ihm die zehn schwarzen Sklaven vor. Er verzieh und vergab ihnen.

Der König jener Stadt hatte nun zwei Töchter, Zwillinge,

von einer einzigen Frau, und die waren wie Monde, es gab zu jener Zeit niemanden, der ihnen gleich gewesen wäre an Schönheit und Lieblichkeit und hübscher Gestalt und Ebenmäßigkeit. Da sagte er bei sich: «Ich will zwei Brüder, wie es diese beiden Wesire und Brüder sind, finden. Bei Gott, wenn sie bei mir um sie werben, vermähle ich sie mit ihnen, damit sie in Ruhe an einem Orte leben.“

Und der Wesir Ahmad fragte einige der Würdenträger, und sie berichteten ihm, der König habe zwei Töchter den Monden gleich. Da blieb er mit seinem Bruder, dem Wesir Muhammad, allein und sagte zu ihm: ›Lieber Bruder, gelobt sei Gott, der es mir vergönnt hat, dich zu treffen, der dir deine Habe und deine Sklaven zurückgegeben hat. Doch wir vermissen noch ein einziges Ding.‹

Da sprach Muhammad zu ihm: ›Und was ist das?‹ Er antwortete: ›Dieser König, der uns Ehre erwies, hat zwei anmutige Töchter, ihr Körper hat eines Bambussprosses Halt und einem Weidenaste ähnelt ihre Gestalt. Wir sollten mit ihm über sie sprechen und versuchen, ob uns Gott, der Erhabene, Glück vergönnt. Vielleicht wird Er ihn dazu bringen, daß er sie uns gibt, damit wir sie heiraten, und unser Glück vollkommen wird.‹ Wie nun Muhammad dies von ihm hörte, sagte er zu ihm: ›Aber mit der Bedingung, daß ich dir meine Tochter nicht für deinen Sohn gebe.‹ ›Du wiederholst das bereits Verflossene‹, erwiderte Ahmad, ›wobei sind wir denn in diesem Augenblicke? Wir unterhalten uns über die Mädchen. Ist es denn nicht vorerst unser Wunsch, um die Töchter des Sultans zu werben? Vielleicht wird uns Gott dieses Los vergönnen. Und wenn wir sie nehmen und uns mit ihnen vermählen, wird unsere Freude und unser Vergnügen vollkommen sein, und wir werden in unseren Häusern das

Glück genießen.‹ Da wurde sein Bruder mit ihm darüber einig. So unterhielten sie sich damals bis um Mitternacht.

Als nun der Morgen anbrach, erhoben sich beide und traten zum König in der Absicht, um seine Töchter zu werben. Wie sie nun zu ihm kamen, traten sie ein, begrüßten ihn und flehten Segen auf ihn herab. Er erwiderte ihren Gruß und befahl ihnen, sich niederzusetzen, und sie setzten sich vor ihm nieder. Und sie begannen, sich miteinander zu unterhalten, während der König zu sich im Stillen redete und bei sich sprach: „Würden doch diese beiden Wesire bei mir um meine Töchter werben! Was aber mich betrifft, ich kann doch unmöglich als erster davon anfangen." Und auch die Wesire sprachen wiederholt bei sich: „Würde der Sultan doch uns seine Töchter geben!"

Und siehe, die Staatsversammlung füllte sich mit Würdenträgern, Kämmerern, Statthaltern und Amtswaltern, bis sie den Blumen des Gartens ähnlich wurde. Da stand der Wesir Ahmad auf und küßte den Boden vor dem Sultan, erwies seine Dienstbarkeit, äußerte seine Verehrung und flehte Segen herab. Und dann trat er vor den Sultan und sagte: ›Möge Gott das Leben des größten Königs dieser Zeit verlängern! Wir sind als Bewerber gekommen, und sehnen uns nach diesen zwei Herrinnen, den keuschen und geehrten, den zwei Perlen, den wohlbehüteten und unversehrten, ich nach der einen und mein Bruder nach der anderen.‹ Als der Sultan diese Worte hörte, klärte sich sein Antlitz vor Freude und Jubel auf. Dann antwortete er ihm: ›Ich höre und gehorche. Bahdschatazzaman gehört dir und Dauralkamar deinem Bruder.‹[1]

1. *Bahdschat-az-zamān* bedeutet »das Entzücken der Zeit«, *Daur-al-kamar* »das Kreisen des Mondes«.

Da setzten Freudenfeste ein, es wich von ihnen alle Pein. Und er ließ den Richter holen, der ihren Ehevertrag aufsetzte. Und sie veranstalteten Festmähler und Bewirtungen und der König befahl dem Herold, in der Stadt zu verkünden, daß wegen der Vermählung der Sultanstöchter die Basare und die Häuser dreißig Tage lang geschmückt sein sollten und daß sämtliche Arme und Bedürftige zu jeder Zeit kommen könnten, um am Tische des Sultans zu speisen. Und der Sultan begann für seine Töchter dreißig Tage lang die Ausstattung herzurichten, wie es sich für die Wesire und die Königstöchter gebührte.

Als dann die fünfzehnte Nacht anbrach, sandte er nach Städten und Ländern, die unter seiner Botmäßigkeit waren und zeigte ihnen die Vermählung seiner Töchter an. Es vergingen dann kaum zwanzig Tage, und schon strömten alle Einwohner der Städte zusammen und fanden sich mit Geschenken und Kostbarkeiten und wertvollen Seltenheiten ein. Und dies alles geschah des Königs wegen. Und alles, was an Geschenken zusammenkam, schenkte der Sultan den zwei Wesiren, zu Ehren seiner Töchter. Dann trat der Wesir Ahmad zu Bahdschatazzamān und sein Bruder, der Wesir Muhammad, trat zu Dauralkamar ein. Und ihre Hochzeitsnacht war ganze Lebensalter wert. Dies alles geschah, während die Hochzeitsfestlichkeiten in der Stadt im Gange waren. Und es geschah nach der Vorbestimmung, daß die zwei Mädchen in jener Nacht empfingen.

Die Wesire blieben dann sieben Tage lang bei ihnen. Dann gingen die Festlichkeiten zu Ende und alle Leute aus den Städten, die gekommen waren, gingen in ihr Land zurück. Und der Sultan ließ die Festlichkeiten und das, was dabei an Vergnügen und Fröhlichkeit und Freude und Heiterkeit war, abbrechen und schenkte seinen Schwiegersöhnen Ehrengewänder.

Und nach zwei Monaten empfanden die Wesire Sehnsucht nach ihrem Lande und ihrem König. Da trat der Wesir Aḥmad vor und bat seinen Schwiegervater um Erlaubnis, in sein Land abreisen zu dürfen. Er befahl es ihnen und gab ihnen an Geschenken, was sich ziemte, mit, außer dem, was ihnen bereits von den Einwohnern der Städte zuteil geworden war. Und sie zogen vor die Stadt und ließen Zelte aufschlagen. Und der Sultan ließ Sänften für seine Töchter hinausschaffen, und die Würdenträger des Reichs gingen drei Tage lang, um von den Schwiegersöhnen des Sultans Abschied zu nehmen. Dann ließ der Sultan schwarze Sklaven, Verschnittene, Treiber und Fackelträger kommen, und sie luden das Gepäck auf. Und die beiden Wesire saßen auf und der Sultan, ihr Schwiegervater, bestieg gleichzeitig sein Reittier, um Abschied zu nehmen. Und er ritt mit ihnen immerfort, drei Tage lang. Als nun der Morgen des vierten Tages kam, beschworen ihn seine Schwiegersöhne zurückzukehren. So nahm er von ihnen Abschied, verabschiedete sich von seinen Töchtern und kehrte mit seinen Würdenträgern zurück.

Was die beiden Wesire betrifft, die traten die Reise an und zogen dahin mit allem, was sie mithatten. Und sie ritten in den Wüsten und Einöden eine Zeitlang, indem sie Tagreisen zu Nachtreisen hinzufügten, bis sie sich ihrem Lande genähert hatten.

Da sandten sie einen Eilboten voraus mit Briefen an ihren König. Der Eilbote ritt nun, beeilte sich und legte den Weg zurück, als ob er einer der jungen Dämonen Sulaimāns wäre. Und die Entfernung betrug drei Tage, er legte sie jedoch in einem Tage und einer Nacht zurück, bis er beim Sultan ankam. Da fand er ihn niedergeschlagen und abgespannt, weil seine beiden Wesire nicht da waren. Als er die Briefe von dem Eilboten entgegengenommen, sie gelesen und ihre Andeutungen und ihren Sinn begriffen hatte, erhob er sich hocherfreut, befahl dem Eilboten tausend Dinare für die frohe Botschaft zu geben und ließ den Herold in den Straßen der Stadt verkünden, sie solle geschmückt werden. Er ließ Musikanten spielen und Posaunen und Trompeten blasen. Und er sandte Boten, um die Truppen und die Amtsverwalter aufzufordern, sich zu dem Empfang bereit zu machen, um den Wesiren entgegenzugehen.

Als nun der zweite Tag herankam, saßen der Sultan und die Würdenträger des Reiches und der Ämter auf, um den Wesiren entgegenzureiten. Sie ritten dann ohne Unterbrechung zwei Tage hindurch, bis sie mit den zwei Wesiren zusammentrafen. Sobald die Wesire den Sultan sahen, stiegen sie vor ihm ab, traten an ihn heran und küßten ihm die Füße in den Steigbügeln. Er neigte sich zu ihren Häuptern und küßte sie. Darauf befahlen die beiden Wesire ihren Leuten abzusteigen und außer gewöhnlichen auch Prunkzelte aufzuschlagen. Man tat, wie befohlen, und alle stiegen, sich nach einer Rast sehnend, ab. Dann ließen die Wesire Tiere schlachten und bereiteten ein Gastmahl für den König, das reich und köstlich war. Und sie verbrachten die Nacht an jenem Orte und saßen die ganze Nacht hindurch wach, während beide Wesire dem König erzählten, was ihnen an Mühe und Qual widerfahren war und wie sie ihr Schwiegervater mit Ehren überhäuft hatte. Man sprach von all dem, während der Sultan über sie erfreut war, doch er sprach auch mit sich selber und bewunderte bis zur Morgenzeit die Geschenke, die sie mitbrachten, und die Menge des Vermögens, der Sklaven und der Diener.

Dann luden sie ihr Gepäck auf, bestiegen ihre Tiere und ritten alle hocherfreut und entzückt heimwärts, während die Musikanten hinter ihnen spielten, bis sie am Abend die Stadt erreichten. Da fanden sie die Stadt geschmückt, wie eine geputzte Braut, wegen der Menge der Wachskerzen, die an verschiedenen Orten brannten, und der Lampen und Fackeln. Und alle Einwohner der Stadt freuten sich und frohlockten. Sie ritten dann weiter, bis sie ihre Wohnstätten betraten und sich dort niederließen. Sie fanden eine stille Rast und ihre Herzen beruhigten sich.

Und der Sultan wies den beiden Wesiren, den Brüdern, einen Wohnsitz mit vielen Behausungen zu. Und die beiden Wesire kamen jeden Tag zum Dienste beim Sultan, und sobald die Staatsversammlung auseinanderging, machten sie sich zur Ausfahrt in die Gärten auf, und sie unterhielten sich über ihre Gemahlinnen, und dies neun Monate hindurch.

Und die Zeit des Gebärens kam für ihre Frauen in derselben Nacht. Und siehe, die Gemahlin des Wesirs Ahmad gebar einen Sohn, dem Vollmonde ähnlich, und die Gemahlin des Wesirs Muhammad gebar eine Tochter, wie die Mondscheibe schön. Da sagten die beiden Wesire: ›Preis sei Gott! Dies ist ein Vorzeichen, das schon vordem ausgesprochen wurde, denn wir verlangten es und erreichten es. Möge es Gott im Guten zu Ende bringen!‹

Hierauf brachten sie zwei Ammen zu dem Knaben und zu dem Mädchen, um sie zu säugen, und übergaben sie ihnen. Sie wurden dann solange gesäugt, bis sie zwei Jahre alt waren und entwöhnt wurden. Und man erzog sie und pflegte sie aufs beste, bis zum siebten Jahr.

Und man holte dem Knaben einen Lehrer, der ihn lesen lehrte und ihn mit dem Koran vertraut machte und ihn in allen Zweigen der Wissenschaft unterrichtete, bis er jede Lehre kannte, und seiner Klugheit Kunde war in aller Leute Munde. So wurde er zwölf Jahre alt. Er ritt Pferde und übte Ritterspiele, er lernte mit Pfeilen nach der Scheibe zu schießen und wurde in allen Fächern der Kriegskunst und der Wissenschaft erfahren. Und sein Arm und seine Hand erstarkten, und er ritt auf den Kampfplatz und zeichnete jeden Ritter, der sich ihm stellte, vor den Augen der Zuschauer. Und sein Vater war über ihn erfreut.

Und was die Tochter des Wesirs Muhammad, seine Base, betrifft, die freute sich über ihn, und ihr Herz war voller Jubel, sooft sie ihn auf dem Kampfplatz sah, wie er Ritter zeichnete. Doch ihr Vater grämte sich, sooft er hörte, daß sie von ihrem Vetter sprach, und sein Kummer nahm zu; denn seit dem Augenblick, in dem seine Gemahlin seine Tochter geboren hatte, überfiel ihn Sorge und Schmerz, es schmeckte ihm kein Gericht und der Schlaf labte ihn nicht. Er pflegte nachzudenken und zu sagen: „Bei Gott, wenn mein Bruder um meine Tochter für seinen Sohn wirbt, so werde ich sie entweder nehmen und mit ihr fliehen, oder ich werde sie töten, so daß er sie nicht haben wird." Und er grollte dem Sohne seines Bruders, bis beide, das Mädchen und der Knabe, fünfzehn Jahre alt wurden.

Da trat eines Tages der Wesir Ahmad zum Sultan, küßte den Boden und sprach zu ihm: ›Ich habe vor, die Tochter meines Bruders mit meinem Sohne al-Mahdī zu vermählen.‹ Er antwortete ihm: ›Das kann ohne weiteres geschehen.‹ Da sagte der Wesir zum König: ›Hoher Herr, du wirst es ihm in Güte sagen. Wenn er seine Zustimmung gibt, geschieht es herzlich gern, wenn er jedoch nicht zustimmt, laß ihn sein und rede nicht mehr mit ihm, denn es war sein Wunsch, einen Sohn zu bekommen, doch er erhielt nur diese Tochter. Und seit der Zeit, da er diese Tochter bekommen hat, ist sein Verhältnis zu mir verändert, und seine Seele ist empört gegen mich.‹

Am zweiten Tage kam der Wesir Muhammad, trat beim Sultan ein, begrüßte ihn und flehte Segen herab. Er erwiderte seinen Gruß und befahl ihm, sich niederzusetzen. Er setzte sich und unterhielt sich mit ihm, bis der König zu ihm sagte: ›Du Wesir!‹ Er entgegnete: ›Zu Diensten!‹ Der Sultan sprach: ›Wir beabsichtigen, al-Mahdī, den Sohn deines Bruders, zu verheiraten. Und wir wollen deine Tochter für ihn nehmen und ihn mit ihr vermählen. Bist du einverstanden oder nicht? Du kannst frei darüber sprechen, kein Vorwurf wird dich deshalb treffen. Das Mädchen ist doch deine Tochter. Wenn dein Gemüt zustimmt, dann möge es gesegnet sein, und wenn nicht, dann braucht man nicht viel zu reden.‹ Als der Wesir diese Worte vom Sultan hörte, runzelte er seine Stirn, schaute finster drein und sprach zu ihm: ›Niemals gebe ich ihm meine Tochter.‹ Da sagte der König zu ihm: ›Ganz wie du willst. Niemand kann dich dazu zwingen.‹ Und der Wesir verließ ihn bekümmert.

Als nun diese Nachricht das Mädchen und seine Mutter erreichte, sagte das Mädchen: ›Bei Gott, wenn mein Vater mich jemand anderem gibt als meinem Vetter, töte ich mich oder vergifte mich. Aber die Allmacht gehört Gott, dem Erhabenen.‹

Die Nachricht kam dann auch zu dem Knaben. Da sprach er: ›Bei Gott, jeden, der an meine Base herantritt, um sie zu nehmen, werde ich schmählich erschlagen.‹

Aber der Ruf des Mädchens verbreitete sich in den Ländern, und Reisende erzählten von ihrer Lieblichkeit und Vollkommenheit, bis der Sohn des Königs al-Kīrān von ihr hörte. Er entbrannte durch die Erzählungen der Reisenden für sie in Liebe. Da rüstete er sich zur Reise in der Absicht, das Mädchen zu heiraten, ohne zu wissen, was für ihn in der Welt der Geheimnisse verborgen war. So ritt er mit seinen Truppen aus der Stadt seines Vaters, um zur Tochter des Wesirs Muhammad zu reisen.

Er ritt dann ohne Unterbrechung dreißig Tage lang, bis er der Stadt nahe kam und von ihr nur eine halbe Meile entfernt war. Da stieg er ab und befahl, gewöhnliche Zelte und Prunkzelte aufzuschlagen. Sie schlugen also die Zelte auf und luden die Lasten von den Kamelen ab.

Der König hörte davon. Er sandte nun den Wesir Muhammad und sagte zu ihm: ›Reit aus und erforsche die Absicht dieser Truppen, wer sie sind, wie es sich mit ihnen verhält und warum sie gekommen sind!‹ Hierauf saßen der Wesir Muhammad und sein Gefolge auf. Und er ritt, bis er vor den Prunkzelten stand. Als nun der Königssohn ihn erblickte, erhob er sich ihm zu Ehren und ging ihm entgegen. Da stieg der Wesir ab, begrüßte ihn, und sie reichten einander die Hand. Dann betraten sie das Prunkzelt und setzten sich nieder, um sich über die Dinge dieser Welt zu unterhalten. Da sagte der Wesir zu dem Prinzen: ›Junger Mann, warum bist du in dieses Land gekommen, woher bist du und wie heißt du?‹ Da nannte ihm der Prinz seinen Namen, sein Haus, seine Abstammung und sagte, aus welchem Lande er sei, bis er zu ihm sprach: ›Und ich bin gekommen, weil ich den Wunsch hege, um die Tochter des Wesirs zu werben.‹ Als nun der Wesir das hörte, brach er in Lachen aus und geriet in höchste Freude.

Als der Prinz ihn sich so benehmen sah, sagte er zu ihm:

›Und wer bist du, daß du dich dermaßen freust?‹ ›Junger Mann‹, antwortete er ihm, ›ich bin der Vater des Mädchens, nach dem du dich sehnst.‹ Da umarmten sie einander und begrüßten sich und der Wesir gab ihm ein wohlwollendes Versprechen, machte ihm Hoffnung, daß er ihm seine Tochter geben werde und sagte zu ihm: ›Laß uns sofort aufbrechen und unseren König begrüßen!‹ Darauf bestieg er sein Pferd, er und der Königssohn und einige ihrer Leute. Und der Prinz war ein tapferer Degen, herzhaft und verwegen, die Tapferkeit war seine Eigenheit, das war ein gutes Zeugnis für ihn, nicht gegen ihn. Er wurde zu den kühnen Rittern gezählt, weil er bei seinem Vater erzogen worden war und gelernt hatte, mit sämtlichen Kriegswerkzeugen umzugehen. Es war ihm keine Kampfart unbekannt.

Und die zwei ritten in einem fort, bis der Prinz zum König eintrat. Als nun der König ihn erblickte, sah er an ihm Eigenschaften der Könige. Da stand er ihm zu Ehren auf, ging ihm entgegen und begrüßte ihn, hieß ihn willkommen und setzte ihn an seine Seite, begann sich mit ihm zu unterhalten und ihn zu fragen, bis der Prinz ihm von seiner Absicht und dem Grunde für seine Ankunft erzählte, und daß er sich nach der Tochter des Wesirs Muhammad sehne. Da blieb der Sultan wortlos und gab ihm keine Antwort. Er sagte nur: ›Es gibt weder Macht noch Stärke, außer bei Gott, dem Erhabenen, dem Allmächtigen! Der Gescheite benimmt sich manchmal wie ein Narr, es muß sich einmal zeigen. Und Gott weiß es am besten, daß wegen dieses Mädchens schreckliche Dinge und unangenehme Vorfälle sich ereignen werden.‹

Der Wesir Ahmad und sein Sohn al-Mahdī hörten davon. Da stand al-Mahdī in größter Eile auf, bestieg sein Roß, kam zum Palast des Königs, stieg ab, ging hinauf, bis er vor dem

König stand, küßte den Boden und bat den König um Erlaubnis, sprechen zu dürfen. Da bewilligte er es ihm. Dann sagte der junge Mann: ›Möge Gott das Leben unseres hohen Herrn, des Sultans, lang machen! O größter König dieser Zeit, dieser Jüngling möchte die Tochter meines Oheims heiraten, und mein Oheim will sie ihm geben. Aber das geschieht nur unter einer Bedingung.‹ Der König fragte ihn: ›Und wie lautet diese Bedingung?‹ ›Wenn dieser junge Mann‹, antwortete al-Mahdī, ›die Tochter meines Oheims heiraten will, so gehe ich mit ihm auf den Kampfplatz hinab. Wenn er mich zeichnet, wird er die Tochter meines Oheims heiraten, aber wenn ich ihn zeichne, so soll er in sein Land seines Weges, auf dem er gekommen ist, ziehen, und er soll von dem Gelüst nach meiner Base ablassen. Und ich lauere wegen ihr jedem auf, der um sie zu werben kommt, und so werde ich es mit jedem tun. Wenn mir Gott, der Erhabene, gegen meinen Oheim hilft, heirate ich sie gegen seinen Willen, wenn mich jedoch jemand auf dem Kampfplatz besiegt, lasse ich von ihr ab, und er wird sie vermählen können mit jedem, den er sich wünscht.‹

Als nun der Königssohn vom Wesirssohn diese Worte hörte, stand er auf, stellte sich vor den König, küßte den Boden und sprach: ›Laß diese Bedingung, die du gehört hast, aufschreiben! Ich werde mit ihm auf den Kampfplatz gehen. Wenn ich ihn zeichne, wirst du es ihm bezeugen, doch wenn er mich zeichnet und imstande sein wird, mich zu töten, dann erlaube ich ihm mein Blut zu vergießen. Und alle Anwesenden sind meine Zeugen für diese Worte.‹

Als der König die Worte der beiden jungen Männer gehört hatte, bedrückte es ihn, und er sprach: ›Gott, der Erhabene, soll am Wesir Muhammad zu Seinem Recht gelangen, der uns nur Kummer und Sorgen verursacht!‹ Dann sagte er: ›Die Bedingung ist üblich. Nun, so Gott will, werdet ihr euch morgen früh auf den Kampfplatz begeben, und ich werde dabei anwesend sein.‹ Und sie wurden sich über diese Bedingungen einig.

Und frühmorgens beeilten sich die beiden Jungen, auf den Kampfplatz zu gehen. Da liefen die Einwohner der Stadt zu diesem Schauspiel zusammen. Als nun der Tag zum Vormittag wurde, und alle Leute warteten, siehe, da kam der Königssohn aus der Mitte seiner Truppen zum Kampfe auf das Feld, einen schwarzen Hengst reitend, der der dunklen Nacht glich, mit der beim Fuß eingesetzten Lanze und einem Schwert, das wie ein indisches aussah. Er erschien zwischen den beiden Reihen und rief mit lauter Stimme aus: ›Wer mich kennt, dem genügt mein Ingrimm, und wer mich nicht kennt, dem gebe ich mich zu erkennen. Ich bin ʿAlī, des Königs al-Kīrān Sohn, meinen Gegnern auf dem Feld wird der Tod zum Lohn!‹

Kaum hatte er seine Rede beendet, siehe, da stürzte al-Mahdī, der Sohn des Wesirs Ahmad, auf dem Kampffeld gegen ihn los, auf einem Hengste, der rot wie der Glanz gegossenen Goldes war und rief mit lauter Stimme: ›Ich bin al-Mahdī, der Sohn des Wesirs Ahmad!‹ Er schwang die Lanze in der Hand und die beiden näherten sich.

Als nun seine Base hörte, daß ihr Vetter und der Königssohn auf der Walstatt kämpfen wollten, begann sie bitterlich zu weinen, verkleidete sich als Mann, dabei glühte ihr Herz für ihren Vetter, und sie ging, bis sie unter die Leute kam.

Und ihr Vetter und der Prinz kämpften und rangen auf dem Feld vom Vormittag an bis zu der Zeit, in der die Sonne im Zenit steht. Und siehe, der Sohn des Wesirs drehte sich zufällig um, da sah er seine Base zwischen den Leuten mit trauriger Miene. Sobald er sie nun bemerkt hatte, warf er sich auf den Prinzen, griff ihn an und stürzte auf ihn los, so, wie ein stürzender Wasserstrom, machte sich an ihn heran, neigte sich zu ihm hin, streckte die Hand zum Kragen seines Panzers aus, schüttelte ihn vor Zorn mit der ganzen Kraft seines Armes, dann hob er ihn aus dem Sattel, während alle Augen auf die beiden gerichtet waren. Dann erhob der Prinz die Hand, schmetterte ihn zu Boden, so daß er seine Knochen beinahe gebrochen hätte. Hierauf stieg er ab, umwickelte ihn mit festen Banden und ließ ihn auf der Walstatt liegen, gefesselt an Hüften und Händen, so daß er sich nicht drehen konnte noch wenden.

Da kamen ihm sein Vater und der König entgegen, traten zu ihm und küßten ihn zwischen die Augen. Und der König wunderte sich über seine ritterliche Tapferkeit und die Stärke seines Herzens. Und der Wesir Muhammad ging zum Prinzen, löste seine Fesseln und nahm ihn zwischen vier Männern in sein Prunkzelt.

Als sie dort ankamen, führten sie ihn hinein, hießen ihn sich niedersetzen und gaben ihm Kaffee und Sorbett zu trinken, bis er zu sich kam und all das, was er im Übermaß erduldet hatte, als er zu Boden geschmettert wurde, los wurde. Dann fragte ihn der Wesir Muhammad nach der Tapferkeit seines Brudersohnes. Er sagte zu ihm: ›Fluch Gottes über den Lügner! Bei Gott, das ist ein kühner und starker Ritter und ein Mensch in der Gestalt eines Satans. Und nur ein Betrüger und ein Feigling kann seine Tapferkeit und Gewandtheit ableugnen. Bei Gott, lieber Wesir, er paßt für deine Tochter und du findest niemanden, der ihm gleicht. Und ich, bei Gott, habe mir im Innern gedacht, indem ich mich auf meine

Kraft und meine Fähigkeit verließ, daß er mir keinen Augenblick standhalten könnte. Aber seitdem Männer auf der Erde geboren werden, gibt es auf der Welt keinen solchen Kerl mehr.‹

Dies alles geschah, während die Anführer der Truppen wegen des Prinzen beklommen waren und auch wegen der Schmach und Demütigung, die er hinnehmen mußte. Er verbrachte die Nacht an diesem Orte und frühmorgens zogen er und seine Truppen von dannen.

Und was den König der Stadt betrifft, der schickte nach al-Mahdī, dem Sohn des Wesirs Ahmad. Man brachte ihn vor ihn, und er fragte ihn, wie es mit dem Sohne des Königs al-Kīrān stünde. Da sagte al-Mahdī zu ihm: ›Bei Gott, o größter König dieser Zeit, er ist ein heldenmütiger Ritter und Tapferkeit kann ihm nur ein Feigling absprechen. Und wenn die Macht Gottes mir nicht gegen ihn geholfen hätte, hätte ich ihn nicht überwinden können. Wenn jedoch einem Menschen das Glück begegnet, erlangt er alles, was er begehrt.‹ Da sagte der König zu ihm: ›O Emir al-Mahdī, der Sohn des Königs al-Kīrān ist in sein Land gezogen. Wenn er zu seinem Vater kommt, wird er ihm über sein Erlebnis berichten. Und es ist möglich, daß die Niederlage seines Sohnes ihn schwer treffen wird, er schickt dann eine Reiterschar gegen uns, während wir nicht kampfbereit sind.‹ ›Bei Gott, o größter König dieser Zeit‹, entgegnete al-Mahdī ihm, ›wenn er so etwas, wie du erwähnst, tut, dann muß der grausame Angreifer ins Verderben stürzen. Und nach einer gewissen Zeit wirst du eine Kundschafterschar senden, die für dich die Zustände in den an den König al-Kīrān angrenzenden Gegenden ausforschen wird.‹ Und er verließ ihn. So war es ihnen ergangen.

Und was den Sohn des Königs al-Kīrān betrifft, der schlief in der Nacht nach der Niederlage, wachte am Morgen auf und machte sich auf den Weg, indem er sein Pferd in sein Land und seine Heimat lenkte. Er ritt dann ohne Unterbrechung zehn Tage lang, wobei er jeden Tag schwächer wurde. Und er wies jegliche Speise ab und war nicht mehr imstande, das Pferd zu reiten. Da setzte man ihn in eine hölzerne Sänfte und leistete ihm Gesellschaft während der Reise, doch siechte er jeden Tag mehr dahin, bis er die Stadt seines Vaters erreicht hatte.

Und er war dessen einziges Kind, und er hatte keines außer ihm. Als nun das Gefolge des Prinzen mit ihm die Stadt betrat, und man seinen Vater benachrichtigte, sein Sohn wäre unwohl, ging der König zu ihm hinaus und traf ihn. Da fand er ihn in seinem elenden Zustande. Als er ihn so sah, schrie er plötzlich auf und fiel zu Boden, erschrocken über die Heftigkeit des Leidens, das seinen Sohn befallen hatte. Schließlich brachte man ihn hinein und legte ihn auf das Lager. Und sein Vater ließ einen von seinem Gefolge holen und fragte ihn über den Anlaß der Krankheit und des Unwohlseins. Der erzählte ihm, was sich mit al-Mahdī begeben hatte, wie er ihn aus dem Sattel gehoben und ihn zu Boden geschmettert hatte. Hierauf ließ er Ärzte und Weise bringen, die fanden eine seiner Rippen von dem Sturz auf den Boden angebrochen. Sie behandelten ihn dann eine Zeitlang mit Getränken und Salben, bis er aufstehen und langsam herumgehen konnte. Und sie hörten nicht auf, sich eilig um seine Heilung zu kümmern, bis sein Leib gesund wurde, und er wie früher war.

Dann sagte sein Vater zu ihm: ›Mein Sohn, der, der dir diesen Streich versetzt hat, muß totgeschlagen werden, sein

Land verwüstet und seine Habe und das, woran man sich labe, geraubt werden.‹ Da antwortete ihm ʿAlī und sagte: ›Keineswegs, lieber Vater, ich habe selbst die Schuld auf mich geladen, weil ich einen Fehler gemacht habe, in ihr Land gegangen und auf den Kampfplatz geritten bin. Habe ich denn nicht gesagt, er werde mir keinen Augenblick standhalten? Und es ist richtig, es so zu lassen.‹ Da wurde sein Vater wütend und ließ in seinem Heer Befehle und Kundmachungen ausrufen, man werde einen Kriegszug ins Land China und dessen Provinzen unternehmen und daß sich die Truppen aus seinen Ländern versammeln sollten, bis bei ihm zehntausend Reiter wären. Nun trat sein Sohn zu ihm und sagte: ›Ich beschwöre dich bei Gott, lieber Vater, tu dies nicht! Es kann sein, daß etwas von den Dingen dieser Welt geschieht, das uns ins Verderben stürzen wird. Und Lob sei Gott, der die Sache gut ausgehen ließ!‹ Doch sein Vater sprach zu ihm: ›Schweig, mein Sohn, ich muß es tun.‹ Da ließ ihn sein Sohn in Ruhe, doch er war gezwungen, sich auf den Weg zu machen.

Als nun die Haufen zusammengekommen waren, hunderte und tausende sich versammelt hatten, ließ der König in seinem Heere verkünden, daß man ausziehen werde. So brachen sie auf und ritten, und nahmen den Weg nach der Hauptstadt von China. Sie ritten ununterbrochen eine Zeitlang. So war es ihnen ergangen.

Und was al-Mahdī, den Sohn des Wesirs Ahmad, betrifft, der ließ zehn Tage vergehen, nachdem er zum König gesagt hatte: ›Du mußt eine Schar auf alle Wege schicken, damit sie Nachrichten auskundschaften‹, und sandte fünfzig Reiter auf Kundschaft. Die waren dann zwanzig Tage unterwegs und kehrten, auf die Stadt zureitend, zurück. Und siehe, da zeigten sich Staubwolken, und es erhob sich ein Geschrei. Als sie das sahen, neigten sie sich über die Köpfe der Pferde und trabten in einem fort, bis sie in die Stadt hineinritten und es dem König meldeten.

Da ließ er Wesire, Kämmerer und Amtswalter holen und hielt mit ihnen darüber Rat, wie sie sich verhalten sollten. Und siehe, al-Mahdī, der Sohn des Wesirs Ahmad, trat zum König, küßte den Boden vor ihm und sagte: ›O König, es bleibt nichts anderes übrig, als im ganzen Heere verkünden zu lassen, es sollte sich versammeln. Und du wirst mit ihnen aus der Stadt aufbrechen.‹

Und er verließ den Sultan und nahm sofort hundert Reiter, auf die er sich verlassen konnte und die er kannte, und machte sich mit ihnen auf den Weg. Und sie versteckten sich während des Tages und ritten während der Nachr, bis er nahe an das Heer des Königs al-Kīrān kam. Und er teilte die hundert Reiter in vier Abteilungen, so daß in jeder Abteilung fünfundzwanzig Reiter waren, und er sagte: ›Ihr wartet, bis ihr meinen Aufruf hört, dann wiederholt ihn jede Abteilung im Hinterhalt, während die Feinde nicht aufpassen. Wenn sie dann unser Geschrei hören und sich gegeneinander erheben, weicht ihr zurück! Und dann haben wir den Sieg gewonnen.‹ Sie stimmten seinem Vorschlag zu.

Ehe dann das erste Drittel der Nacht vergangen war, teilten sie sich in vier Abteilungen und kamen von verschiedenen Seiten zum Heere des Königs al-Kīrān, dessen Leute die Zelte aufgeschlagen hatten und eingeschlafen waren. Und siehe, es ertönte über ihnen ein furchtbares Geschrei. Da erhoben sie sich aus dem Schlaf, verwirrt und wußten nicht, was vor sich ging, noch von welcher Seite das Geschrei kam, und jeder von ihnen sagte: ›Die Leute stürzen in der Nacht auf uns!‹ Dann standen sie mit gezückte Waffe, vom Schlafe verwirrt, auf und stürzten aufeinander, so daß mehr als die Hälfte umkam.

Und was den König und seinen Sohn betrifft, die saßen auf und ritten vom Heere weg. Und siehe, al-Mahdī und seine Schar holten sie ein, ergriffen sie und ließen sie gefesselt bei der Schar zurück. Doch al-Mahdī erkannte sie. Als nun der Tag über ihnen aufging, stellten sie fest, daß die Mehrzahl der Krieger erschlagen worden war, die einen von den anderen. Und die Übriggebliebenen zerstreuten sich in verschiedenen Gegenden des Gebirges. Und jeder, der den Weg kannte, kehrte zurück.

Als der Morgen anbrach, kam al-Mahdī zu den zweien, die man gefangen hatte, und siehe, er erkannte den Königssohn. Da sagte er zu ihm: ›Junger Mann, warum gibst du dich der Gefahr preis?‹ Doch der redete und antwortete nicht. Da setzte er sie auf freien Fuß, nachdem er sie von den Fesseln befreit hatte, und sprach: ›Es genügt, was ihnen geschehen ist.‹ So kehrten der König und sein Sohn in ihr Land zurück.

Und was al-Mahdī betrifft, der befahl seiner Schar, die Sachen und die Pferde der Erschlagenen zu sammeln, brachte dieses und jenes zusammen und befahl seiner Schar, alles zu nehmen und damit in die Stadt zu gehen.

Was aber den König betrifft, der schlief die Nacht durch und am Morgen befahl er, daß das Heer sich sammeln solle, doch sein Herz war bebend, und er fürchtete sich seit dem Augenblick, als er die Nachricht vom Heer des Königs al-Kīrān bekommen hatte, und er sagte: ›Bei Gott, wenn sie über uns siegen, nehmen sie mir das Königtum und mein Land weg.‹ Und er rüstete seine Truppen bis zur Mittagszeit und wollte dem Herold den Befehl geben, im gesamten Heer den Aufmarsch zu verkünden.

Und siehe, er bemerkte eine Staubwolke in der Ferne. Da wurde er verwirrt und wußte nicht mehr, was er anfangen sollte. Sein Antlitz erblaßte, sein Aussehen veränderte sich, denn er dachte, jene Staubwolke sei der Staub vom Heer des Königs al-Kīrān. So wurde er ohne Wein berauscht. Danach befahl er den Truppen aufzusitzen und sich sofort zum Kampfe und Ringen vorzubereiten. Dann zerstreute sich die Staubwolke, und aus ihr erschienen hundert Reiter und viele Pferde ohne Reiter mit Vermögen und Beute.

Als sie sich ihm genähert hatten, siehe, da erblickte er al-Mahdī, den Sohn des Wesirs Ahmad, an der Spitze der hundert Berittenen. Da sagte er bei sich: „Bei Gott, al-Mahdī brachte uns hundert Berittene zu Hilfe." Als sie nun nahe an ihn herangeritten waren, saß sein Vater auf und ritt ihm entgegen, bevor er, noch der König Bescheid wußten. Sobald nun al-Mahdī nahe beim König war, stieg er vom Rücken seines Rosses ab, kam zu ihm und begrüßte ihn. Wie nun al-Mahdī ihn so verändert sah, sagte er zu ihm: ›Was ist denn mit dir, o größter König dieser Zeit, daß dein Aussehen verändert ist?‹ ›Mein Junge‹, versetzte ihm der König, ›wie sollte ich nicht verändert sein, wenn ich Nachrichten erhielt, daß jenes Heer zahlreich sei, unsres aber nur gering.‹ Da trat einer von den Würdenträgern an ihn heran, er gehörte zu denen, die mit al-Mahdī waren, und erzählte ihm, was al-Mahdī gemacht und was er zustande gebracht hatte, und daß die Pferde, die Beute und das Gut den Erschlagenen vom Heere des Königs al-Kīrān gehörte. Und er erzählte ihm, was al-Mahdī zum Niederwerfen des Heeres angestiftet hatte und wie sie sich in der Nacht auf sie gestürzt hatten. Da zog der

Sultan aus lauter Freude seine Gewänder aus, legte sie al-Mahdī an und sagte zu ihm: ›Bei Gott, junger Mann, kein anderer als du wird nach mir mein Nachfolger.‹

Hierauf schwand die Angst des Sultans, sein Herz wurde von der Furcht, die ihn befallen hatte, befreit. Und er befahl den Truppen, nach Hause zu ziehen. Und all die Beute und das Vermögen teilte der Emir al-Mahdī unter die Krieger und unter seine Schar auf, und die Leute beglückwünschten ihn zum Erfolg und Sieg.

Als nun die Zustände für ihn geordnet waren, erinnerte sich al-Mahdī seiner Base. Er sandte eine Frau zu ihr, ein altes Weib, und ließ ihr sagen: ›Wie lange wird diese Kälte und dieses Zögern dauern? In meinem Herzen ist die Leidenschaft und die Sehnsucht nach dir gewachsen.‹ Und er schrieb einen Brief und gab ihn der alten Frau. Die nahm ihn nun, ohne zu wissen, was ihr beschieden war. Als sie nun zum Hause gelangte, siehe, da ertappte sie der Vater dabei, wie sie den Hausflur betrat. Da sagte er zu ihr: ›Was suchst du, du Vettel?‹ Wie sie ihn hörte, war sie ganz verwirrt, und es entfiel ihr der Brief. Der Wesir Muhammad hob ihn auf, öffnete ihn, las ihn und begriff seinen Inhalt. Sogleich trat er bei der Mutter des Mädchens ein und sagte: ›Schau diesen Brief an, den al-Mahdī deiner Tochter sandte!‹ ›Mein Herr‹, versetzte sie, ›er liebt das Mädchen, und das Mädchen liebt ihn. Und du findest keinen besseren als ihn, da er der Sohn deines Bruders ist.‹ Als er nun hörte, daß seine Gemahlin diese Worte sprach, spuckte er ihr ins Angesicht und sagte: ›Bei Gott, dies ist nicht möglich und meine Tochter wird nicht seine Frau werden, noch wird er ihr Mann sein. Ich vermähle meine Tochter mit dem, den ich billige und erwähle. Und falls du es unmöglich machst, werde ich sie nehmen, mit ihr die Länder durchziehen und sie mit dem Sohne eines Königs und Sultans vermählen.‹ ›Tu‹, entgegnete sie ihm, ›was dir beliebt!‹

Als nun zehn Tage verflossen waren, nahm er seine Tochter und machte sich des Nachts auf die Reise, ohne daß es jemand wußte.

Sobald der Morgen anbrach, kam die Alte und erzählte al-Mahdī davon. Als er das von der Alten hörte, ging er zu seinem Vater und sagte: ›Lieber Vater, ich will auf die Jagd und Hetze.‹ ›Mein Junge‹, entgegnete er ihm, ›nimm deine Leute und geh! Und bleib nicht länger als drei Tage fort!‹ Er ging also, nahm zwei von seinen Leuten, nicht mehr, und machte sich auf den Weg mit der Absicht zu jagen.

Er verfolgte dann die Spur seines Oheims und dessen Tochter. Und er blieb ununterbrochen dreißig Tage auf der Spur, bis er das Land Jemen betrat und nach seinem Oheim und dessen Tochter fragte, indem er beschrieb, wie sie aussahen. Man sagte ihm, daß er die Stadt des Königs von Jemen betreten habe. Er folgte ihm dann, bis er die Stadt ebenfalls erreichte.

Als nun der Wesir Muhammad mit seiner Tochter in die Hauptstadt von Jemen gekommen war, mietete er ein hübsches, seiner Würde entsprechendes Haus, und jeden Tag saß er auf, um herumzureiten, bis ihn eines Tages der König jener Stadt auf der Gasse traf. Wie er nun mit ihm zusammenkam, stieg der Wesir sogleich ab und küßte seine Füße im Steigbügel. Der König fragte ihn: ›Von welchem Orte und aus welchem Lande?‹ Er antwortete ihm: ›Aus der und der Stadt.‹ Dann hieß er ihn willkommen und nahm ihn zu sich, machte ihn zu einem seiner Höflinge und beschenkte ihn. Und er ging am Abend heim, um die Nacht bei seiner Tochter zu verbringen. Und der König gab ihm eine Sklavin zu Diensten. Er sagte öfter zu seiner Tochter: ›Liebe Tochter, Lob sei Gott, der uns Ruhe vor jenem Satan vergönnt hat! Und, so Gott will, gebe ich dich jemandem, der entweder Sohn eines Wesirs oder eines Königs oder Sohn eines großen Schiffskapitäns ist.‹ So oft er bei ihr eintrat und ihr dies versprach, sagte sie bei sich: „Bei Gott, ich will nur meinen Vetter al-Mahdī." So war es ihnen ergangen.

Al-Mahdī mietete, als er in die Stadt hineingeritten war, für sich und seine zwei Leute eine Wohnung in einer Herberge. Und er nahm, bevor er seinen Vater verließ, mehr als eine Million Golddinare mit.

An jedem Tag nun ritt er durch die Straßen der Stadt, sah sie sich an und fragte, wer die bedeutendsten Großkaufherrn der Stadt seien. Man zeigte ihm den Vorsteher der Kaufmannsgilde. Und der Vorsteher der Kaufmannsgilde war ein ehrwürdiger Mann, dessen Worte man befolgte.

So ging er zu ihm und traf mit ihm zusammen. Und er hatte vorher sein Aussehen und sein Kleid geändert, zog das Gewand der Kaufmannssöhne aus prachtvollen Stoffen an und sagte zu ihm: ›Mein Herr, mögest du eine Wohltat säen, denn die geht nicht verloren. Und wenn sie bei einem Diener Gottes verlorengeht, bei Gott geht sie nicht verloren. Und ich möchte, daß du mir einen Wunsch erfüllst.‹ Er entgegnete ihm: ›Mein Junge, sei sovielmal willkommen, wie viele Schritte du von deinem Lande bis hierher gemacht hast! Und wäre deine Angelegenheit beim Sultan schwierig, will ich sie mit Einwilligung Gottes erfüllen, und für mich wird das keine Mühe und keine Schmälerung bedeuten.‹ ›Mein Herr‹, erwiderte ihm al-Mahdī, ›ich bin aus der und der Stadt, und mein Vater ist der Wesir Ahmad. Und ich habe eine wunderbare Geschichte.‹ Da sagte ihm der Kaufherr: ›Und wie lautet deine Geschichte, junger Mann?‹ ›Meine Geschichte ist folgende‹, erwiderte er ihm, ›ich habe einen böswilligen Oheim, und der hat eine anmutige Tochter. Sie liebt mich, und ich liebe sie. Und mein Vater verlangte sie viele Male von ihm, er konnte ihn jedoch nicht dazu bringen, daß er sie mir gebe. Hierauf nahm er sie und floh mit ihr, bis er in diese Stadt kam. Und er gehört heute zu den Höflingen eueres Königs.‹ Und er erzählte ihm die Geschichte von Anfang bis Ende, verschwieg vor ihm nichts, bis er zu ihm sagte: ›Und ich wünsche, daß du mich zu deinem Sohne machst, bei meinem Oheim um seine Tochter wirbst und mich mit ihr vermählst.‹ ›Mein Junge‹, entgegnete er ihm, ›vielleicht erkennt er dich.‹ Doch er sagte: ›Nein, ich habe mein Aussehen und mein Kleid geändert. Wenn er mich ansieht, und wäre er auch mein Vater, so würde er mich in diesem Zustande nicht erkennen.‹

Hierauf nahm ihn der Kaufherr zu sich ins Haus, bewirtete ihn und seine Leute und machte für ihn ein Haus zum Wohnen frei, stattete es ihm aus eigenen Mitteln aus und tat alles, was die Lage erforderte, wie Gefäße, Dienerschaft, Sklaven und Sklavinnen, hinein.

Dann ließ er sie im Hause allein und begab sich in den Palast des Sultans, bis er zu ihm gelangte. Dann trat er ein und begrüßte den Sultan. Er erwiderte seinen Gruß, weil jener Kaufherr beim Sultan zu einigen Auserlesenen der Großen der Stadt gehörte. Und siehe, er fand bei ihm den Wesir Muhammad. Dann plauderte er eine Weile und erhob sich und sprach: ›O größter König dieser Zeit, es berichteten mir einige Leute, daß dieser Wesir eine Tochter hat. Und ich habe einen Jungen und beabsichtige, um seine Tochter für meinen Sohn zu werben, damit ich durch ihn geehrt werde.‹ Da sagte der Wesir Muhammad: ›Mein Herr, sie ist die Sklavin für deinen Sohn, seiner Majestät zu Ehren.‹

Dann setzte man für ihn das Brautgeld fest, und der Kaufherr ging, kehrte zurück und übergab ihm, was man ihm an Geld auferlegt hatte. Da erhob sich der Wesir Muhammad, nahm das Geld an und begann hocherfreut die Ausstattung seiner Tochter und all das, was die Umstände erfordern, vorzubereiten und zu sagen: ›Bei Gott, der Sohn dieses Kaufherrn ist bestimmt schöner als mein Brudersohn.‹ Doch er wußte nicht, was auf der Stirn geschrieben stand. So stattete er sie in wenigen Tagen aus und schloß ihren Ehevertrag vor dem Sultan.

Als nun die Hochzeitsnacht kam, legte al-Mahdī ein Kaufherrngewand an, so daß, wenn ihn sein Oheim oder sogar sein Vater gesehen hätten, sie ihn nicht erkannt hätten. Da nahm man ihn und führte ihn zur Tochter des Wesirs. Die wußte jedoch nichts von der List, die ihr Vetter anwandte. Als er nun zu ihr hineinkam, fand er sie weinend und jammernd, bis auf ihren Wangen Tränen wie strömendes Wasser flossen. Und sie wehklagte und weinte wegen ihres Vetters. Er trat näher, da erschrak sie vor ihm, wie ein Kamel erschrickt, sie starrte ihn an, erkannte ihn jedoch nicht. So oft er sich dann dem Platz näherte, an dem sie stand, zog sie sich vor ihm an einen anderen zurück. Doch er hielt es aus bis Mitternacht. Dann sagte er zu ihr: ›Meine Herrin, du hast bekommen, wonach du dich gesehnt, und worauf du gehofft hast. Wie es mit dir steht, so steht es auch mit mir. Du hast mir Mühsal verursacht und hast mich von meinem Vater und meiner Mutter entfernt.‹ So oft er sie nun anredete, hörte sie eine Stimme, die der ihres Vetters ähnlich war, wenn sie aber sein Aussehen und sein Kleid betrachtete, fand sie ihn jenem nicht ähnlich. So wurde sie verwirrt und sprach: ›Und was könnte meinen Vetter hierher an diesen Ort gebracht haben?‹ Da trat er heran und legte die Kleider, die er anhatte, ab. Als sie ihn nun so sah, erkannte sie ihn. Hocherfreut stand sie auf, umarmte ihn und beide, er und sie, fielen auf eine Weile außer sich auf das Lager. Nachdem sie dann erwacht waren, brachte er sie um ihre Jungfräulichkeit.

Dann sagte sie: ›Wie hast du das zustande gebracht?‹ Da erzählte er ihr von der List, die er angewandt hatte, und wie er den Kaufherrnsohn gespielt hatte. Und zuletzt sagte er: ›Du wirst mein Geheimnis bewahren und meine Sache verschweigen und wirst es niemandem offenbaren, solange es auf Befehl Gottes, des Erhabenen, nicht an den Tag kommt.‹ Sie hielt also die Angelegenheit geheim. Er kam nun jeden Tag zu ihr und ging zu ihr hinein, und wenn ihr Vater im Hause war, empfing er ihn und hieß ihn erfreut willkommen. Und ihr Vater sagte: ›Lob sei Gott, der meine Tochter vom Sohn ihres Oheims gelöst hat!‹

Im ersten Jahr empfing seine Tochter von al-Mahdī, und als die Zeit ihrer Schwangerschaft zu Ende war, gebar sie einen Sohn. Als dann das dritte Jahr herankam, empfing sie von neuem und am Anfang des vierten Jahres gebar sie wieder einen Sohn. Und al-Mahdī blieb in jener Stadt noch vier Jahre, bis im siebten Jahre die Knaben bereits groß geworden waren.

Als nun zwei Monate nach der Hochzeit seiner Tochter verflossen waren, empfand der Wesir Sehnsucht nach seinem Lande und seiner Heimat. Und während dieser ganzen Zeit erkannte er den Sohn seines Bruders, den Emir al-Mahdī, nicht. Da sagte er zu ihm: ›Lieber Schwiegersohn, ich will in mein Land ziehen. Wird deine Gemahlin bei dir bleiben, wenn ich abreise?‹ Er sagte zu ihm: ›Was du für richtig erkannt hast, das tue dann, es wird zu dem, was man nicht tadeln kann!‹ Hierauf bat der Wesir den König der Stadt um die Erlaubnis, abreisen zu dürfen. Nachdem der ihm seine Einwilligung gegeben hatte, nahm er von ihm Abschied, verließ ihn und machte sich auf den Weg nach seinem Land und seiner Heimat.

Er ritt dann in einem fort des Weges, bis er in seine Stadt kam und sein Haus betrat. Da fragte die Mutter nach ihrer Tochter, worauf er sagte: ›Ich habe sie mit dem Sohn des Vorstehers der Kaufmannsgilde vermählt.‹ ›Du fürchtest Gott nicht‹, versetzte sie ihm, ›daß du deine Tochter in die Fremde verheiratest?‹

Zu al-Mahdī sagte damals sein Vater, nachdem er ihn unter dem Vorwande, auf die Jagd zu gehen, verlassen hatte, beim Abschied: ›Mein Junge, sei von mir nicht länger als drei Tage fern!‹ Als er ihn nun verlassen hatte und diese lange Zeit, die sieben Jahre, von ihm fern war, trennte sich sein Vater seit dieser Zeit nicht vom Trauergemach, und es schmeckte ihm kein Gericht und der Schlaf labte ihn nicht.

Und al-Mahdī blieb dort sieben Jahre nach der Abreise seines Oheims, dann rüstete er sich für die Reise. Der Vorsteher der Kaufmannsgilde gab ihm alles, was für die Reise nötig war, er nahm Abschied von ihm und ritt, indem er Wüsten und Einöden durchzog; seine Gemahlin führte er in einer Tragsänfte mit sich und auch schwarze Sklaven, Verschnittene und Diener. Er zog dann ohne Unterbrechung, bis er nahe an seine Stadt kam, stieg an einem geräumigen Orte ab, ließ Zelte für sich und die Sklaven und Diener aufschlagen, da er sich nach Ruhe sehnte und nur eine halbe Meile von der Stadt entfernt war.

Und es geschah nach der Vorbestimmung, daß sein Vater, der Wesir Ahmad, verstimmt und verdrossen, zu jener Stunde hinausgeritten war, um frische Luft zu schöpfen, und sich wegen der Abwesenheit seines Sohnes zu trösten. Und siehe, al-Mahdī drehte sich zufällig um, da erblickte er seinen Vater und erkannte ihn. Er erhob sich eilig, ging auf ihn zu und begrüßte ihn. Als ihn nun sein Vater sah, erkannte er ihn nicht und sprach zu ihm: ›Wer bist du, junger Mann?‹ ›Wenn meine Mutter aufrichtig war‹, entgegnete er, ›so bin ich dein Sohn al-Mahdī.‹ Als sein Vater nun diese Worte hörte, stieg er vom Rücken seines Hengstes herab, sie umarmten einander und setzten sich beide im Zelte nieder. Und al-Mahdī erzählte seinem Vater, was für eine List er bei seinem Oheim angewandt, wie er seine Base geheiratet und sie ihm zwei Knaben geboren hatte. Al-Mahdī ließ dann die Knaben, die den Monden gleich waren, von ihrer Mutter holen.

Als sein Vater sie erblickte, wurde er ungeduldig, er saß auf, nahm die zwei Knaben vor sich auf den Sattelknopf und ritt, bis er voller Freude mit ihnen das Haus betrat. Da begegnete ihm seine Gemahlin, die Mutter al-Mahdīs, und merkte, daß er erfreut war. Da sagte sie: ›Möge deine Heiterkeit lange bestehen, mein Herr!‹ ›Jawohl, bei Gott‹, erwiderte er, ›das Glück ist schon da, und die Trauer ist vorüber, und was ich in meinem Herzen fühlte, ist durch diese Kinder aufgeheitert.‹ Da sagte sie zu ihm: ›Und was sind das für Kinder?‹ ›Diese zwei Kinder‹, antwortete er, ›sind Söhne deines Sohnes al-Mahdī‹. Und er neigte sich zärtlich zu ihr und sagte ihr: ›Diese zwei Knaben sind von seiner Base. Und er vermählte sich mit ihr mit Erlaubnis ihres Vaters, der ihn jedoch bis zur Zeit nicht erkannt hat. Und er griff zu einer

List, indem er sagte, daß er der Sohn des Vorstehers der Kaufmannsgilde sei. Die ihm gespielte List glückte, und er vermählte sich mit ihr. Und er befindet sich an dem und dem Orte und kommt sogleich zu dir.‹

Während sie nun redeten, siehe, da kam schon al-Mahdī, trat zu seiner Mutter herein, er und seine Gemahlin. Und siehe, sein Oheim, der Wesir Muhammad, fand sich ein und begrüßte ihn und sah seine Kinder an. Da sehnte sich sein Herz nach ihnen, und er nahm sie wiederholt auf seine Knie und küßte sie auf die Wangen. Da erinnerte er sich seiner Tochter und weinte bitterlich, empfand Reue und sprach: ›O, wären diese Kinder Kinder meiner Tochter! O, hätte ich meine Tochter meinem Brudersohne gegeben, damit sie mir nahe wäre!‹ Und er weinte und seufzte und bereute es. Da sagte al-Mahdī, sein Brudersohn: ›Warum weinst du denn, lieber Onkel?‹ ›Wie sollte ich nicht weinen‹, antwortete er ihm, ›da mich einst der Satan betörte und mir zuflüsterte, dir meine Tochter nicht zu geben? Und ich habe sie einem anderen gegeben und entfernte sie von mir. Wenn mich Gott geleitet, und ich sie dir gegeben hätte, wäre sie jetzt uns und ihrer Mutter nahe. Doch dies ist etwas, was Gott vorgesehen hat. Und was Er bestimmt hat, das führt Er zu Ende, nicht verhüten können es Menschenhände! Bei Gott, lieber Vetter, ich habe mich gegen dich versündigt, doch alles ist Schicksal.‹

Als nun al-Mahdī erkannte, daß Reue seinen Oheim ergriff, sagte er: ›Das, was du verlangst, und was du in diesem Augenblick begehrst, das ist schon geschehen, da davor, was die Schicksalsfeder schreibt, kein Entkommen möglich bleibt. Gehe sofort mit diesen zwei Knaben, damit sie dir ihre Mutter zeigen, denn sie ist meiner Base ähnlich.‹ ›Wie könnte ich zur

Mutter dieser Knaben eintreten‹, erwiderte er ihm, ›wenn sie fremd ist, und ich sie nicht kenne?‹ Er sagte jedoch zu ihm: ›Aber sie kennt dich gut.‹ Da wunderte sich sein Oheim über seine Worte, wiederholte die Frage zum ersten und zum zweiten Mal, während er ihm entgegnete: ›Erhebe dich, geh mit den Knaben zu ihrer Mutter, denn sie ist deiner Tochter ähnlich! Wenn du sie ansiehst, wird es dir vorkommen, als ob du deine Tochter sähest.‹ Da entgegnete er ihm: ›Nun gut.‹

Dann, nachdem al-Mahdī die Aufrichtigkeit seines Vorhabens und seiner Reue erkannt hatte, befahl er den Knaben, ihn mitzunehmen. Die Knaben nahmen ihn also und begaben sich mit ihm zu ihrer Mutter und führten ihn zu ihr. Als sie ihn erblickte, stand sie schnell ihm zu Ehren auf, küßte ihm eilig die Hände und begrüßte ihn. Er beobachtete sie und wiederholte: ›Bei Gott, die ist meiner Tochter ähnlich!‹ Da sagte sie: ›Was ist denn mit dir, daß du dich wunderst? Preis sei Dem, der keinen seinesgleichen hat!‹ ›Bei Gott‹, erwiderte er ihr, ›ich bin verwirrt in meinem Verstand. Wenn ich sagte, daß du meine Tochter bist, dann würde ich entweder lügen oder die Wahrheit sagen. Ich sage nun, daß ich meine Tochter mit dem Sohne eines Kaufherrn, der Vorsteher der Kaufmannsgilde in der und der Stadt ist, vermählt und sie bei ihm gelassen habe und hierher gekommen bin. Und wenn ich sagte, daß ich sie mit dem Sohne meines Bruders vermählt hätte, würde ich lügen. Ich bin verwirrt und weiß nicht, was ich sagen soll.‹

Da sprach seine Tochter zu ihm, indem sie sich verstellte: ›Erzähle, hoher Herr, deine Geschichte, und was dir widerfahren ist!‹ ›Bei Gott‹, erwiderte er, ›meine Geschichte ist wunderbar und du hast mich in Verwirrung gebracht. Und es geschah folgendermaßen: Ich hatte eine Tochter, die aufs Haar genauso aussah wie du, doch es warb um sie bei mir al-Mahdī, der Sohn meines Bruders. Meine Seele hat mir jedoch, weil ich dumm war, nicht erlaubt, sie ihm zu geben. Und ihre Mutter und seine Mutter sind leibliche Schwestern. So wurde dieses Mädchen zur Tochter seines Oheims väterlicherseits und Tochter ihrer Tante mütterlicherseits, beiderseits verwandt. Da hetzte sein Vater den König auf mich, zum ersten, zum zweiten und zum dritten Mal, indem er verlangte, daß ich sie mit ihm vermähle. Doch er hatte keinen Erfolg. Dann kam der Sohn des Königs al-Kīrān zu mir und forderte von mir, daß ich sie mit ihm vermähle. Doch es ereignete sich in dieser Sache dies und dies. Als nun einige Tage vergangen waren, nahm ich sie in die und die Stadt, wurde mit dem dortigen König bekannt und kurz darauf kam zu mir irgendein Kaufherr und warb um sie für seinen Sohn. Wir setzten nun die betreffenden Bedingungen fest, ich übernahm die Brautgabe für sie, schloß ihren Ehebund mit dem Sohne des Kaufherrn, und er trat zu ihr ein. Danach blieb ich zwei Monate dort und empfand Sehnsucht nach meinem Lande. Ich kehrte deshalb zurück und ließ sie bei ihrem Gemahl. Und fürchtete ich nicht, daß die Leute sagen: „Er ist verrückt", würde ich sagen, daß du meine Tochter bist.‹

Dies alles geschah, während al-Mahdī, sie belauschend, hinter der Tür stand, weil er ihr befohlen hatte, sie möge sich vor ihm verstellen. Da sprach sie zu ihm: ›Warum hast du deine Tochter deinem Brudersohne nicht gegeben, da du sagst: „Ich habe sie in der und der Stadt vermählt?" Und du magst den Sohn deines Bruders nicht und fliehst mit deiner Tochter und vermählst sie im fremden Lande? Und was bist du für ein Mensch, daß du deinem Brudersohne die Tochter seines Oheims verweigertest und auch ihm sie verweigert hast?‹

Und siehe, al-Mahdī trat bei ihnen ein, während sie miteinander redeten, und sagte: ›Ich beschwöre dich bei Gott, lieber Oheim, sieht denn diese nicht wie deine Tochter aus?‹ ›Bei Gott, lieber Brudersohn‹, erwiderte er, ›sie ist wie sie, und du würdest sagen, daß sie es sei.‹ Da sagte er zu ihm: ›Du erkennst sie nicht? Aber geh sogleich und laß meine Tante holen, damit sie die Knaben begrüße und sich mit ihnen vergnüge!‹ Er stand also auf und verschwand.

Und siehe, die Tante al-Mahdīs kam und trat ein. Als sie nun die Mutter der Knaben sah, warf sie sich ihr entgegen und erkannte sie sofort und war sich dessen sicher, umarmte sie, grüßte und küßte sie eine Zeitlang, wobei sie sich zu den Knaben wandte, sie an die Brust drückte und auf die Wangen küßte. Und siehe, der Wesir Muhammad kehrte zurück, und als er eingetreten war, stellte er fest, daß sie sich über die Maßen freuten. Da sagte er: ›Was hat es mit dieser Geschichte auf sich? Dies bedeutet etwas Gutes.‹ Da trat seine Frau zu ihm und erzählte ihm die Geschichte, und daß ihre Tochter die Mutter der Knaben sei. Als man es ihm sagte, trat er zu seiner Tochter, begrüßte sie und sprach: ›Was hat es nur mit all diesen Geschichten auf sich? Bei Gott, als ich die Knaben anschaute, neigten sich mein Herz und meine Sinne ihnen zu.‹ Da sagte al-Mahdī: ›Wieso sagst du: „Ich habe meine Tochter mit einem anderen als mit meinem Brudersohne vermählt.“ Und was brachte deine Tochter zu mir?‹ ›Ich beschwöre dich bei Gott, lieber Brudersohn‹, erwiderte er, ›daß du mir erzählst, wie du dazu gekommen bist, denn ich habe sie ohne Zweifel und Verdacht dem Sohne jenes Kaufherrn vermählt.‹ Da brach al-Mahdī in Gelächter aus. Dann sagte er: ›Bei Gott, lieber Oheim, die Leute sagen: „Mag auch die Lüge etwas erzielen, so ist die Wahrheit doch weit nützlicher und vorteilhafter.“ Als du das Mädchen nahmst und mit ihm geflohen bist, während unsere Herzen liebevoll einander zugetan waren, da sagte ich zu meinem Vater: „Ich will auf die Jagd gehen.“ Er gab mir die Erlaubnis, doch er schärfte mir ein, nicht länger als drei Tage von ihm entfernt zu bleiben. Da nahm ich diesen und jenen mit, ritt dir nach und fragte die Reisenden aus. Und sie wiesen mich auf den richtigen Weg, bis ich in die Stadt kam, die du betreten hast; ich wandte mich an einige ihrer Einwohner und fragte sie nach dem Oberhaupt der Kaufleute. Sie machten mich mit ihm bekannt, und ich erzählte ihm meine Geschichte, und wie es um meine Liebe zu meiner Base stünde. Er versprach mir dann alles Gute und bewirtete mich. Dann stand er auf und ging zum König. Er fand dich bei ihm sitzend. Er warb bei dir um das Mädchen, setzte die Bedingungen fest, übergab dir das Brautgeld für sie und schloß den Ehebund deiner Tochter mit mir. Und ich hatte mein Aussehen verändert, und du meintest, ich sei der Sohn des Kaufherrn. Dann trat ich bei dem Mädchen ein.‹ Als er ihm nun von dieser List erzählte, wunderte er sich darüber, wie klug sie sein Brudersohn eingefädelt hatte.

Inzwischen kam der Wesir Muhammad mit seinem Bruder, dem Wesir Ahmad, zusammen und erzählte ihm, was er von al-Mahdī gehört hatte. Da erhob er sich, saß mit ihm auf, beide traten beim König ein und erzählten ihm, was al-Mahdī zustande gebracht hatte, von Anfang bis Ende. Da wunderte sich der König, wie er es angestellt hatte und wie diese List gegen den Wesir Muhammad geglückt war. ›Bei Gott‹, sagte er dann, ›ich begnüge mich nicht mit euerer Erzählung, denn nur die Erzählung aus dem Munde des Helden ist wohlklingend.‹ Dann ließ er al-Mahdī holen. Er erzählte ihm die Geschichte und der König lachte über alles, was er ihm erzählte, und wendete sich an den Wesir Muhammad und sagte zu ihm: ›Wieso kommt es, daß ein junger Mann, wie dieser da, sich über dich lustig machen und dir gegenüber eine List anwenden konnte? Und er überlistete dich, obgleich du ein Wesir und Berater der Könige bist. Und zur Zeit fällt mir nichts Besseres ein, als al-Mahdī zum Wesir zu machen, wenn irgend etwas vorkommt, wird er vielleicht uns und euch mit Rat beistehen.‹ Hierauf legte der König al-Mahdī ein Ehrengewand an und übergab ihm ein Dritteil des Wesirats. So wurde er zum Wesir.

Al-Mahdī ritt nun Tag für Tag zum Dienst beim Sultan und war bei den Staatsversammlungen zugegen. Und er wurde um Rat befragt, und es kam so weit, daß alle Leute zu ihm kamen. O Gott, gewähre Schutz vor Neid, wenn er sich des Menschen bemächtigt, denn der Neid vernichtet den, der ihm verfallen ist!

Als nun al-Mahdī zu Worte kam, war der erste, der sich darüber freute, sein Vater, der Wesir Ahmad, und der erste, der ihn beneidete, sein Oheim, der Wesir Muhammad. Es kam so weit, daß eines Tages der Wesir Muhammad in seinem Innern Neid gegen den Sohn seines Bruders empfand, als er sah, daß der König seine Fähigkeit anerkannte. Da nahm er sich heimlich vor, ihn zu vernichten, ohne darauf zu achten, daß er sein Schwiegersohn und Brudersohn war.

Es geschah dann eines Tages, daß der König am Nachmittag allein saß. Und siehe, der Wesir trat bei ihm ein, nachdem er einen Plan gegen seinen Brudersohn al-Mahdī durchdacht hatte. Als nun der Sultan bemerkte, daß er zu dieser Zeit zu ihm kam, wunderte er sich und sprach: ›Lieber Wesir, es ist nicht deine Gewohnheit, zu dieser Stunde zu kommen.‹ ›Jawohl, o größter König dieser Zeit‹, entgegnete er, ›doch der Grund, warum ich zu dir komme, ist die Furcht um dich, um dein Königreich und dein Land.‹ Da sagte der Sultan zu ihm: ›Und wieso, lieber Wesir?‹ Er sprach zu ihm: ›Wenn der König nicht Herr der Inseln Sāfāt ist, taugt er nichts. Wenn nun die Inseln und ihre Bewohner unter die Gewalt deiner Hand kämen, dann wärest du der größte unter den Königen. Denn es könnte vorkommen, daß sie gegen dich ausziehen und dein Land erobern wollen. Wären sie unter deinem Befehl und Verbot, würden sie zu deinen Verbündeten gehören, und du könntest dich mit ihnen vor den übrigen Königen rühmen.‹

Als der König diese Worte hörte, dachte er, es sei wahr, obwohl es eine List des Wesirs zum Verderben seines Brudersohnes al-Mahdī war. Da sagte er zu ihm: ›Und wie sollen wir das ausführen, o Wesir?‹ ›Du wirst al-Mahdī schicken‹, erwiderte der ihm, ›mit zehntausend Reitern von deinen Truppen. Und viertausend kommen vom Meere aus. Diese vierzehntausend werden sich vereinigen und die Bewohner jener Inseln überfallen, sich ihrer bemächtigen und ihnen den Tribut für jedes Jahr auferlegen. Und sie bleiben unter deinem Befehl und Verbot.‹ Als der König das hörte, freute er sich darüber. Dann sprach er zum Wesir: ›Biete die Truppen auf, sich zu einem Kriegszug zu rüsten!‹ Er verließ ihn dann.

Gleich darauf, bevor Muhammad die Truppen aufgeboten hatte, trat er in einen geheimen Raum ein und schrieb einen Brief an die Emire jener Inseln, in dem zu lesen stand: ›Der König hat vor, gegen euch zu ziehen, sich eueres Reiches und Landes zu bemächtigen. Wir suchten ihn daran zu verhindern, doch er ließ sich nicht daran hindern. Und er schickte Truppen zu Land und zu Meer. Sobald sie zu euch kommen, werft euch auf sie und erschlagt sie alle und laßt niemanden übrig, der wohnen könnte an jener Stätte, noch jemanden, der die Möglichkeit, ein Feuer anzublasen hätte, und niemanden, der imstande ist, uns über sie eine Nachricht zu geben.‹ Und er faltete den Brief, versiegelte ihn und schickte nach einem kräftigen seiner Sklaven, gab ihm heimlich den Brief und sagte zu ihm: ›Du wirst dich mit diesem Briefe nach den Inseln Sāfāt aufmachen, wirst erforschen, wer ihr Herrscher ist, ihm den Brief geben und von ihm die Antwort bringen!‹ Da sprach der Sklave: ›Ich höre und gehorche.‹ Dann nahm er den Brief und etwas Wegzehrung mit, verließ im Geheimen seinen Herrn und machte sich zu Lande auf den Weg. So war es ihm ergangen.

Und der Wesir Muhammad ging hinaus, als ihn der Sklave verlassen hatte, und er sicher war, daß er schon weit weg war, und sandte den Herold, um zu verkünden, daß alle Krieger sich zum Kriegszuge rüsten sollten. Das hörte der Wesir Ahmad, saß auf, kam zum Sultan geritten und fragte ihn: ›Was ist das für eine Ankündigung?‹ ›Ich beabsichtige, mich der Inseln Sāfāt zu bemächtigen‹, entgegnete er ihm, ›und der Befehlshaber der Truppen wird dein Sohn, der Wesir al-Mahdī, sein.‹ Als nun der Wesir Ahmad diese Worte hörte, war er außer sich und geriet von Sinnen. Nach einer Weile sprach er dann zu ihm: ›O größter König dieser Zeit, die Bewohner der Inseln Sāfāt sind ein rohes Volk, niemand richtet gegen sie etwas aus, weder du, noch ein anderer.‹ ›O Wesir Ahmad‹, entgegnete ihm der König, ›du stellst es dir falsch vor, und ich nehme weder deine Worte, noch deinen Rat an.‹ Da sagte er zu ihm: ›O größter König dieser Zeit, tu, was dir beliebt! Möge Gott deinen Taten Erfolg verleihen!‹ Und er verließ ihn blind und taub, weder hörend noch sehend. In seinem Herzen hatte er Angst um seinen Sohn al-Mahdī, und er sprach: ›Es gibt weder Macht noch Stärke, außer bei Gott, dem Erhabenen, dem Allmächtigen!‹

Es verging dann nur kurze Zeit und alle Truppen versammelten sich, zehntausend von ihnen waren Reiter, und viertausend Fußtruppen bestiegen die Schiffe, denn zu den Inseln Sāfāt gehörte ein mit dem Gebirge verbundenes Festland, sie wohnten jedoch an den Küsten der Inseln. Und die Stadt, die der Sitz des Herrschers war, die lag in ihrer Mitte. Als sich die Truppen gerüstet hatten, zahlte ihnen der Sultan den Sold und den Lohn aus, reichte al-Mahdī Fahnen und Standarten und was noch für einen Kriegszug erforderlich ist, nämlich Kriegsgerät und anderes. Hierauf zogen die Truppen aus der Stadt hinaus, und der Sultan schickte nach al-Mahdī, ließ ihn holen, legte ihm ein Ehrengewand an, hielt eine Staatsversammlung für die Soldaten und Würdenträger ab und befahl ihnen, daß alle al-Mahdī Gehorsam leisten und ihm unterworfen sein sollten. Alle sagten dann: ›Wir hören und gehorchen.‹

Dies alles geschah, während der Wesir Ahmad sich in seinem Hause aufhielt. Er und die Mutter seines Sohnes al-Mahdī weinten und sprachen von Zeit zu Zeit: ›Wer weiß, ob wir noch einmal mit unserem Sohn zusammenkommen?‹ Und sie weinten, beteten für ihn, flehten von Gott Hilfe herab und verfluchten den, der daran Schuld war.

Als nun der vierte Tag anbrach, zogen sämtliche Truppen aus und der Sultan mit ihnen. Nachdem sie sich dann von der Stadt entfernt hatten, nahm der König von ihnen Abschied und kehrte zurück, er und der Wesir Muhammad, der bei sich sagte: „Bei Gott, niemals wird er von diesem Kriegszuge zurückkehren!" Hierauf nahm das Leben in der Stadt seinen üblichen Lauf.

Und was den Wesir al-Mahdī betrifft, der zog mit den Truppen auf dem Landweg, bis er mitten in Wüsten und Einöden geriet. So war es ihm ergangen.

Und was den Sklaven des Wesirs Muhammad betrifft, der ritt, nachdem er den Brief empfangen hatte und aufgebrochen war, in einem fort, fünfundzwanzig Tage lang, bis er die Inseln erreichte und sah, daß sie stark befestigt waren und Mauern hatten, auf denen ein Reiter traben konnte. Dann fragte er nach dem Herrscher, unter dessen Herrschaft die Inseln stünden. Man sagte: ›Was wünscht du?‹ Er erwiderte ihnen: ›Ich habe einen Brief.‹ Da nahmen sie ihn in die Stadt, deren König über die Inseln herrschte, und traten mit dem Sklaven bei ihm ein. Der Sklave begrüßte ihn, brachte seine Ehrenbezeigungen vor, trat näher, küßte den Brief, gab ihn dem König und trat zurück. Bevor nun der König den Brief geöffnet hatte, fragte er den Sklaven und sagte: ›Aus welcher Stadt und aus welchem Lande?‹ ›Aus der und der Stadt‹, erwiderte der Sklave, ›von meinem Herrn, dem Wesir Muhammad.‹ Dann öffnete der König den Brief, las ihn und begriff seine Anspielungen und seinen Sinn.

Sofort rief er nach seinen Wesiren, Kämmerern und Dienern, man führte sie vor ihn, und er benachrichtigte sie vom Inhalt des Briefes und befahl ihnen, ihm etwas Richtiges zu raten. Da rieten sie ihm, die Truppen, die auf den Inseln Sāfāt seien, zu sammeln. Er ließ sie also in der Stadt versammeln. Und es waren ihrer zwanzigtausend Reiter außer denen, die auf Schiffen fochten. Und er stattete sie mit Kriegs- und Kampfgerät aus, bezeichnete ihnen verschiedene Wege und bestimmte Kundschafter, um nach den ankommenden Truppen Ausschau zu halten. So war es ihnen ergangen.

Und was al-Mahdī betrifft, der zog ruhig mit den Truppen immerfort und unbesorgt, vierzig Tage lang, bis er sich den Inseln genähert hatte, daß Auge auf Auge traf, beide Heere aneinander gerieten, beide sich dann gegeneinander in Reih und Glied aufstellten, um Kampf und Ringen zu beginnen. Dann standen sie auf der Walstatt, zum Kampfe entschlossen, und stürzten aufeinander. Es verging nicht einmal eine volle Stunde und siehe, von den Truppen al-Mahdīs waren tausend Reiter erschlagen und siebenhundert Reiter gefangen genommen. Als nun die Nacht mit ihrer Finsternis über sie gefallen war, trennten sich die beiden Heere. Nachdem sie dann auseinander waren, untersuchte al-Mahdī seine Truppen, da fand er, daß eintausendundsiebenhundert Reiter verloren gegangen waren. Da sprach er: ›Wenn wir diese Anzahl beim ersten Treffen verloren haben, wird uns am Morgen, wenn wir zum Kampfe und zum Ringen aufbrechen, mehr als dies verloren gehen. Ich vermute jedoch, daß Verrat im Spiele ist, und daß der, der unserem König diesen Rat gegeben hat, unsere Vernichtung und unseren Untergang wollte. Doch die Fügung gehört Gott – Preis sei Ihm, dem Erhabenen –!‹

Als der Morgen kam, saßen die beiden Heere zum Kampfe und Ringen auf. Dann kämpften und rangen sie miteinander und du sahst in diesem Treffen die Hände schwingen und das Blut den Adern entspringen, es flohen die Feigen und die Tapferen begannen sich vor Müdigkeit zu neigen bis zur Mittagszeit. Und siehe, die Truppen der Inseln umzingelten die Truppen al-Mahdīs, einen Teil von ihnen erschlugen sie, den anderen nahmen die gefangen, nur wenige retteten sich und ergriffen in wildem Lauf die Flucht und wußten nicht, wer gefangen wurde, und wer tot war. Und unter denen, die sie gefangen nahmen, war auch der Wesir al-Mahdī. Es kamen nun fünftausend Gefangene zum König der Inseln Sāfāt, die übrigen waren zum Teil getötet worden, teils waren sie geflohen.

Dann sammelte man die Gefangenen und stellte sie dem König der Inseln vor. Der sah al-Mahdī an, da bemerkte er, daß er anmutig und sehr jung war. Er fragte ihn nach seinem Namen, worauf er ihm antwortete: ›Ich heiße al-Mahdī, Sohn des Wesirs Ahmad.‹ ›Und was hat dich dazu gebracht‹, fragte der König, ›daß du hierher gekommen bist, da doch die Könige dieser Zeit uns nichts antun konnten? Und wie steht es denn jetzt mit euch, ihr Elenden? Nehmt sie und sperrt sie im Kerker ein, solange wir uns nicht dazu entscheiden, sie umzubringen!‹ Man nahm sie also und sperrte sie im Kerker ein, wobei al-Mahdī sich der Übermacht unterwerfen mußte.

Und es geschah durch die Fügung der Vorbestimmung, daß die Tochter des Königs, die vierzehn Jahre alt war, als ihr Vater die Gefangenen bei sich versammelt hatte, aus dem Fenster hinaussah, und die Gefangenen musterte. Da drehte sie sich zufällig um und erblickte den Wesir al-Mahdī, der dastand, wie wenn auf seinen Wangen zwei Rosen blühten und er aus der Gußform der Schönheit und der Anmut hervorgegangen wäre. Als sie ihn nun so vor Schönheit strahlen sah, ergriff Liebe zu ihm ihr Herz und Inneres, und es tat ihr Leid, daß er in diesem Zustande war. Dann blieben er und die Gefangenen im Kerker. So war es ihnen ergangen.

Was nun die Soldaten, die man in die Flucht geschlagen hatte, betrifft, die liefen in einem fort, bis sie ihre Stadt erreichten, beim König eintraten und klagten dort mit lautem

Geschrei über das große Unheil, das geschehen sei. Da fragte er sie, was ihnen zugestoßen wäre, und sie berichteten ihm, was sich ereignet hatte, und daß von sämtlichen Truppen ein Teil erschlagen und ein Teil gefangen genommen worden war. Da sagte der König: ›Was hat Gott gefallen, mit al-Mahdī zu tun?‹ ›Wir wissen nicht‹, antworteten sie ihm, ›ob er gefangen genommen oder getötet wurde.‹

Als sein Vater diese Nachricht gehört hatte, schlug er sich ins Angesicht und seine Mutter, seine Gemahlin und seine Kinder begannen zu trauern. Darauf ließ der König den Wesir Muhammad holen und sagte zu ihm: ›Dies war deine Anstiftung, du böser Wesir! Du schlägst mir Unmögliches vor und sagst mir: „Du bist kein großer König, wenn du dich nicht der Inseln Sāfāt bemächtigst." Aber bei Dem, der mir die Herrschergewalt in diesem Königtum anvertraut hat, wenn nur ein Schröpfkopf Blutes al-Mahdīs verloren geht, wird dafür dein Kopf und deine Habe verfallen.‹ Und er schrie ihn grob an. Der Wesir zog sich von seinem Angesicht zurück, ohne an Rettung zu glauben, bis er sein Haus betrat und verließ es nicht und entfernte sich nicht aus ihm. Und zum Dienste beim Sultan ritt jeden Tag nur der Wesir Ahmad aus, doch trauernd um seinen Sohn al-Mahdī. So war es ihnen ergangen.

Und was al-Mahdī betrifft, den man mit den anderen Gefangenen im Kerker eingesperrt hatte, den sah die Tochter des Königs und die Liebe zu ihm setzte sich in ihrem Herzen fest und seine Kerkerhaft traf sie schwer.

Der König der Inseln Sāfāt entließ, als ihm der Sieg vergönnt wurde, alle seine Krieger in ihre Heimat, so daß in der Stadt nur ihre Einwohner blieben. Und die Tochter des Sultans pflegte jeden Tag al-Mahdī durch ein altes Weib, das zu ihm eintrat, etwas Essen zu schicken, da er allein an einem Orte des Kerkers saß und nur zwei bei ihm waren, nicht mehr, wie es der König befohlen hatte. So kam die Alte mit dem Essen zu ihm, setzte es ihm vor und sagte: ›Meine Herrin grüßt dich und läßt dir sagen: „Sei ruhigen Herzens.“ Sie muß sich für dich verwenden, sich für deine Rettung einsetzen und Fürsprache einlegen.‹ Und sie verhielt sich eine Zeitlang so.

Und es war die Gewohnheit des Königs, daß er sich in jedem Jahre in die Gärten begab, um dort zehn Tage zu bleiben. Und die Gärten waren außerhalb der Inseln Sāfāt eine halbe Tagreise entfernt. Als nun die Zeit zur Ausfahrt kam, forderte er sämtliche Würdenträger des Reichs auf, nahm mit, was an Speise und Trank nötig war, und zog zur gewohnten Zeit mit all seinen Höflingen, Dienern und Verschnittenen hinaus. Und die Stadt war leer von Männern, und es blieb niemand in ihr, außer denen, die krank oder bejahrt oder Säuglinge waren, da sämtliche Einwohner der Stadt in jedem Jahre mit dem Sultan hinauszogen. So wurde die Stadt von Männern entblößt, doch der König wußte nicht, was nach seiner Ausfahrt in der Stadt geschehen würde, und sein Herz war ruhig. Aber das, was ihm in der Welt der Geheimnisse verborgen war, wußte nur Gott.

Als dies geschehen war, erhob sich die Tochter des Königs, nahm mit sich, was für den Wesir al-Mahdī geeignet war, öffnete seinen Kerker, trat zu ihm, setzte ihm das Essen vor und versprach ihm alles Gute. Hierauf sagte sie: ›Wieviel deiner Leute liegen hier gefangen?‹ Er antwortete: ›Ungefähr viertausend.‹ Sie sagte darauf: ›Überlege einmal! Wenn ich dir eine Wohltat erwiese, würdest du danach handeln und den Auftrag, den ich dir geben werde, einhalten?‹ ›Meine

Herrin‹, erwiderte er ihr, ›was für eine Wohltat und was für ein Auftrag ist es?‹ Sie sagte zu ihm: ›Mein Liebling, mein Herz fing an dich zu lieben, und ich will dir eine Wohltat erweisen, wenn du tapfer und heldenhaft bist. Ich werde dich jetzt zum Herrscher dieser Stadt machen. Wenn du dich ihrer mit deinen Leuten bemächtigst, wirst du der Herr sämtlicher Inseln bis auf die letzte werden, und sie geraten unter deine Botmäßigkeit. Du mußt aber meinen Vater festnehmen und ihn einkerkern, bis sein Widerstand gebrochen ist. Und dann wirst du bei ihm um mich werben, denn er wird dich erhören und vermählt mich mit dir. Und laß ihn nicht frei, außer wenn es Gott beschließen wird, und ich von dir empfange. Dann laß ihn allein frei, damit er dein Gefährte werde. Und hierauf wirst du ihn zu deinem Statthalter machen, wirst mich nehmen und mit mir in dein Land reisen. Es wird dir die ganze Sache gelingen und du wirst zum größten unter den Königen werden. Willst du jedoch für immer hier in diesem Königreiche als König und Sultan bleiben, so wird er an Würde niedriger sein als du, du wirst ihn dann auf eine von den Inseln schicken.‹ Da sagte er zu ihr: ›Meine Herrin, wenn sich die Sache so verhält, dann besagt das Sprichwort: „Wenn es sich um eine Wohltat handelt, dann ist jetzt die Zeit dafür“.‹

Hierauf erhob sie sich, öffnete im Geheimen das Zeughaus, ließ sämtliche Gefangene zusammen mit al-Mahdī frei und händigte ihnen Waffen aus. Die nahmen, wonach sie sich sehnten, und was sie benötigten, verschlossen das Zeughaus und nahmen die Schlüssel zu sich. Dann verteilten sich jene viertausend an allen Seiten außerhalb der Stadt. Und al-Mahdī setzte sich auf den Königsthron.

Als dann die Zeit der Rückkehr des Königs aus den Gärten

kam, umzingelten die viertausend sie und griffen sie mit dem Schwerte an. Man fesselte den König und die, die übrig blieben und nicht getötet wurden, und hielt sie fest. Preis sei Dem, der die Zustände ändert!

Sie führten sie samt dem König vor al-Mahdī, der auf dem Königsthrone saß. Als der König sich nun selbst gefangen sah, faßte das Herz al-Mahdīs Mitleid mit ihm, und er schickte ihn allein an einen Ort. Und seine Leute setzte er ins Gefängnis und ließ sie gut bewachen.

Al-Mahdī herrschte nun so, daß er den Nagel auf den Kopf traf und Könige in seinen Urteilen überragte. Und er schickte auf die Inseln und berief ihre Großen und Statthalter und zwang sie, die Ämter, die sie verwalteten, zu behalten. Da erwiesen sie ihm Ehre, wünschten ihm Erfolg und Sieg und verließen ihn, nachdem er sie mit Ehrengewändern bekleidet hatte. Und so wurde er zum Herrscher.

Und was die Königstochter betrifft, die kam jede Nacht verkleidet zu al-Mahdī, saß bei ihm, sprach mit ihm, und unterhielt sich mit ihm, nachdem alle, die er bei sich hatte, weggegangen waren. Sie kehrte erst knapp vor der Morgendämmerung in ihr Zimmer zurück. Dies alles geschah, während al-Mahdī ihren Vater immer mehr ehrte, zu ihm ging, mit ihm zusammen war, sich mit ihm vergnügte und ihm alles Schöne versprach, bis eines Tages al-Mahdī nach dem König sandte, ihn kommen ließ, ihn an seine Seite setzte und mit ihm plauderte. Dann sagte er zu ihm: ›Hoher Herr, ich will, daß du mich mit deiner Tochter vermählst und mein Schwiegervater wirst.‹ Da sagte der Sultan: ›Sie ist deine Sklavin.‹ Sofort schickte er nach dem Richter und schloß den Ehebund seiner Tochter mit ihm. Und al-Mahdī ging in jener Nacht zu ihr ein und vergnügte sich mit ihr bis zur

Morgenzeit, nachdem er sie um die Jungfräulichkeit gebracht hatte.

Dann schickte ihr Vater nach al-Mahdī, und er wurde vor ihn gebracht. Der König traf sich mit ihm, beglückwünschte ihn zur Hochzeit und sagte: ›Freue dich darüber, was dir zuteil wurde! Aber, mein Junge, in Anbetracht dessen, was mir widerfahren ist, nimm diesen Brief da!‹ Er nahm ihn entgegen, las ihn, begriff seinen Inhalt, seinen Sinn und seine Andeutungen und erkannte, daß es sein Oheim war, der ihn gegen den König der Inseln Sāfāt geschickt und ihn aufgehetzt hatte, al-Mahdī zu töten. Da sprach er: ›Es gibt weder Macht noch Stärke, außer bei Gott, dem Erhabenen, dem Allmächtigen! Er ist mein Oheim und mein Schwiegervater und stürzt mich ins Verderben und verrät den Sultan mit Wort und Tat.‹

Dann schrieb er seinem Vater, dem Wesir Ahmad, und dem König einen Brief und berichtete ihnen über alles, was geschehen war, von Anfang bis Ende, über seine Vermählung mit der Königstochter, und daß er als König und Sultan auf dem Thron sitze, daß er die Inseln Sāfāt beherrsche und sie in seiner Gewalt habe, so daß sie unter seiner Regierung und seinem Befehl wären. Und er übergab den Brief einem seiner Sklaven und schärfte ihm ein, mit der Antwort zurückzukehren. Da nahm der Sklave den Brief und ritt dahin.

Und er ritt in einem fort, ganze Tage und Nächte, bis er zur Stadt des Wesirs Ahmad gelangte, bei ihm eintrat und ihm den Brief übergab. Er öffnete ihn und las ihn, da fand er darin einen anderen Brief. Er öffnete ihn und stellte fest, daß er von der Hand seines Bruders, des Wesirs Muhammad, geschrieben war. Er las ihn, dann sagte er bei sich: „Wenn ich diesen Brief dem König überreiche, und er ihn liest, läßt er meinem Bruder den Kopf abschlagen. Aber mit jedem, der etwas Böses tut, wird Gott abrechnen."

Als er den Brief seines Sohnes al-Mahdī zu Ende gelesen und begriffen hatte, was für eine Gnade und Ehre seinem Sohne zuteil geworden war, freute er sich unendlich, stand in demselben Augenblick auf, nahm den Brief seines Sohnes und nahm auch den Sklaven mit, trat beim König ein und reichte ihm den Brief. Der las ihn, wunderte sich über alle Maßen und sprach: ›Wie kommt es, daß er des Nachts im Kerker ist und des Morgens auf dem Throne sitzt? Bei Gott, sicher widerfuhr ihm ein merkwürdiges Erlebnis!‹ Dann fragte er nach dem, der den Brief gebracht hatte. Da antwortete ihm der Wesir: ›Es hat ihn irgendein Sklave gebracht.‹ Er sprach: ›Hole mir ihn!‹ Der Wesir brachte ihn also. Als er vor dem König stand, befragte er ihn nach jenen Geschehnissen, und er berichtete, was geschehen war, vom Ersten bis zum Letzten, verschwieg vor ihm nichts und sagte, die Ursache von alldem sei die Tochter des Königs. Da sagte der König: ›Lob sei Gott!‹ Und er gab dem Sklaven tausend Dinare. Dann schrieb er ihm die Antwort. Der Sklave nahm sie und ritt fort, nachdem er drei Tage ausgeruht hatte. Er ritt dann in einem fort, bis er in die Stadt der Inseln Sāfāt gelangte. Dann trat er zum König al-Mahdī ein und gab ihm den Antwortbrief. Der König nahm ihn, öffnete ihn, las und begriff seinen Inhalt und Sinn.

Und al-Mahdī herrschte weiter in jener Stadt, bis eines Tages sich seine Seele nach der Ausfahrt auf Jagd und Hetze sehnte. Da nahm er zehn Mann mit und ritt, eine Beute suchend, wie es vorbestimmt war. Er ritt ohne Unterbrechung, bis er mitten in Gebirge, Wüsten und Einöden geriet. Und siehe, er erblickte eine Gazelle. Da trabte er hinter ihr her.

Und es war gerade die Mittagszeit. Und er verfolgte sie ohne Unterlaß, bis zum Sonnenuntergang, begierig, sie zu erbeuten, doch er holte sie nicht ein. Da wurde er zornig und sprach: „Wie kommt es, daß ich diese Gazelle den ganzen Tag jage und sie nicht einhole?" Dann wollte er zu seinen Leuten zurückkehren, aber er fand den Weg nicht, war verwirrt und erschrak, da er nichts gegessen hatte und der Hengst dabei war, unter ihm vor Hunger und Durst zusammenzubrechen. Und siehe, da fand er Reste einer Wasserlache. Er stieg vom Hengste ab, lockerte ihm den Zaum und tränkte ihn. Dann suchte er Zuflucht am Rande eines kleinen Hügels, wo er etwas Gras fand. Weil er großen Hunger hatte, aß er dann von dem Grase, bis es ihm den letzten Atem verschlug. Er ließ den Hengst frei und auch dieser fraß von dem Grase, bis er satt wurde. Dann ging der Hengst abseits und blieb stehen. Und al-Mahdī schlief in seiner Nähe bis zum Morgen.

Dann stand er auf, legte seinem Hengste das Geschirr an und saß auf, weil er umkehren und nach seinen Leuten suchen wollte. Und siehe, die Gazelle erschien inmitten der Hügel. Da brach er auf, um sie zu jagen. Die Gazelle lief vor ihm her und al-Mahdī verfolgte sie. Er trabte immerfort bis zum Sonnenuntergang, worauf die Gazelle inmitten des Gebirges verschwand. Und die Nacht brach über ihn herein, und die Gazelle verbarg sich vor ihm.

Und al-Mahdī trabte hinter ihr her vom Morgen bis zum Sonnenuntergang, drei Tage lang, er ertappte sie jedoch nicht, und auch die Gazelle wurde nicht müde bis zum vierten Tage. Dann trabte er hinter ihr her bis zur Mittagszeit. Und siehe, die Gazelle lief vor ihm in ein Beduinenzelt aus Haaren.

In jenem Zelt war eine Frau, eine Beduinin. Als nun die Gazelle zu ihr hineinlief, stieg al-Mahdī ab, weil er die Gazelle fangen wollte. Da erhob sich die Beduinin und sagte: ›Was willst du mit der Gazelle?‹ ›Ich nehme sie‹, entgegnete er ihr, ›weil ich ihr bereits vier Tage nachsetze. Und sie ist meine Beute, ich kann also von ihr nicht ablassen.‹ Da sprach die Beduinin zu ihm: ›Gedulde dich, Reiter! Die Gazelle trat zu mir und floh unter meinen Schutz. Ich kann sie dir deshalb nicht ausliefern.‹ Er begann dann, sich mit der Beduinin eine Weile herumzustreiten. Und siehe, da kamen zwei Mädchen zu dem Zelt, und jedes Mädchen hatte einen Korb Holz auf dem Kopfe. Und sie waren Kinder der Beduinin. Als sie al-Mahdī sah, verwirrte sich sein Verstand, und er wurde bestürzt, weil die Mädchen so reizvoll waren. Da sah ihn die Beduinin an und sagte: ›Du Reiter, was ist mit dir, daß deine Augen den Mädchen so entgegen blitzten und dein Augapfel sich umdrehte? Wehe dir, schämst du dich nicht, die Mädchen so anzuschauen, obwohl man deinem Äußeren und deinem Antlitz doch ansieht, daß du ritterlich bist?‹ ›Bei Gott, o Beduinin‹, entgegnete er ihr, ›ich sah sie nicht schamlos an, sondern ich betrachtete sie bewundernd. Wie kommt es, daß diese Mädchen in einer solchen Wüste leben, da sie aussehen wie aus der Gußform der Schönheit und des Reizes hervorgegangen. Das ist höchst sonderbar.‹ Da sagte sie: ›O größter Ritter dieser Zeit, wenn eine von ihnen deinen Gefallen erweckt hat, heiratest du sie dann?‹ Er antwortete: ›Und warum sollte ich sie nicht heiraten?‹ Darauf sprach sie zu ihm: ›Jedoch unter einer Bedingung.‹ Er fragte sie: ›Und wie lautet diese Bedingung?‹ ›Die Brautgabe für die Tochter ist bei uns‹, antwortete sie ihm, ›die Kamele acht Jahre lang zu weiden. Wenn du also acht Jahre lang Kamele weidest, vermählen wir dich mit der, die dir von den beiden gefällt.‹ Da wußte er nicht, was er tun sollte und sein Verstand geriet durcheinander, doch er war nicht imstande, auf den Anblick der Mädchen zu verzichten, aber das Weiden der Kamele sagte ihm nicht zu, und er wußte nicht, was für eine Antwort er geben sollte. Doch die Begierde der Seele überwand ihn, und die Liebe zu dem jüngeren Mädchen blieb an seinem Herzen haften. Da suchte er seine Seele zum Kamelweiden zu verführen, um die Schönheit und Anmut zu genießen. Da sagte er zu der Beduinin: ›Und du bist die Mutter dieser Mädchen?‹ Sie antwortete ihm: ›Ja.‹ Er sprach: ›Und wo ist der Vater?‹ ›Er kommt zur Zeit des Sonnenuntergangs‹, erwiderte sie, ›mit den Hirten der Kamele.‹ Er sprach dann weiter nicht mit ihr, bis zur Zeit des Sonnenuntergangs.

Und siehe, der Gatte der Beduinin kam auf einem rabenschwarzen Rappen geritten, der der dunklen Nacht glich. Als er vom Rücken seines Hengstes hinabgestiegen war, da sah er al-Mahdī, wie er vor dem Zelte saß. Da begrüßte er ihn, hieß ihn willkommen und sprach zu ihm: ›Sei willkommen, unser Gast!‹ ›Dieser Ritter‹, sagte seine Gattin, ›will sich mit deiner Tochter vermählen.‹ ›Mit der älteren‹, fragte er, ›oder mit der jüngeren?‹ Sie sprach: ›Mit der jüngeren.‹ Da sagte der Vater des Mädchens zu al-Mahdī: ›Bist du mit der Bedingung einverstanden?‹ Er sprach: ›Ich bin einverstanden.‹ Und dies alles geschah, während al-Mahdī seine Base vergaß und auch die Tochter des Königs der Inseln Sāfāt. Und er war in die Tochter der Beduinin verliebt und in seinem Sinne mit dem Weiden der Kamele einverstanden. Es verging kaum eine Stunde, und er hatte nichts anderes mehr im Sinn, als die Anmut des Mädchens. Da nahm ihn der

Mann der Beduinin mit, sandte nach dem Richter der Wüstenaraber, der schrieb nieder, daß das Brautgeld bei ihnen sei, die Kamele acht Jahre lang zu weiden, und schloß den Ehebund des Mädchens mit al-Mahdī. Und man schlug ihm ein Zelt aus Haaren auf und führte ihn zu dem Mädchen. Als er sich ihr näherte, und sie um die Jungfräulichkeit brachte, da sah er etwas, was das übertraf, was bei den Frauen war, die er vor ihr geheiratet hatte, denn die Töchter der Wüstenaraber, die in der Wüste erzogen werden, verstehen es besser, die Gunst ihrer Gatten zu erwecken und sie sind reizvoller als die Königstöchter. Weil das Mädchen nun so war, geschah es, daß al-Mahdī in seinem Innern damit einverstanden war, die Kamele zu weiden. Dann blieb er bei ihr sieben Tage, Tag und Nacht, indem er die Schönheit und die Anmut des Mädchens genoß.

Und am achten Tage ging al-Mahdī mit den Kamelen nach der Gewohnheit der Wüstenaraber auf die Weide hinaus, doch er konnte kaum das Ende des Tages erwarten, bis er mit den Kamelen nach Hause gehen konnte. Und er trat sogleich in das Zelt aus Haaren ein, das man ihm wegen des Mädchens gegeben hatte. Wenn er nun zu ihr kam, konnte er sich nicht erwehren, noch vor dem Abendessen und vor allen anderen Dingen ihr beizuwohnen und für die ganze Nacht in ihrer Umarmung zu verschwinden. Und auch das Mädchen blieb ihm in Liebe verbunden, weil er anmutig war. So zog er mit den Kamelen auf die Weide, und der, der früher ein König und Sultan war, wurde jetzt ein Kamelhirt.

Nachdem sein Vater, der Wesir Ahmad, den Brief al-Mahdīs erhalten hatte, der sein Inneres zufriedengestellt und sein Herz beruhigt hatte, gelüstete es seine Seele, zu seinem Sohne zu gehen, um ihn zu besuchen und ihn dazu zu beglückwünschen, womit ihn Gott, der Erhabene, an Gnade und Ruhm beschenkt hatte, da er König der Inseln Sāfāt geworden war. Dann nahm er seine Leute mit und ritt nach den Inseln Sāfāt.

Er ritt dann ohne Unterlaß, zwanzig Tage lang. Und während er des Weges zog, siehe, da erschien ihm eine Gazelle mitten aus dem Gebirge. Der Wesir Ahmad sah sie. Da sprach er bei sich: „Bei Gott, diese Gazelle ist hübsch." Und er stürzte auf sie los und gab dem Hengste die Sporen, um der Gazelle nachzujagen. Und wie weit der Plejaden Licht vom Staube des Erdbodens ist, das bemißt man nicht. Und er hörte nicht auf zu traben, gierig nach der Gazelle, doch er holte sie nicht ein und fürchtete zurückzukommen, da ihn seine Leute schmähen und ihn für unfähig halten könnten. Er holte aber die Gazelle bis zum Sonnenuntergang nicht ein, und es erschienen bereits die Zeichen der nächtlichen Dunkelheit. Und die Gazelle ging ihm zwischen den Hügeln und Sandflächen verloren. Da wollte er umkehren, doch es war nicht möglich, und er geriet in Angst. Dann kam er an den Fuß eines Hügels und verbrachte dort die Nacht, er und sein Hengst, hungrig und durstig, bis zum Morgen.

Danach bestieg er seinen Hengst und wollte einen Weg ausfindig machen, der ihn in eine Ortschaft führen würde. Und siehe, jene Gazelle erschien vor ihm inmitten der Hügel und Sandflächen. Er stürmte ihr nach, doch er holte sie bis zum Ende des Tages nicht ein. Der Hengst wäre schon fast unter ihm vor großem Hunger und Durst zusammengebrochen. Dann überkam ihn die Dunkelheit der Nacht und die Gazelle verschwand.

So verhielt er sich ohne Unterlaß eine Zeitlang, an jedem Tage erschien ihm die Gazelle, und er stürmte ihr nach, doch er holte sie innerhalb von vier Tagen nicht ein. Auch am fünften Tage stürmte er ihr nach bis zum Vormittag.

Und siehe, das ewige Schicksal warf ihn zum Zelt der Beduinin, deren Tochter sein Sohn al-Mahdī geheiratet hatte. Und die Gazelle lief in das Zelt der Beduinin hinein. Er wollte ihr die Gazelle fortnehmen, doch sie ließ nicht zu, daß er sich ihrer bemächtige, und sagte: ›Diese Gazelle bat uns um Schutz. Du hast also keinen Anspruch mehr auf sie.‹

Während sie nun so sprachen, siehe, da kam aus den Haarzelten ein Mädchen schön wie der Mond in seiner Fülle und sein Angesicht strahlte wie die Mondscheibe. Sobald es nun der Wesir Ahmad erblickte, sträubte sich ihm der Schnurbart, sein Verstand verwirrte sich und er war nahe daran, vom Rücken seines Hengstes herunterzufallen.

Als die Beduinin ihn so sah, während seine Augen das Mädchen anstarrten, sagte sie: ›Was ist denn mit dir, Ritter? Ist dein Verstand irre geworden?‹ Doch er sagte: ›Hat dieses Mädchen einen Gatten oder ist es ledig?‹ Sie antwortete ihm: ›Es ist ledig.‹ ›Wenn es ledig ist‹, erwiderte er ihr, ›gib es mir!‹ Da sagte sie zu ihm: ›Bist du mit der Bedingung einverstanden, die unter den Wüstenarabern üblich ist?‹ Er fragte sie: ›Was für eine Bedingung ist es?‹ ›Bei uns‹, erwiderte sie ihm, ›wird als Brautgeld für die Töchter die Bedingung gestellt, daß man acht Jahre lang Kamele weiden muß. Wenn du mit dieser Bedingung einverstanden bist, dann kommt der Vater des Mädchens am Ende des Tages. Du wirst absteigen und da sitzen, bis er kommt und dir den Heiratsvertrag beim Richter der Wüstenaraber niederschreiben läßt. Und wenn du nicht einverstanden bist, dann gehe in Frieden fort!‹ Er sagte zu ihr: ›Und wenn ihr von mir das Brautgeld in Bargeld fordertet, was für ein Schaden wäre es?‹ Aber sie sagte zu ihm: ›Das Brautgeld unserer Töchter ist das Weiden der Kamele. Und verkürze dein Reden! Wenn du willst, ist dies der Anfang und der Schluß der Unterredung.‹ Da sprach er: ›Bei Gott, dieses Mädchen verdient es.‹ Hierauf stieg der Wesir Ahmad ab und setzte sich.

Dann erhob sich die Beduinin, brachte Datteln und Milch und sagte zu ihm: ›Im Namen Gottes!‹ Er trat also näher und aß, bis er satt war. Da drehte er sich zufällig zum zweiten Zelte um, da sah er ein Mädchen, dessen Körper hatte eines Bambussprosses Halt und einem Weidenaste ähnelte seine Gestalt, zu dem der Erhabene gesprochen hatte: ›Geschehe!‹ Und es geschah. Und es wiegte sich reizend und wunderbar. Da sagte er der Beduinin: ›Und wie stehst du zu jenem Mädchen?‹ ›Sie ist meine Tochter‹, erwiderte sie, ›jedoch verheiratet. Und sie ist die Schwester dieses Mädchens.‹

Als es nun Abend wurde, siehe, da kam al-Mahdī mit den Kamelen von den Weideplätzen und trat geradewegs ins Zelt hinein. Doch die Sonne hatte sein Aussehen verändert, so daß sein Vater, als er ihn sah, ihn nicht erkannte.

Und siehe, der Vater des Mädchens kam auf seinem Hengste geritten. Dann stieg er ab. Da trat die Beduinin zu dem Hengste, nahm ihm den Zaum ab und gab ihm Futter. Dann kam der Beduine zum Wesir Ahmad, hieß ihn willkommen und begrüßte ihn. Da sagte ihm seine Gattin: ›Mein Herr, dieser Gast will sich mit unserer Tochter vermählen.‹ ›Sieh mal an‹, entgegnete er ihr, ›ist er mit der Bedingung der Wüstenaraber einverstanden?‹ Sie sagte zu ihm: ›Jawohl, er ist einverstanden.‹

Dann schliefen sie diese Nacht und am Morgen sandte der Vater des Mädchens und ließ den Richter der Wüstenaraber holen; der setzte für den Wesir Ahmad schriftlich fest, daß das Brautgeld des Mädchens das Weiden der Kamele acht Jahre lang sei, und schloß ihren Ehebund. Dann schlug er ihm ein Zelt aus Haaren auf, getrennt und alleinstehend. Nachdem man seinen Ehevertrag geschrieben hatte, geduldete sich der Wesir nicht, sondern betrat das Zelt am Tage und brachte sie um ihre Jungfräulichkeit. Und er verließ sie erst nach sieben Tagen.

Und ihre Schwester, die bei seinem Sohne al-Mahdī war, erzählte ihrem Gatten, daß ihre Schwester sich vermählt habe, und daß man dem Bewerber ebenso als Bedingung das Weiden der Kamele gestellt habe. Jeder von ihnen, al-Mahdī und sein Vater, ging mit den Kamelen auf die Weide und sie trafen nicht zusammen. Die zwei gingen nun auf die Weide, jeder von ihnen mit zweihundert Kamelen und jeder trieb in einer anderen Gegend der Weideplätze.

So lebten sie ein Jahr lang, und gingen mit den Kamelen auf die Weide und sie trafen einander nicht. Und alles geschah deswegen so, weil sich jeder mit seiner Frau beschäftigte und kaum erwarten konnte, bis der Tag zur Neige ging. Dann zogen sie heim und jeder betrat das Zelt, das ihm zugewiesen worden war. Und jede der zwei Frauen sagte zu ihrem Mann: ›Sieh doch mal, wie es deinem Schwager geht!‹ Doch der antwortete ihr: ›Ich kenne ihn nicht und bin nicht mit ihm zusammengetroffen.‹ Man wunderte sich darüber, bis eines Tages der Wesir Ahmad mit dem anderen zusammenkommen wollte und ihn fragen wollte, aus welchem Lande er sei. Er fragte also nach den Weideplätzen, auf die al-Mahdī gewöhnlich ging und man zeigte sie ihm. Er zog dann mit den Kamelen dorthin, da fand er al-Mahdī, der in einer Hütte saß. Er kam zu ihm und begrüßte ihn, worauf jener seinen Gruß erwiderte. Doch das Äußere beider hatte sich verändert, sowohl ihr Aussehen, als auch ihre Miene, besonders, da jeder das Kleid der Wüstenaraber trug, einen Kittel und einen Gürtel, nichts mehr. Ihre früheren Gewänder taugten nicht zum Weiden der Kamele, und jeder von ihnen zog seine Kleider bei seiner Gattin aus. Als sie nun zusammentrafen, da fragte einer den anderen nach seinem Lande und seiner Heimat, doch keiner von ihnen konnte seinem Gefährten sagen: ›Ich bin aus dem und dem Lande‹, weil al-Mahdī ein König war und sein Vater ein Wesir und jeder fürchtete zu sagen: ›Ich war der und der.‹ Sie plauderten nun miteinander. Da sprach der Wesir Ahmad zu seinem Sohne al-Mahdī: ›Lieber Bruder, es ist unser Wunsch, daß jeder dem anderen eine Geschichte erzähle, damit wir uns in dem Zustande, in dem wir uns befinden, trösten. Da sagte al-Mahdī zu ihm: ›Mensch, erzähle zuerst du, und ich werde nach dir erzählen!‹

Nun sprach der Wesir: ›Bei Gott, ich hörte eine wunderbare Erzählung, und die ist eine Warnung für den, der sich warnen läßt.‹ Al-Mahdī fragte ihn: ›Und wie lautet sie?‹ ›Man berichtet – und Gott weiß es am besten –‹, sagte er, ›daß es einmal einen Wesir gab, der Ahmad hieß. Und er war bei einem König und hatte einen Bruder, der Muhammad hieß. Und der Wesir Ahmad besaß einen Sohn namens al-Mahdī. Und dieser war Berater der Könige. Als nun der König sah, daß er Verständnis und Gewandheit besaß, machte er ihn zum Wesir. So wurde al-Mahdī Wesir. Sobald sein Oheim sah, daß sein Wort Geltung hatte und er führen durfte, wurde er auf ihn eifersüchtig.‹ Als nun al-Mahdī diese Erzählung hörte, den Kopf auf den Arm gestützt, setzte er sich aufrecht, hörte den Worten aufmerksam zu und sagte zu ihm: ›Bei Gott, dies ist eine wunderbare Erzählung!‹ Er erzählte ihm dann ohne Unterbrechung, was ihm im früheren Leben geschehen war, bis er zu der Vermählung mit der Tochter der Beduinin kam.

Dies alles geschah, während weder der Wesir Ahmad seinen Sohn al-Mahdī erkannte, noch dieser seinen Vater, bis die Erzählung zu Ende war. Da geriet al-Mahdī in Verwunderung und sprach bei sich: ›Preis sei Gott! Bei Gott, diese Erzählung zeigt, daß dieser Mann mein Vater ist, und ich sein Sohn bin.‹ Dann sagte al-Mahdī: ›Ich beschwöre dich bei Gott, wer bist du?‹ Er antwortete ihm: ›Ein Mensch, ein Geschöpf Gottes.‹ Dann fragte er ihn zum zweitenmal: ›Ich beschwöre dich bei Gott, bist du nicht der Wesir Ahmad?‹ Er sprach zu ihm: ›Und wie kommst du darauf?‹ Al-Mahdī antwortete: ›Weil deine Erzählung dazu führt.‹ Er sprach: ›Jawohl, ich bin der Wesir Ahmad.‹ Da erhob sich al-Mahdī und umarmte ihn. Als er dies sah, fragte er ihn: ›Und wer bist du?‹ Er erwiderte ihm: ›Dein Sohn al-Mahdī.‹ Da umarmten sie sich, und jeder erzählte dem anderen, was ihm widerfahren war. Dann sagte al-Mahdī zu seinem Vater: ›Wie benehmen wir uns? Wir verfolgten die Leidenschaften unserer Seelen und verließen unser Land und unsere Heimat wegen des niedrigsten Dinges, das es geben kann. Und wir folgten dem Satan.‹ Da sagte sein Vater: ›Und was kann man tun?‹ ›Morgen um Mitternacht‹, erwiderte al-Mahdī, ›werden wir beide unbemerkt hinausgehen und im Schutze der Nacht davonreiten. Unser Herr wird uns führen, entweder in das Land Churāsān oder auf die Inseln Sāfāt.‹ Und sie einigten sich über diesen Plan.

Als nun die Zeit des Sonnenuntergangs anbrach, gingen sie mit den Kamelen heim, und jeder von ihnen trat zu seiner Frau ein, setzte sich bei ihr nieder und ruhte in ihrer Umarmung aus. Um Mitternacht zog dann jeder die Kleider an, in denen er aus seinem Lande gekommen war, sattelte seinen Hengst, zog ihm den Riemen fest und saß auf. Dann trafen die beiden zusammen und ritten, ohne zu wissen, wohin sie sich wenden sollten. Doch sie baten Gott, Er möge sie auf einen Weg bringen, der sie zu dem führen würde, was sie suchten.

Dann ritten sie einige Tage hindurch, ihr Land und ihre Heimat suchend, und Gott, den Erhabenen, um richtige Führung bittend. Sie vergaßen jedoch nicht, sich an die Geschichte mit den Töchtern der Beduinin zu erinnern, weil sie ihre Frauen so sehr geliebt hatten, da die Töchter der Wüstenaraber zu dem Gatten vertraulicher sind als die Königstöchter. Und sie sagten wiederholt: ›Wir wollen sehen, ob das Schicksal uns wieder mit ihnen zusammenführt?‹ Al-Mahdī sagte dann zu seinem Vater: ›Wenn uns noch ein längeres Leben und ihnen das Zusammentreffen mit uns beschieden ist, wird es sicher geschehen.‹ So war es al-Mahdī und seinem Vater ergangen.

Was nun die Gefährten al-Mahdīs betrifft, die warteten fünf Tage lang auf ihn, als er mit ihnen auf die Jagd ausgeritten war, auf die Gazelle gestoßen, ihr auf seinem Hengste nachgestürmt war, sie jedoch nicht eingeholt hatte und ihnen verloren gegangen war, doch er kehrte nicht zu ihnen zurück. Sie gingen also in die Stadt, und es verbreitete sich in der Stadt das Gerücht, der Sultan sei von der Jagd nicht zurückgekommen. Da hörte es seine Gemahlin, die Tochter des Königs. Sie stand auf, stellte ein Lager auf, breitete darüber ein Mückennetz aus Rohseide und sprach: ›Der Sultan kam am zweiten Tage zurück und ist krank. Er liegt deshalb auf seinem Lager.‹ Sie wandte nämlich, als sie jenes Gerücht hörte, diese

List aus Angst an, weil sie um das Königtum und die Sultanswürde fürchtete. Da wurden andere Gerüchte laut und es verbreitete sich in der Stadt, daß der Sultan heimlich gekommen sei, und ihn eine Krankheit befallen habe. Da stellten sich die Höflinge und Wesire ein, um ihn anzusehen, und baten um Erlaubnis, eintreten zu dürfen. Die Gemahlin al-Mahdīs gestattete ihnen dann den Eintritt und schickte Verschnittene zu ihnen, um sie hineinzuführen. Denen schärfte sie folgendes ein: ›Sobald jemand kommt, sagt, daß der König schläft!‹ Wenn nun jemand eintrat, sah er das Lager und auf ihm die Vorhänge. Dann sagten die Verschnittenen: ›Der König schläft zu dieser Zeit.‹ So war jeder, der zu ihm eintrat, überzeugt, daß der Sultan auf dem Lager schlafe. Und die Königstochter, die Gemahlin des Königs al-Mahdī, richtete alle Dinge so ein, daß die Wesire eine Zeitlang ihre Befehle ausführen konnten. Das alles ereignete sich durch die Klugheit der Gemahlin al-Mahdīs und ihre List, der die Würdenträger des Reichs glaubten. Sie hielten es nämlich für sicher, als sie von der Rückkehr seines Gefolges erfahren und das Gerücht gehört hatten, daß, als er irre gegangen war, sich ihre Wege geteilt hatten und al-Mahdī allein geritten war.

Und was al-Mahdī und seinen Vater betrifft, die reisten ohne Unterlaß, ausdauernd Tag und Nacht reitend, bis sie das Schicksal zur Hauptstadt der Inseln Sāfāt warf. Da versteckten sie sich in ihrer Nähe, bis das erste Drittel der Nacht anbrach. Dann kamen sie zum Stadttor und schliefen unter ihm bis zum Morgen. Da wurde das Stadttor geöffnet, und sie traten ein.

Al-Mahdī ging nun ohne Unterlaß, bis er zu seiner Gemahlin mit verändertem Aussehen eintrat. Die erhob sich eilig und floh. Da sagte er: ›Wie kommt es, daß du vor mir fliehst?‹ Sie fragte ihn: ›Und wer bist du?‹ Er sagte zu ihr: ›Dein Gemahl, al-Mahdī.‹ Da erhob sie sich, umarmte ihn und fiel vor großer Freude ohnmächtig zu Boden. Dann wachte sie aus ihrer Ohnmacht auf und sagte zu ihm: ›Was ist dir zugestoßen, und was ist dir während deiner Abwesenheit widerfahren?‹ Er erzählte ihr dann alles, was ihm widerfahren war von Anfang bis Ende. ›Wer ist der‹, fragte sie ihn dann, ›der mit dir ist?‹ Al-Mahdī sagte zu ihr: ›Er ist mein Vater, ich kam mit ihm in der Zeit der Verwirrung zusammen.‹ Er berichtete ihr dann alles, was ihm widerfahren war, doch er erzählte ihr nicht von den Töchtern der Beduinin. Dann schlief er die Nacht hindurch, und am Morgen setzte er sich auf den Königsthron. Und es entstanden Gerüchte und verbreiteten sich in der Stadt, daß er sich von der Krankheit erholt habe. Da kamen die Würdenträger des Reichs zu ihm und beglückwünschten ihn zur Genesung. Und er und sein Vater blieben in der Stadt, und er ließ seine Mutter und seine erste Gemahlin, die Tochter seines Oheims, zu sich holen. So war es ihm ergangen.

Und was seine Gemahlin, die Tochter der Beduinin, und ihre Schwester betrifft, die wachten, als der Morgen anbrach, aus dem Schlafe auf, keine jedoch fand ihren Mann. Da erhoben sie sich, gingen zu ihrer Mutter und sagten: ›Wir haben unsere Gatten nicht gefunden.‹ ›Und wohin sind sie gegangen‹, fragte sie, ›und wo sind ihre Pferde und ihre Kleider?‹ Sie erwiderten ihr: ›Als der Morgen anbrach, standen wir auf, doch wir fanden niemanden. Und wir erkannten nicht, ob sie am Anfang oder am Ende der Nacht ausgeritten waren. Und wir fanden auch ihre Pferde und ihre Kleider nicht.‹ Als sich nun ihnen die Sache in die Länge gezogen hatte, grämten sie sich und kamen überein, daß sie zusammen ihre Familien verlassen müßten, um nach ihren Gatten zu suchen, und daß sie ohne Wissen ihrer Familien fortgehen wollten.

In einer der nächsten Nächte trafen sie sich und gingen fort. Und der Verhüller verhüllte sie, und niemand hatte eine Ahnung davon. Sie nahmen eines von den Kamelen ihres Vaters, luden darauf etwas Wegzehrung und Wasser, saßen auf und ritten in der Dunkelheit der Nacht, so daß sie niemand traf. Als der Morgen kam, wickelten sie sich in Decken ein und jede von ihnen verhüllte sich mit dem Kopftuch, so daß jeder, der sie sah, sagte: ›Es sind Männer.‹ Und sie ritten durch Wüsten und Einöden.

Da geschah es infolge der Vorbestimmung und des versiegelten Schicksals, daß ihr Wandern auf die Pfade der Inseln Sāfāt gelenkt wurde. Sie ritten dann ohne Unterlaß ihres Weges, bis sie den Inseln Sāfāt nahe kamen und vor ihnen die Mauern der Hauptstadt auftauchten. Da sagten sie: ›Lob sei Gott, daß wir diesem Lande nahe kamen. Wir werden nun die Reisenden und Kaufleute aus allen Gegenden nach unseren Männern fragen.‹ Dann gelangten sie vor das Tor der Stadt. Als nun einige der Soldaten sie sahen, schienen sie ihnen verdächtig, und sie sagten: ›Es ist nicht der Brauch der Wüstenaraber, in diese Gegenden zu kommen. Wir fürchten aber, daß sie verkappte Späher sind, und daß sie so gekleidet hergekommen sind. Laßt uns sie verhaften und zum König führen! Und wir werden frei von jeglicher Schuld sein. Es ist möglich, daß nach diesen Dingen andere geschehen werden, und man wird uns dann verdächtigen. Es genügt, was schon geschehen ist, und die Sache wird für uns gut ausgehen.‹ Da packten sie die beiden und brachten sie zum König al-Mahdī. Der sagte zu den Soldaten: ›Wer sind denn die, diese Wüstenaraber?‹ ›O größter König dieser Zeit‹, antworteten sie ihm, ›die beiden kamen herbeigeritten, saßen auf einem Kamele, und wollten in die Stadt hineinreiten. Und wir erlaubten es ihnen nicht, da wir Angst hatten, sie seien Späher. Wohlan, wir brachten sie nun zu dir und tue mit ihnen, was du willst!‹ Da sprach er zu den Soldaten: ›Geht fort! Diese gehen euch nicht an.‹

Hierauf betrachtete der König al-Mahdī das Aussehen der beiden, die in Kopftücher gehüllt waren. Dann fragte er: ›Aus welchem Lande seid ihr, und aus welchem Stamm der Wüstenaraber?‹ Doch sie gaben sich ihm nicht zu erkennen und sagten: ›Wir sind Wüstenaraber aus dem Bergland von Mosul. Und wir ritten aus, um in die Stadt Mosul zu gehen, etwas zu essen zu kaufen. Dabei kamen wir vom Wege ab.‹ Da glaubte der König, ihre Rede sei wahr und sie seien Männer. So sprach er zu seiner Wache: ›Führt sie ins Haus der Gastfreundschaft!‹ Man führte sie also ins Haus der Gastfreundschaft. Und er sprach bei sich: ›Bei Gott, unser Herr brachte uns jemand, der uns etwas über die Gegend von Mosul und ihre Bewohner sagen kann. So Gott will, lasse ich sie in der Nacht holen, und wir werden sie ausfragen. Und mein Vater wird dabei sein.‹

Als die Nacht hereinbrach, ließ er seinen Vater holen und schickte nach den beiden, die wie Wüstenaraber aussahen, und ließ sie herbeiführen. Er befahl ihnen, sich niederzusetzen, unterhielt sich mit ihnen und benahm sich eine Zeitlang freundlich und wohlwollend gegen sie, und sagte dann: ›O Scheiche der Wüstenaraber, gibt es unter euch jemanden, der eine sonderbare Geschichte erzählen kann, die wir noch nicht gehört haben, oder etwas über die Verhältnisse in der Hauptstadt von Churāsān?‹ Hierauf sprach die jüngere Frau zu al-

Mahdī: ›Hoher Herr, ich hörte eine sonderbare Geschichte, und die gehört zu den Wundern dieser Zeit.‹ Da sagte al-Mahdī: ›Und wie lautet deine Geschichte, du Beduine, die du gehört hast?‹ Sie sagte darauf: ›Hoher Herr, wenn du diese Geschichte hören willst, öffne dein Herz früher als dein Auge und schenke dieser Geschichte Gehör, denn sie ist wunderbar, ein seltsames Ding und sonderbar.‹ ›Du Beduine‹, entgegnete al-Mahdī, ›ich höre dich an und schenke deiner Geschichte Gehör.‹

Hierauf sprach die jüngere Frau, und sie war die Gemahlin al-Mahdīs: ›Hoher Herr, in der Gegend der Gebirge von Churāsān lebt ein Mann, der Scheich zweier Stämme der Wüstenaraber ist. Und er wohnt in einem Wiesenlande, wo Weideplätze und Bäche sind. Und jener Mann hat zwei Töchter, leibliche Schwestern von einer Mutter und einem Vater. Und der Herr schmückte die zwei Mädchen mit vollkommener Schönheit und Lieblichkeit. Und er besitzt eine solche Menge von Schafen und Kamelen, wie es die Rohrfedern nicht imstande sind zusammenzuzählen. Und jener Mann stellte die Bedingung und tat einen feierlichen Schwur, daß er jedem, der zu ihm käme, um eine Tochter zu werben, die Bedingung stellte, daß das Brautgeld des Mädchens das Weiden der Kamele acht Jahre hindurch sein sollte.‹ Da wandte sich der Wesir Ahmad zu seinem Sohne al-Mahdī und sprach im geheimen: ›Bei Gott, lieber Sohn, unsere Geschichte erzählen sich schon die Leute.‹

Dann sprach die Frau am Schluß ihrer Erzählung: ›Und die beiden Frauen sind ausgezogen, um ihre Männer zu suchen. Da warf sie das ewige Schicksal in die Hauptstadt der Inseln Sāfāt.‹ Das alles sprach sie, während al-Mahdī und sein Vater nicht erkannten, daß sie ihre Frauen waren, und auch die

Frauen erkannten nicht, daß sie al-Mahdī und seinen Vater, den Wesir Ahmad, vor sich hatten, weil ihr Aussehen im königlichen Gewande anders war als in den Verhältnissen, in denen sie die Frauen kannten.

Dann wollte die jüngere Frau das Kopftuch vom Angesichte lüften. Und siehe, al-Mahdī hob sich empor, trat nahe an sie und sagte, während sie noch das Kopftuch anhatte: ›Woher weißt du diese Geschichte? Sie hat sich erst unlängst zugetragen und es verging zu kurze Zeit, für ihre Verbreitung zu kurz, daß sie jemand erzählen könnte. Bei Gott, wenn mich meine Aufmerksamkeit nicht trügt, ist der Erzähler an ihr beteiligt.‹ Als al-Mahdī dies sprach, besah ihn die Frau genauer und erkannte ihn. Da lüftete sie ihr Kopftuch, zeigte sich und auch al-Mahdī erkannte sie. Sobald nun ihre Schwester sah, daß diese Sache zum Vorschein gekommen war und sich geklärt hatte, lüftete auch sie ihr Kopftuch. Dann umarmte al-Mahdī die jüngere Frau, seine Gemahlin, und sein Vater umarmte seine Frau, nämlich die ältere Schwester. Und sie freuten sich unendlich.

DIE GESCHICHTE VON AL-MAHDĪ UND DEM HINTERGANGENEN GATTEN

Man erzählt unter anderem über al-Mahdī, daß er eines Tages im Thronsaale saß und siehe, da trat ein Mann zu ihm, küßte den Boden, flehte auf ihn Segenswünsche herab, wie man es mit Chalifen tut, und sprach: ›O größter König dieser Zeit, ich komme zu dir, damit du die Entscheidung über einen Frevel triffst, den man an mir verübt hat.‹ Da sagte er zu ihm: ›Und was für einen Frevel hat man an Dir verübt?‹

›Ich bin ein Mann‹, antwortete er, ›der zu den Kaufleuten gehört und hin und her auf Reisen fährt. Nun begab ich mich im vergangenen Jahre auf die Reise in die Länder Chinas mit irgendeiner Ware. Da verkaufte ich, kaufte etwas anderes und gewann dabei. Und ich blieb in jener Stadt ungefähr ein halbes Jahr, kaufte dort Ware ein, kehrte in unsere Stadt zurück und verkaufte hier meine Ware. So ergab sich für mich als Gewinn im vergangenen Jahre soviel, daß es mein Handelsgeld überstieg. Und ich sammelte das Geld, legte es zusammen, eins zum anderen, und übergab es meiner Frau, damit sie es in Verwahrung nehme.

Eines Tages nun trat ich bei ihr ein und verlangte von ihr das Geld. Doch sie behauptete, o größter König dieser Zeit, daß es ihr gestohlen worden sei. Ich fand aber keine Mauer zerstört oder durchbrochen, noch den Riegel ausgeschnitten oder zerbrochen, und es geschah im Hause nichts, was auf einen Einbruch von Dieben hingewiesen hätte.‹

Da sagte al-Mahdī: ›Sieh mal an! Hast du sie als Jungfrau oder als bereits geheiratete Frau genommen?‹ Er antwortete: ›Als geheiratete Frau.‹ Al-Mahdī fragte weiter: ›Ist sie alt oder jung?‹ Der Kaufmann antwortete: ›Jung.‹ Er fragte: ›Ist sie von dir niedergekommen?‹ Da erwiderte er: ›O König, weder von mir, noch von ihrem ersten Gatten.‹ Dann sagte al-Mahdī zu ihm: ›Ist sie mit dir verwandt?‹ Er antwortete: ›Nein.‹ Da sagte al-Mahdī bei sich: „Bei Gott, mit dieser Frau stimmt etwas nicht. Und sicher liebt sie einen anderen als ihren Gatten. Und der ist es, der das Geld genommen hat."

Danach gab er ihm ein Fläschchen, in dem ein köstliches Parfum war, wie man es für Chalifen herstellt, und sagte zu ihm: ›Nimm dieses Parfum, gib es deiner Frau und laß ihr Freiheit, bis ich einen Plan ausgeheckt habe!‹ Da nahm der

Mann das Fläschchen und ging vom König al-Mahdī fort, bis er zu seiner Frau kam und gab es ihr. Sie nahm es, öffnete das Fläschchen und fand ein köstliches Parfum darin. Da sagte sie bei sich: „Bei Gott, dieses köstliche Parfum ist nur für meinen Liebling gut genug." Und die Frau hatte einen Liebhaber, den sie leidenschaftlich liebte. Sie schickte ihm nun von dem Parfum, mehr als die Hälfte, und sprach zu dem, durch den sie es schickte: ›Sage ihm: „Die und die schickt dir dieses Parfum, und sie grüßt dich."‹ So geschah es.

Und der König al-Mahdī ließ, als der nächste Tag anbrach, vier von seinen Leuten holen, auf deren Treue er baute, nachdem der Mann ihn mit dem Fläschchen Parfum verlassen hatte, und sagte zu ihnen: ›Die Stadt hat vier Tore. Jeder von euch wird also seine Leute nehmen und an einem der vier Tore sitzen. Und jeden, der hinausgeht und an dem ihr den Duft des Parfums, das ich dem Kaufmann gegeben habe, spürt, den faßt und kommt mit ihm zu mir!‹ Sie antworteten: ›Wir hören und gehorchen.‹

Dann verließen ihn die vier, jeder von ihnen nahm seine Leute und setzte sich bei einem der vier Tore nieder. Und siehe, an demselben Tage ging ein Mann aus einem Tore hinaus in prachtvolle Gewänder gekleidet und bereits von weitem wehte ein Duft von ihm her. Als er sich dann dem Tore näherte und hinausgehen wollte und sie rochen, wie er duftete, da merkten sie, daß er von dem Parfum, das der Sultan dem Kaufmann gegeben hatte, durchtränkt war. Da packten sie ihn und führten ihn zum König, bis er vor ihm stand. Als er nun bei ihm eingetreten war, roch der König den Duft des Parfums. Da fragte al-Mahdī ihn: ›Woher hast du dieses Parfum bekommen?‹ Er antwortete ihm: ›Ich habe es gekauft.‹ Der König sprach zu ihm: ›Zeige mir den, von dem du es gekauft hast! Ich kaufe es auch von ihm.‹ Da stotterte seine Zunge, und er konnte nicht weiter.

Als nun der König ihn in dieser Verlegenheit sah, befahl er dem Befehlshaber der Wache, ihn zu nehmen und ihm den Kopf abschlagen zu lassen. Da fragte der Mann: ›Warum, o größter König dieser Zeit?‹ ›Wo ist das Geld‹, erwiderte der Sultan, ›das du von der und der, der Gattin dessen und dessen, des Kaufmanns, genommen hast?‹ Er antwortete: ›An dem und dem Orte.‹ Da sandte der König einige von seinen Leuten, die brachten das Geld von dem Orte, den er bezeichnet hatte. Man fand dann, daß es ungefähr siebzigtausend Golddinare und dreißigtausend Silberdirhams ausmachte. Der Sultan nahm es, ließ jenen Kaufmann holen und sagte zu ihm: ›Wirst du dem, der dir das Geld vollzählig bringt, gewähren, was er von dir verlangt?‹ ›O Fürst der Gläubigen‹, antwortete er ihm, ›wie könnte ich dir Widerstand leisten in dem, was du befiehlst?‹ Der Sultan erzählte ihm dann die Geschichte mit dem Parfum, das er ihm gegeben hatte, und daß dieses Parfum der Grund für die Entdeckung des Geldes gewesen sei.

Dies alles hatte der König al-Mahdī ausgedacht. Dann befahl er ihm: ›Scheide dich von deiner Gattin!‹ Der Kaufmann sprach: ›Ja.‹ Der Mann schied sich dann sofort von ihr und bekam das Geld vom König. Und er schenkte ihm eine von seinen Sklavinnen, erfahren in menschlichen Dingen.

Und was die Frau, von der er sich geschieden hatte, betrifft, die verbannte der König, sie und den Mann, den sie leidenschaftlich liebte, nachdem er den beiden hatte hundert Peitschenhiebe versetzen lassen.

Und dies ist das letzte, was man über al-Mahdī und seinen Vater erzählt. Und er blieb in seinem Königreich auf den Inseln Sāfāt, nachdem er mit allen zusammengetroffen war, die aus seiner Familie und mit ihm verwandt waren, bis der zu ihnen kam, der die Freuden schweigen heißt und die Freundesbande zerreißt.«

DIE GESCHICHTE VON MUHSIN UND MŪSĪ

Unter verschiedenen Geschichten gibt es eine von zwei Männern, die ihre Ortschaft verlassen hatten. Der eine verließ sie früher und der andere nach ihm. Und sie trafen einander unterwegs; jeder von ihnen besaß einen Sack voll Mehl und einen Krug, in dem Wasser war. Dann zogen sie zusammen des Weges.

Da sprach der eine zu seinem Gefährten: »Mein Bruder, wie heißt du?« Er sagte: »Ich heiße Muhsin.« Dann fragte Muhsin: »Und wie heißt du?« Er entgegnete: »Ich heiße Mūsī.« Dann zogen die zwei miteinander, in ein Gespräch vertieft, weiter.

Und sooft die Zeit zum Essen kam, nahm jeder etwas Mehl, sie kneteten es, machten einen Fladen, zündeten Feuer an, buken ihn darauf und aßen. Aber Muhsin wußte nicht, was im Innern seines Gefährten Mūsī verborgen und ihm beschieden war.

Als nun der zweite Tag herankam, sagte Mūsī zu Muhsin: »Mein Bruder, ich habe einen Sack Mehl und einen Krug Wasser, und du hast dasselbe wie ich. Und sooft die Zeit zum Essen kommt, nimmt jeder ein bißchen von seinem Vorrat. Das ist nicht richtig, sondern es wäre besser, daß wir zuerst das, was du hast, nehmen, bis es ausgegangen ist, und dann das, was ich habe, aufessen.« Da erwiderte Muhsin: »Nun gut, mein Bruder!« Und sie einigten sich, es so zu machen.

Sooft nun Essenszeit war, aßen sie vom Vorrate Muhsins, bis sein Sack Mehl und sein Krug Wasser leer waren.

Sobald nun die Zeit zum Essen anbrach, nachdem Muhsins Vorrat aufgegessen war, bereitete Mūsī für sich einen einzigen Fladen, nicht mehr, buk ihn am Feuer und aß ihn allein auf, während Muhsin dasaß und ihn am ersten Tage beim Essen beobachtete.

Am zweiten Tage wurde Muhsin hungrig, und der Hunger quälte ihn. Da sagte er zu Mūsī: »Mein Bruder, gib mir etwas von deinem Vorrat, damit ich davon esse, weil ich sehr hungrig bin.« »Bei Gott«, erwiderte ihm Mūsī, »ich gebe dir keinen einzigen Bissen.« Da sagte Muhsin zu ihm: »Mein Bruder, wir sind vorher übereingekommen, daß wir Brüder sein wollen und aßen zuerst meine Wegzehrung auf, du willst mir jedoch nichts von deiner geben. Das ist kein brüderliches Verhalten.« »Kürze deine Worte«, erwiderte Mūsī ihm, »wenn du hungrig bist, gebe ich dir einen halben Fladen und werde dir dafür ein Auge ausschlagen.« Da fragte Muhsin: »Mein Bruder, warum willst du mir ein Auge ausschlagen?« Mūsī entgegnete ihm: »Nach deinem Belieben.«

Als nun der dritte Tag da war, brach Muhsin vor großem Hunger zusammen und sprach: »Es gibt weder Macht noch Stärke, außer bei Gott, dem Erhabenen, dem Allmächtigen! Mūsī, gib mir den halben Fladen und schlag mir ein Auge aus!« Hierauf gab Mūsī ihm den halben Fladen, steckte ihm den Finger ins Auge und schlug es aus. So wurde Muhsin einäugig, und vom halben Fladen wurde er nicht satt.

Als dann der vierte Tag herankam, litt Muhsin bereits an großem Hunger. Da sprach er: »Es gibt weder Macht noch Stärke, außer bei Gott! Mein Bruder Mūsī, ich bin hungrig. Erbarme dich meiner, Gott erbarmt sich deiner!« Aber Mūsī sagte zu ihm: »Ich gebe dir nichts, wenn ich dir nicht das zweite Auge ausschlagen darf.« »Wir gehören Gott«, rief Muhsin aus, »und kehren zu Ihm zurück! Bei Gott, der Hunger ist bitter! Aber, o Mūsī, tu mit mir, was Gott, der Erhabene, über den Verlust meiner beiden Augen beschlossen hat!« Mūsī gab ihm also den halben Fladen und schlug ihm das zweite Auge aus. So wurde Muhsin blind. Dann verließ ihn Mūsī, wie er blind, irrend, am Wege herumtastete.

Und in der Nähe war ein Brunnen voll Wasser. Als sich ihm Muhsin näherte, ohne ihn zu sehen, kam Mūsī zu ihm, gab ihm einen Stoß, so daß er in den Brunnen fiel. Da sagte Muhsin bei sich: ›Herrgott, Du hast mir Blindheit und am Ende noch das Ertrinken beschieden.‹ Dann tastete er mit den Händen und Füßen herum, so gut er konnte, und blieb dort, baldige Rettung von Gott erwartend.

Als dann sein Herz ruhig wurde, trank er vom Wasser des Brunnens und saß dort die erste Nacht. Und siehe, es kamen zwei Dämonen in den Brunnen, setzten sich nieder und unterhielten sich miteinander. Da sagte der eine von ihnen zum anderen: »Bei Gott, mein Lieber, in dieser Sache hilft nichts, weder ein Weiser noch ein Arzt, sie sind insgesamt nichtsnutzige Patzer.« Der zweite fragte: »Und was bedeuten diese Worte?« »Bei Gott,« erwiderte er, »die Tochter des Sultans ist von mir besessen, sie ist die Geliebte meines Herzens, und ich liebe sie ungemein. Und niemand kann mich von ihr trennen.« Da sagte sein Gefährte: »Und was könnte dich von ihr vertreiben?« »Es vertreibt mich von ihr«, entgegnete er ihm, »nur ein schwarzer Hahn oder ein schwarzes Huhn. Wenn irgendjemand einen schwarzen Hahn bringt und ihn an einem Samstag unter ihren Füßen abschlachtet, dann werde ich nicht imstande sein, mich der Stadt, in der sie ist, zu nähern.« Da sagte sein Gefährte: »Bei Gott, du hast recht, mein Bruder, es gibt keinen unter den Weisen und Ärzten, der etwas versteht, alle sind Lügner, Patzer. Sie tun, als seien sie weise, ohne etwas zu verstehen. Sieh diesen Baum da, der sich in der Nähe des Brunnens befindet, wenn jemand ein paar seiner Blätter nimmt und sie auf die Augen eines Blinden legt, öffnen sie sich und er wird mit Erlaubnis Gottes, des Erhabenen, sehend. Doch die Menschen kümmern sich nicht darum.« Dieses ganze Gespräch hörte und begriff Muhsin, als er im Brunnen saß. Im letzten Viertel der Nacht gingen die Dämonen auseinander.

Sobald nun der Tag erschienen war, und der Vormittag begann, siehe, da zog eine Karawane an dem Brunnen vorbei. Und die Leute der Karawane wollten trinken und ihre Tiere tränken. Sie ließen deshalb einen Strick mit dem Eimer herunter. Als nun Muhsin den Strick betastete, klammerte er sich an ihn. Da sagten die Leute der Karawane: »Wir nehmen Zuflucht zu Gott vor dem gesteinigten Satan!«[1] Da hörte sie Muhsin, antwortete ihnen und sprach: »Um Gottes willen, ihr dort! Zieht mich hinauf! Ich bin ein Mensch und kein Dämon. Ich bin gestern in diesen Brunnen hineingefallen, weil ich blind bin.« Da sagten sie zu ihm: »Erfasse gut den Strick!« Er klammerte sich also an ihn und sie zogen ihn, bis sie ihn aus dem Brunnen herausholten, gaben ihm etwas von ihrer Wegzehrung, und er aß und trank. Und auch die Leute der Karawane tranken aus dem Brunnen, tränkten ihre Tiere und wollten Muhsin mitnehmen. Doch er sagte zu ihnen: »O Brüder, Gott möge euer Glück vermehren, euch für eure Wohltat reichlich bescheren! Ich verlange von euch ein einziges Ding.« Sie fragten ihn: »Und was ist es?« Er sagte ihnen:

1. Der übliche Exorcismus der Muslime nach Koran XVI, 100.

»Führt mich zu dem Baum, der nahe beim Brunnen steht, bringt mich zu ihm hin! Und ich statte euch meinen Dank ab.« Da nahm ihn einer an der Hand und brachte ihn zu dem Baum, setzte ihn dort nieder, kehrte um und ging zu seinen Leuten. Und die Karawane machte sich auf den Weg.

Muhsin stieg nun auf den Baum, setzte sich auf einen seiner Äste, fing an, seine Blätter zu pflücken und sie auf seine Augen zu legen, wie er es von dem Dämon gehört hatte. Bevor nun zwei Tage zu Ende waren, war er geheilt, öffnete die Augen und konnte sehen. Da nahm er ein paar von den Blättern des Baumes und begab sich damit in die Stadt.

Und er schritt durch die Gassen und rief folgende Worte: »Ich bin ein Arzt! Ich heile! Ich bin ein Arzt! Ich behandle Blinde!« Jeder dann von den Blinden, der ihn hörte, rief ihn an. Er kam zu ihm und legte ein paar Blätter des Baumes seinen Augen auf. Es dauerte dann nur zwei oder drei Tage, während er ihn behandelte, und am dritten Tag öffnete er die Augen und war sehend. Und das machte er eine Zeitlang so.

Da hörte der König der Stadt von ihm, sandte nach ihm aus, ließ ihn herbeiführen und sagte zu ihm: »Du bist ein geschickter Arzt, und man berichtete mir von dir. Und ich habe eine Tochter, die von einem Dämon besessen ist. Ich verlange von dir, sie zu befreien.« Da sagte Muhsin: »Und wenn ich sie nicht befreien kann?« Der Sultan erwiderte: »So lasse ich dich töten.« »Und wenn ich sie befreie«, fragte ihn Muhsin, »und werde sie entzaubern können?« »So gebe ich dir«, antwortete er ihm, »was du verlangen wirst an Geld und Schätzen.« Aber Muhsin sprach: »Nein, o größter König dieser Zeit, meine Bedingung ist diese: Ich verlange nur, wenn ich sie befreie, daß ich sie heiraten darf, weil ich, wenn ich sie nicht befreien sollte, mein Leben aufs Spiel setze. Und ich befreie sie nicht, wenn du mit mir nicht übereinkommst, daß du sie mir gibst, wenn ich es zustande bringe.« »Nun gut, o Scheich«, sagte der Sultan, »die Frist für ihre Befreiung beträgt drei Monate.« Hierauf gab ihm der Sultan eine eingerichtete Wohnung, bekleidete ihn und setzte ihm eine Zuteilung an Speis und Trank fest. Dann wohnte Muhsin dort drei Monate lang, indem er höchst vergnügt war.

Als nun die Frist abgelaufen war, sandte der Sultan nach ihm, ließ ihn vor sich führen und sprach: »O Scheich, die Frist ist verflossen.« Da verließ Scheich Muhsin seine Wohnung und kaufte einen schwarzen Hahn. Und jener Tag war eben ein Samstag. Dann führte ihn der Sultan zu seiner Tochter, und er fand sie im Zustand der Besessenheit, denn sie wußte nicht, was mit ihr geschah. Als er nun eintrat und sie in diesem Zustand sah, trat er nahe an sie heran und fing an zu beschwören, während der Sultan bei ihm saß. Und zum Schluß schlachtete er unter ihren Füßen den Hahn. Sobald er ihn nun geschlachtet hatte, kam das Mädchen zu sich, erhob sich, setzte sich aufrecht hin und verlangte nach Speise und Trank. Man brachte ihr etwas zu essen, sie aß und trank, gelangte zu klarem Bewußtsein und sprach: »Lob sei Gott!« Und sie stand auf, küßte die Hand ihres Vaters und die Hand des Scheichs Muhsin. Da fragte sie ihr Vater: »Liebe Tochter, geht es dir gut?« Sie antwortete: »Ich finde jetzt am Leibe überhaupt keinen Schmerz und fühle nichts von dem, was ich empfand. Und dies alles rührt vom Segen dieses Scheichs her, den du mir gebracht hast. Doch, lieber Vater, womit willst du ihn dafür belohnen, daß er mich befreit hat?« Da sagte er zu ihr: »Liebe Tochter, mit allem, was immer er verlangen wird.«

Aber das Mädchen verwandelte sich, als es zu sich gekommen war, von einem Zustand in den anderen, wie wenn sie aus der Gußform der Schönheit und Anmut hervorgegangen wäre. Als das Scheich Muhsin sah, staunte er, und sein Verstand verwirrte sich ihrer großen Schönheit und Anmut wegen. Nun fragte das Mädchen: »O Scheich Muhsin, was verlangst du von seiner Majestät, dem König?« Und das Herz des Mädchens war schon voller Liebe zu ihm, die es ergriffen hatte.

Und der Wesir hatte einen Sohn und beabsichtigte, die Prinzessin für ihn als Frau zu verlangen. Als nun ihre Befreiung durch die Hand des Scheichs Muhsin geschehen war, sagte sie zu ihrem Vater: »Lieber Vater, mach den Scheich Muhsin glücklich, denn das Heil ist durch seine Hände geschehen, und er verdient eine reichliche Belohnung.« Und sie wollte mit diesen Worten erreichen, daß ihr Vater ihn dadurch glücklich machte, daß er sie mit ihm vermählte, weil ihr Herz schon von Liebe zu Scheich Muhsin ergriffen war. Doch ihr Vater sagte: »Liebe Tochter, ich gebe ihm zehn Beutel Geld und ein herrliches Ehrengewand.« »Nein, lieber Vater«, entgegnete sie ihm, »das ist keine Belohnung für so eine Tat.« Er fragte sie: »Liebe Tochter, was meinst denn du?« Sie war sein einziges Kind, und er hatte kein anderes. Da sagte sie zu ihm: »Wieviel Leute sind bei mir eingetreten und haben mein Angesicht enthüllt und du hast sie töten lassen?« Er antwortete ihr: »Einundfünfzig.« »Wenn Scheich Muhsin«, fragte sie ihn weiter, »nicht imstande gewesen wäre, jenes Leiden von mir abzuwenden, was hättest du mit ihm gemacht?« Er sprach: »Ich hätte ihn töten lassen.« »Lob sei Gott«, erwiderte sie ihm, »daß meine Befreiung durch seine Hand geschehen ist, und daß du ihn belohnen kannst!« Und ihr Vater begriff die Anspielung, die sie ihm andeutete, nicht und sprach zu ihr: »Alles, was du verlangst, bescheren wir ihm.« Da erwiderte sie: »Ich habe es dir gesagt, aber du hast es nicht begriffen, daß du jeden, der mich enthüllte und mich nicht befreien konnte, getötet hast. Und dieser da hat mich enthüllt und hat mich befreit. Wie könntest du ihm Habe und das, woran man sich labe, bescheren oder ihm ein Versprechen geben, und es ihm nicht erfüllen?« Da begriff ihr Vater, worauf seine Tochter anspielte. Sogleich ließ er den Richter holen und schloß den Ehebund seiner Tochter mit Scheich Muhsin und führte ihn zu ihr. Er lebte dann mit ihr eine Zeitlang.

Und die Todesstunde war dem Sultan nahe, er wurde krank, dann starb er an seinem Leiden. Und als man ihn begraben hatte, versammelten sich die Höflinge und Amtsverwalter und wurden darüber einig, daß kein anderer König und Sultan sein solle als Scheich Muhsin. Man gab ihm also den königlichen Ring und setzte ihn auf den Königsthron. So wurde er zum König und Sultan. Und Gott, der Erhabene, klärte sein Herz, damit er gerecht herrsche. Deswegen segneten ihn die Untertanen, Würdenträger des Reichs und Amtsverwalter.

Hierauf empfand eines Tages die Seele des Sultans Sehnsucht nach einer Ausfahrt in die Gärten. So ritt er mit den Großen seines Reichs aus.

Und siehe, er erblickte seinen Gefährten, der ihm ein Auge für einen halben Fladen und sein zweites Auge für die zweite Hälfte ausgeschlagen hatte. Da befahl er, er solle sich vor ihm einfinden. Man brachte ihn also vor den König, und dieser stellte ihm die Frage und sagte: »O Scheich, wie heißt du?« Er antwortete: »Ich heiße Scheich Muhammad.« Danach nahm er ihn mit in den Garten und war dort mit ihm bis ans Ende des Tages. Dann ging der König fort und befahl,

Scheich Muhammad solle mitkommen. Als er ins Schloß kam, schickte er ihn in das Haus der Gastfreundschaft. Dort war er den ersten und den zweiten Tag.

Am dritten Tag sandte der Sultan nach Scheich Muhammad und ließ ihn nach dem Nachtmahl vor sich bringen. Und der Sultan erhob sich, nahm Scheich Muhammad an der Hand, betrat mit ihm ein Gemach und sagte ihm: »Scheich Muhammad, erzähle uns eine Geschichte!« Er antwortete ihm: »Bei Gott, hoher Herr, ich kenne keine Geschichten.« »Ich werde dir also, o Scheich Muhammad«, erwiderte ihm der Sultan, »eine Geschichte erzählen. Und zwar die folgende: Es war einmal ein Mann, der seine Ortschaft verlassen und sich unterwegs einem anderen zugesellt hatte. Und jeder von ihnen besaß einen Sack Mehl und einen Krug Wasser.« Und der Sultan fing an, ihm vom Scheich Muhsin und von Mūsī zu erzählen, bis er am Ende der Geschichte sagte: »Und Mūsī, nachdem er Muhsin für einen Fladen beide Augen ausgeschlagen hatte, steckte ihn in einen Brunnen, in der Absicht, ihn darin zu ertränken. Doch Gott, der Erhabene, rettete ihn, und er kam aus dem Brunnen heraus. Und unser Herrgott erwies ihm die Gnade, seine Augen wurden geheilt und Gott, der Erhabene, betraute ihn mit der Herrschaft im Reiche, und er wurde König und Sultan. Und das Glück des Scheichs Muhsin ist dem Brunnen, in den ihn Mūsī geworfen hatte, entsprossen.«

Hierauf sagte der Sultan zu ihm: »Und wenn diese Geschichte wahr ist, dann bin ich Muhsin und du bist Mūsī. Und ich habe derzeit die Macht, dich töten zu lassen. Geh jedoch zu jenem Brunnen! Vielleicht wird Gott, der Erhabene, dir aus ihm etwas bescheren, denn der Ursprung meines Glücks war dieser Brunnen.«

Als dann das erste Viertel der Nacht angebrochen war, erhob sich Mūsī, ging zu dem Brunnen und stieg in ihn hinab. Und siehe, die zwei Dämonen kamen zu dieser Stunde beim Brunnen zusammen und setzten sich nieder, um miteinander zu sprechen. Da sagte der eine von ihnen zu seinem Gefährten: »Wie geht es dir heute?« »Bei Gott, mein Bruder«, antwortete er ihm, »mein Zustand ist unselig seit der Nacht, in der wir hier waren und uns unterhielten. Bis jetzt kann ich mich der Stadt, in der die Tochter des Sultans ist, nicht nähern. Der, der im Brunnen war, belauschte uns, ohne daß wir es wußten, verhielt sich nach unseren Worten und schlachtete bei ihr einen schwarzen Hahn. Ich kann mich deshalb der Stadt nicht nähern.« Da sagte ihm der andere: »Bei Gott, mein Bruder, du hast recht. Unser Mißgeschick stammt aus diesem Brunnen.« Und der Dämon streckte seine Hand aus und steckte sie in den Brunnen, da fand er darin Mūsī. Er packte ihn, setzte ihn vor sich, zerriß ihn in vier Stücke und warf sie auf ein ödes Gelände.

Und das ist die Strafe für den, der sein Wort nicht hält.

DIE GESCHICHTE VON DER FRAU UND DEN DREI MÄNNERN

Man erzählt, daß es in Kairo eine Frau gab, die Schönheit, Lieblichkeit und eine herrliche ebenmäßige Gestalt besaß. Und sie ging eines Tages ins Bad. Da trafen sie unterwegs drei Männer. Die schauten sie an und sagten zueinander: »Bei Gott, die ist anmutig! Mit ihr möchten wir uns ein wenig vergnügen!«

Sie folgten ihr also, bis sie ins Bad hineinging. Dann blieben sie nahe bei der Tür des Bades sitzen, bis sie herauskam und ihrer Wohnung entgegenschritt. Da folgten ihr die drei, bis sie zu ihrem Hause kam. Als sie sich zufällig umdrehte, sah sie die drei hinter sich, wie sie ihre Spur verfolgten. Sie blieb stehen und sagte: »Was ist denn mit euch?« Sie sprachen zu ihr: »Liebe Herrin, wir haben uns in dich verliebt und wollen uns mit dir vergnügen.« »Das kann nicht schaden«, antwortete sie ihnen in ihrer Arglist, »so Gott will, kommt zur Zeit des Sonnenuntergangs! Und dies ist mein Haus.« Sie sagten zu ihr: »Nun gut.«

Und neben dem Flur jenes Hauses war eine Kammer voll Stroh. Als sie nun hineinging, öffnete sie die Kammer, schürzte ihr Kleid auf und fing an, das Stroh emporzuschaffen. Und die Kammer hatte ein oberes Stockwerk mit einem Fenster. Sie hörte nicht auf, das Stroh zu stapeln, bis sie einen Platz freigemacht hatte, in den die drei eben hineinpaßten. Dann ging sie heraus und saß in ihrer Stube bis zur Zeit des Sonnenuntergangs.

Und siehe, die drei Männer kamen zum Hause der Frau, mit der sie sich verabredet hatten. Und sie hatte ihnen vorher eingeschärft, sie sollten zu ihr nur in prachtvollsten Kleidern kommen, jeder nun, der ein Gewand im Werte von zweitausend Para besaß, zog es an.

Als sie nun an der Tür stehen blieben und anklopften, erhob sich die Frau, öffnete ihnen, und sie gingen durch die Tür hinein. Dann sagte sie zu ihnen: »Mein Gemahl ist zur Zeit bei mir, doch tretet in diese Kammer ein und bleibt dort bis zur Zeit des Nachtmahls! Er schläft ein, ich komme dann zu euch und führe euch hinein.« Dann öffnete sie ihnen die Kammer mit dem Stroh. So traten die drei Männer ein, und sie verschloß hinter ihnen die Tür, stieg hinauf zum Fenster, kroch hindurch und fing an, das Stroh aufzulockern und es auf sie hinabzuschütten, bis sie das Stroh ganz bedeckte und sie nicht hinauskommen konnten. Da waren sie nahe daran zu ersticken und stemmten sich hin und her, doch sie fanden keine Rettung. Dieser Zustand dauerte lange, während das Stroh sich auf ihnen staute. Davon wurden sie überwältigt und die drei gaben ihren Geist auf und starben.

Jene drei Männer waren so veranlagt, daß sie die Leute belästigten; sooft sie eine Frau oder ein Mädchen oder einen bartlosen Burschen fanden, führten sie gleich schlüpfrige Reden mit ihnen.

Sie lagen nun in jener Nacht tot unter dem Stroh bis zum Morgen. Da stand die Frau auf, öffnete die Kammer, griff den ersten von ihnen und zog ihn in den Hausflur, nahm ihm seine Kleider ab, schickte nach einem der Totengräber, ließ ihn kommen und sagte zu ihm: »Bei mir liegt ein Diener, der gestorben ist. Nimm ihn, beerdige ihn!« Und sie gab ihm Geld, um ein Leichentuch und was noch nötig war, zu beschaffen. Er nahm ihn also, vollzog an ihm die Waschung, wickelte ihn ins Leichentuch, mietete für ihn eine Grabstätte, hob ihn auf und begrub ihn neben einer Grabkapelle.

Am zweiten Tag zog sie den zweiten Mann heraus und schickte zum Totengräber. Man holte ihn, und sie sagte dann: »Der Mann, den du gestern mitgenommen hast, ist zurückgekehrt.« Er sprach: »Wie ist es möglich, daß er zurückkehrte?« »Vielleicht hat ihm das Grab nicht gefallen«, antwortete sie, »aber nimm ihn und bestatte ihn ordentlich!« Er trat also an ihn heran und sagte: »Bei Gott, du Hurensohn, ich muß dich irgendwo sieben Klafter tief verscharren.« Danach brachte er seine Leute, um ihn wegzuschaffen, hob ihn auf, vollzog an ihm die Waschung, wickelte ihn ins Leichentuch ein, grub für ihn ein fünf Klafter tiefes Grab, legte ihn hinein und schüttete Erde auf ihn. So war es ihm und seinen Leuten ergangen.

Was nun die Frau betrifft, die öffnete am dritten Tag die strohgefüllte Kammer und wollte den dritten Mann herausholen. Sie räumte das Stroh von ihm weg und zog. Da fand sie in ihm noch Lebensodem. Dann zog sie ihm seine Kleider aus, ohne zu wissen, was für sie das göttliche Geheimnis verbarg.

Und nach der Vorbestimmung war die Tür offen. Und siehe, der Befehlshaber der Wache ging eben vorüber. Da wandte er sich zufällig um und sah, wie die Frau den Mann unter dem Stroh hervorzog. Er trat zu ihr und sagte: »Was tust du denn?« Wie die Frau ihn erblickte, erschrak sie und war verwirrt. Da nahm er sie fest.

Und siehe, der Mann, der die Gefährten des Toten bestattet hatte, trat eben ein, um seinen Lohn zu verlangen. Da sprach der Befehlshaber der Wache: »Was willst du, Scheich?« »Ich habe gestern einen Mann begraben«, versetzte er, »und der ist aus dem Grabe zurückgekehrt. So nahm ich ihn zum zweiten Male und bestattete ihn.« Da rief der Befehlshaber der Wache aus: »Gott ist der größte! Du hast einen Mann beerdigt und der kehrte zurück?« Er antwortete ihm: »Jawohl.« Der Befehlshaber der Wache begriff nun, daß es sich um drei Männer handelte, die gestorben waren. Danach verhaftete er die Frau, die Besitzerin des Hauses, und ging mit ihr zum Gerichtshofe. Und man sperrte sie ein. So war es ihr ergangen.

Und was die Familien der drei Männer, die gestorben waren, betrifft, vermißte die Gemahlin eines jeden von ihnen ihren Mann. Sie gingen, um nach ihnen zu suchen, doch sie fanden sie nicht. Dann trafen sie den Befehlshaber der Wache und fragten ihn. Er sagte zu ihnen, sie wären durch die List einer Frau gestorben, und sie sei bei ihm eingesperrt. »Und was geschieht jetzt«, fragten sie ihn, »und was sollen wir anfangen?« Er sprach: »Führt euere Klage gegen sie vor dem König!« Sie brachten also ihre Sache gegen die Frau, nachdem man sie vorgeführt hatte, vor, und klagten sie an. Doch sie leugnete und sprach: »Hoher Herr, o Sultan, wie könnte eine Frau drei Männer töten? Sind dies nicht wahre Worte?« Da sprach der König: »Es ist wahr von einem Standpunkt aus. Da du zu den Verdächtigen gehörst, hättest du sie töten können, wenn du jedoch zu den Tadellosen gehörst, dann hättest du es nicht machen können.« Der Scheich des Islams traf dann die Entscheidung, sie solle schwören. Dazu zwang man die Frau und erlegte ihr den Schwur auf. Und man ließ sie frei.

DIE GESCHICHTE VON DER DIEBIN

Man erzählt, daß einst in Kairo ein Mann lebte, der bereits das Alter von neunzig Jahren erreicht hatte. Er war Hauptmann in der Wachstube beim Polizeipräfekten. Und er war ein tapferer Mann, der weder Angst noch Schrecken empfand. Er durchstreifte gewöhnlich in der Nacht mit dem Präfekten Kairo und kehrte vor der Morgendämmerung in die Wachstube zurück, um die Waschung zu verrichten. Sobald er dann den Ruf zum Morgengebet hörte, stellte er sich auf, um zu beten.

Eines Tages stellte er sich auf, um nach seiner Gewohnheit zu beten. Und siehe, ein Beutel fiel vor ihn. Als er nun das Gebet beendet hatte, erhob er sich, um den zu suchen, der den Beutel geworfen hatte, doch er fand niemanden. Er nahm also den Beutel, öffnete ihn und fand darin hundert Dinare. Darüber wunderte sich der Hauptmann.

Als dann der zweite Tag herankam, verrichtete er die Waschung und stellte sich auf, um zu beten. Und siehe, ein zweiter Beutel wurde vor ihn geworfen, während er betete. Nachdem er das Gebet beendet hatte, erhob er sich, um nach dem zu sehen, der den Beutel geworfen hatte, doch er fand niemanden. Er ergriff also den Beutel, öffnete ihn und fand darin hundert Dinare. Da wunderte er sich über diesen Vorfall, daß jemand Beutel warf, ohne daß man ihn zu Gesicht bekam.

So ging es bis zum dritten Tage. Als er am Morgen nach seiner Gewohnheit die Waschung verrichtete und sich hinstellte, um zu beten, siehe, da wurde der Beutel vor ihn geworfen. Da unterbrach er das Gebet, drehte sich um und sah ein erwachsenes Mädchen von fünfzehn Jahren. Er packte es und sagte zu ihm: »Warum wirfst du jeden Tag einen Beutel vor mich hin, in dem hundert Dinare sind? Und heute ist es der dritte. Es sind bereits drei Beutel mit zusammen dreihundert Dinaren. Wozu geschieht das?« »Mein Herr«, erwiderte ihm das Mädchen, »ich bitte um etwas, was du mir ausdrücklich erfüllen wirst.« Er sagte: »Und was verlangst du?« »Ich will mich morgen tüchtig betrinken«, antwortete das Mädchen, »und mich vor das Haus des Heeresrichters hinwerfen, dabei werde ich meine Kleider und all meinen Schmuck anhaben. Ihr kommt in das Viertel des Heeresrichters, werdet mich betrunken auf dem Boden finden und die Fackel schwingen. Dann wirst du, Hauptmann, nähertreten, wirst mich durchsuchen, mich ansehen und zum Präfekten sagen: ›Dieses Mädchen ist betrunken.‹ Der Präfekt wird dir antworten: ›Nehmt es und laßt es in der Wachstube bis zur Morgenzeit!‹ ›Nein‹, wirst du erwidern, ›das wäre nicht richtig.‹ Rufe die Leute des Viertels und wecke den Heeresrichter, weil es in seinem Viertel ist! Laß alle herbringen und sage zu ihnen: ›Dieses Mädchen ist betrunken und ist zur Zeit nicht bei Sinnen. Und es ist gewiß ein Mädchen aus hohem Hause und aus vornehmer Familie. Und es wäre nicht richtig, daß wir es zu uns in die Wachstube nehmen. Kein anderer kann es zu sich nehmen als der Heeresrichter. Wenn es am Morgen zu sich kommt, mag es zu seinen Leuten gehen‹.« Da sagte der Hauptmann: »Das ist leicht.« Das Mädchen sprach dann zu ihm: »Wenn du es tust, und es dir gelingt, gebe ich dir fünfhundert Dinare, außer diesen dreihundert.« Er erwiderte ihm: »Dies zu tun ist nicht schwierig für uns.« Dann verließ es ihn und ging fort.

In der Zeit nach dem Nachtgebet trat der Präfekt aus seinem Hause, kam zur Wachstube, nahm den Hauptmann und seine Leute mit, weil er die Gassen von Kairo wie gewöhnlich durchstreifen wollte. Da erhob sich der Hauptmann und schritt vor ihm her in die Gegend, wo das Viertel des Heeresrichters war, ohne daß der Präfekt wußte, was der Hauptmann vorhatte. Sie gingen dann ohne Aufenthalt, bis sie das Viertel des Heeresrichters betraten.

Als sie sich nun seinem Hause genähert hatten, siehe, da fand der Hauptmann etwas am Boden liegen. Da sagte er zu dem, der die Fackel trug: »Schwing, Junge, die Fackel!« Er schwang sie, und sie beleuchtete die Gasse. Dann trat der Hauptmann heran, sah sich das an, was am Boden lag, da fand er, daß es ein betrunkenes Mädchen war, das auf dem Boden lag, das in prachtvolle Gewänder gekleidet war und allen Schmuck trug. Da sprach der Hauptmann zum Präfekten: »Mein Gebieter, dies ist ein betrunkenes Mädchen, es ist hier niedergefallen.« Der Präfekt sagte: »Hebt es auf und laßt es in der Wachstube bis zum Morgen!« Aber der Hauptmann erwiderte ihm: »Nein. Das wäre nicht richtig, und es ist bei diesem Mädchen nicht möglich, weil es sich im Viertel des Heeresrichters befindet; und vielleicht ist es aus seinem Hause oder aus diesem Viertel. Wir fürchten, es könnte böse Folgen haben, und wir müßten dafür büßen.« Hierauf traten sie zu dem Mädchen, riefen die Leute des Viertels und weckten den Heeresrichter. Alle kamen heraus. Dann sagte der Präfekt: »Schaut dieses Mädchen an! Vielleicht kennt ihr es und wißt, wessen Tochter es ist.« Sie traten heran, schauten es an, da bemerkten sie, daß es prachtvolle Kleider und allen Schmuck trug. Dann sagten der Präfekt und der Hauptmann: »Dieses Mädchen können wir nicht mitnehmen. Nehmt es zu euch! Wenn es am Morgen aufwacht, wird es zu seinen Leuten gehen.« Da kamen sie überein, daß kein anderer es bei sich aufnehmen sollte als der Heeresrichter. Seine Leute hoben es also auf, trugen es hinein und legten es in einer Stube nieder. Dann begab sich jeder von ihnen nach Hause, um zu schlafen. So war es dem Präfekten, dem Hauptmann, den Leuten des Viertels und dem Heeresrichter ergangen.

Was aber das Mädchen betrifft, das sie trunken auf dem Boden gefunden hatten, das wachte auf, als es ins Haus des Heeresrichters geraten war, und kam zu sich, weil es alles arglistig vorgetäuscht hatte, um ins Haus des Heeresrichters zu kommen und seine Absicht und seinen Wunsch durchzuführen. Und der Heeresrichter legte sich nieder, versank in Schlaf und wußte nicht, was ihm Gott durch den Plan des Mädchens beschieden hatte.

Das Mädchen stand dann um Mitternacht auf, öffnete das Zimmer des Heeresrichters, in dem alle Schätze, all die Habe, woran man sich labe, und die Gewänder lagen. Und das Mädchen war um diese Zeit mit seinen Leuten verabredet. Sie kamen nun herbei und packten alles, was in jenem Zimmer war, zusammen und ließen dort gar nichts übrig außer den Matten.

Als nun der Morgen anbrach, stand der Heeresrichter auf, betrat wie gewöhnlich das Zimmer, um seine Kleider anzulegen, er fand jedoch nichts darin, nur die Matten. Da schlug er sich mit den Händen ins Angesicht und stieß einen Schrei aus. Seine Leute liefen herbei und sagten: »Was ist denn mit dir, unser Herr Richter?« Dann traten sie zu ihm in das Zimmer ein, sie fanden aber nichts darin. Dann verließen sie ihn, öffneten die Stube, in der sie das Mädchen niedergelegt hatten, doch sie fanden es nicht. Da erkannten sie, daß das Mädchen die Sachen des Richters gestohlen hatte und berichteten es ihm. So war es ihnen ergangen.

Der Richter saß nun auf und begab sich zum Sultan. Er ritt in einem fort, bis er bei ihm eintrat, ihn begrüßte und Segen herabflehte. Der Sultan erwiderte seinen Gruß. Dann sagte der Richter: »O größter König dieser Zeit, mir ist dies und jenes zugestoßen, und ich klage den Präfekten und den Hauptmann an, weil sie es waren, die den Befehl gaben, daß das Mädchen in mein Haus gebracht werde. Und es ließ nichts bei mir übrig, weder viel noch wenig.«

Sogleich befahl der Sultan, daß der Präfekt, der Hauptmann und seine Leute sich einfinden sollten. Man brachte sie also, und der Sultan befahl, dem Präfekten und dem Hauptmann den Kopf abzuschlagen. Sie flehten aber: »Nein, o größter König dieser Zeit! Gib uns eine Frist von drei Tagen. Wenn etwas zum Vorschein kommt, und wir uns dadurch retten können, dann kommen wir straflos davon; wenn wir jedoch nicht imstande sein werden, etwas durchzuführen, dann ist das Schwert der Sultansmacht lang.« »Geht«, sagte der Sultan, »ich gewähre euch eine Frist von drei Tagen. Wenn ihr mit dem Schuldigen nicht ankommt, so werdet ihr für ihn euer Haupt und auch euer Vermögen und eure Familien einbüßen.« Sofort verließen sie den König.

Und der Präfekt ging, suchend und streifend auf eine Seite, und der Hauptmann auf die andere. So durchstreiften sie Kairo volle zwei Tage hindurch, doch es kam nichts zum Vorschein, bis am dritten Tage zur Zeit des Rufes zum Mittagsgebet der Hauptmann in ein Gäßchen im Westen Kairos eintrat. Und siehe, er blieb bei irgendeiner Tür stehen, die sich geöffnet hatte, und jemand sagte aus dem Hintergrund: »Du Hauptmann!« Da drehte sich der Hauptmann zu der Tür um und sprach: »Da bin ich.« Es war zu hören: »Komm her! Tritt näher an mich heran!« Da kam der Hauptmann und trat nahe an die Tür. Und siehe, es war das Mädchen, das betrunken gewesen war und das sie ins Haus des Heeresrichters hineingeschafft hatten. Als er sich nun ihm genähert und es erkannt hatte, packte er es. Doch es sagte zu ihm: »Warum packst du mich, und was beabsichtigst du zu machen?« »Ich führe dich zum Sultan«, erwiderte er ihm, »und werde gerettet, ich und der Präfekt, weil es schon drei Tage sind, seit wir nach dir suchen. Du hast uns diesen Streich gespielt und bist entwichen.« Es sagte zu ihm: »Du Schalk, wenn ich euch hätte vernichten wollen, hätte ich mich dir nicht gezeigt, du hättest mich nicht finden können und hättest mich nicht gefaßt. Ich werde euch jedoch aus den Händen des Sultans retten. Du und der Präfekt werdet entrinnen und bekommt noch vom Heeresrichter, was ihr wünscht und an Geld verlangt.« Er fragte: »Und wie sollen wir es machen?« »Ich habe eine weiße Sklavin«, entgegnete das Mädchen, »die mir aufs Haar ähnlich ist. Ich habe ihr eben meine Kleider und meinen Schmuck angelegt, ihr den Hals durchschlagen und sie eben jetzt durch meine Schlauheit und die Kraft meines Herzens in jene Stube, die im Hause des Heeresrichters ist, gebracht, sie dort verscharrt und eine Platte auf sie gelegt. Und du wirst schnurstracks von hier weggehen und den Präfekten mitnehmen. Ihr werdet beim Sultan eintreten und zu ihm sagen: ›Wir haben ganz Kairo durchstreift, fanden jedoch nichts. Es bleibt nur noch das Haus des Heeresrichters übrig. Wir wollen es durchsuchen.‹ Sobald ihr die geschlachtete Sklavin findet, ruft ihr die Bewohner des Viertels, die mich damals gesehen haben, zusammen, damit sie die Sklavin ansehen. Und der Heeresrichter wird dort stehen. Ihr werdet dann zu den Leuten des Viertels sagen: ›Dies ist das Mädchen, das trunken war.‹ Sobald sie dann bezeugt haben, daß es jenes Mädchen ist, bleibt euch nur übrig, mit dem Richter nach eurem Belieben zu sprechen und ihr werdet von ihm, was ihr verlangt, bekommen. Und er wird sich bemühen, eure Gunst und euer Wohlwollen zu gewinnen, wird sich zum König begeben und zu ihm sagen: ›Ich habe den Schuldigen gefunden und alle meine Sachen zurückerhalten.‹ Ihr werdet dann gerettet, und auch ich werde gerettet sein. Hierauf wirst du hierher zu mir kommen, und ich werde mit dir alles teilen, was ich aus dem Hause des Richters genommen habe.«

Als das Mädchen ihm nun alles klar gemacht hatte, verließ er es, ging zum Präfekten und berichtete ihm alles, auch das, was das Mädchen an Schandtaten und Gaukelspielereien erwähnt hatte.

Sofort saßen der Präfekt und der Hauptmann auf und begaben sich zum Sultan. Sie ritten in einem fort, bis sie dorthin gelangten, eintraten, grüßten und auf ihn Ruhm und langes Leben herabflehten. Er erwiderte ihren Gruß und fragte sie, wie es mit der Sache des Heeresrichters stünde. Da sagten sie zu ihm: »O größter König dieser Zeit, wir haben ganz Kairo durchstreift, aber wir fanden niemanden. Es bleibt uns jedoch noch das Haus des Heeresrichters übrig. Wir beabsichtigen, es zu durchsuchen. Wenn wir etwas finden, werden wir gerettet, wenn wir jedoch nichts finden, dann tu mit uns, was du willst und wünschst!«

Sogleich sandte der Sultan nach dem Richter, ließ ihn vorführen und befahl ihm, daß der Präfekt und der Hauptmann sein Haus durchsuchen sollten. Er sprach: »Ich höre und gehorche.«

Dann gingen alle vom Sultan weg, bis sie zum Hause des Heeresrichters gelangten, es betraten und suchten, bis sie zu der Stube kamen, die das Mädchen dem Hauptmann beschrieben hatte, und hineintraten. Sobald sie nun die Platte aufhoben, fanden sie die geschlachtete Sklavin, in ihre Kleider eingewickelt. Und sie trug den Schmuck an sich. Da ging der Hauptmann hinaus, brachte alle Bewohner des Viertels herein und die sahen die ermordete Sklavin an. Alle bezeugten dann einstimmig, daß dies das Mädchen sei, das man betrunken in das Haus des Richters getragen hatte. Und sie bezeugten es, während der Richter dabei stand und es sah und hörte. Da sagte er bei sich: ›Was für Schicksalsfügungen sind das, die über uns ohne Ursache gekommen sind!‹

Als die Angelegenheit diese Wendung nahm, wandte sich der Präfekt zum Richter und sagte zu ihm: »O Scheich des Islams, wir haben dieses Mädchen als anvertrautes Gut bis zur

Morgenzeit bei dir untergebracht, weil es vielleicht aus dem Hause vornehmer Leute war. Aber du schlachtest es und versteckst es in deinem Hause.« Der Richter war nun nicht imstande, ein einziges Wort von sich zu geben, er stand ganz betroffen dabei. Und er geriet in Angst, daß der König es erfahren könnte.

Da neigte er sich zum Präfekten, gab ihm hundert Dinare und dem Hauptmann zwanzig mit der Bedingung, daß sie kein Wort sagen und dem Sultan über diese Geschichte keinen Bericht erstatten sollten. Sie nahmen das Geld von ihm und verließen ihn.

Und der Richter saß auf, ritt zum Sultan und meldete ihm, daß er den Schuldigen gefunden und daß er seine Sachen zurückerhalten hätte. Und der Richter sagte dies nur aus Angst vor dem Präfekten und dem Hauptmann, damit sie es nicht dem König meldeten und ihm sagten: »Wir haben das Mädchen tot im Hause des Richters gefunden.«

Und der Hauptmann ging zu dem Hause, aus dem das Mädchen mit ihm gesprochen hatte, bis er vor der Tür stand, und klopfte an. Da antworteten ihm die, die im Hause waren, und sprachen: »Wer bist du?« Er sagte zu ihnen: »Ich suche Fātima.« Sie antworteten: »Wer ist Fātima? Bei uns ist weder Fātima noch Halīma.«[1] Da sagte der Hauptmann: »Diese gottlose Dirne hat uns hineingelegt und ist uns entkommen. Da wir aber durch die List, zu der sie uns riet, gerettet wurden, mag sie laufen, mit der Zeit werden wir sie schon finden.«

1. *Fātima*, »die Entwöhnende«, und *Halīma*, »die Sanftmütige«, sind häufig vorkommende Frauennamen.

DIE GESCHICHTE VON DEN ZWEI GÄNSEN

Unter den Geschichten, die von den Listen der Frauen erzählen, gibt es eine von einem Mann, der eine Gattin hatte, die von sich behauptete, treu und folgsam, gottesfürchtig und sittsam zu sein. Und sie hielt in ihrem Hause zwei fette Gänseriche. Und außerdem hatte sie einen Liebhaber.

Nun geschah es eines Tages, daß ihr Liebhaber zu ihr kam und die zwei Gänse, die sie besaß, sah. Da empfand seine Seele Sehnsucht nach Gänsebraten. So sagte er zu ihr: »Meine Liebe, du mußt die zwei Gänse gefüllt braten, damit wir sie uns schmecken lassen, denn ich habe Lust, Gänsebraten zu essen.« Sie antwortete ihm: »Das ist leicht. Bei deinem Leben, mein Lieber, ich schlachte sie, fülle sie und du nimmst sie und ißt sie bei dir in deinem Haus. Und dieser Hahnrei, mein Gatte, wird sie nicht kosten, nicht einmal riechen.« Er fragte sie: »Wie wirst du das anstellen?« »Ich werde zu einer List greifen«, erwiderte sie, »die in seinen Kopf eindringen wird und gebe die Gänse dir. Ich habe doch keinen teureren als dich, du Licht meines Auges! Und was diesen Hahnrei, meinen Gatten, betrifft, der wird keinen Bissen davon kosten.« Da verließ er sie, nachdem sie das versprochen hatte.

Als nun zur Zeit des Sonnenuntergangs ihr Mann kam, sagte sie zu ihm: »Du Mann, was bist du für ein Mensch, daß du niemanden einlädst und an keinem Tag, so wie es andere Leute tun, zu mir sagst: ›Ich will einen Gast einladen.‹ Und die Leute reden dir nach, daß du ein Geizhals bist und Freigebigkeit nicht kennst.« Er antwortete ihr: »Weib, dies ist für mich eine leichte Sache. So Gott will, morgen früh, kaufe ich dir Fleisch und Reis und du wirst es zum Mittagsmahl oder zum Abendessen zubereiten. Und ich werde einige meiner

Freunde einladen.« »Nein, Mann«, antwortete sie ihm, »kauf mir ein Pfund Hackfleisch und schlachte diese zwei Gänse! Ich werde sie füllen und braten, damit daraus etwas Köstliches wird, und ich es den Gästen vorsetzen kann.« Ihr Mann sagte: »Mit größtem Vergnügen!«

Als nun der Morgen anbrach, fing er die zwei Gänse, schlachtete sie, ging hinaus, kaufte ein Pfund Fleisch, hackte es und kaufte noch, was nötig war an Reis, Gewürz und anderem dazu, brachte es seiner Frau und sagte zu ihr: »Versuch zu zeigen, was du kannst! Mittags werde ich die Gäste bringen.« Und er verließ sie.

Sie ging dann, reinigte die zwei Gänse, füllte sie mit Hackfleisch, wozu sie etwas Reis, Mandeln und Rosinen tat, und als alles fertig war, briet sie die Gänse, schickte nach ihrem Liebhaber, rief ihn herbei, vergnügte sich mit ihm und gab ihm die zwei Gänse. Er nahm sie und ging.

Als dann der Mittag kam, siehe, da brachte ihr Gatte einen Mann mit und klopfte an die Tür. Seine Gattin erhob sich, öffnete die Tür, und er trat mit seinem Gast herein. Da sagte seine Frau: »Du bringst nur einen einzigen Mann? Geh, bring noch zwei Männer oder drei!« Er antwortete: »Nun gut.« Dann ging er, um ihr noch zwei Männer zu bringen.

Hierauf trat die Frau zu dem Mann, den er als ersten gebracht hatte, und sagte zu ihm: »O schade um dich! Bei Gott, es ist schade um dich! Es gibt keine Macht außer bei Gott! Er möge dich schützen! Und du hast sicher Kinder.« Sobald nun der Mann die Worte der Frau gehört hatte, sagte er, nachdem Angst und Schrecken sich langsam in seinem Herzen ausbreiteten: »Warum, o Frau?« Sie erwiderte ihm: »Mein Gatte hat dich nur deshalb hierhergebracht, weil er vorhat, dir deine Hoden abzuzwicken, dich zu verschneiden.

Und ich will nicht einmal daran denken, ob du stirbst oder am Leben bleibst. O, wie schade um dich!« Als er ihre Worte hörte, stand er eilig auf und lief durch die Tür hinaus.

Und siehe, ihr Gatte kam, und brachte zwei Männer mit. Da trat sie ihm aus der Tür entgegen und sagte zu ihm: »Mann, du erbärmlichster unter den Männern, du schändlicher Tropf! Du bringst einen Mann, einen Dieb, einen Schuft, wie du einer bist.« Er fragte sie: »Wieso?« »Er stahl die beiden Gänse«, versetzte sie ihm, »und machte sich aus dem Staub.«

Da lief er hinter ihm und rief ihm nach: »Komm her! Komm her! Wenn du eine hergibst, die andere kannst du behalten.« Der Fliehende rief aber: »Wenn du mich einholst, nimm dir beide!« Unser Mann, der Hausherr, meinte die Gänse, aber der Fliehende, der sprach bei sich: »Dies sagt er von meinen Hoden, er meint, daß er nur eine Hode nehmen und mir die zweite lassen will.« Deshalb hörte er nicht auf zu laufen und auch der andere lief ihm nach, doch er holte ihn nicht ein.

Dann kehrte er zu den Gästen zurück, setzte ihnen etwas Käse und ähnliches vor, während die Frau ihn hart beschimpfte wegen der zwei Gänse und nicht darüber schwieg, obwohl sie es doch selbst war, die sie ihrem Liebhaber gegeben hatte. Und auch der schwieg darüber.

DIE GESCHICHTE VOM STIEFSOHNE, DER EIN DIEB WAR

Man erzählt ferner, daß eine Frau, die Hühner besaß, mit einem Manne verheiratet war, der einen Sohn von einer anderen Frau hatte. Der Knabe hatte aber eine flinke Hand beim Stehlen, so daß es kein Ding im Haus gab, das er nicht gestohlen hätte; entweder verkaufte er es oder schenkte es einem seiner Freunde. Die Frau geriet über ihn in Wut, und da sie seiner überdrüssig wurde, sprach sie öfter zu ihrem Gatten: »Verstoß mich, denn dein Sohn hat mir dies und jenes gestohlen!« Da packte ihn sein Vater gewöhnlich, um ihn tüchtig durchzuprügeln. Er empfand jedoch keine Reue und sobald die Wunden auf seiner Haut nicht mehr brannten, kam er nach Hause und stahl, wenn er etwas zu stehlen fand.

Sie sagte dann zu ihrem Nachbarn: »Du, der Knabe regt mich auf. Ich kann nichts im Hause liegen lassen, das er nicht mitgehen läßt.« Da sprach er zu ihr: »Geh, beklage dich über ihn bei dem und dem Heiligen!« Und es war vom Schicksal vorbestimmt, vor dem man keine Zuflucht nimmt, daß der Knabe dort stand und alles belauschte.

Die Frau erhob sich dann, legte ihren Überwurf an und verließ das Haus, um zu jenem Heiligen zu gehen und sich über ihren Stiefsohn zu beschweren.

Nachdem aber der Knabe diese Unterredung belauscht hatte, ging er sofort in die Grabkapelle des Heiligen, schlüpfte unter das Bahrtuch, das auf seinem Grabe ausgebreitet lag und versteckte sich darunter. Als nun die Frau kam und eintrat, ein Weihrauchgefäß und Weihrauch in der Hand, zündete sie den Weihrauch an, blieb aufrecht stehen, enthüllte ihr Haupt und sprach: »Mein Herr, ich komme zu dir mit einer Bitte. Mögest du den und den, den Sohn dessen und dessen, blenden!« Als nun der Knabe, der unter dem Bahrtuch versteckt war, dies hörte, antwortete er ihr mit gedämpfter Stimme und sprach: »Verehrte, du mußt dir schwarze Hühner, denen kein Makel anhaftet, beschaffen. Du mußt stets zwei Hühner schlachten, auf Kuhbutter braten und sie dem Knaben zum Essen geben. So wirst du es zwei oder drei Wochen machen, dann wird er blind werden und nachher nicht sehen können.« Als die Frau das hörte, freute sie sich und sprach: »Bei Gott, das ist einfach. Ich muß mir Mühe geben, ihn zu blenden.«

Dann erhob sie sich vom Bahrtuch des Heiligen, ging hinaus und lief in ihre Wohnung. Der Knabe ging, als er sah, daß sie verschwunden war, sofort hinter ihr hinaus und lief fort.

Nun besaß diese Frau dreißig Hühner. Die nahm sie, ging zu den Nachbarn und tauschte dafür schwarze Hühner ein, denen kein Makel anhaftete, schlachtete zwei von ihnen, rupfte sie, briet sie auf Kuhbutter und sprach zu dem Knaben: »Mein Junge, nimm diese da, iß sie zu Mittag!« Der Knabe nahm sie und aß sie restlos auf.

Nach einer Weile erhob sich der Knabe, nahm einen Verband aus blauem Stoff, verband seine Augen und wiederholte: »Weh! Meine Augen!« Als die Frau seines Vaters sah, daß er seine Augen verband, und schrie, freute sie sich über alle Maßen und sprach: »Gelobt sei Gott! Unser Herr hat seine Augen geblendet. Bei Gott, das Geheimnis dieses Heiligen ist wirksam!«

Als nun der zweite Tag herankam, schlachtete sie ihm zwei Hühner mittags und zwei Hühner zur Zeit des Nachmittagsgebetes, briet sie auf Kuhbutter, gab sie ihm zum Essen und sagte: »Iß, mein Junge, unser Herr wird dich schon heilen!« Aber sie sprach mit der Zunge, wogegen ihr Herz meinte: ›Unser Herr wird deine Blindheit vermehren.‹ Aber der Knabe schrie, so oft er die Hühner gegessen hatte, noch mehr. Dies alles war aber eine List, um die Frau seines Vaters zu täuschen und Hühner zu essen.

So schlachtete sie fortwährend jeden Tag von den Hühnern, bis alle aufgebraucht waren, dann kaufte sie für ihn andere, bis drei Wochen zu Ende waren. Als nun der zweiundzwanzigste Tag anbrach, stand der Knabe auf, nahm den Verband von seinen Augen ab, kam zu ihr und sagte zu ihr: »Gott möge dir's mit Gutem vergelten! Das, was du gemacht hast, hat Erfolg gehabt und du hast meine Augen geheilt.« Da sprach sie bei sich: ›Wie kommt denn das? Der Heilige redete mich doch an und sagte: „Füttere ihn mit schwarzen Hühnern zwei oder drei Wochen"‹! Dann sagte sie: »Bei Gott, ich muß abermals zu ihm gehen.«

Als es nun Mittag war, eine Mußestunde, stand sie auf, legte ihren Überwurf an und ging weg. Der Knabe aber, als er es sah, kam ihr bei jenem Heiligen zuvor, versteckte sich unter seinem Bahrtuch und dachte bei sich: ›Vielleicht geht sie zum Heiligen.‹ Und siehe, sie trat eben zum Heiligen herein, klopfte an sein Bahrtuch und sprach: »Mein Herr, du hast mir gesagt und mir geraten, schwarze Hühner zu schlachten und sie meinem Stiefsohne zum Essen zu geben, daß er davon blind werde. Ich tat es, es geschah jedoch nichts von dem, was du mir sagtest.« Da entgegnete ihr der Knabe unter dem Bahrtuch mit gedämpfter Stimme: »Verehrte, du hast einen Fehler begangen. Warum hast du nicht vorher eine milde Gabe gebracht?« »Mein Herr«, sprach sie, »was verlangst du?« Da sagte der Knabe zu ihr: »Ein Stück von einem Paar Fußringen, das du sofort bringen und unter das Bahrtuch niederlegen mußt. Wenn der Nakīb kommt, wird er daraus eine Spange zum Bahrtuch verfertigen lassen[1]. Und

1. *Nakīb* ist gewöhnlich der Stellvertreter, ein gewisser Famulus, eines lebenden Heiligen. Hier ist vielleicht ein Aufseher der Gruft gemeint. Sonst bezeichnet man in der Theorie der islami-

ich werde dir schon zum Tod deines Stiefsohnes verhelfen.« Die Frau ging sofort hinaus, verschwand, brachte ein Stück von einem Paar Fußringen und legte es unter das Bahrtuch. Der Knabe sprach dann zu ihr: »Wenn du deinen Stiefsohn eine Zeitlang mit Haustauben fütterst, schwillt ihm im Inneren die Milz an, wird in ihm groß, und er wird davon erkranken und sterben.« Als sie begriffen hatte, was der Knabe sprach, dachte die Frau, es sei der Heilige, der zu ihr redete, geriet darüber in Freude und ging davon. Der Knabe stand auf, nahm den Fußring, ging damit zum Markt, verkaufte ihn, nahm den Erlös und kam nach Hause. Und die Frau seines Vaters briet ihm schon zwei Paar Haustäubchen. Als er nun eintrat und sich niederließ, setzte sie ihm die Tauben vor. Er aß sie und sprach: »Vergelt's dir Gott, Frau meines Vaters!« Und abends geschah es ebenso.

Am nächsten Tage legte sich der Knabe den Gürtel unter den Kleidern an, ergriff einen Stock und ging herum, indem er den Oberkörper zu einer Seite krümmte, sich auf den Stock stützte und klagte: »Weh! Mein Herz! Weh! Mein Bauch!« Diese List hatte bei der Frau seines Vaters Erfolg, weil sie dachte, daß sein Verhalten aufrichtig sei, während es nur Lug und Trug war. Und sie sprach bei sich: ›Bei Gott, das Geheimnis dieses Heiligen ist wirksam! Und, so Gott will, wird er das Leben des Knaben kurz machen, damit ich vor ihm Ruhe habe.‹ Und sie fütterte den Knaben eine Zeitlang mit Täubchen, und er täuschte sie, so oft er aß, um so mehr und sagte: »Mein Bauch und meine Gedärme tun mir

schen Mystiker mit dem Ausdruck Nakīb einen Angehörigen des sechsten Grades der sogenannten geheimnisvollen Männer, die, den Mitmenschen unbekannt, verschiedene Wunder verrichten können.

weh.« Aber der Knabe wurde immer gesünder und es ging ihm immer besser.

Da sagte sie eines Tages: »Mein Junge, wie fühlst du dich?« Er sprach: »Du fragst, wie ich mich fühle? Ich werde jeden Tag gesünder und es geht mir immer besser. Aber du bist nicht bei Verstand.« Sie sagte: »Wieso?« Er sprach: »Du Schändliche, du Verfluchte! Reden denn die Heiligen in ihren Gräbern zu solchen, wie du eine bist? Das war doch ich, als du meinetwegen verdrießlich wurdest und gingst, dich beim Heiligen zu beschweren. Ich ging hin und kam dir zuvor, versteckte mich unter dem Bahrtuch und redete mit dir. Du Verrückte, du meinst, daß schwarze Hühner Menschen blenden können und daß Tauben morden? Bei Gott, du Hündin, wenn du bei meinem Vater bleibst, muß ich dir den Hals abschlagen.«

Dies alles geschah, ohne Wissen seines Vaters. Als man ihm davon erzählte, tat ihm sein Sohn leid, und er sprach: »Mein Sohn ist mir lieber als hundert Weiber.«

Und er verstieß sie und sie zog ihres Weges.

DIE GESCHICHTE VON EINEM SPITZBUBEN UND SEINEN STIEFMÜTTERN

Man erzählt, daß es einen Mann gab, der einen Sohn hatte, der ein Gewaltkerl war. Sooft sein Vater eine Frau heiratete, bereitete ihr der Junge eine List, legte sich zu ihr und mißbrauchte sie. Sein Vater schied sich dann von ihr.

So heiratete er wieder einmal eine sehr anmutige Frau, der er einen strengen Rat gab, sie vor seinem Sohne warnte, sie vor ihm einschüchterte, indem er zu ihr sagte: »Sooft ich irgendeine heirate, mißbraucht er sie durch eine List, die er ihr bereitet.« Sie erwiderte: »Mann, was soll die Rede, die du mir hältst? Dein Junge ist ein Hund, der kann mir nichts antun. Ich bin doch eine ehrbare Frau.« Doch ihr Mann sagte: »Ich will dir nur den Rat geben, damit du dich in acht nimmst. Es kann sein, daß ich auf eine Reise muß, er stellt dir dann eine Falle und tut mit dir so, wie mit den anderen.« »Mann«, antwortete sie ihm, »deswegen kannst du unbesorgt sein. Spricht er zu mir ein einziges Wort, prügle ich ihn mit dem Pantoffel durch.« »Bravo«, sagte er zu ihr, »da hast du recht.«

Dann lebte er mit ihr einen Monat lang, bis er eines Tages eine Reise unternehmen wollte. So trat er bei seiner Gattin ein, erteilte ihr seine Aufträge und schärfte ihr folgendes ein: »Nimm dich in acht vor meinem Sohn, dem Frevler, denn er ist ein Wüstling, ein Spitzbub, ganz aus der Art geschlagen! Wenn er zu dir mit einer List kommt, dann führt er sie mit dir durch.« Sie sagte aber: »Was ist denn das für eine Rede, die du hältst? Dieser Junge ist ein Hund, der kann mir nichts von dem, was du erwähnt hast, antun. Und wenn er mich nur mit einem unanständigen Worte anredet, prügle ich ihn mit dem Pantoffel durch.« Er fügte noch hinzu: »Solltest du etwas brauchen, sage ihm gar nichts davon!« Sie antwortete: »Ich höre und gehorche.« Dann nahm er Abschied von ihr, verließ sie und verreiste.

Als er sich von der Stadt entfernt hatte, kam sein Sohn zu ihr, sprach zu ihr kein Wort, aber in seinem Herzen loderte ihr eine Flamme entgegen, weil sie anmutig war. So schmiedete er einen Plan und betrat das Haus. Und es war gerade Sommer. Er stieg auf das Dach des Hauses hinauf, schürzte seine Kleider von seinem Gesäß auf, stellte seinen Hinteren dem Winde bloß, so daß er nackt war, stemmte sich auf die Knie, legte seine Hände flach auf den Boden und hob seinen Hinteren in die Höhe. Da erblickte ihn die Gattin seines Vaters, sie wunderte sich und sprach bei sich: ›Sieh mal da, was dieser schamlose Junge vorhat!‹ Doch er schaute sie nicht an und kehrte sich nicht zu ihr um, sondern blieb in der Stellung, die er eingenommen hatte, während die Frau seines Vaters ihn beobachtete. Da trat sie näher, fragte ihn und sprach zu ihm: »Warum benimmst du dich so?« Er antwortete ihr: »Was ist Besonderes daran? Ich tue etwas, was mir in der Zukunft Vorteil bringt. Aber dir werde ich es keineswegs sagen.« Als sie dann die Frage wiederholte, sagte er zu ihr: »Wenn es Sommer ist, tue ich dies und fange den warmen Wind auf, und wenn es Winter ist, kommt er aus mir heraus und erwärmt mich. Hingegen dringt durch meinen Hinteren eine gewisse Menge Kälte, die dann in dieser Sommerzeit mir zu Nutzen ist. So bleibt im Sommer mein Körper frisch und im Winter ist mein Leib warm.« Da fragte sie ihn: »Und wenn ich es wie du machen würde, geschieht mir dasselbe wie dir?« Er antwortete ihr: »Gewiß!« Da stellte sie sich neben ihn, schürzte ihre Kleider von hinten auf, bis ihr Unterkörper nackt war, machte es ebenso wie der Sohn ihres Gatten, sie hob ihre Sitzbacken hinauf, indem sie sich auf die Knie stemmte. Als sie das nun getan hatte, sagte der Junge: »Du machst es nicht richtig.« Sie fragte ihn: »Wieso?« »Der Wind, der durch deinen Hinteren hineindringt«, antwortete er ihr, »geht wieder durch deine Ritze hinaus.« Sie sagte: »Kann sein. Wie soll ich's also machen?« »Verstopf deine Ritze«, erwiderte er, »durch die der Wind hinauskommt!« Sie sprach zu ihm: »Wie soll ich sie verstopfen?« »Wenn du sie nicht verstopfst«, versetzte er ihr, »dann bleibt deine Mühe umsonst.« Sie sprach zu ihm: »Kannst du sie verstopfen?« Er antwortete: »Das kann ich.« »Komm her«, forderte sie ihn auf, »verstopf sie mir!« Da erhob er sich gierig nach ihr, trat von hinten an sie heran, wie sie sich auf die Knie stemmte, ergriff sein Glied, steckte es in ihre Ritze und beschäftigte sich mit ihr solange, bis er sein Verlangen nach ihr gestillt hatte, dann sagte er zu ihr: »Jetzt hast du genug, und dein Bauch ist voll von Wind!« Und eine Zeitlang machte er es jeden Tag so mit der Frau seines Vaters, während sein Vater auf Reisen war, bis er wieder zurückkam und das Haus betrat.

Da erhob sich seine Gattin, begrüßte ihn und sprach: »Du warst lange fort.« Als sie ihn begrüßt hatte und er eine Weile ausgeruht hatte, fragte er sie, wie es ihr gegangen war, denn er hatte Angst um sie wegen seines Sohnes. Da sagte sie zu ihm: »Mir ist es ganz gut ergangen.« Er fragte: »Hat der Junge von dir etwas gewollt?« »Nein«, antwortete sie ihm, »nichts hat er von mir gewollt und hat mich gar nicht angeredet. Aber, du Mann, er kann überaus schöne Kunststücke, und ist voll Weisheit.« »Und wie sehen seine Kunststücke aus«, fragte er sie, »und wie seine Weisheit?« Sie antwortete ihm: »Er entblößt sich, stellt seinen Hinteren dem Winde bloß, so daß er in seinen Bauch eindringt und ihm für den Winter nützlich wird. Und ebenso macht er es im Winter, wie im Sommer. Und auch ich machte es wie er.« Sobald er nun hörte, wie sie das zu ihm sagte, erkannte er, daß der Junge zu einer List gegriffen und sie mißbraucht hatte. Deshalb fragte er sie: »Und wie war denn das, was du gemacht hast?« »Ich tat«, versetzte sie ihm, »wie er, doch der Wind drang nicht in meinen Bauch hinein und der, der in meinen Hinteren eingedrungen war, kam durch meine Ritze heraus. Da sagte er zu mir: ›Verstopf deine Ritze!‹ Ich sagte zu ihm: ›Kannst du sie verstopfen?‹ ›Jawohl‹, entgegnete er mir, ›das kann ich.‹ Dann kam er und verstopfte sie mit seinem Glied. Und so tat ich es jeden Tag, wobei er mir meine Ritze mit seinem Glied verstopfte.«

Dies alles erzählte sie, während ihr Mann mit zu Boden gesenktem Kopf zuhörte. Dann sagte er: »Es gibt keine Macht außer bei Gott!«

Und siehe, der Junge trat zu ihnen herein, während die Frau seines Vaters davon erzählte, was sie in seiner Abwesenheit getrieben hatte. Da sagte er: »Warum, du Junge, benimmst du dich so?« Er erwiderte ihm: »Was habe ich denn getan? Ich hab sie doch nur verstopft, damit der Wind in ihren Bauch eindringe und ihr im Winter nützlich sei.« Da erkannte er, daß sein Sohn diese List nur deswegen angewandt hatte, um sie zu mißbrauchen. Er wurde wütend, sogleich schied er sich von ihr, gab ihr das Brautgeld zurück, und sie ging ihres Weges.

Hierauf sagte er: »Es hilft mir, da ich diesen Jungen habe, nichts anderes, als zwei Frauen zu heiraten, die zusammen sein werden. Und wenn es zwei Frauen sind, dann wird der Junge bei ihnen keine List ergreifen können.«

Nachdem dann zwei Wochen verflossen waren, heiratete er eine anmutige Frau, die noch anmutiger war als die frühere, und im nächsten Monat vermählte er sich mit einer zweiten Frau, so daß bei ihm zwei Frauen lebten.

Da sagte sein Sohn bei sich: ›Mein Vater heiratet zwei schöne Weibsbilder, aber ich muß weiter ledig sitzen bleiben. Bei Gott, ich muß seinen beiden Frauen eine Falle stellen!‹ Und er fing an, darüber nachzudenken, doch er konnte keine List finden. Und so oft er das Haus betrat, traf er die zwei Frauen zusammen sitzend, so daß er mit keiner von ihnen allein sprechen konnte. Und was seinen Vater betrifft, der warnte sie, sooft er hineinkam oder hinausging, und sagte zu ihnen: »Nehmt euch in acht vor meinem Jungen! Das ist ein schlechter Kerl und macht mich ganz wirr. Sooft ich eine Frau heirate, bereitet er ihr eine List, macht sich lustig über sie und mißbraucht sie. Ich scheide mich dann von ihr.« Die beiden Frauen antworteten ihm darauf: »Bei Gott, wenn er an uns herantreten würde, und etwas von uns wollte, prügelten wir ihn mit Sandalen durch.« Trotzdem wiederholte er: »Hütet euch vor ihm!« Und sie antworteten: »Wir hüten uns.«

So war es, bis eines Tages die Frauen zu ihm sagten: »Du Mann, wir haben keinen Weizen mehr.« Er erwiderte: »Gebt acht auf euch! Ich werde zum Markt in die benachbarte Ortschaft gehen und euch Weizen bringen.«

Als er sie nun verlassen hatte und draußen war, holte ihn sein Sohn ein. Seine zwei Frauen aber, die stiegen auf das Dach hinauf, um nachzusehen, ob ihr Gatte fortgegangen sei oder nicht. Da geschah es durch die Fügung der Vorbestimmung, daß der Mann aus Zerstreutheit seine Sandalen anzuziehen vergessen hatte. Da wandte er sich an seinen Sohn, der hinter ihm war und sagte zu ihm: »Du Junge! Kehr zurück ins Haus! Bring mir die Sandalen!« Und die Frauen schauten auf ihn herab. Da kehrte der Junge in größter Eile zurück, bis er ganz nahe bei den Frauen seines Vaters war, während sie auf dem Dach standen und sagte zu ihnen: »Mein Vater gab mir die Weisung und sagte: ›Geh die Frauen deines Vaters beschlafen, jede eine Zeitlang!‹« Sie sagten: »Wieso, du Hund, du Verfluchter, dein Vater wird dir sowas sagen? Bei Gott, du lügst, du Schwein, du Unheilvoller!« Er erwiderte ihnen: »Ich lüge nicht.« Und er kehrte zu seinem Vater zurück, rief ihn mit lauter Stimme an und sprach zu ihm: »Vater, Vater! Die eine oder die beiden? Die eine oder die beiden?« Sein Vater antwortete: »Die beiden! Die beiden! Gott verdamm dich! Hab ich zu dir über die eine von zweien gesprochen?« Da kehrte er zu den Gattinnen seines Vaters zurück und sagte: »Habt ihr gehört, was mein Vater gesagt hat? Wie ich ihn gefragt habe: ›Eine oder die beiden?‹ sagte er: ›Die beiden!‹« Der Mann sprach jedoch von den Sandalen, von einem Paar, doch die Frauen hörten nur, daß er sagte: »Die beiden!« Da meinten sie, er sage zu dem Jungen: »Meine Frauen, die beiden!« Nun wandte sich die eine zu ihrer Gefährtin und sprach zu ihr: »Wohlan, wir haben es gehört und der Junge hat nicht gelogen. Einmal wird er bei dir liegen und ein anderes Mal bei mir, so wie es sein Vater gesagt hat.« Und sie waren damit zufrieden.

Und der Junge betrat sachte das Haus, nahm die Sandalen seines Vaters, holte ihn unterwegs ein, gab sie ihm und kehrte zurück.

Dann ging er ins Haus, nahm eine von den Frauen seines Vaters, legte sich mit ihr nieder, ergötzte sich mit ihr und auch sie fand Wohlgefallen an ihm. Und nachdem er sein Verlangen an ihr gestillt hatte, ging er zu der zweiten Frau in ihr Zimmer, legte sich mit ihr nieder und scherzte und schäkerte mit ihr. Da nahm sie an ihm etwas wahr, was sie an seinem Vater nicht wahrgenommen hatte, fand Wohlgefallen an ihm und auch er ergötzte sich an ihr.

Als er nun sein Verlangen nach ihnen gestillt und sie verlassen hatte, kamen die beiden Frauen zusammen, unterhielten sich und sprachen: »Bei Gott, an diesem Jungen haben wir uns mehr ergötzt als an seinem Vater. Wenn sein Vater kommt, werden wir jedoch unser Geheimnis verschweigen, wenn er auch fragt, ob wir gehört haben, was er sagt. Vielleicht wird es ihm nicht angenehm sein.«

Als dann sein Vater mit dem Weizen zurückkehrte, fragte er seine Frauen und sagte: »Wie ist es euch ergangen?« Sie erwiderten: »Du Mann, schämst du dich nicht, deinem Sohne zu sagen: ›Beschlafe die Frauen deines Vaters?‹ Du bist verrückt geworden.« Er antwortete ihnen: »Das habe ich überhaupt nicht gesagt.« Sie sprachen: »Wir haben gehört, wie du sagtest: ›Die beiden!‹« »Gott verdamm euch«, entgegnete er ihnen, »ich hatte die Sandalen vergessen und sagte zu ihm: ›Kehr um! Bring mir die Sandalen!‹ Er fragte mich: ›Eine oder die beiden?‹ ›Die beiden‹, antwortete ich ihm. Und ich meinte die Sandalen und nicht euch.« Da sagten sie zu ihm: »Als er zu uns so sprach, prügelten wir ihn durch und jagten ihn fort. Und er trat nicht mehr zu uns ein.« Darauf sagte der Mann: »Trefflich habt ihr es mit ihm gemacht, mit diesem Schweinehund!« So war es ihnen ergangen.

Und was den Jungen betrifft, der lauerte nun seinem Vater auf. Sobald der Vater das Haus verließ und sich von ihm entfernte, trat der Junge bei den Frauen seines Vaters ein und sie freuten sich über ihn. Er legte sich zuerst bei einer nieder, und nachdem er sein Verlangen nach ihr gestillt hatte, ging er zur zweiten, um sich bei ihr niederzulegen.

So war es, bis die beiden Frauen zueinander sagten: »Warum muß er eigentlich zu jeder von uns ins Zimmer kommen? Laßt uns beide in einem Zimmer bleiben, und wenn er kommt und eintritt, werden wir uns mit ihm ergötzen und er wird von einer zur anderen gehen.« Und sie wurden sich einig und wußten nicht, was Gott ihnen für Entehrung beschieden hatte.

Als nun der zweite Tag anbrach, ging der Mann aus dem

Hause fort, um eine Angelegenheit, die er erledigen wollte, ins Reine zu bringen. Als er nun das Haus verlassen hatte und es sein Sohn bemerkte, trat der Junge, nachdem sich sein Vater entfernt hatte, bei seinen Frauen ein. Er fand sie in einem Zimmer. Er sagte: »Warum geht nicht jede in ihr Zimmer?« Sie sagten zu ihm: »Wozu ist denn das nötig? Laßt uns beisammen sein, damit wir uns mit dir ergötzen.« Er setzte sich zwischen sie nieder und fing an, mit ihnen zu schäkern, zu scherzen, sie umzuwenden und auf der Brust einer zu reiten, dann wieder zur zweiten zu gehen.

Dies war im Gange, wobei sie in ihr Vergnügen versunken waren und nicht wußten, was ihnen in der Welt der Geheimnisse verborgen war. Und siehe, sein Vater kehrte zurück, trat unerwartet ins Haus, ohne daß sie eine Ahnung davon hatten. Da hörte er ihr Scherzen, bevor er bei ihnen eintrat. Er lehnte sich an die Wand des Zimmers, in dem sie waren, und belauschte, was sie trieben. Dann schlich er leise heran. Als er sie nun bei diesem Treiben sah, verließ er sachte das Haus, ging zum Polizeipräfekten und beschwerte sich bei ihm über sein Los. Und der Präfekt saß auf, kam mit ihm ins Haus und trat mit ihm ein. Da fand er sie noch in derselben Lage. Er fiel über sie her und nahm die zwei Frauen sowie den Sohn des Mannes gefesselt in sein Haus. Den Jungen übergab er dem Henker, der ihm den Hals abschlug. Und was die beiden Frauen betrifft, da wartete er bis zum Eintritt der Nacht und befahl dem Henker, sie zu erwürgen. Der erwürgte sie, verscharrte sie und ließ durch den Herold ausrufen: »Dies ist die Strafe der Treulosen!«

Von dem, was die Weiber mit ihren Männern treiben, erzählt man unter anderem folgendes: Es waren einst zwei Jünglinge, beide im Alter von sechzehn Jahren. Sie trafen einander und sprachen: »Wir sitzen in dieser Ortschaft ohne Arbeit und ohne Handwerk, und sooft die Fronarbeit beginnt, zwingt man uns zu fronen und schlägt uns. Würden wir aus diesem Dorfe fortgehen, sicher würde uns Gott, der Erhabene, genug zum Leben geben durch den, der uns dingt. Und wir bekämen Lumpen und einen Bissen, oder, ich werde von jemandem gedungen und du von einem anderen; so werden wir dieses Dorf und seine Einwohner und den Frondienst beim Statthalter los. Und wir werden für etwas arbeiten, was uns Gewinn bringt.« Sie wurden darüber einig, verließen das Dorf und zogen aus, ein anderes Dorf zu suchen, in dem sie arbeiten könnten.

Darauf gingen sie ununterbrochen, bis sie in ein großes Dorf kamen, dessen sämtliche Einwohner Bauern waren. Und es war beim Sonnenuntergang zu der Zeit, in der das Vieh vom Felde zurückkehrte.

Da traf sie ein Mann mit der Herde, die er von der Weide nach Hause trieb. Und es war zu Anfang des Frühlings. Der Mann rief ihnen zu: »Ihr Jungen!« Sie erwiderten ihm: »Zu Diensten!« Er sagte zu ihnen: »Wollt ihr euch dingen lassen, um das Vieh auf die Weide zu treiben? Jeder von euch wird zu essen und trinken und täglich vier Neue erhalten.« Sie antworteten ihm: »Einverstanden, Gevatter!« Er nahm dann einen von ihnen. Und siehe, ein anderer kam und nahm den zweiten Jungen. Jeder von ihnen ging nun mit seinem Wirte, dem er das Vieh weiden sollte, und verbrachte bei ihm die

Nacht, bis sie am Morgen mit dem Vieh auf die Weide gingen. Einer der beiden hieß Ahmad und der andere ʿAlī.

Und der, der Ahmad hieß, war zufrieden und hatte Glück bei dem, dem er diente, und auch bei dessen Gattin. Und zu dem, was Ahmad zuteil wurde, gehörte, daß seine Wirtin, sobald er vom Felde kam, für ihn reichlich sorgte, ihn einige Nächte bei sich schlafen ließ, wobei sie zu ihrem Gatten sagte: »Der Knecht ist leidend.« Und um Mitternacht gab sie ihm einen Wink, warf sich ihm in die Arme und ritt auf seiner Brust, bis sie ihr Verlangen nach ihm stillte, und er stillte sein Verlangen nach ihr; denn gleich als er gekommen war, verliebte sie sich in ihn, weil er eine gewisse Art von Anmut hatte und auch sie hübsch war, während an ihrem Mann keine den Weibern zusagende Kraft mehr übrig geblieben war. Sie empfand daher Abneigung gegen ihren Gatten, vergaffte sich in den Knecht, und jede zweite Nacht verabredete sie sich mit ihm und sagte: »Du kommst um Mitternacht in die zweite Stube!« Er kam zu dieser Zeit, traf sie in Erwartung an, um sich mit ihr bis zur Zeit der Morgenröte zu vergnügen, worauf er aufstand und zu seiner Arbeit ging, während sie auf ihr Lager zurückkehrte. So erging es Ahmad.

Was nun seinen Gefährten ʿAlī betrifft, dem ging es ungemein schlecht bei seinem Wirte. Und seine Qual kam von seiner Wirtin, der Frau seines Wirtes; wenn er eintrat, schalt sie ihn, und wenn er hinausging, rügte sie ihn, und wenn er ein wenig schlaff wurde, verprügelte sie ihn. Und wenn er vom Felde zurückkehrte und sie kam, um das Vieh zu melken, hielt er die Kälber fest wegen ihrer Mütter, solange sie die Kühe molk, wobei sie ihn schalt und verfluchte, bis sie ihm das Leben verekelte und er es bereute, sein Dorf verlassen zu haben.

Da traf er eines Tages mit seinem Gefährten Ahmad zusammen. Sie begrüßten sich und jeder der beiden fragte seinen Gefährten nach seinem Befinden und nach seinem Wirte. ʿAlī sprach: »Wie kommst du mit dem Wirte aus, bei dem du dienst, und mit deiner Wirtin?« »Mein Bruder, ich bin höchst zufrieden«, entgegnete ihm Ahmad, »sie sorgen für mich in allen Dingen. Und was meine Wirtin betrifft, mit der stehe ich auf gutem Fuße und jede zweite Nacht haben wir um Mitternacht an irgendeinem Orte ein Stelldichein, ich komme mit ihr zusammen und reite auf ihren Busen von diesem Augenblicke an bis zur Morgenröte und wir unterhalten uns, bis mein Verlangen nach ihr gestillt wird, sowie ihr Verlangen nach mir. Und niemandem geht es so gut wie mir in diesem Dienst. Und erst die verschiedenen Speisen: am Morgen habe ich zum Frühstück Pastete, zu Mittag Sahne und Käse und abends entweder ein Huhn oder eine Taube oder Fleisch. Und so geht es mir immerzu.«

Als ihn sein Gefährte ʿAlī hörte, sprach er zu ihm: »Ach, mein Bruder, ich befinde mich in größter Qual. Sooft mich meine Wirtin erblickt, schilt sie mich aus, und sooft sie mich sprechen hört, verflucht sie mich. Ich esse bei ihr nur trockene Brotfladen und niemals bekomme ich eine Zuspeise, noch etwas Fettes zu Gesicht. Und es geht mir sehr schlecht, und ich bin nicht imstande, mich von Brotfladen zu sättigen. Ich bereue es, in dieses Dorf gekommen zu sein und denke daran, in mein Dorf zurückzukehren.«

Da sagte sein Gefährte Ahmad zu ihm: »Was würdest du von dem sagen, der deine Wirtin dazu brächte, für dich zu sorgen, dir, was du wünschst, zu Essen zu geben und dir zu erlauben, jede Nacht in ihren Armen zu schlafen und auf ihrer Brust zu reiten? Eines Tages wird sie für dich zu einer

List greifen, ihren Gatten dann mit dem Vieh auf die Weide schicken, und du wirst den ganzen Tag bei ihr sitzen und auf ihrem Busen reiten.«

Als ʿAlī von Ahmad diese Worte hörte, stieß er einen Seufzer aus und sprach zu ihm: »Bei Gott, mein Bruder, diese Worte werden sich nicht erfüllen, nicht einmal in den Täuschungen der Träume, denn das Herz dieser Frau ist hart gegen mich.« »Dies soll nicht deine Sorge sein«, entgegnete ihm Ahmad, »ich werde schon etwas anstellen, und wenn ich es mache, wirst du, was du verlangst, erreichen, weil die Weiber unzulänglichen Verstand haben, und es für sie nur das gibt, was sie hören. Ich werde etwas anstellen, womit du von ihr erreichst, was du nur wünschst. Und sobald ich für dich eine List vorbereitet habe, wird ihr niemand teuerer sein als du; du wirst ihr teuerer sein als ihr Gemahl und als ihre ganze Familie.« Da sagte ʿAlī: »Wohlan, mein Bruder Ahmad, ich stelle mich unter deinen Schutz. Entweder wirst du etwas für mich einfädeln oder ich fliehe aus diesem Dorfe, denn ich habe nicht die Geduld, in diesem Elend zu leben, so daß ich mir jeden Augenblick den Tod wünsche. Bereite also eine List vor, die sich in ihrem Kopfe festsetzt. Entweder wird sie gelingen, und ich habe meine Ruhe, oder ich verlasse dies Dorf und kehre in meins zurück, denn mein Glück scheitert an dieser Frau.« »Hör, mein Bruder«, entgegnete Ahmad, »ich habe eine List, die ich für dich in die Tat umsetzen will, und du wirst dadurch das Herz deiner Wirtin gewinnen.« Da sprach ʿAlī zu ihm: »Und was für eine List ist es, mein Bruder?« »Wenn die Zeit des Sonnenuntergangs kommt«, versetzte Ahmad, »und du deiner Wirtin die Kälber hältst, und sie das Vieh melkt, dann komme ich zur Haustür, rufe dich und sage: ›ʿAlī!‹ Du aber antwortest mir nicht. Da wird deine Wirtin sagen: ›Schau nach, wer dich ruft!‹ ›Wirtin‹, wirst du antworten, ›'Alī heiße ich nicht allein, diesen Namen haben viele Leute. Und ich bin ein Fremder, niemand kennt mich.‹ Dann werde ich ungefähr zwanzigmal schreien: ›'Alī‹! Du aber antwortest mir keinmal. Und wenn deine Wirtin sagt: ›Junge, schau nach, wer dich ruft!‹ sage ihr: ›Ich bin ein fremder Mann, ich kenne niemanden und niemand kennt mich.‹ Am Ende werde ich leise rufen und sagen: ›'Alī, du mit den zwei Gliedern!‹ Da erhebe dich eilig und komm zu mir an die Tür.« 'Alī sagte: »Nun gut!« Und sie wurden sich darüber einig.

Als die Sonne unterging und seine Wirtin das Vieh molk, kam Ahmad und fing an zu schreien: »'Alī, 'Alī!« während die Wirtin ihn schalt und verfluchte. Da sagte sie zu ihm: »Schau nach, wer an der Tür ist und 'Alī ruft!« Er erwiderte ihr jedoch: »Hier sind außer mir viele Leute namens 'Alī«, bis endlich Ahmad sich leicht gegen die Tür stemmte und sprach: »'Alī, du mit den zwei Gliedern!« Das hörte die Frau. 'Alī antwortete ihm dann und sprach: »Er kommt zu dir, er kommt zu dir!« Und er lief eilig zu ihm hinaus und fing an, sich mit ihm zu unterhalten.

Und siehe, die Frau holte ihn ein und sprach jubelnden Herzens zu ihm: »Mein Herr, 'Alī! Gottes Name über dir! Komm herein, damit wir das Melken des Viehs zu Ende bringen!« Dann nahm sie ihn und trat mit ihm herein, schritt an seiner Seite, stützte sich auf ihn, umarmte ihn und bot ihm ihre Lippen an, damit er sie küsse. Und er nahm sie in die Arme und faßte sie um den Leib, während sie ihm Liebesblicke zuwarf und seufzte, bis das Melken des Viehs fertig war. Und sie gab ihm Milch, er trank davon, bis er genug hatte, stand auf und band das Vieh fest. Dann gab sie ihm das

Abendessen, und er aß, bevor sein Wirt kam, so daß er satt wurde. Dann trat sie an ihn heran und sagte: »Mein Herr, wenn dein Wirt kommt, stelle dich krank und sage: ›Weh, mein Kopf!‹ Und tue, wie wenn du in den letzten Zügen lägest!« Dann trat sie auf ihn zu, warf ihn nieder, legte sich neben ihn und ritt auf seiner Brust, bis sie ihr Verlangen stillten, denn, als sie Ahmad hörte, wie er sagte: »ʿAlī, du mit den zwei Gliedern!« kam ihr Herz nicht davon los, und sie konnte nicht anders, als sich des Knechtes zu bemächtigen.

Da trat ihr Gatte ein. Als ihn der Junge hörte, tat er, als läge er in den letzten Zügen und sagte: »Weh, mein Kopf!« Er sprach zu ihm: »Was ist dir, mein Junge?« Da sagte seine Gattin zu ihm: »Mann, er kam krank vom Felde, und er aß und trank nicht. Und er ist ein armer Kerl, ein Fremder. Laß ihn bei uns im Hause schlafen, damit er sich erwärme. Vielleicht schwitzt er sich aus und wird morgen früh gesund sein.« Er erwiderte: »Laß ihn bei uns schlafen!«

Als nun die Schlafenszeit kam, bettete sie ihn neben sich, dann löschten sie die Lampe aus und legten sich nieder. Und ihr Mann schlief ein, versank in Schlaf und schnarchte wie ein Esel. Aber die Frau schlief nicht ein, ihr Herz war beschäftigt, und ihr Wunsch war es, zu erreichen, was sie von dem Knechte verlangte.

Als es nun Mitternacht war, bot sie ihm ihre Füße an. Da erhob sich der Junge und gürtete sich mit ihren Füßen, ritt auf ihrem Busen und befaßte sich mit ihr, bis sein Gelüst wach wurde und ihres auch. Und weil das Gelüst so heftig war, rief sie: »ʿAlī mit den zweien, ʿAlī mit den zweien!« Und sie seufzte und neckte ihn.

Da erwachte ihr Gatte aus dem Schlafe und hörte sie zweimal sagen: »ʿAlī mit den zweien!« Als nun ihr Mann erwachte, zog der Junge sein Glied in aller Eile aus ihrer Scham heraus, da flog ein Tropfen von seinem Glied und fiel dem Gatten ins Auge. Und der sagte: »Weib, was bedeutet das? Warum sagst du: ›'Alī mit den zweien?‹« Sie stellte sich nun schlaftrunken, streckte und reckte sich und sprach: »Mann, ich träumte, daß wir in einem Boot am Meer seien und daß 'Alī, unser Knecht, mit einem einzigen Ruder ruderte. So sprach ich zu ihm: ›Alī, mit den zweien!‹ womit ich die Ruder meinte.« In seiner Blödheit sagte ihr Gatte: »Du hast recht, Weib, ein Wassertropfen, ähnlich wie er vom Ruder spritzt, fiel mir aufs Auge.« Die List glückte, und er legte sich zum zweiten Male nieder.

Als er dann in Schlaf versank, erhob sich seine Gattin aufs Neue und legte sich in die Arme 'Alīs, des Knechtes. Er ritt dann auf ihrer Brust, bis er seine Arbeit verrichtete, stieg von ihrem Busen herab und ruhte ein wenig.

Und sie kam zum dritten Male zu ihm, legte sich ihm in die Arme und gab ihm ihre Füße preis. 'Alī erhob sich dann, ritt auf ihrem Busen und wohnte ihr in einem fort bei, bis zur Zeit der Morgenröte. Aber die Frau konnte seiner nicht satt werden, und seine Arbeit gefiel ihr, denn er war jung und seine Lenden waren fest bei seiner Jugendlichkeit und Körperkraft. Und auch sie war anmutig und ihr Gatte nahte sich ihr nur einmal im Monat.

Und da sie nicht richtig gehört zu haben glaubte, was Ahmad zu seinem Gefährten gesagt hatte, fragte sie ihn: »'Alī, wo ist denn dein zweites Glied?« »Das habe ich nicht«, antwortete er ihr, »man nannte mich ›Besitzer der zwei‹ nur deshalb, weil mein Glied groß ist und seine Größe einen Zoll und eine Spanne ausmacht.« Da sprach sie zu ihm: »Zeig es mir!« Da nahm er ihre Hand und legte sie daran. Und siehe, sie fand es so, wie er gesagt hatte. In jenem Augenblick, während ihr Gatte schlief, konnte sie sich nicht erwehren und rieb es mit der Hand. Es wurde steif, sie maß es und fand, daß es einen Zoll und eine Spanne und noch etwas darüber maß. Und sie behielt es in ihrer Hand, bis sie die Füße ausstreckte und es mit eigener Hand in ihre Scham steckte. Und sie drückte sich auf den Knecht, legte ihn auf den Rücken, auf ihm reitend, während sie sein Glied in ihrer Scham hatte und sich an ihm ergötzte, nämlich an seiner Länge und Dicke.

Und siehe, ihr Gatte erwachte, als sie von Wollust gepackt die Brust des Knechtes ritt und sein Glied in ihrer Scham hatte. Da sah sie, daß ihr Gatte sich erhob. Aber sie rührte sich nicht, und es war nicht leicht für sie, sein Glied aus ihrer Scham herauszuziehen. Da sprach ihr Mann: »Was machst du da, Weib?« Sie sagte zu ihm: »Mann, diesen Jungen, den Knecht, überfiel das Fieber, er hat Schüttelfrost und zittert davon. Aus Mitleid mit ihm setzte ich mich auf ihn, um ihn niederzudrücken, weil er zittert.« »Bei Gott, Weib«, entgegnete er ihr, »du hast Mitleid mit dem Fremden.« Sie sagte: »Geh in die Moschee, verrichte das Gebet, nimm den Ochsen und führe ihn zur Fronarbeit, um Mehl zu mahlen!« Er antwortete ihr: »Im Namen Gottes! Sehr gerne.«

Dann erhob er sich, ging hinaus und ließ sie auf dem Jungen, dem Knecht, sitzen. Als er weg war, überschlug sie sich, so daß sie unten war und der Junge, der Knecht, auf ihren Busen geriet. Und so trieben sie es in einem fort, bis die Sonne hoch stand. Dann erhob sich die Frau, wärmte zwei Krüge Wasser, verrichtete die Waschung, sie und der Knecht, kochte ihm das Frühstück, und er aß es auf.

Als er satt war, siehe, kam sein Wirt mit dem Ochsen und

trat herein. Da sah er den Jungen dort sitzen. Er sagte: »Du, wie geht's dir? Kannst du das Vieh treiben?« Doch seine Frau sprach zu ihm: »Mann, treib heute du, damit er ein wenig ausruhe und morgen treiben kann!« Er erwiderte: »Jawohl.« Dann nahm er das Vieh mit und trieb es aufs Feld.

Am Vormittag verlangte die Frau nach dem, was die Frauen von den Männern verlangen, kam zu dem Knechte und warf sich in seine Arme, nachdem sie sich aufs herrlichste geschmückt und parfümiert hatte. Als sie sich ihm in die Arme warf, drückte er sie auch an sich und erfüllte ihr Verlangen.

Und der Junge war auf diese Weise am Tage auf dem Felde und die ganze Nacht lang auf dem Busen seiner Wirtin, bis er eines Tages zu ihr sagte: »Wirtin, ich will gehen, Ahmad, meinen Landsmann, zu besuchen.« »Geh nur«, erwiderte sie ihm, »besuche ihn, aber sei nicht lange fort!«

Er ging, um ihn zu besuchen, und traf ihn an. Da sagte Ahmad: »Wie geht's dir, 'Alī?« Er antwortete ihm: »Durch die Gnade Gottes, seit der Zeit, in der du zu mir gekommen bist und zu mir jene Worte gesagt hast, bin ich tagsüber auf dem Felde und die ganze Nacht auf den Brüsten meiner Wirtin. Und sie ist einzigartig in ihrer Anmut.« »Mein Bruder«, erwiderte Ahmad, »es bleibt dir noch übrig, mich zu belohnen.« Er sagte: »Sehr gerne. Ich werde meine Wirtin bitten, dir zum Frühstück Pastete zu bereiten, die wir, ich und du, morgen früh zu uns nehmen werden.« Er gab zur Antwort: »Das wird schön sein.«

Als sie sich dann voneinander verabschiedet hatten, ging er zu seiner Wirtin und sagte zu ihr: »Du wirst Pastete zum Frühstück bereiten. Wir werden sie aufessen, ich und Ahmad, mein Landsmann.« Sie sprach zu ihm: »Herzlich gern!«

Als nun der zweite Tag anbrach, kam Ahmad zu ʿAlī, und er fand ihn im Hause, wie er auf ihn wartete. Er führte ihn hinein und forderte ihn auf, sich niederzusetzen. Da wandte sich die Frau plötzlich um und erblickte Ahmad. Und Ahmad war anmutiger als ʿAlī. Nun sprach sie zu ʿAlī: »ʿAlī, geh ins Haus meiner Mutter und bringe das Sieb!« Er erwiderte: »Gut.« Dann ging er, um ihr das Sieb zu bringen.

Und sie kam zu Ahmad, er sah sie an und fand, daß sie einzigartig an Anmut sei, anmutiger als seine Wirtin. Da reckte sich ihm der Schnurbart ihr entgegen und er sagte zu ihr: »Meine Herrin, ich bin dein Gast.« Bevor er jedoch seine Worte vollendet hatte, kam sie und warf sich in seine Arme, dann vollzog er an ihr sein Verlangen, bevor ʿAlī gekommen war.

Und Ahmad und ʿAlī lebten auf diese Weise ein volles Jahr lang, bis ihr Treiben ruchbar wurde und sich Anzeichen und Beweise zeigten. Da sagten sie zueinander: »Trachte zu entkommen, wenn du Rettung suchst!« Und beide gingen in Frieden in ihr Dorf.

Und dies gehört zu den Ränken der Weiber.

DIE GESCHICHTE VOM DUMMKOPF

Man erzählt, daß es einmal einen Mann, einen Dummkopf, gab, der ein gewisses Vermögen besaß und mit seiner Base verheiratet war. Und die war einzigartig zu ihrer Zeit wegen ihrer Lieblichkeit und ihres geraden Wuchses und ihrer Ebenmäßigkeit. Der Mann hatte eine gewisse Menge Getreide und wollte es verkaufen. Deshalb mietete er zehn Esel, belud sie mit dem Getreide und reiste mit allem in eine Ortschaft in der Nähe seines Wohnortes. Dann verkaufte er sein Getreide, strich das Geld dafür ein und ging mit den zehn unbeladenen Eseln zu seinem Wohnort zurück.

Als er nun die Ortschaft verlassen hatte, bestieg er einen Esel und trieb die übrigen neun vor sich. Da sagte er bei sich: ›Zähle die Esel!‹ Er zählte sie, da fand er, daß vor ihm neun Esel seien, den Esel jedoch, den er ritt, zählte er nicht. Da schlug er die Hände zusammen und sprach: »Es gibt weder Macht noch Stärke, außer bei Gott, dem Erhabenen, dem Allmächtigen! Bei Gott, ein Esel ist verlorengegangen!« Dann stieg er vom Esel ab, zählte die Esel und fand ihrer zehn. Da beruhigte sich sein Herz und er sprach: »Lob sei Gott, daß der Esel nicht verlorengegangen ist!« Dann bestieg er einen Esel, trieb die übrigen vor sich und zählte sie. Da fand er wieder nur neun und sprach: »Es gibt weder Macht noch Stärke, außer bei Gott, dem Erhabenen, dem Allmächtigen! Ein Esel ist verlorengegangen!« Er wurde traurig, stieg vom Esel ab, trieb alle vor sich hin, zählte sie und fand ihrer zehn. Die trieb er und schritt eine Weile einher, indem er sich wunderte. Dann bestieg er einen Esel, trieb die übrigen vor sich, zählte sie und fand ihrer neun, da er den Esel nicht zählte, den er ritt. Schließlich sagte er: »Mein Reiten ist Schuld am Verlust des Esels. Ich gehe zu Fuß.« Er stieg ab und ging zu Fuß, bis er sein Dorf erreichte, übergab die Esel ihrem Bestizer und ging selbst in sein Haus.

Und er besaß ein Haus, in dem vier Wohnerker waren. Er trat hinein, setzte sich in einem Erker nieder, zählte die Erker, die vor ihm waren, und fand, es seien drei. Denn er zählte nicht den Erker, in dem er saß. Da sagte er zu seiner Gattin: »Weib, wohin ist der eine Erker geraten?« Sie sprach zu ihm: »Ich weiß es nicht.« Da stand er auf, erzürnt über sie und sprach: »Du Hure, sag mir, wohin der Erker geraten ist!« Sie antwortete ihm: »Ich weiß es nicht.«

Und diese Frau hatte einige Liebhaber. Und unter ihren Liebhabern war ein Müller. Es geschah nun eines Tages, daß der Mann eintrat, sich in einem jener vier Erker niedersetzte und zu ihr sagte: »Du Weib!« »Da bin ich«, entgegnete sie. Er fragte: »Wie viele Erker gibt es in unserem Haus?« »Vier«, erwiderte sie ihm. Er zählte sie, da fand er, es seien drei, weil er den nicht zählte, in dem er saß. Da sagte er zu ihr: »Hier sind nur drei. Und wo ist der vierte?« »Ich sage die Wahrheit«, entgegnete sie, »er ist verliebt in eine Erkerin.« Als er nun diese Worte hörte, sprach er: »Bei Gott, ich muß ihn zurechtweisen.« Und er nahm einen Knüppel in die Hand und sagte zu seiner Gattin: »Der Erker ist verschwunden, er ist zu seiner Geliebten gegangen.« »Schon früh«, erwiderte sie ihm, »ist er weggegangen.« Er nahm also seinen Knüppel und lief hinaus und fragte jeden, den er traf: »Hast du nicht unterwegs einen Erker gesehen?« Da lachte ihn jeder aus und sagte: »He, vorne ist er vor dir.« So lief er weiter, bis er an der Mühle vorbeiging, deren Besitzer in seine Gattin verliebt war. Der wartete auf ihn an der Tür der Mühle.

Als er nun an ihm vorbeiging, sagte er zu ihm: »Hast du nicht einen Erker gesehen, der hier vorbeigegangen ist?« »Bei Gott, mein Herr«, erwiderte der Müller, »er läuft hier an uns jeden Tag früh vorbei und kehrt zur Zeit des Nachmittagsgebetes zurück. Aber komm! Tritt ein und bleib hier sitzen! Wenn er vorbeigeht, werde ich es dir sagen.« Er ging also hinein und saß bei ihm in der Mühle, bis er sich kurz vor Mittag niederlegte und in Schlaf versank.

Als der Müller sah, daß er sich niedergelegt hatte, brachte er ein Rasiermesser und rasierte ihm den Bart und den Schnurrbart ab. Er schlief dann bis zur Zeit des Nachmittagsgebetes und stand auf. Dann sagte er zu dem Müller: »Ist der Erker vorbeigegangen?« Er erwiderte: »Er ging eben vorbei, eine Weile, bevor du aufgestanden bist.«

Da erhob er sich eilig, zog seinen Knüppel hervor, ging hinaus und lief, bis er nach Hause kam. Dann pochte er an die Tür. Da antwortete ihm seine Gattin, seine Base, und sagte: »Wer ist denn da?« Er erwiderte: »Mach auf!« Sie blickte nun durch die Lücken der Tür hinaus und sah ihn. Es gab nämlich eine Verabredung zwischen ihr und dem Müller, ihrem Liebhaber, den sie beauftragt hatte, ihm den Bart zu rasieren. Als sie nun durch die Lücken der Tür hinausblickte, sagte sie zu ihm: »Täuschen mich meine Augen? Du bist nicht mein Vetter!« Er sprach zu ihr: »Bei Gott, ich bin dein Vetter.« »Mein Vetter hat einen Bart«, sagte sie, »du aber bist ohne Bart.« Er legte die Hand auf sein Kinn, da fand er darauf kein einziges Haar. Da sagte er: »Was ist denn das? Wohin ist mein Bart geraten?«

Da wurde er zornig, machte sich auf und lief, bis er zu der Mühle kam, blieb dort stehen und sagte: »He, du Müller!« Er kam hinaus und fragte: »Was ist mit dir?« »Bin ich vorher zu dir mit Bart gekommen«, fragte er, »oder ohne Bart?« Der Müller sagte zu ihm: »Du bist zu mir mit einem Bart gekommen.« Da fragte der Ehemann: »Und wohin ist er denn geraten?« Da antwortete der Müller: »So hat ihn der Bursche, der Wächter, mitgenommen, als er mit den Pferden auf die Frühlingsweide zog. Doch bleib bei mir dreißig Tage lang, bis der Wächter kommt! Dann laß ihn dir von ihm geben!« Er sagte: »Gut.« Dann trat er zum Müller in die Mühle und blieb so lange bei ihm, wie er gesagt hatte, volle dreißig Tage, bis ihm Haare am Kinn wuchsen. Dann ließ der Müller einen Barbier holen, der rasierte ihn und tat ihm den Bart zurecht oben und unten, bis er ein wenig gleichmäßig wurde. Dann reichte er ihm den Spiegel, er schaute hinein und fand sein Kinn zurechtgemacht und Haare daran. Da sagte der Müller: »Also, da hast du deinen Bart wieder!« Er antwortete ihm: »Recht hast du.«

Danach ging er hinaus, kam nach dreißig Tagen nach Hause und pochte an die Haustür. Da kam seine Gattin hinaus, schaute durch die Lücken der Tür, öffnete ihm, begrüßte ihn und fragte ihn, warum er die ganze Zeit fortgewesen sei. »Der Wächter der Mühle«, entgegnete er, »hat mir meinen Bart genommen und zog mit ihm weg. Ich blieb nun in der Mühle, bis er von seiner Reise zurückkam, denn er trieb die Pferde auf die Frühlingsweide. Da erhielt ich ihn von ihm zurück.«

Und jener Tag war ein Freitag. Da sagte seine Gattin zu ihm: »Ich gehe meine Schwester zu besuchen und komme sofort zurück.« »Geh«, erwiderte er, »und bleib nicht lange fort! Besuche sie in Eile!« Sie sagte ihm: »Gut.« Dann legte sie das prächtigste Kleid an, das sie hatte, schmückte und parfümierte sich und ging.

Und sie hatte ein Stelldichein mit ihren Liebhabern. Sie ging nun in einem fort, bis sie zur Wohnung ihrer Liebhaber kam, da fand sie die Liebhaber, die auf sie warteten. Dann trat sie bei ihnen ein.

Hierauf setzten sie einen Tisch mit Speisen und Wein vor sich hin und dann aßen und tranken sie, bis ihr Verstand vom vielen Weintrinken dahin war. Sie schauten sie an und sahen, daß sie geschmückt und parfümiert war. Da begannen sie mit ihr zu schäkern und zu scherzen, bis sie an ihr ihr Verlangen gestillt hatten. Und sie trieben es so mit ihr sieben Tage und sieben Nächte lang, indem sie aßen und Wein tranken und guter Dinge waren bis zum folgenden Freitag. Da sagte sie zu ihnen: »Ich muß schon gehen und zu meinem Mann eilen.« »Geh nur«, erwiderten sie ihr, »und bleib nicht lange fort!« Sie antwortete ihnen: »Immer wenn ich zu euch komme, bleibe ich sieben Tage.«

Dann trat sie hinaus, ging fort und fand ihren Gatten, und der sah aus wie ein Knäblein oder wie ein Affe, der an einer Kette angebunden ist. Als sie nun bei ihm eintrat, sprang er auf und sagte zu ihr: »Wo warst du?« »Ich bin fortgegangen«, erwiderte sie ihm, »und gleich zurückgekommen. Du Mann, ich war keine zwei Minuten weg.« Da sagte er zu ihr: »Du Hure, schau, es waren sieben Tage, die du fort warst.« »Mann«, antwortete sie ihm, »du bist schwachsinnig oder närrisch geworden. Was für ein Tag ist heute?« Er sagte: »Ein Freitag.« Sie fragte ihn: »Und wann bin ich von dir weggegangen?« Er sagte zu ihr: »Am Freitag.« Sie sprach: »Du bist närrisch geworden oder das Gehirn ist dir aus dem Kopf gefallen. Ich bin von dir am Freitag weggegangen und heute ist Freitag! Bist du betrunken oder vernagelt?« Da schwieg der Mann, sprach kein Wort mehr und sagte bei sich: ›Es ist wahr, daß heute Freitag ist, sie ging am Freitag weg, sie war also nicht lange fort.‹

Und dies gehört zu den Listen der Frauen.

GESCHICHTE VOM FEIGLING, DEN SEINE GATTIN LÜGEN STRAFTE

Man erzählt, daß ein Raufbold einen Knüppel besaß, der wie ein Joch aussah, und der hatte an seinem Ende eine fünf Pfund schwere Keule aus Eisen. Er war mit einer über alle Maßen anmutigen Frau verheiratet.

Jeden Tag ging er früh hinaus, den Knüttel auf der Schulter, während er seinen Schnurbart drehte und schnaufte. Und seine Frau, seine Base, war von morgens bis abends außer Haus. Er kam dann zurück und ging ins Haus zu seiner Base, seinen Knüttel, auf dessen Keule sich etwas Blut befand, trug er auf der Schulter. Danach sagte er gewöhnlich zu ihr: »Ich habe heute drei oder vier totgeschlagen.« Und an manchen Tagen auch: »Ich habe heute zehn Männer niedergemacht.« Da sagte seine Base bei sich: ›Bei Gott, mein Vetter ist ein Raufbold, ein Grobian.‹

Er benahm sich eine Zeitlang so, bis sie eines Tages bei sich sagte: ›Bei Gott, ich will es nicht glauben, daß mein Vetter ein Grobian, ein Raufbold ist, solange ich es nicht mit meinen eigenen Augen gesehen habe.‹

Da erhob sie sich sogleich, beschmierte sich mit Gelbwurzelsaft, so daß ihre Gesichtsfarbe gelb wurde, legte sich nieder und wand sich auf ihrem Lager.[1] Als nun ihr Vetter zu ihr eintrat, fand er sie, wie sie auf dem Lager lag und sich wand. Da sagte er zu ihr: »Was ist mit dir, liebe Base? Mögest du gesund werden! Es wird dir nichts Böses zustoßen.« Und er setzte sich neben sie und fing an, ihr Antlitz zu streicheln und zu fragen: »Was tut dir denn weh?« Und sie antwortete ihm: »Mein ganzer Leib.«

So saß er den ersten und den zweiten Tag, während sie auf dem Bett lag. Dann sprach er zu ihr: »Was würde dir denn gut tun? Ich bringe es dir.« Sie sagte wiederholt zu ihm: »Mir würde nichts anderes helfen, als in einem Bohnenfeld zu liegen.« Da antwortete er ihr: »Das ist eine leichte Sache.«

1. *Gelbwurzsaft* aus den Wurzeln der tropischen Curcuma hat eine lebhafte gelbe Farbe.

Hierauf nahm er sie und ging mit ihr zu einem Bohnenfeld. Als er sich ihm näherte, siehe, da erschien irgendein Mann, ein Beduine, der ein Zicklein an einem Strick hielt und hinter sich herzog. Als der Beduine den Mann mit seiner Gattin, seiner Base, und dem Knüppel auf der Schulter sah, trat er näher und sah sich seine Base an, die wie aus der Gußform der Schönheit und Anmut hervorgegangen war. Da reizte ihn seine Seele, daß er sich nach der Frau zu sehnen anfing. Der Beduine trat also an den Mann heran und schrie ihn so an, daß er ihm Angst machte, riß seine Base von ihm weg und sprach zu ihm: »Halt dieses Zicklein mit der Hand, solange ich mich mit dieser Schönheit vergnüge!« Dann gab er ihm das Zicklein, nahm die Frau, kroch mit ihr in das Bohnenfeld und stillte an ihr sein Verlangen, kam heraus, nahm sein Zicklein und zog seines Weges.

Da trat die Frau aus dem Bohnenfeld und sagte zu ihrem Vetter: »Sooft du nach Hause kommst, sagst du: ›Ich habe heute zwei totgeschlagen, ich habe zehn niedergemacht.‹ Und du brüstest dich damit. Und dieser Beduine schreit dich an, nimmt mich von dir weg und mißbraucht mich, während du dastehst und ich nichts von männlicher Tapferkeit bei dir sehe.« Da sagte er zu ihr: »Schweig! Bei Gott, du hast keine Ahnung davon, was ich angestellt habe.« Sie fragte ihn: »Was hast du angestellt?« »Die ganze Zeit hindurch«, erwiderte er, »als er auf dir ritt, habe ich mit seinem Zicklein geschäkert.« Sie sprach zu ihm, während sie noch betrübt war, weil der Beduine sie mißbraucht hatte: »Möge dich Gott beschämen, du Feigling unter den Männern! Du bist nicht eifersüchtig auf deine Frau? Du bist wie ein Jude. Zieh, wohin du willst, und ich tue dasselbe.«

Darauf verließ ihn die Frau und zog ihres Weges.

DIE GESCHICHTE VON DER FRAU UND IHREN ZWEI LIEBHABERN

Unter anderen Geschichten erzählt man eine von einem Mann, der eine äußerst schöne und anmutige Frau hatte, die ihm zwei der Streiche spielte, die zu den verschiedenen Listen der Frauen gehören.

Sie hatte nämlich zwei Liebhaber, der erste war ein Landmann, der Melonen züchtete, und der zweite ein Ölhändler.

Was nun den Landmann betrifft, der sagte: »Bei Gott, meine Liebe, ich muß dich reiten, während dein Mann dicht an meiner Seite steht.« Sie sagte zu ihm: »Warum? Sooft du nach mir verlangst, komme ich zu dir zu jeder Zeit und wir machen uns Vergnügen.« Doch er antwortete ihr: »Es muß sein.« »Wenn es sein muß«, erwiderte sie, »halte dich auf dem Feld auf und erwarte uns an dem und dem Tage!« Da sagte er: »Nun gut.«

Als nun der bestimmte Tag kam, sagte die Frau zu ihrem Gatten: »Mann, ich will meine Verwandte und meine Familie in dem und dem Dorfe besuchen gehen.« Er erwiderte ihr: »Gut.« Dann stand er mit ihr auf, sattelte für sie seinen Esel, setzte sie darauf, und sie machten sich auf den Weg. Und es war zur Mittagszeit.

Als sie zum Feld ihres Liebhabers, das am Wege lag, gekommen waren, sagte sie ihrem Gatten: »Mann, mir ist warm wegen der allzugroßen Hitze und mich dürstet. Lad mich an diesem Orte neben dem Melonenfelde ab!« Da hob er sie aus dem Sattel und sie setzte sich am Rande des Feldes nieder und sprach: »Geh in dies Feld hinein und bring mir eine Melone! Ich will sie essen, denn es ist mir heiß.«

Ihr Mann ging also in das Feld und pflückte für sie eine Melone vom Stengel und wollte mit der Melone aus dem Feld zu ihr zurückkehren. Und siehe, der Besitzer des Feldes, der Liebhaber seiner Gattin, stürzte auf ihn mit einem jochähnlichen Knüttel los, der eine Keule aus Eisen im Gewicht von zwei Pfund hatte, und sagte zu ihm: »Du Kuppler, du Hahnrei, stelle die Melone auf ihren Stengel zurück, so wie sie zuvor war! Und wenn nicht, schlage ich dir deinen Nacken mit diesem Knüttel ab.« Und er schwenkte ihn, tobte und schrie: »Wenn du nicht die Melone auf ihren Stengel stellst, schlage ich dich tot!« Der Mann hüpfte angsterfüllt herum, während der Besitzer des Melonenfeldes gegen ihn wütete.

Da ging die Frau, sich wiegend, zum Besitzer des Feldes und sagte zu ihm: »Mann, du Besitzer des Feldes, wenn die Melone den Wert von fünf Para hat, so gebe ich dir zehn.« »Ich nehme nichts an«, entgegnete der Bauer, »und verlange weder Geld noch etwas anderes. Wenn er sie nicht dahin zurückstellt, wo sie war, schlag ich ihn tot. Und dies ist der Anfang und das Ende der Rede. Und ich will nichts anderes hören.« Und er wurde wütend auf ihn und wiederholte: »Ich muß dich totschlagen, du Hahnrei!« Und die Frau suchte ihn zurückzuhalten, den Besitzer des Feldes durch Bitten zu beschwichtigen, indem sie ihre List anwendete und zu ihm sagte: »Mögest du dich erbarmen!« Doch er hörte nicht auf zu sagen: »Er muß totgeschlagen werden«, worauf die Frau wiederholt sprach: »Mein Herr, mir zuliebe schlag ihn nicht tot!« Und sie benahm sich so eine Zeitlang, während der Besitzer des Feldes wiederholte: »Ich schlag ihn tot«, und die Frau für ihn um Erbarmen bat.

Hierauf sagte der Besitzer des Feldes zu ihr: »Verehrte,

wenn ich ihn um keinen Preis totschlagen darf, wohlan, so verzeihe ich es ihm dir zuliebe, jedoch unter einer Bedingung. Und es geht nicht anders, als daß ich mit ihm schlafe. Wenn ihr mit dieser Bedingung einverstanden seid, schlage ich ihn nicht tot, wenn ihr jedoch nicht einverstanden seid, erschlage ich ihn augenblicklich.«

Da kam die Frau zu ihm und sagte: »Mein Herr, wie kann ein Mann mit einem anderen Manne schlafen?« »Das kann ich wohl«, erwiderte er ihr, »wie ich es mit anderen mache. Wenn nämlich jemand ohne meine Einwilligung eine Melone pflückt, den schlage ich entweder tot, oder er muß mir zu Willen sein.« Da sagte sie: »Mein Herr, das ziemt sich nicht.« Und die Frau legte Fürsprache für ihren Gatten ein.

Dies alles ging vor sich, während ihr Gatte davor Angst hatte und zitterte. Und zuletzt sagte die Frau zu dem Landmann: »Wohlan, du Mann, ich biete mich zum Ersatz für ihn an. Das wird ein wenig leichter sein.« Doch er antwortete ihr: »Das ist unmöglich. Nur er muß es sein.« Da sagte ihm der Mann der Frau, von Angst erfüllt: »Du Mann, gehorche der Frau! Da hast du sie. Schlaf bei ihr!« »Komm her«, erwiderte der Bauer, »tritt näher zu mir! Ich werde dir sagen, was du machen sollst!«

Dann kam der Besitzer des Melonenfeldes, warf die Frau nieder, ritt auf ihr und sagte zu ihrem Gatten: »Ergreife meine Hoden von hinten und paß auf, daß meine Hoden nicht den Hinteren deiner Frau berühren, denn wenn sie ihn berühren, wird mein Feld verdorren und zugrunde gehen.« Er trat also hinzu, ergriff seine Hoden und fing an, sie an den Hinteren seiner Frau zu drücken, während der Besitzer des Feldes auf ihr ritt, bis er sein Verlangen nach ihr gestillt hatte. Danach stieg er von ihr ab und sagte zu ihrem Mann: »Bei Gott, wäre nicht die Fürsprache deiner Frau gewesen, hätte ich dich getötet, oder du hättest mir zu Willen sein müssen.«

Da sprach die Frau zu ihrem Mann: »Mann, laß uns nach Hause gehen, es genügt, was uns zugestoßen ist.« »Weib«, entgegnete er, »bereue es nicht!« »Wie sollte ich es nicht bereuen«, sagte sie, »du bist mein Gatte und der Mann reitet mich, während du bei mir bist.« Er sagte zu ihr: »Weib, höre mich an, du hast herbeigeführt, daß sein Feld verdorrt, denn die ganze Zeit hindurch, während er dich ritt, drückte ich seine Hoden auf deinen Hinteren. Er wird also von seinem Melonenfelde weder essen noch trinken.«

Und was ihren zweiten Liebhaber, den Ölhändler, betrifft, der sagte zu ihr: »Bei Gott, meine Liebe, es geht nicht anders, ich muß mich mit dir und mit deinem Gatten niedersetzen, damit wir zusammen aus einer einzigen Schüssel zu Abend essen.« Da sagte sie zu ihm: »Das ist leicht.«

Als nun ihr Mann nach Hause kam, sagte sie zu ihm: »Mann, es fällt mir ein, du solltest für uns heute Nudelbackwerk kaufen, damit wir es zum Abendessen verspeisen.« »Meine Herrin«, antwortete er ihr, »mit größtem Vergnügen.«

Sobald dann die Zeit des Nachmittagsgebetes kam, ging er zum Markte, kam zum Verkäufer des Nudelbackwerks und erstand von ihm zwei Pfund. Und er geriet durch die Fügung der Vorbestimmung zu einem Ölhändler, der seinen Laden neben dem Laden jenes Ölhändlers, des Liebhabers seiner Frau, hatte, und sagte zu ihm: »Gib uns von diesem Nudelbackwerk!« Er antwortete ihm: »In Gottes Namen!« Dann tat er ihm Butter und Honig darauf. Er nahm es und ging fort. Und er kam zur Zeit des Sonnenunterganges.

Als er nun nach Hause gekommen war, trat er ins Haus und

sagte zu seiner Gattin: »Weib, komm, zünde uns den Docht an, damit wir bei seinem Lichte zu Abend essen.« Sie sprach zu ihm: »Das Licht Gottes ist mächtiger.« Ihr Liebhaber saß nun in einer Ecke des Hauses. Sie stellten dann das Nudelbackwerk zwischen sich, um zu Abend zu essen.

Da trat der Liebhaber der Frau sachte zu ihnen und fing an, mit ihnen zu essen. Nun wandte sich der Gatte der Frau zufälligerweise zur Schüssel um, da bemerkte er, daß von drei Seiten gegessen wurde. Deshalb sagte er zu seiner Gattin: »Weib, in der Schüssel sind drei leere Plätze.« »Wir sind zwei«, sagte sie, »und niemand mehr.« Da streckte der Gatte der Frau die Hand aus, ergriff die Hand ihres Liebhabers und sagte zu ihr: »Hier ist irgendein Mann.« Sie erhob sich schnell von ihrem Platze und sagte: »O, welche Entehrung für mich! Du bist mir einer, du bringst mir einen Mann im Nudelbackwerk herein.« Doch ihr Gatte sagte zu ihr: »Schweig, Weib, zu dieser Stunde ist der Markt geschlossen. Laß ihn also bei uns bis zur Morgenzeit, dann geben wir ihn dem Ölhändler zurück.«

Voller List sprach dann die Frau zu ihm: »Pack ihn und bewach ihn!« »Weib, ich fürchte«, erwiderte er ihr, »daß er mir davonläuft.« »Wenn du fürchtest«, meinte sie, »daß er dir davonläuft, dann packe ich ihn selbst und bewache ihn.« Er sagte darauf zu ihr: »Nimm ihn, Weib!« Sie nahm ihn, ihm zuzwinkernd, lachend, und sagte zu ihm: »Warum kommst du zu mir im Nudelbackwerk? Mir hast du Angst und Schrecken eingejagt. Bei Gott, ich muß meinen Gatten dazu bringen, dich zu fangen, dich zu jenem Ölhändler zu bringen, damit er dir eine Tracht Prügel gibt.« Dann nahm sie ihn und legte ihn in eine Hütte allein nieder und sprach zu ihrem Gatten: »Du geh, leg dich nieder, und ich werde an der

Tür dieser Hütte schlafen, um diesen Mann, den Verräter, zu bewachen.« Er sagte ihr nun: »Bewache ihn!« Und er ging hin und legte sich allein im Hause nieder.

Als er sich dann niedergelegt hatte, eingeschlafen und in Schlaf versunken war, erhob sich die Frau, trat zu ihrem Liebhaber ein und verschwand. Sie lag die ganze Nacht bei ihm, bis zur Morgenzeit. Dann stand sie auf, ging hinaus und setzte sich an der Tür der Hütte, in der ihr Liebhaber war, nieder.

Als nun ihr Gatte erwacht war und sein Antlitz gewaschen hatte, ging er hin, nahm jenen Mann, begab sich mit ihm zum Ölhändler, seinem Nachbarn, und sagte zu ihm: »Du hast mir diesen Mann in das Nudelbackwerk hineingelegt.« Als ihn sein Nachbar nun sah, durchschaute er alles und erkannte, daß die Frau ihrem Gatten einen Streich gespielt hatte. So ergriff er den Mann und sagte zu ihm: »Du Scheusal, ich soll dich in Öl gelegt haben? Warum kriechst du in die Butter und in den Honig hinein? Bei Gott, ich muß dir eine Tracht Prügel geben.«

DIE GESCHICHTE VOM LANDMANN UND SEINER FRAU

Man erzählt von einem Bauern, daß er eine anmutige Gattin hatte, die über alle Maßen schön war. Und er hatte als Diener einen Burschen, einen Mordskerl, der ihm das Vieh weidete.

So ging alles gut, bis eines Tages der Mann hinausging, die Saat auf dem Felde anzusehen. Er schweifte nun auf dem Felde umher, schaute herum, bis er zu seinem Kleefelde kam. Da sah er den Hirten, wie er seine Kleider ausgezogen hatte, in der Sonne saß und seinen Kittel entlauste. Von der Sonnenhitze wurde nun sein Glied zwischen seinen Schenkeln steif. Da kam sein Wirt von hinten an ihn heran, sah das Glied und bewunderte seine Länge und seine Dicke. Dann trat er näher und überraschte ihn. Und er hatte einen Faden bei sich. Damit maß er das Glied des Hirten, steckte den Faden unter seine Kopfbedeckung und saß eine Weile bei dem Burschen, dem Hirten. Dann stand er auf und ging ins Dorf.

Als er nun sein Haus betrat und sich niedergesetzt hatte, verlangte er von seiner Gattin das Mittagessen und sie brachte es ihm. Nachdem er sich satt gegessen hatte, legte er seine Hand unter seine Kopfbedeckung, zog den Faden heraus und sagte zu ihr: »Schau mal, Weib, so lang ist das Glied unseres Hirten!«

Als nun seine Gattin ihn diese Worte sprechen hörte, sagte sie zu ihm: »Mann, schämst du dich nicht vor dir selbst, daß du diese Worte zu meinesgleichen sagst? Und du kennst mich und weißt, daß ich schamlose Reden nicht liebe.« Und sie wurde böse auf ihn. Da stand er auf, küßte ihr Haupt, wurde mit ihr wieder gut und söhnte sich mit ihr aus.

Die Frau aber, als sie seine Worte angehört und das Ausmaß des Gliedes ihres Hirten gesehen hatte, geriet außer sich, ihr Gelüst wurde in ihrem Herzen heftig, ihre heimlichen Gedanken und ihr Gemüt wurden davon eingenommen. Doch sie verschwieg ihr Geheimnis, traf aber Vorkehrungen, um mit dem Hirten zusammenzukommen und sich mit ihm zu vergnügen. Aber sie wußte nicht, was sie tun und was sie sagen sollte. Ihre Begierde wuchs jedoch seit der Zeit, in der sie von ihrem Mann über das Maß des Gliedes ihres Hirten gehört hatte.

Danach verging eine gewisse Zeit, in der sie nachdachte,

was sie anstellen sollte. So verging ein Monat, bis sie eines Tages mit dem Hirten allein blieb und zu ihm sagte: »Morgen früh wirst du dich leidend stellen, weil ich einen Wunsch habe, den du mir erfüllen wirst.« Er gab ihr zur Antwort: »Gut.«

Als nun der Morgen kam, stellte sich der Hirt leidend, er wand sich und rief wiederholt: »Weh, mein Kopf!« Da sagte die Frau zu ihrem Gatten: »Mann, laß heute den Burschen nicht aufs Feld treiben und treibe du selbst das Vieh hinaus! Er erwachte heute früh leidend und vielleicht wird das Leiden auf dem Felde schlimmer. Wir müssen um das Vieh fürchten. Und er ist ein Junge, hat niemanden hier und ist ein Fremder.« »Nun gut«, entgegnete er ihr, »mittags werde ich aber essen kommen.« Sie sprach zu ihm: »Es sei!«

Dann stand er auf, nahm das Vieh und trieb es hinaus, nachdem er gefrühstückt hatte. Als er sich nun vom Dorfe entfernt hatte und auf dem Felde war, erhob sie sich sofort, backte zwei Brotfladen, bestrich sie mit Butter, gab recht viel Butter darauf und sagte zu dem Burschen, dem Hirten: »Komm, laß uns ein wenig miteinander scherzen beim Essen dieser Butterbrote! Und den von uns, der einen Brocken fallen läßt, wird der andere reiten.« Er sagte zu ihr: »Nun gut.« Und sie schob die Platte zwischen sie.

Und sie hatte ein kleines Mädchen, ihre Tochter, von der sie glaubte, daß sie noch nichts wisse, nichts begreife und nichts verstünde.

Sie setzten sich dann nieder, um zu essen. Und der Bursche nahm nur kleine Bissen zu sich und gab auf sich acht. Aber die Frau nahm absichtlich große Bissen, die ihr aus der Hand fielen. Da sagte der Bursche zu ihr: »Schau mal an! Dir ist ein Brocken entfallen.« »Wir haben etwas abgemacht«, erwiderte sie ihm, »komm, reit mich!« Da erhob sich der Bursche, um auf ihr zu reiten, sie gab ihm ihre Füße preis, drückte ihn an ihre Brust, nahm sein Glied und steckte es in ihre Scham. Und der Bursche lag auf ihrer Brust, bis er sein Feuer an ihr zum erstenmal und zum zweitenmal, schließlich zum fünftenmal gelöscht hatte, so daß sie sich an ihm ergötzte und er ergötzte sich an ihr. Dann stand sie auf, wärmte Wasser und vollzog die Waschung, sie und der Hirt.

Dies alles geschah von Anfang bis Ende bis zur Mittagszeit, während die Tochter es betrachtete und begriff.

Und siehe, ihr Gatte kam vom Felde, um zu Mittag zu essen. Und von jenen Butterbroten blieb noch so viel übrig, daß es zweien zum Mittagessen genügte. So erhob sich die Frau, brachte ihrem Gatten den Rest der Butterbrote, damit er sie zu Mittag verspeise.

Als sie nun die Platte vor ihn stellte, siehe, da sprang das Mädchen auf, setzte sich vor den Vater nieder und sagte zu ihm: »Paß auf, lieber Vater, daß dir kein Brocken herabfällt, sonst wird dich unser Hirt reiten! Denn meiner Mutter fiel ein Brocken herab, da ritt er sie und hatte, lieber Vater, eine Schlange bei sich, deren Kopf wie ein Katzenkopf aussah. Und meine Mutter ergriff sie und verbarg sie zwischen ihren Schenkeln, während ich aufpaßte, lieber Vater, wohin die Schlange gekrochen war. Und nach einer Weile zog er sie aus meiner Mutter heraus. Und während er sie ritt, weinte sie und schluchzte unter ihm. Und als er seine Schlange aus der Mitte ihrer Schenkel herausgezogen hatte, lächelte sie die Schlange an, rieb sie und liebkoste sie. Und wenn auch dir ein Brocken herabfällt, wird dich der Hirt reiten und dir seine Schlange zwischen die Schenkel stecken.«

Als er nun von dem Mädchen diese Worte hörte, wurde

sein Befinden anders, seine gute Laune schwand dahin, und er sprach: »Liebe Tochter, das ist meine Schuld und nicht die deiner Mutter, weil ich ihr eine Meßschnur mit dem Maß seines Gliedes unter meiner Kopfbedeckung gebracht habe. Doch, liebe Tochter, was soll ich anfangen?« Da sagte die Frau mit frecher Miene und festem Herzen: »Du Mann, schämst du dich nicht? Kann ich denn mit dem Hirten oder mit jemandem anderen Unzucht treiben? Und du hast dem Mädchen Glauben geschenkt und bezichtigst mich der Lüge? Und das Mädchen, was weiß es denn? Und du meinst, daß ich mich dem Hirten oder einem anderen ergebe?« Da sagte er ihr in seiner Blödheit: »Bei Gott, Weib, ich glaube der Tochter auf keinen Fall.« »Wenn du ihr glaubst«, sprach sie zu ihm, »dann scheide dich sofort von mir!« »Bei Gott, Weib«, versetzte er, »ich glaube ihr nicht und dem, was sie über dich redet. Sie ist ein junges Mädchen und versteht gar nichts.«

Und danach schickte sie, sooft ihr Gatte irgendwo war, eine Zeitlang nach dem Hirten, ergab sich ihm und ergötzte sich mit ihm, ohne daß ihr Gatte davon wußte.

Und dies gehört zu den Listen der Frauen, die sie den Männern spielen.

DIE GESCHICHTE VON DER ZURECHTGEWIESENEN FRAU

In den Königsgeschichten erzählt man unter anderem, daß es einen König gab, der bei sich einen unerschrockenen Mann hatte. Und sooft er ihn an einen Ort schickte, dessen Einwohner sich empört hatten, brachte er sie zum Gehorsam, nachdem er einige von ihnen getötet hatte. Und dieser Mann hatte eine Gattin, der an Schönheit keine ähnlich war, es gab keine ihresgleichen zu jener Zeit.

Und siehe, es kam an den König ein Brief aus irgendeinem Orte, in dem man sich beschwerte und über Schädigung beklagte und in dem man ihm schrieb: »Wir sind ausgeplündert worden.«

Nachdem nun der König den Brief erhalten hatte, schickte er nach dem unerschrockenen Mann, ließ ihn vor sich bringen und befahl ihm, sich mit seinen Leuten zu diesem Ort auf den Weg zu machen. Da antwortete er: »Ich höre und gehorche.« Hierauf ging er fort, um sich vorzubereiten.

Danach ging er zu seiner Frau und sprach zu ihr: »Weib, ich werde verreisen. Und du hast, was du zum Leben brauchst. Und wenn dir etwas fehlt, sage mir es, ich werde es dir verschaffen, bevor ich verreise. Doch ich beschwöre dich bei Gott, Weib, ehe ich fortreise, wenn meine Abwesenheit lange dauert, wirst du es nicht aushalten können, der Satan wird dir einen Streich spielen, du wirst das begehren, was die Weiber von den Männern verlangen, und wenn Gott, der Erhabene, dir Unzucht und Ehebruch bestimmt hat, so ergebe dich keinem anderen als dem und dem. Du wirst nach ihm schicken und wirst von ihm bekommen, was Gott dir als Schicksal vorgeschrieben hat.« Da sagte sie zu ihm: »Was für eine Rede führst du? Schäme dich! Ich bin die und die, die Tochter von dem und dem, und meine Familie ist bekannt durch Gottesfurcht und Treue.« »Ich habe dir ja nur gesagt«, erwiderte er ihr, »wenn Gott, der Erhabene, es dir vorbestimmt hat, dann benimm dich so, wie ich es angeordnet habe. Denn der Satan läßt keinen in Ruhe, er drängt sich dem Menschen zwischen Fleisch und Knochen. Und vor dem Verhängnis gibt es kein Entkommen.«

Dann nahm er von ihr Abschied, verließ sie, ritt Tage und Nächte dem Orte entgegen, wohin ihn der König beordert hatte. So war es jenem Mann ergangen.

Und was seine Frau betrifft, die saß allein zu Hause, weil sie niemanden hatte, der sich mit ihr unterhalten und ihr Gesellschaft geleistet hätte, außer einigen Frauen, die sie am Tage besuchten. Sie hielt es eine Reihe von Tagen aus, doch die Abwesenheit ihres Gatten zog sich in die Länge, und der Satan fuhr in sie hinein und spielte mit ihrem Verstande. Und siehe, ihre Seele hielt sie an, etwas zu unternehmen. Sie widersetzte sich ihrer Seele darin zum ersten Male und zum zweiten Male. Doch ihr Zustand wurde schlimmer, da die Männer nur eine Begierde haben, die Weiber jedoch zweiundsiebzig.

Als sich nun der Zustand, der über ihre Seele gekommen war, verschlimmerte, schickte sie nach jenem Mann, an den sie ihr Gatte verwiesen hatte, doch man fand ihn mehrere Male nicht in seiner Wohnung, bis er eines Tages, siehe, durch die Gasse vorüber ging, während sie am Fenster saß.

Da erhob sie sich und stieg schnell herunter. Und sie war zu jener Zeit geschmückt und hatte die prächtigsten Kleider an. Dann blieb sie an der Tür stehen, während er vorbeiging und sprach zu ihm: »Ich beschwöre dich bei Gott, mein Herr, nimm diesen Brotfladen und trag ihn zum Bäcker!« Er antwortete ihr: »Herzlich gern.« »Tritt ein«, sagte sie ihm, »nimm ihn!« Der Mann trat also ein, um ihn zu nehmen, da er meinte, daß sie die Wahrheit spräche. Als er nun hereingekommen war und in den Hausflur kam, da sperrte sie hinter ihm die Tür zu. Er fragte sie: »Wo ist das Brot?« »Mein Herr«, gab sie ihm zur Antwort, »du Licht meiner Augen, es gibt kein Brot. Der Zweck des heutigen Tages soll nur das

Vergnügen zwischen mir und dir sein. Wir wollen uns ein Vergnügen machen.« Da sagte er zu ihr: »Du Blüte des Herzens, ein Vergnügen und Ergötzen, das ohne Tisch mit Wein und duftenden Blumen ist, was ist denn das für ein Ergötzen?« Sie sprach zu ihm: »Und wie soll dies geschehen?« »Ich gehe von hier hinaus«, erwiderte er, »bringe dir Fleisch, nichts anderes, kehre zurück und bringe dann, was sonst noch erwünscht ist.«

Dann verließ er sie in Gedanken versunken und wußte nicht, wie er es anstellen sollte. Dann kaufte er einen kleinen geschlachteten und abgehäuteten Hammel, brachte ihn und befahl ihr, ihn aufzuhängen. Und er schärfte ihr ein, ihn aufgehängt zu lassen, kein einziges Stück von ihm abzuschneiden und auf ihn achtzugeben. Und er verließ sie und ging weg, nachdem er ihr versprochen hatte, daß er zu ihr zurückkehren werde.

Dann blieb er sieben Tage lang von ihr fern, ohne daß sie wußte, was mit ihm war. Sie schlief die Nacht hindurch und am Morgen erwartete sie ihn, doch er kam nicht zu ihr. Dann verbrachte sie den ganzen Tag, wie lang er auch war, indem sie wiederholte: »Er kommt, er kommt.« Er kam jedoch nicht, bis der Sonnenuntergang bereits nahe war. Und der Geruch des Hammels veränderte sich und er begann zu stinken und zu faulen. Als nun die Nacht anbrach, witterten die Hunde seinen Gestank, sprangen nach ihm von den Mauern und den Türen herab. Da schimpfte die Frau, ergriff einen Knüttel und verjagte die ganze Nacht lang die Hunde. Doch sie ließen sich nicht davonjagen und gönnten ihr bis zum Morgen keine Ruhe. Und je stärker der Gestank des faulenden Fleisches wurde, desto mehr Hunde sammelten sich, und sie gaben ihr keine Ruhe. Und sobald sie die Hunde von einer

Seite davongejagt hatte, sprangen sie von der anderen herbei, sieben Tage lang.

Und siehe, der Mann kam zu ihr, da fand er sie, wie sie mit dem Knüttel in der Hand die Hunde, die sich auf sie von den Mauern stürzten, davonjagte. Als er nun bei ihr eintrat, und sie in diesem Zustand sah, sagte sie zu ihm: »Warum bist du so lange fort gewesen?« Er antwortete ihr: »Meine Liebe, ich war abwesend, damit du Dinge erkennst, vor denen du dich warnen läßt und dich in acht nimmst. Bei Gott, die Verbindung zwischen mir und dir wäre doch Ehebruch und Unzucht. Und wenn ich mich deiner Einsicht gefügt und in den Ehebruch eingewilligt hätte, wärest du diesem verfaulten und stinkenden Fleische ähnlich geworden, Männer wären auf dich gesprungen wie diese Hunde und du hättest dich nicht dagegen wehren können. Und es ist möglich, daß sie dich betrogen und dir alles, was du hast, gestohlen hätten, und du wärest in der Rede der Leute zum schlechten Beispiel geworden.«

Da wachte die Frau auf, warf sich ihm zu Füßen, indem sie seine Hände und Füße küßte, dankte ihm und sagte: »Mein Herr, möge dir Gott für mich mit Gutem vergelten, daß du mich von der Unzucht und vom Ehebruch abgelenkt hast.«

Und der Mann war von Beruf Schneider. Als nun dies geschehen war, kam der Mann eine Zeitlang jeden Tag zu ihr, regelte manche ihrer Angelegenheiten und führte alles, was sie verlangte, aus.

Und siehe, ihr Gatte kam nach seiner Abwesenheit zurück, doch seine Seele flüsterte ihm alles Schändliche zu und er sagte zu sich: »Sieh mal an, wie sich die Frau während meiner Abwesenheit benommen hat?« Als er nun sein Haus betrat, hieß ihn seine Gattin auf schöne Weise willkommen und freute sich über ihn. Als dann die Nacht anbrach, blieb er allein mit ihr und fragte sie, wie es ihr während seiner Abwesenheit ergangen wäre. Da erzählte sie ihm, was mit dem Schneider geschehen war, wie sie ihn aufs Anstiften des verfluchten Satans zu verführen versucht hatte, wie er es mit dem Hammel angestellt hatte, und wie die Hunde Tag und Nacht nach ihm sprangen und wie er zu ihr gesagt hatte: »Hättest du dies und dies getan, wärest du diesem stinkenden Fleisch ähnlich geworden und Männer wären, ähnlich den Hunden, auf dich gesprungen.«

Als nun ihr Gatte diese Worte hörte, lobte er die Vorzüglichkeit des Mannes, pries ihn und sagte zu ihr: »Weib, alle Männer sind nicht gleich, denn das Sprichwort sagt: ›Die Menschen sind einander der Abstammung nach gleich, doch es gibt manchen, dem tausend andere nicht gleichen.‹«

Als nun der Morgen kam, ging ihr Gatte fort, traf mit dem Schneider zusammen und verlangte, er möge ihm einen vollständigen, vorzüglichen Anzug zuschneiden. Er schnitt zu, was er verlangt hatte, nähte es für ihn und stellte es fertig. Dann kam der Ehemann zum zweiten Male zu ihm und sagte ihm: »Dieser Anzug gehört dir, er ist ein Geschenk von mir dafür, was du meiner Frau während meiner Abwesenheit erwiesen hast.«

Und so ist das Benehmen ehrbarer Leute.

NACHWORT

DEM ANDENKEN

der besten Kenner und Verdolmetscher
der arabischen Erzählungskunst

ANTOINE GALLAND

EDWARD WILLIAM LANE

RICHARD FRANCIS BURTON

ENNO LITTMANN

Der unter dem Namen Tausendundeine Nacht bekannte wundervolle Komplex von arabischen Erzählungen, Märchen, Romanen, Novellen, Humoresken, Sagen, Fabeln, erbaulichen Geschichten sowie Anekdoten, von denen die einen viele Seiten füllen, die anderen dagegen nur aus einigen Zeilen bestehen, hat während anderthalbtausend Jahren eine vielseitige, uns leider nur in ihren hauptsächlichsten Grundzügen bekannte Entwicklung durchgemacht. Man kann natürlich das ganze Sammelwerk seinem Ursprung nach nicht rein arabisch nennen; es enthält manche Bestandteile indischer, persischer, griechischer und zuletzt auch türkischer Provenienz, doch ist es in seiner endgültigen Fassung bereits echt arabisch, denn es spiegelt sich darin ausschließlich nicht nur die Denkweise der Araber, sondern auch ihre Sitten und Gebräuche wider[1].

Die ersten Spuren der Sammlung lassen sich ins sasanidische Persien zurück verfolgen, wo es eine ›Hazār Afsāna‹, Tausend Erzählungen, benannte Sammlung phantastischer Erzählungen gab. Dieses Werk wurde in der frühen Abbasidenzeit, in der zweiten Hälfte des VIII. Jahrhunderts, ins Arabische übersetzt und nach seinem Vorbilde fing man im Irak an, ähnliche Sammlungen herzustellen, denen bereits arabisches Erzählgut einverleibt wurde und in denen die älteren Bestände ein arabisches Gewand annahmen.

Die Erzählprodukte dieser Art waren volkstümlichen und meist anonymen Charakters und deshalb außerhalb des Interesses der Zunftliteraten. Das ist der Grund dafür, daß wir

1. Mehr darüber siehe im Anhang zum VI. Bande der Tausendundeine Nacht – Übers. von Enno Littmann. Vgl. Seite 311, Anm. 4.

von ihnen so wenig wissen. Nur ein Literat wird genannt, der es unternommen hatte, tausend Geschichten, die er sich von den Märchenerzählern diktieren ließ, zu sammeln; sein Versuch blieb jedoch ein Torso und ist verloren gegangen. Abschriften einzelner Geschichten oder Sammlungen von Geschichten wurden ferner von Kopisten verfertigt, aber auch von deren Leistungen ist bis auf ein kleines Bruchstück[1] nichts auf uns gekommen. Meistens waren es die von den Literaten verkannten öffentlichen Zunftmärchenerzähler, die diese, in ihrer Ausdrucksweise den breiten Schichten der Zuhörer angepaßten Geschichten verbreiteten, wahrscheinlich auch Sammlungen von ihnen zu eigenem Gebrauch niederschrieben und ihnen die beliebte Benennung ›Tausend Nächte‹ gaben.

Lange Zeit lebten diese Geschichten im Munde der Iraker Erzähler, die nicht aufhörten, sie neu zu fassen und anstatt älterer Helden die neuerdings berühmt gewordenen Gestalten der frühen Abbasidenzeit, vor allem die des Chalifen Hārūn ar-Raschīd, seines Wesirs Dscha'far des Barmakiden und seines schwarzen Eunuchen und Scharfrichters Masrūr auch in jene älteren einzusetzen.

Der durch den Zerfall des Abbasidenreiches und die Einfälle der Seldschuken und der Mongolen verursachte politische und wirtschaftliche Niedergang des ehemaligen Zentrums des islamischen Imperiums, war unter anderem wohl auch für die Tätigkeit der Märchenerzähler ungünstig, da ihre Zuhörerschaft von der allgemeinen Not schwer heimgesucht wurde. Daran mag es liegen, daß wir seitdem von diesen volkstümlichen Produkten in den östlichen arabischen Ländern sehr wenig erfahren.

1. Nabia Abbott, A ninth-century Fragment of the ›Thousand Nights‹. Journal of Near Eastern Studies VIII [1949], 129–164.

Ungefähr zu derselben Zeit, in der zweiten Hälfte des XII. Jahrhunderts, taucht auf ägyptischem Boden, der von den Seldschuken sowie von den Mongolen unberührt geblieben war und dessen wirtschaftliche Verhältnisse sich in der folgenden Zeit unter der Regierung der türkischen und cirkassischen Mamlukensultane günstig entwickelten, eine Sammlung von Erzählungen auf, die den Namen ›Tausendundeine Nacht‹ führt. Schon diese Benennung verrät den türkischen Einfluß, da im türkischen Gebrauch das alliterierend lautende Zahlwort 1001 [bin bir] kurz eine große Zahl bezeichnet. Den Grundbestand dieser Sammlung bildete ohne Zweifel der alte Vorrat der Iraker Erzähler, dessen sich auf eine nicht weiter bekannte Weise ihre ägyptischen Gefährten bemächtigt hatten, um durch die Verbreitung der Geschichten das Gemüt der breiten Volksschichten der ägyptischen Städte zu erheitern, in früheren Zeiten bei verschiedenen Volksversammlungen, später hauptsächlich in den Kaffeehäusern, bis ihre Leistungen das Lesen von Zeitungen, das Anhören des Rundfunks oder sogar das Fernsehen verdrängte. Die Einführung dieser modernen Errungenschaften war ein schwerer Schlag für die Zunfterzähler, die einst so beliebt waren, als sie mit gehörigem Pathos umständlich erzählte Geschichten vortrugen, die darin eingestreuten Verse singend, unter Begleitung eines Saiteninstrumentes, wiedergaben und somit den wahren, dem Orientalen so wertvollen Kajf hervorriefen.

Dieses volkstümliche Treiben konnte natürlich nicht erstarren und dies verursachte auf ägyptischem Boden einen langen Entwicklungsgang, da die Erzähler sich nicht mit den alten, aus Irak stammenden Geschichten zufriedenstellen konnten. So wurden in Ägypten neue Erzählungen dem alten

Grundbestande angeschlossen, in deren Mehrzahl sich der ägyptische Ursprung besonders klar offenbarte. In diesen neu hinzugefügten Geschichten kommt natürlich das zeitgenössische gesellschaftliche und wirtschaftliche Milieu zum Vorschein, dem auch die älteren Geschichten angepaßt wurden, so daß ihre Lektüre uns über die Lebensumstände, Sitten und Gebräuche der ägyptischen Araber im späteren Mittelalter und in der Neuzeit bis in die ersten Jahrzehnte des XIX. Jahrhunderts, in die Zeit, in der Edward William Lane in Kairo sein kostbares Buch über die Sitten und Gebräuche der neuzeitlichen Ägypter schrieb[1], aufschlußreich und dabei höchst fesselnd belehrt.

Diese auf dem ägyptischen Boden mehr als sechs Jahrhunderte dauernde Entwicklung fand eigentlich kein Ende. Man kann deswegen von keiner endgültigen Redaktion Tausendundeiner Nacht sprechen. Die Handschriften, die in verschiedenen europäischen Büchereien aufbewahrt werden – in den im Orient an Handschriften so reichen Bibliotheken würde man sie wegen der fortdauernden Mißachtung vergeblich suchen – waren meist nur Hilfsmittel, die von den Erzählern zur Stärkung ihres Gedächtnisses hergestellt wurden. Die ältesten Handschriften enthalten kaum 300 Nächte, was anzudeuten scheint, daß in der damaligen Zeit, vielleicht bis ins XVII. Jahrhundert, der Titel eben nur metaphorisch für eine große Anzahl aufgefaßt wurde. Wirklich in tausendundeine Nacht sind erst die jüngeren Handschriften eingeteilt. Zu diesem Zwecke mußten jedoch die Zusammensteller dieser neueren Redaktionen viele neue Bestandteile einschalten.

Der Urheber einer solchen Redaktion hat zu diesem

1. An Account of the Manners and Customs of the Modern Egyptians. London 1836.

Zwecke neben anderen Geschichten den umfangreichen ›Roman vom König ʿUmar [ibn] an-Nuʿmān‹[1], die große Rahmenerzählung ›Von den sieben Wesiren‹[2] und diejenige ›vom König Dschalīʿād und dem Wesir Schimās‹[3] benutzt, die vordem als selbständige Werke im Umlauf waren. Diese Redaktion, der Schriftsprache angepaßt – da die handschriftlichen Aufzeichnungen mehr oder weniger von der Vulgärsprache beeinflußt sind – wurde im vorigen Jahrhundert im vollen Wortlaut oder gekürzt mehrmals in Indien, in Bulak, Kairo und Beirut gedruckt und diente als Grundlage für die Mehrzahl der Übersetzungen, unter anderen auch für die deutsche von Enno Littmann[4].

Eine andere, von der eben erwähnten bedeutend verschiedene ägyptische Redaktion enthält die Handschrift Nr. 550 bis 556 der Oxforder Bodleian Library[5]. Sie wurde von Edward Wortley Montague nach England gebracht und geriet schließlich in den Besitz der Bodleiana. Die Handschrift bestand aus acht Bänden, von denen leider der dritte erst in England verloren gegangen ist. Sie wurde im Jahre 1764 niedergeschrieben und enthält in den ersten zwei Bänden die auch sonst am Anfang des Werkes vorkommenden Erzählungen; dagegen findet man in den weiteren fünf Bänden [III–VII, ursprünglich IV–VIII] nur ausnahmsweise aus anderen Handschriften bekannte Geschichten, die Mehrzahl von ihnen ist sonst nirgends zu finden. Höchstwahrscheinlich ist diese Redaktion von einem Märchenerzähler zusammen-

1. Littmann I, 540 – II, 235.
2. Littmann IV, 268–384.
3. Littmann VI, 3–147.
4. Die Erzählungen aus Tausendundein Nächten. 6 Bände. Leipzig 1923–1928. Zitiert: Littmann.
5. Vgl. Burton, Supplemental Nights IV, IX–XVII, 497–504.

gestellt worden, der zur Vervollständigung der Nächte Geschichten benutzt hat, die zu seiner Zeit zum Vorrat der ägyptischen Erzähler gehörten und uns auf diese Weise erhalten blieben. Ob der am Ende der Handschrift genannte ʿUmar as-Safatī nur ein Abschreiber, oder vielmehr gleichzeitig der Schöpfer der Redaktion war, ist schwer zu entscheiden. Daß er kein besonders gebildeter Mensch gewesen ist – und solche waren eben die Erzähler – bezeugen die vielen orthographischen und grammatischen Fehler und die besonders starke Benutzung dialektischer Formen und Ausdrücke, was seine Leistung zu einem, vor allem in lexikalischer Hinsicht wichtigen Sprachdenkmal des XVIII. Jahrhunderts macht. Die Eile, mit der die acht Bände der Handschrift in einer ungefähr halbjährigen Frist niedergeschrieben wurden, hat auch viele Auslassungen und Entstellungen verursacht, besonders in den Gedichten, die jedoch – das ›Märchen von al-Haifā' und dem Prinzen Jūsuf‹ ausgenommen[1] – ziemlich selten vorkommen. Obwohl diese Erzählungen meist neueren Ursprungs sind, hie und da älteren Erzählungen entnommene Motive enthalten, sind sie trotzdem interessante Schöpfungen nie erschlaffender Phantasie der Araber.

Einige von ihnen sind von *Jonathan Scott*, einem von den früheren Besitzern der Handschrift, im VI. Bande seiner englischen Übertragung der Gallandschen Märchen übersetzt worden[2]. Siebzig Jahre später hat weit mehrere, jedoch nicht alle, *Richard Francis Burton* ebenfalls ins Englische

1. V, Fol. 105^{r}–180^{v} [Nacht 660–709].
2. The Arabian Nights Entertainments, carefully revised, and occasionally corrected from the Arabic ... London 1811. Mehrere Auflagen.

übertragen[1]. Etliche von ihnen, aus dem Englischen Scotts übersetzt, enthält die deutsche Tausendundeine Nacht-Ausgabe von *Max Habicht, Fr. H. von der Hagen und Karl Schall*[2], eine größere Anzahl von ihnen hat aus der englischen Übersetzung Burtons *Max Henning* in seine deutsche Übersetzung von Tausendundeiner Nacht aufgenommen[3].

Die Wortley Montague-Handschrift enthält 79 Geschichten von denen, die in keiner anderen Handschrift Tausendundeiner Nacht vorkommen. Im vorliegenden Buche sind 27 von ihnen übersetzt, die sich in der Handschrift an folgenden Stellen und in folgenden Nächten befinden:

1. Bd. VII, Fol. 145r–161r [Nacht 968–978]: Die Geschichte von Scheich Nakkīt.
2. Bd. VII, Fol. 161r–179r [Nacht 978–988]: Die Geschichte von der Tochter des Wesirs des Königs von Andalusien und dem irakischen Prinzen.
3. Bd. VII, Fol. 179r–189r [Nacht 988–994]: Die Geschichte von Sultan Tailūn und dem freigebigen Landmann.
4. Bd. VII, Fol. 189r–197r [Nacht 994–998]: Die Geschichte vom Wahrsager und seinem Lehrling.
5. Bd. VII, Fol. 197r–205r [Nacht 998–1001]: Die Ge-

1. Supplemental Nights to the Book of the Thousand Nights and a Night ... London 1886–1888. Die Geschichten aus der Wortley Montague-Handschrift sind im IV. und V. Bande.
2. Tausend und eine Nacht. Arabische Erzählungen. Zum ersten Male aus einer Tunesischen Handschrift ergänzt und vollständig übersetzt. Breslau 1825. 6 weitere Ausgaben. Die nach Scott erzählten Geschichten sind im XI. Bändchen.
3. Tausend und eine Nacht. Aus dem Arabischen übertragen. Leipzig [Reclams Universal Bibliothek] 1895 ff. Die aus Burton übersetzten Geschichten sind im VI. und VII. Teil des Nachtrags [XXIII. und XXIV. Band].

schichte von der Kaufherrntochter, die der König von China heiratete.

6. Bd. VII, Fol. 39^r–54^v [Nacht 899–910]: Die Geschichte von der tugendhaften Gemahlin des Richters von Bagdad.
7. Bd. VII, Fol. 55^r–63^v [Nacht 911–917]: Die Geschichte vom Kaufherrnsohne, der König wurde.
8. Bd. VII, Fol. 63^v–70^r [Nacht 917–921]: Die Geschichte von Zunnār ibn Zunnār und der Tochter des Königs von Irak.
9. Bd. IV, Fol. 173^r–179^r [Nacht 557–562]: Die Geschichte von dem in eine Gazelle verzauberten Mädchen.
10. Bd. IV, Fol. 149^v–154^v [Nacht 540–542]: Die Geschichte von der klugen Wesirstochter.
11. Bd. IV, Fol. 156^v–173^r [Nacht 545–557]: Die Geschichte vom Sultan Kājisch, seinem Bruder Ardaschīr und dem Emir 'Urwa.
12. Bd. VI, Fol. 136^r–137^v [Nacht 840–841]: Die Geschichte von Mūsā und Ibrahīm.
13. Bd. VI, Fol. 137^v–139^v [Nacht 841–842]: Die Geschichte von den Berbern.
14. Bd. VI, Fol. 140^v – Bd. VII, Fol. 32^r [Nacht 843–895]: Die Geschichte von den zwei Wesiren, Ahmad und Muhammad, und ihren Kindern.
15. Bd. VII, Fol. 32^r–35^r [Nacht 895–897]: Die Geschichte von König al-Mahdī und dem hintergangenen Gatten.
16. Bd. VI, Fol. 29^r–38^v [Nacht 765–772]: Die Geschichte von Muhsin und Mūsī.
17. Bd. V, Fol. 204^v–208^r [Nacht 726–727]: Die Geschichte von der Frau und den drei Männern.
18. Bd. VI, Fol. 21^r–29^r [Nacht 760–765]: Die Geschichte von der Diebin.

19. Bd. VI, Fol. 51^r–53^r [Nacht 780–781]: Die Geschichte von den zwei Gänsen.
20. Bd. VII, Fol. 35^r–39^r [Nacht 897–899]: Die Geschichte vom Stiefsohne, der ein Dieb war.
21. Bd. VI, Fol. 124^r–131^r [Nacht 831–836]: Die Geschichte vom Spitzbuben und seinen Stiefmüttern.
22. Bd. VI, Fol. 112^v–121^r [Nacht 823–829]: Die Geschichte von den zwei Spitzbuben.
23. Bd. V, Fol. 200^r–204^v [Nacht 723–726]: Die Geschichte vom Dummkopf.
24. Bd. V, Fol. 197^v–200^r [Nacht 721–723]: Die Geschichte vom Feigling, den seine Frau Lügen strafte.
25. Bd. V, Fol. 99^v–102^r [Nacht 656–658]: Die Geschichte von der Frau und ihren zwei Liebhabern.
26. Bd. VI, Fol. 121^r–124^r [Nacht 829–831]: Die Geschichte vom Landmann und seiner Frau.
27. Bd. V, Fol. 192^v–197^v [Nacht 717–721]: Die Geschichte von der zurechtgewiesenen Frau.

Bei der Einreihung der Geschichten habe ich mich nach dem Inhalt und nicht nach ihrer Reihenfolge in der Handschrift gerichtet. Einundzwanzig Geschichten [1–5, 8–15, 17, 20, 22–27] sind bisher in keine Sprache übersetzt worden, zwei [6, 7] sind von Scott übersetzt und danach von Habicht, Hagen und Schall verdeutscht worden. Die englische Übersetzung sonstiger vier [16, 18, 19, 21] ist in den Supplementbänden Burtons enthalten, sie wurden jedoch von Henning nicht ins Deutsche übertragen. Was die ersten einundzwanzig Geschichten betrifft, bildet mein Buch einen Nachtrag zu sämtlichen bisher erschienenen Übersetzungen; die sechs bereits ins Englische übersetzten stellen dann eine

Ergänzung zum Nachtrag der Henningschen Tausendundeine Nacht-Übersetzung dar.

Ich lasse nun einige Bemerkungen zu den Geschichten, in denen von anderswo bekannte Motive vorkommen, folgen.

Der Anfang von Nr. 1 ist wohl der ›Geschichte von dem Fischer Chalīfa‹[1] nachgeahmt, die auch das Kūtalkulūb-Motiv enthält, das der ›Geschichte von Ghānim ibn Aijūb‹[2] entstammt. Im folgenden könnte höchst der alberne Wunsch Nakkīts, zum Scheich der Affentreiber befördert zu werden, dem ähnlichen törichten Wunsch des Heizers im ›Roman von ʿUmar ibn an-Nuʿmān‹[3] verglichen werden. Die außereheliche Empfängnis des Mädchens in Nr. 2 kommt in der Wortley Montague-Handschrift noch zweimal vor, in der ›Geschichte von al-Haifā' und dem Prinzen Jūsuf‹[4], sowie in der ›Geschichte von der Kaufmannstochter und dem Prinzen von Irak[5].‹ In diesen beiden letzten ist es der Vater, der seine Tochter dadurch zu schützen sucht, daß er sie an einem schwer zugänglichen Orte vergeblich unterbringt, in unserer Geschichte ist es jedoch das Mädchen selbst, das ihrem Schicksal entgegengeht. Der in Nr. 3 vorkommende Sultan Tailūn ist wohl der zur legendären Gestalt gewordene Ibn Tūlūn, der als Muhammad ibn Tailūn noch in einer anderen Geschichte, die von der Entstehung der Ibn Tūlūn-Moschee in Kairo handelt, die Hauptrolle spielt[6]. Mit un-

1. Littmann V, 528–585.
2. Littmann I, 496–540.
3. Littmann II, 142.
4. Siehe Anm. 1, S. 312. Burton, Suppl. N., V, 121–210
5. VI, Fol. 59v–112v [Nacht 785–823]. Burton, Suppl. N., V, 371–497. Henning, Nachtrag 7 (XXIV), 155–205.
6. Vgl. Chauvin, Bibliographie des ouvrages arabes V, 39–41, übersetzt von Mardrus, Le Livre des Mille Nuits et une Nuit XII, 123–168, unter dem Titel ›Les clefs du destin‹.

serer Geschichte hat sie jedoch außer dem Namen nichts Gemeinsames. Nr. 4 hat die Vorhersage der Geburt und die Enthüllung derjenigen, von denen die Schatzkammer des Sultans ausgeraubt wurde, gemeinsam mit der ›Geschichte von Abū Dīsa‹ in der Istanbuler Handschrift Aja Sofja 3397[1], wo beides jedoch mehr humoristisch erzählt wird. In unserer Geschichte ist dieses Motiv weit zutreffender mit der übrigen Handlung verbunden. Der Schluß von Nr. 5 ist dem Ende von Nr. 11 ähnlich. Die Abenteuer einer ihre Tugend wahrenden Frau, wie sie in Nr. 6 geschildert werden, sind in Tausendundeiner Nacht ein beliebtes Thema. Es gibt zwei ältere, jedoch kürzere Varianten, eine, die ›Geschichte von dem jüdischen Richter und seinem frommen Weibe‹, in der gedruckten ägyptischen Redaktion, die auf ihren jüdischen Ursprung hinweist[2], die andere unter dem Titel die ›Geschichte der frommen Frau, die der Bruder ihres Gatten der Unzucht bezichtigte‹, als Bestandteil der Rahmenerzählung vom König Schāhbacht und dem Wesir ar-Rahwān[3]. Von anderswo ist auch die Geschichte Nr. 7 bekannt, die ebenfalls auf eine jüdische Legende zurückgehen dürfte. Sehr ähnlich unserer Erzählung ist die ›Geschichte von dem frommen Israeliten, der Weib und Kind wiederfand‹[4], in der gedruckten ägyptischen Redaktion. Es kommen darin die beiden wichtigsten Themen, das verbotene Schwören und die Wiederzusammenkunft der Familie, vor, wogegen in der

1. Das Buch der wunderbaren Erzählungen und seltsamen Geschichten, herausgegeben von Hans Wehr, Wiesbaden 1956, 235–255, übersetzt von demselben in Wundersame Erlebnisse, seltsame Begebnisse, Berlin 1962, 151–193.
2. Littmann III, 738–742.
3. Habichts Breslauer Ed. XI, 190–205. Henning, N.1 (XVIII), 187–194.
4. Littmann III, 784–791.

›Geschichte vom König, der seine Gemahlin und seine zwei Söhne verloren hat‹, in der obenerwähnten Rahmenerzählung[1], bloß das zweite. Der kleine Roman Nr. 11 ist etwas Außerordentliches in Tausendundeiner Nacht, wo Beduinengeschichten selten vorkommen. Das Brüsten der Beduinen sowie die großen Zahlen der von einer Handvoll Nomaden besiegten feindlichen Krieger muten, obgleich sehr ernst erzählt, komisch an. Die Geschichte kann schwerlich ägyptischen Ursprungs sein, sie muß dorthin aus Vorderasien gekommen sein und enthält vielleicht eine vage Erinnerung an die Kämpfe bei den großen Eroberungen der Araber nach dem Tode des Propheten. Unter den Berbern in Nr. 13 sind wohl die von den Ägyptern unterschätzten Nubier aus der Gegend von Assuan zu verstehen. Sie scheinen zur Zeit der Entstehung der Geschichte in Ägypten die Rolle der Hanswurste gespielt zu haben, über die man gewöhnt war, sich lustig zu machen. In Nr. 14 ist uns von anderswo nur der Anfang aus der ›Geschichte der Wesire Nūraddīn und Schamsaddīn‹ in der gedruckten ägyptischen Redaktion[2] bekannt. Die geographischen Kenntnisse des Redaktors waren recht schwach. Am besten sieht man es eben in diesem großen Roman, dessen Länge den Erzähler die sich verändernden Schauplätze der Handlung vergessen läßt, so daß er die Ereignisse an falsche Orte setzt. Ich mache ausdrücklich betreffs dieser Geschichte darauf aufmerksam, da ich in dieser Hinsicht nur das Allernötigste geändert habe. Ähnliche Versehen kommen auch in den Zeitbestimmungen vor. Die nicht übereinstimmenden Angaben der Länge des Aufenthaltes des Wesirs Muhammad und al-Mahdīs in der

1. Habichts Breslauer Ed. XI, 257–278. Henning, N. 2 (XIX), 26–36.
2. Littmann I, 239–242.

Fremde mußte ich berichtigen. Nr. 16, wo Mūsī einige Male Mūsī wa Mūzī genannt wird, was beides ›der Böswillige‹ bedeuten soll, wogegen Muhsin ›der Wohltäter‹ heißt, hat in unserer Handschrift noch eine, in Einzelheiten verschiedene Paralelle in der ›Geschichte von Abū Nīja und Abū Nījatain‹[1], die jedoch jünger zu sein scheint und die zum Schluß noch mit dem Anfangsmotiv der Gallandschen ›Geschichte von den beiden Schwestern, die ihre jüngste Schwester beneideten‹[2], verbunden ist. Das Thema beider Erzählungen ist der älteren, in der gedruckten ägyptischen Redaktion enthaltenen ›Geschichte vom Neider und dem Beneideten‹[3] entnommen, nur ist es in Einzelheiten anders bearbeitet und in anderen Zusammenhang gesetzt. Der zurückgekehrte, bereits bestattete Tote aus Nr. 17 kommt unter anderen Verhältnissen in der neuägyptischen ›Geschichte von der Weiberlist‹[4] vor. Sonst erinnert die Erzählung an einige andere in Tausendundeiner Nacht, in denen die Frau wollüstige Männer in ihr Haus hineinlockt, um sie zu bestehlen oder dem Gelächter preiszugeben[5]. So tragisch wie unsere

1. IV, Fol. 57r–70v [Nacht 472–482]. Henning, N. 7 (XXIV), 33–43.
2. Littmann V, 159–228.
3. Littmann I, 151–155.
4. Littmann, Arabische Märchen und Schwänke aus Ägypten, Wiesbaden 1955, 75.
5. Es sind folgende Geschichten: Die ›Geschichte von der Frau und ihren fünf Liebhabern‹ in der Rahmenerzählung von den sieben Wesiren der gedruckten ägyptischen Redaktion, übersetzt von Littmann IV, 330–341. Die ›Geschichte des dritten Wachthauptmanns‹ im Rahmen der Geschichte von den sechzehn Wachthauptleuten, übersetzt von Littmann IV, 824–828. Die ›Geschichte von der Frau, die vier verliebte Männer geprellt hat‹ in der Wortley Montague-Handschrift V, 222r–227v, übersetzt von Burton, Supplemental Nights V, 251–259, und darnach von Henning, Nachtrag VII, 113–117. Die ›Geschichte von dem

Geschichte endet jedoch keine von ihnen. Nr. 18 ist eine kürzere Variante der ›Erzählung des ersten Wachthauptmanns‹ in der Geschichte von al-Malik az-Zāhir Ruknaddīn Baibars al-Bundukdārī und den sechzehn Wachthauptleuten aus der Breslauer Edition[1], die weit eindrucksvoller wirkt. Der Schluß der Nr. 23, die zu den in Tausendundeiner Nacht mehrfach vorkommenden Geschichten von den von listigen Frauen hintergangenen Gatten gehört, hat eine Paralelle in der kurzen, jedoch besser motivierten ›Geschichte von der List einer Frau wider ihren Gatten‹[2] in der gedruckten ägyptischen Redaktion.

Die kleinen anekdotischen Geschichten, meist humoristischen und stark lasziven Inhalts, sind in Tausendundeiner Nacht als eine Art Abwechslung zwischen den langen ernsten und manchmal moralisierenden Erzählungen gemeint, die von den Erzählern notwendig zur Hebung der Stimmung der Zuhörer männlichen Geschlechtes – die Gegenwart der Frauen war ja damals bei öffentlichen Zusammenkünften, in Kaffeehäusern etc. unmöglich – eingereiht werden mußten. Man kann sich leicht vorstellen, wie sich das Kaffeehauspublikum an den schlüpfrigen Geschichten, in denen die meist grotesken Liebeshändel listiger Frauen mit ihren Liebhabern und das An-der-Nase-Herumführen ihrer dummen Gatten mit schallendem Gelächter ergötzen mußte. Und was für ein hämisches Vergnügen dürften die darin geschilderten

Hofnarren und den vier Liebhabern seiner Frau‹ in derselben Handschrift, VI, 13^{v}–21^{r}, übersetzt von Burton V, 297–305, Henning VII, 131–137. ›Die Geschichte vom Damaszener und den drei Frauen von Kairo‹, dieselbe Handschrift V, 232^{v}–VI, 5^{r}, übersetzt von Burton V, 271–278, Henning VII, 122–126.

1. XI, 323–329. Littmann IV, 812–821.
2. Littmann III, 520–521.

wohlbekannten Mißgriffe der bestechlichen, habsüchtigen Amtspersonen erwecken!

Die Wortley Montague-Handschrift gibt ihre Geschichten genau so wieder, wie sie die Erzähler vorzutragen pflegten. Man trifft deshalb stellenweise verschiedene stilistische Ungeschicklichkeiten, Versehen, Unebenmäßigkeiten, weitschweifige Schilderungen und langweilige Wiederholungen an, die in den Geschichten der gedruckten ägyptischen Redaktion zurechtgemacht wurden und eben nur in den nach den Handschriften genau wiedergegebenen Texten zum Vorschein kommen. Ich habe es mit sehr wenigen Ausnahmen nicht gewagt, etwas daran zu ändern, Berichtigungen oder Kürzungen vorzunehmen, damit der Eindruck der direkten mündlichen Wiedergabe nicht gestört werde. Nur die Übergangsphrasen zwischen den einzelnen Nächten habe ich der Kontinuität der Handlung halber weggelassen, da sie in einer Auswahl zwecklos sind. Die Arbeit ist nicht ausschließlich als Unterhaltungsbuch, sondern auch als Material für folkloristische Forschung gedacht. Vor allem ist es keine Kinderlektüre.

Es ist meine Pflicht, zum Schluß jener dankend zu gedenken, die sich gewisse Verdienste um diese Arbeit erworben haben. Es sind die Herren Frà Karl Wilhelm Horký Ord. Melit., MUDr. Ladislav Peknik, Frau Ph. Dr. Helene Turek, sowie Herr Werner Berthel im Insel Verlag, die alle vier mein Manuskript der Übersetzung gelesen und manche Verbesserungsvorschläge mir unterbreitet haben. Dem verehrten Herrn Kollegen Prof. Dr. Rudolf Sellheim in Frankfurt am Main bin ich zu großem Danke verbunden, daß er die Herausgabe des Buches im Insel Verlage vermittelt hat.

INHALT

Märchen und Sagen
im insel taschenbuch

Alexander N. Afanasjew: Russische Volksmärchen. Übertragen von Werner von Grimm. Herausgegeben von Imogen Delisle-Kupffer. Mit farbigen Illustrationen von Ivan Bilibin. it 1058

Hans Christian Andersen: Märchen. 3 Bände. Mit Illustrationen von Vilhelm Pedersen und Lorenz Frølich. Aus dem Dänischen von Eva-Maria Blühm. it 133

Apuleius: Der goldene Esel. Mit Illustrationen von Max Klinger zu ›Amor und Psyche‹. Aus dem Lateinischen von August Rode. Mit einem Nachwort von Wilhelm Haupt. it 146

Clemens Brentano: Rheinmärchen. In der von Guido Görres herausgegebenen Ausgabe von 1846. Mit Illustrationen von Edward Steinle. it 804

Deutsche Heldensagen. Nacherzählt von Gretel und Wolfgang Hecht. it 345

Deutsche Sagen. 2 Bände. Herausgegeben von den Brüdern Grimm. Mit Illustrationen von Otto Ubbelohde. it 481

Charles A. Eastman: Indianergeschichten aus alter Zeit. Deutsch von Elisabeth Friederichs. Mit einem Nachwort herausgegeben von Dietrich Leube. Illustrationen und Anmerkungen von Frederick Weygold. it 861

Erotische Geschichten aus den Tausendundein Nächten. Aus dem arabischen Urtext der Wortley-Montague-Handschrift übertragen und herausgegeben von Felix Tauer. it 704

Die Erzählungen aus den Tausendundein Nächten. Vollständige deutsche Ausgabe in zwölf Bänden. Zum ersten Mal nach dem arabischen Urtext der Calcuttaer Ausgabe aus dem Jahre 1839. Übertragen von Enno Littmann. it 224

Geschichten aus dem Mittelalter. Herausgegeben von Hermann Hesse. Aus dem Lateinischen übersetzt von Hermann Hesse und J. G. T. Graesse und mit Nacherzählungen von Leo Greiner. Neu zusammengestellt von Volker Michels. it 161

Geschichten der Liebe aus den 1001 Nächten. Aus dem arabischen Urtext übertragen von Enno Littmann. Mit acht farbigen Miniaturen. it 38

Johann Wolfgang Goethe: Märchen. Der neue Paris. Die neue Melusine. Das Märchen. Herausgegeben und erläutert von Katharina Mommsen. it 825

– Reineke Fuchs. Mit Stahlstichen nach Zeichnungen von Wilhelm Kaulbach. it 125

160/1/12.96

Märchen und Sagen im insel taschenbuch

Golem! Geschichten, Gedichte und Bilder um eine Legende. Herausgegeben von Franz-Heinrich Hackel. it 1674

Jacob Grimm / Wilhelm Grimm: Kinder- und Hausmärchen, gesammelt durch die Brüder Grimm. In drei Bänden. Mit Zeichnungen von Otto Ubbelohde und einem Vorwort von Ingeborg Weber-Kellermann. it 829

– Kinder- und Hausmärchen, gesammelt durch die Brüder Grimm. Kleine Ausgabe von 1858. Mit Illustrationen von Ludwig Pietsch und einem Nachwort von Heinz Rölleke. it 842

Grimms Märchen, wie sie nicht im Buche stehen. Herausgegeben und erläutert von Heinz Rölleke. it 1551

Wilhelm Hauff: Märchen. Erster Band. Herausgegeben von Bernhard Zeller. Mit Illustrationen von Theodor Weber, Theodor Hosemann und Ludwig Burger. it 216

Hermann Hesse: Die Märchen. Zusammengestellt von Volker Michels. Großdruck. it 2349

– Piktors Verwandlungen. Ein Liebesmärchen, vom Autor handgeschrieben und illustriert, mit ausgewählten Gedichten und einem Nachwort versehen von Volker Michels. it 122

– Die Stadt. Ein Märchen, ins Bild gebracht von Walter Schmögner. it 236

– Der Zwerg. Ein Märchen. Mit Illustrationen von Rolf Köhler. it 636

E. T. A. Hoffmann: Der goldne Topf. Ein Märchen aus der neuen Zeit. Mit 13 Illustrationen von Karl Thylmann. Herausgegeben und mit einem Nachwort von Jochen Schmidt. it 570

Indianermärchen. Nach amerikanischen und deutschen Quellen herausgegeben und erläutert von Hugo Kunike. it 764

Irische Elfenmärchen. In der Übertragung der Brüder Grimm. it 988

Keltische Sagen. Aus dem Gälischen übertragen von Rudolf Thurneysen. Herausgegeben und mit einem Nachwort von Renate Brendel. it 1307

Jean de La Fontaine: Die schönsten Fabeln. Aus dem Französischen von Thomas Keck. Mit farbigen Illustrationen von Rolf Köhler und einem Nachwort von Jürgen von Stackelberg. it 1451

Märchen aus Babylon. Mythen und Sagen des Zweistromlandes. Nacherzählt von Hans Wuessing. Mit zahlreichen Abbildungen. it 1558

Märchen der Romantik. Mit zeitgenössischen Illustrationen. Herausgegeben von Maria Dessauer. it 285

Märchen deutscher Dichter. Ausgewählt von Elisabeth Borchers. it 13

160/2/12.96

Märchen und Sagen
im insel taschenbuch

Märchen zur Weihnacht. Ein Hausbuch für groß und klein. Herausgegeben von Franz-Heinrich Hackel. it 1649

Friedrich de la Motte-Fouqué: Undine. Ein Märchen von Friedrich de la Motte-Fouqué. Musik von E.T.A. Hoffmann. Mit Bildern von Karl Friedrich Schinkel. Mit einem Essay von Ute Schmidt-Berger. it 1353

Johann Karl August Musäus: Rübezahl. Für die Jugend von Christian Morgenstern. Mit Illustrationen von Max Slevogt. it 73

Die Nibelungen. In der Wiedergabe von Franz Keim. Mit Illustrationen von Carl Otto Czeschka. Mit einem Vor- und Nachwort von Helmut Brackert. Im Anhang die Nacherzählung ›Die Nibelungen‹ von Gretel und Wolfgang Hecht. it 14

Das Papageienbuch Tuti Nameh. Orientalische Geschichten. Übersetzt von Georg Rosen. it 1624

Russische Märchen. Nacherzählt von Elisabeth Borchers. Mit den Illustrationen von Ivan Bilibin. it 1608

Sagen der Juden zur Bibel. Die ersten Menschen und Tiere, Abraham, Isaak und Jakob, Joseph und seine Brüder, Mose, der Mann Gottes, Juda und Israel. Aus dem Hebräischen von Rahel bin Gorion. Auswahl und Nachbemerkung von Emanuel bin Gorion. it 420

Wolfgang Schadewaldt: Sternsagen. Mit Illustrationen aus dem 18. Jahrhundert. it 234

Die schönsten Märchen aus 1001 Nacht. Nacherzählt von Günter Eich. Herausgegeben von Karl Karst. it 1740

Gustav Schwab: Sagen des klassischen Altertums. 3 Bde. Mit sechsundneunzig Zeichnungen von John Flaxman und einem Nachwort von Manfred Lemmer. it 127

Oscar Wilde: Die Erzählungen und Märchen. Mit Illustrationen von Heinrich Vogeler. Aus dem Englischen übersetzt von Felix Paul Greve und Franz Blei. it 5

– Die schönsten Märchen. Großdruck. it 2355

160/3/12.96

Anthologien
im insel taschenbuch

Alle Jahre wieder. Ein Weihnachtsbuch mit Geschichten, Liedern und Bildern. Ausgewählt von Gottfried Natalis. it 1362

Allerleirauh. Viele schöne Kinderreime versammelt von Hans Magnus Enzensberger. it 115

Alt-Prager Geschichten. Gesammelt von Peter Demetz. Mit Illustrationen von Hugo Steiner-Prag. it 613

Alt-Wiener Geschichten. Gesammelt von Joseph Peter Strelka. Mit sechs farbigen Abbildungen. it 784

Bäume. Das Insel-Buch der Bäume. Gedichte und Prosa. Ausgewählt und herausgegeben von Gottfried Honnefelder. Mit sechzehn Farbtafeln. it 1041 und it 1811

Briefe berühmter Frauen. Von Liselotte von der Pfalz bis Rosa Luxemburg. Herausgegeben von Claudia Schmölders. it 1505

Das Buch der Liebe. Gedichte und Lieder, ausgewählt von Elisabeth Borchers. it 82

Einsamkeiten. Ein Lesebuch. Herausgegeben von Ilma Rakusa. it 1691

Das Frühlingsbuch. Gedichte und Prosa. Herausgegeben von Hans Bender und Nikolaus Wolters. it 914

Gedichte berühmter Frauen. Von Hildegard von Bingen bis Ingeborg Bachmann. Herausgegeben von Elisabeth Borchers. it 1790

Geschichten aus dem alten Prag. Sippurim. Herausgegeben, mit Anmerkungen und mit einem Nachwort versehen von Peter Demetz. it 1519

Glück. Erkundigungen, eingeholt von Gottfried Honnefelder. it 1459

Bei Goethe zu Gast. Besuche in Weimar. Herausgegeben von Werner Völker. Mit zahlreichen Abbildungen. it 1725

Heidelberg im Gedicht. Die zwölf schönsten Heidelberg-Gedichte mit Interpretationen. Im Auftrag der Literarischen Gesellschaft Palais Boisserée herausgegeben von Helmuth Kiesel. it 1939

Das Herbstbuch. Gedichte und Prosa. Herausgegeben von Hans Bender. it 657

Das kalte Herz. Und andere Texte der Romantik. Mit einem Essay von Manfred Frank. it 330

Die Kunst der Verführung. Variationen von Ovid bis Marguerite Duras. Herausgegeben von Birgit Haustedt. Mit zahlreichen Abbildungen. it 1837

Kurz vor Mitternacht. Sechs Variationen über ein Thema von Machado de Assis. Herausgegeben von Ray-Güde Martin. it 1654

Liebe Mutter. Eine Sammlung von Elisabeth Borchers. it 230

163/1/12.96

Anthologien
im insel taschenbuch

»Matrosen sind der Liebe Schwingen«. Homosexuelle Poesie von der Antike bis zur Gegenwart. Herausgegeben von Joachim Campe. it 1599

Mit Pinsel und Palette. Geschichten und Gedichte von Malern. Herausgegeben von Joachim Rönneper. Mit einem Nachwort von Manfred Schneckenburger. it 1847

Mütter berühmter Männer. Zwölf biographische Porträts. Herausgegeben von Luise F. Pusch. it 1356

Friedrich Nietzsche: ›Wie man wird, was man ist.‹ Ermutigungen zum kritischen Denken. Herausgegeben von Ursula Michels-Wenz. it 1096

Pantoffelhelden und Stiefelknechte. Über poetisches Schuhwerk. Herausgegeben von Franz Josef Görtz. Mit zahlreichen Abbildungen. it 1699

Das Poesiealbum. Verse zum Auf- und Abschreiben. Mit Bildern und Vignetten. Ausgewählt und zusammengestellt von Elisabeth Borchers. it 414

Die schönsten Hundegeschichten. Ausgewählt von Gottfried Honnefelder. it 1787

Die schönsten Liebesgedichte. Herausgegeben von Sigrid Damm. it 1872

Die schönsten Pferdegeschichten. Ausgewählt von Katja Behrens. it 1734

Schwestern berühmter Männer. Zwölf biographische Porträts. Herausgegeben von Luise F. Pusch. Redaktionelle Mitarbeit: Jutta Wasels. it 796

Der sehr nützliche Geburtstagskalender. Mit ausgewählten Gedichten und farbigen Bildern. Zusammengestellt von Elisabeth Borchers. it 1618

Ein Sommer wie im Märchen. Geschichten für den Reisekoffer gepackt von Franz-Heinrich Hackel. it 1728

Das Sommerbuch. Gedichte und Prosa. Herausgegeben von Hans Bender. it 847

Über die Freundschaft. Herausgegeben von Hans-Ulrich Müller-Schwefe. it 1783

Über die Liebe. Gedichte und Interpretationen aus der ›Frankfurter Anthologie‹. Herausgegeben von Marcel Reich-Ranicki. it 794

Und was kommt danach? Orte der Seele. Eine Sammlung literarischer Zeugnisse. Herausgegeben von Hans-Joachim Simm. it 1877

163/2/12.96

Anthologien
im insel taschenbuch

Der versiegelte Engel. Erzählungen zu Ikonen. Mit farbigen Abbildungen. Ausgewählt und mit einem Nachwort versehen von Angela Martini-Wonde. it 1132

Vom Abschied. Eine Gedichtsammlung. Herausgegeben von Margot Litten. Originalausgabe. it 694

Vom mönchischen Leben. Geschichte einer Sehnsucht. Herausgegeben von Johannes Werner. it 1473

Vom Tod. Ein Lesebuch für jedermann. Herausgegeben von Werner Koch. it 1037

Weihnachten. Erzählungen aus alter und neuer Zeit. Ausgewählt von Gottfried Natalis. Mit zahlreichen Abbildungen und Initialen. it 946

Das Weihnachtsbuch. Mit alten und neuen Geschichten, Gedichten und Liedern. Ausgewählt von Elisabeth Borchers. it 46

Das Weihnachtsbuch der Lieder. Mit alten und neuen Liedern zum Singen und Spielen. Ausgewählt von Gottfried Natalis. Mit einem Nachwort von Ernst Klusen. it 157

Wien im Gedicht. Herausgegeben von Gerhard C. Krischker. it 1488

Das Wiener Kaffeehaus. Herausgegeben von Kurt J. Heering. Mit zahlreichen Abbildungen. it 1318

Das Winterbuch. Gedichte und Prosa. Herausgegeben von Hans Bender und Hans Georg Schwark. it 728

Wolken - Gedanken des Himmels. Herausgegeben von Charitas Jenny-Ebeling. Mit farbigen Abbildungen. it 1871

Wundersame Geschichten von Engeln. Gesammelt von Felix Karlinger. it 1226

Zum Teufel. Diabolische Geschichten. Aufgespießt von Franz Rottensteiner. it 1708

163/3/12.96